LUZIFER
VERLAG

DIE HORDEN

DER FELS

RICH RESTUCCI

This translation is published by arrangement with Severed Press. www.severedpress.com

Für Donna, Danielle, Richy und Chloe, deren Engelsgeduld mit meinen »Vorbereitungen« eine wichtige Rolle beim Schreiben dieses Buchs spielte. Sie dachten, ich würde unseren Keller für den bevorstehenden Weltuntergang herrichten oder dort Videospiele zocken, und ahnten nicht, dass ich mich als Romanautor versucht habe. Beziehungsweise überhaupt Talent dafür habe. Oder einen Stift.

Deutsche Erstausgabe

Titel der Originalausgabe: RUN

Cover & Umschlaggestaltung: Michael Schubert
Übersetzung: Andreas Schiffmann
Lektorat: Diana Glöckner

ISBN: 978-3-95835-279-7

Printed in Germany

Bibliografische Information der Deutschen Nationalbibliothek:
Die Deutsche Nationalbibliothek verzeichnet diese Publikation in der Deutschen Nationalbibliografie; detaillierte bibliografische Daten sind im Internet über http://dnb.d-nb.de abrufbar.

»Die Grenzen, die Leben und Tod scheiden, sind so unbestimmt und dunkel. Wer kann sagen, wo das eine endet und das andere beginnt?«

Edgar Allan Poe

Vorwort von J.R. Jackson

Nachdem ich in den vergangenen Jahren zahllose Weltuntergangsromane gelesen habe, die sich um die drohende Ausrottung der Menschheit durch Zombies oder Infektionskrankheiten ranken, fühle ich mich geehrt, das Vorwort zu Rich Restuccis erstem Buch schreiben zu dürfen. Dabei handelt es sich nicht um typische Kost zum Thema Zombie-Offenbarung. Sicherlich tauchen Zombies darin auf, genauso wie Panik und Chaos vorherrschen, nicht zu vergessen Endzeitstimmung gemäß üblicher Vorstellungen, also alle wesentlichen Zutaten eines Romans im thematischen Dreieck aus Horror, Action und Apokalypse.

Was indes fehlt, sind die erwartbaren Klischees, Standarddialoge und programmatisch eindimensionalen Charaktere; nein, hier findet man nichts von alledem, was Literatur oder Filme aus diesem Genre bestimmt. Stattdessen tut sich eine Welt voller facettenreicher Figuren, unverhoffter Ereignisse und Wendungen auf, bei deren Erkundung niemand still sitzen kann.

Rich, den ich schon eine Weile persönlich kenne und schätze, weil er ähnlichen Interessen nachgeht wie ich, hat diesen Roman sozusagen während seiner Mittagspausen zu Papier gebracht. Was sagt uns das? Es bedeutet, dass in seiner Kantine offensichtlich etwas auf der Speisekarte stand, das ihn anspornte, einen Text in seiner Freizeit zu schreiben, der andere Werke aus diesem Bereich bei Weitem übertrifft.

Solltet ihr seinem Schaffen hiermit zum ersten Mal begegnen, lehnt euch zurück, macht es euch bequem und seid darauf gefasst, gut unterhalten zu werden.

J.R. Jackson, Autor der Reihe »Up From The Depths« und militärischer/technischer Berater anderer Schriftsteller.

Prolog

Fassungslosigkeit kann sich als mächtiger Gegner herausstellen. Im Ernst, was würdet ihr tun, wenn ein verlotterter Typ in bluttriefenden Klamotten taumelnd mit ausgestreckten Armen aus einer Gasse oder einem Gebäudeeingang auf euch zukäme? Mancher mag ihm helfen wollen und somit sein eigenes Schicksal besiegeln, denn solang noch kein Übergriff wandelnder Leichen begonnen hat, würde niemand *Mist, Zombies!* denken und die Flucht ergreifen. Tote laufen einfach nicht durch die Gegend, das ist ein grundlegendes Naturgesetz. Folglich hält man den anstößigen Fleischfresser eventuell für nichts weiter als einen Obdachlosen, der Kleingeld schnorren will, und geht weiter. Natürlich folgt euch die Kreatur daraufhin: stöhnend und schweren Schrittes, ja überhaupt geistlos in ihrem Auftreten. Weil er so penetrant ist, dreht man sich zu ihm um und versucht die alte Masche: »Hör mal, Kumpel, ich hab nichts für dich.« Der Untote nähert sich jedoch unentwegt, also richtet man einen Zeigefinger auf ihn und verlangt, er solle sich verpissen. Das tut er nicht. Einige Menschen würden es mit der Angst zu tun bekommen und vor dem Verfolger davonlaufen, andere hingegen lassen sich dieses Nachstellen möglicherweise nicht gefallen und bieten dem Inkognito-Zombie die Stirn – aus die Maus: Ein Biss, manchmal sogar nur ein Kratzer, und ihr spielt binnen vierundzwanzig Stunden für die gegnerische Mannschaft. Selbstverständlich streckt man im Falle eines Bisses entweder sofort die Waffen oder rennt weg, während man denkt: *Hoffentlich ist der Kerl nicht aidskrank oder so …* Dann sucht man ein Krankenhaus auf oder kehrt nach Hause zurück, verbindet die Wunde und isst mit der Familie zu Abend. So oder so ist man geliefert.

Von dem Eindruck abgesehen, den umherziehende Leichen hinterlassen – was schon für sich genommen seltsam anmutet –, werden die Grundprinzipien des Waffengebrauchs beim Kampf gegen Untote aufgehoben. Waffen sollen durch Verletzung töten, doch da der Gegner, gegen den man diese richtet, schon tot ist, bleibt so gut wie jeder körperliche Schaden wirkungslos. Messerstiche führen bei normalen Menschen zu ernsten Verletzungen, doch einem Untoten eine Klinge in die Brust zu rammen bringt wenig. Schießt man ihm in die Schulter, wird er herumgerissen und geht vielleicht zu Boden, wird aber nicht lange liegen bleiben. Dieser Sachverhalt lässt sich schwerlich begreifen, weshalb zu Beginn einer Zombie-Epidemie viele sterben, weil sie glauben, mit einer 9mm-Pistole in der Hand auf der sicheren Seite zu sein. Schüsse verpuffen, außer sie treffen in den Kopf, aber mal ehrlich: Habt ihr je eine Knarre abgefeuert, während ihr eine Heidenangst vor jemandem habt, der euch unbedingt verspeisen will? Angenommen, die Untoten haben es auf euch abgesehen und ihr berücksichtigt folgende Faktoren beim Anlegen: Ihr versteht nichts vom Umgang mit Feuerwaffen, seid entsetzt und vom Laufen außer Atem, hungrig wie durstig und habt seit Tagen nicht geschlafen … Versucht nun, eure fünfzehn schwankenden Angreifer aus einer Entfernung von fünfzig Fuß in die Köpfe zu schießen. Falls ihr nicht zufällig ausgebildete Schützen mit regelmäßiger Übung seid, trefft ihr höchstens eine Rübe. Dann müsst ihr nachladen, und der Abstand beträgt nur noch zwanzig Fuß; das ist näher, also schaltet ihr noch vier aus. Erneut nachladen; bei einer Distanz von zehn Fuß geratet ihr in Panik und schießt aufs Geratewohl, wobei ihr euch wünscht, so sicher zielen zu können wie mit doppeltem Abstand. Nach zwei weiteren Kopfschüssen weiden sich die übrigen acht Kreaturen an euren Eingeweiden; dennoch gelingt es euch, ihre Zahl auf sechs zu dezimieren. Daraufhin glaubt ihr, nicht mehr richtig rechnen zu können, denn schließlich habt ihr sieben gefällt, aber da ihr jetzt selbst auf deren Seite mitmischt, waren es im Grunde nur sechs. Das ist eigentlich gar nicht so übel – gut gemacht, also jetzt mal abgesehen von der Sache mit den Eingeweiden. Unter gewöhnlichen Umständen wäre eine Trefferquote von sechs zu eins ausgezeichnet; fragt einen beliebigen Videospieler. Leider handelt es sich hierbei nicht um gewöhnliche Umstände, und dass Kopfschüsse das einzig wirksame Gegenmittel sind, wurde erst verstanden, als Boston bereits verloren war.

Ebendort ging es nämlich los. Niemand weiß genau, wie es dazu kam – die genaue Stelle kennt im Grunde genommen auch niemand –, dass sich der erste Zombie anschickte, Nahrung zu suchen, doch dort begann der Untergang der modernen Zivilisation.

Andernorts auf der Welt rechnete kein Mensch damit, dass die Aggressoren tot seien – ich meine, das ist schlichtweg lächerlich –, aber die Betroffenen nahmen es an. Scharenweise eilten sie in Krankenhäuser oder Polizeidienststellen, um zu melden, dass Personen übereinander hergefallen und nicht aufzuhalten seien. Zunächst dachte man, diese Augenzeugen wären schlicht zu Tode erschrocken, doch dies sollte sich bald ändern und auf die Rettungskräfte übertragen. Polizei, Feuerwehr und Sanitäter wurden zur Hilfe gerufen und gleichsam angefallen. Jeder, der Bisswunden davontrug, kam um – ausnahmslos.

Sobald die Lawine losgerollt war, ging es Schlag auf Schlag: Behörden und Notdienste waren von Anfang an überfordert und schwebten in ständiger Gefahr. Es dauerte nicht lange, bis die Regierung erkannte, dass die Infektion hauptsächlich auf Bisse zurückging. Die Ärzte im Mass General Hospital wussten wenige Stunden nach der ersten gemeldeten Bissverletzung: Jede derartige Wunde ist tödlich, ob tief oder oberflächlich und egal an welcher Körperstelle. Man kam allerdings nicht dazu, diese Tatsache zu kommunizieren, denn die Kliniken wurden im Lauf der ersten Nacht von innen zunichtegemacht.

Aus New England drangen dürftige Informationen, doch das Militär brach die Kommunikation nach den ersten paar Stunden ab. Beliebte Theorien in den Medien reichten von einer Art Supertollwut bis zu einem Anschlag radikaler Extremisten mit chemischen Kampfstoffen. Der Rest der Welt vermutete, es sei örtlich begrenzt, und interessierte sich nicht großartig dafür. Ein Zusammenbruch der elementaren Sozialeinrichtungen war unausweichlich, und was den Notruf im Großraum Boston betraf, dauerte es weniger als fünfzehn Stunden

– dann gab es niemanden mehr, der ein Telefon hätte besetzen können. Entweder lief man um sein Leben, ging auf die Jagd oder verdaute bereits mit verwesendem Magen Fleischbrocken.

Am nächsten Tag marschierte die US Army im großen Stil in der Stadt auf und versuchte auf Streifengängen, gefangene Zivilisten zu retten. Über kurz oder lang endeten die Soldaten in einer der drei genannten Kategorien. Am dritten Tag der Erkrankungswelle zog sich die Armee zurück, und zwar um sechzig Prozent ihres Aufgebots reduziert. Man münzte die Rettungsaktion schnell auf einen Plan zur Eindämmung um, was durch Isolation der Infektion gelingen sollte; die Army kreiste Boston ein und schnitt es so vom Rest des Landes ab. Am Himmel über der Stadt wimmelte es vor Militärflugzeugen, die eine neu bestimmte Luftsperrzone absicherten. Panzer, Infanterie-Kampffahrzeuge, Mannschaftstransporter, Humvees und elftausend Truppen zogen einige Tage lang um die Metropole, damit niemand eindrang oder herauskam – ein Ding der Unmöglichkeit, da Boston Dutzende Vororte besitzt und Flüchtende sich nicht an Kontrollpunkten der Armee aufhalten lassen wollten. Wer einer Blockade näher kam, wurde in die Stadt zurückgeschickt. Zuwiderhandlung ahndete man streng; die Soldaten streckten während der Frühphase ebenso viele fliehende Zivilisten wie Zombies nieder. Erstere wollten jedoch nicht tot bleiben, sondern schlossen sich der ständig wachsenden Zahl der Gegner an. Im Zuge dessen kam es auch in der Bostoner Vorstadt zu Ausbrüchen. Die Eindämmung war fehlgeschlagen, und die Armee zog sich weiter zurück, während sie Verstärkung erhielt. Jene Angreifer konnten einfach nicht tot sein, das hielt man für absurd.

Schon am zweiten Tag, nachdem man die Sperre verhängt hatte, hob ein Nachrichtenhubschrauber von *Kanal 7* vom Dach des Sendegebäudes ab. Er flog zwar niedrig, wurde aber rasch von Militärjets entdeckt. Die Besatzung hatte nicht vor, aus der Stadt zu entwischen, sondern wollte Bericht darüber erstatten, wie sich die Situation wirklich gestaltete. Man befahl ihr, unverzüglich zu landen, doch sie weigerte sich, also wurde ein Cobra-Kampfhelikopter losgeschickt, um dem Reporterteam die Flausen auszutreiben. Dessen Kameras sammelten aussagekräftiges Bildmaterial von Bostons Straßen, wo sich Tausende von dicht gedrängten Leibern tummelten. Diese folgten einem Konvoi von Militärgeländewagen auf dem Rückzug gen Norden. Nachdem der Hubschrauber sie eingeholt hatte, schwebte er über den Fahrzeugen und übertrug seine Aufnahmen direkt ins Internet. Eine große Gruppe Infizierter kesselte einen Hummer-Geländewagen ein, woraufhin General Timothy Powers, der befehlshabende Offizier von Operation »Felsenfeste Entschlossenheit«, live im Webfernsehen gefressen wurde, während er und sein Gefolge versuchten, sich auf der Zakim Bridge zu behaupten. Der Kampfhubschrauber holte *News Center 7 Chopper 1* vom Himmel, da die Journalisten die Absperrung des Luftraums weiterhin missachteten. Ihre panischen Schreie, als sie die Kondensstreifen der Raketen vom Geschütz Cobra M158 auf sich zukommen sahen, hörte man überall auf der Welt. Dass das Wrack auf eine Citgo-Tankstelle abstürzte, hatte etwas fürwahr Filmreifes, und die anschließende Explosion nebst Feuersbrunst war über Meilen hinweg sichtbar. Ungefähr ein Sechzehntel der Stadt stand deshalb in Flammen, was die Aufmerksamkeit der Weltbevölkerung weckte, aber trotzdem glaubte immer noch niemand, dass unser Feind lebende Tote seien.

Boston wurde innerhalb von zwei Tagen überrannt und für verloren erklärt. Zu diesem Zeitpunkt war die Epidemie auch in Hartford und New Haven im Staat Connecticut ausgebrochen, in Manchester in New Hampshire, in Bangor in Maine sowie auf Manhattan Island. Die Ostküste steckte in erheblichen Schwierigkeiten. Hatten sich schon die Bostoner für Pechvögel gehalten, so schmorte man in New York City geradezu in der Hölle. Die siebenhunderttausend Bewohner der Hauptstadt von Massachusetts waren nichts im Vergleich zu den über acht Millionen im bevölkerungsreichsten Ort der USA. Auch dieser stand zwei Tage nach dem ersten berichteten Infektionsfall vor dem Aus. Allmählich verstand man wohl, dass dieser Gegner nicht der Norm entsprach, aber Zombies? Nein, ausgeschlossen …

Schlachten wurden in allen Städten entlang der Ostküste geschlagen, und lokal entstanden Milizen zur Verteidigung der Bürger. Dass diese mit der offiziellen Armee aneinandergerieten, deren Truppen sich zusehends weiter ausbreiteten, ließ sich nicht vermeiden. Eine ganze Stadt im Süden New Hampshires fiel in nur einer Nacht. Tagsüber war das Heer dort angerückt, aber die Milizen hatten ihm partout den Zugang verwehrt. Statt es auf ein Feuergefecht mit den Städtern anzulegen, hatte sich die Army zurückgezogen und Handlungsmöglichkeiten diskutiert. Am nächsten Morgen hätten Soldaten die Straßensperren der Bürgerwehr mit ihren schweren Panzerfahrzeugen durchbrechen und Versorgungsgüter in die Stadt bringen sollen. Als sie jedoch bis zum Rand vorgestoßen waren, sahen sie nichts als stöhnende Leiber, darunter auch jene der Milizionäre. Die Army zog sich wieder zurück.

Der Präsident wandte sich drei Tage nach dem Ausbruch in Boston im Fernsehen an die Nation. Er rief seine Mitamerikaner dazu auf, sich in Gedanken und Gebeten Boston und New York zuzuwenden. Diese Kundgebung machte er in vierzigtausend Fuß Höhe an Bord von *Air Force One* auf dem Weg zu einem geheim gehaltenen Ort. Sofort nach der Pressekonferenz brach die Krankheit auch in Washington, D.C. aus; die Ostküste der Vereinigten Staaten war von Maine bis nach Maryland verseucht.

Auslandsflüge wurden ausgesetzt, leider aber nicht früh genug. Gerüchten zufolge war der Erreger auch in Paris und Tokio aufgekommen. Los Angeles unterlag der todbringenden Epidemie erst nach sieben Tagen, da die Stadt am besten vorbereitet war.

Die meisten Weltstaaten ließen nichts mehr von sich hören. Europa glich einem einzigen Trümmerhaufen, und auch Japan hüllte sich in Schweigen. China machte seine Grenzen dicht und kämpfte gegen die Infizierten auf eigenem Boden. Zu weiteren Ausbrüchen kam es in Johannesburg; Addis Abeba, Perth und Tel Aviv standen in Flammen, in Bombay herrschten albtraumhafte Zustände.

Am einundzwanzigsten Tag verheerte eine Kernschmelze Beijing, wobei die Temperatur auf knapp über fünftausendfünfhundert Grad Celsius anstieg und rund zehn Millionen Untote sowie mehrere Hunderttausend nicht infizierte Menschen dahingerafft wurden; von diesem Moment an war der Homo sapiens nicht mehr länger die dominante Lebensform auf dem Planeten.

Zu Beginn – am Tag Null der Infektion – stieg ein kleines Mädchen in ein Flugzeug von Boston nach San Francisco, wo es nach der Landung von seinem Vater abgeholt wurde.

Buch 1

Lauft!

Kapitel 1

»Daddy!«, rief ein kleines Mädchen und winkte einem Mann, der auf der anderen Seite des Gedränges in der Flughafenhalle stand. Er erwiderte die Geste. »Ich sehe dich«, rief er zurück.

Eine Stewardess führte das Kind an einer Hand durch die Sicherheitskontrolle zu dem wartenden Mann.

»Danke, Debbie«, sagte es zu ihr.

»Aber gern doch«, entgegnete die Frau. »Du warst meine Lieblingspassagierin.«

»Keiner nennt mich Sammy und überlebt es!«, behauptete das Mädchen, indem es vorgab, verärgert zu sein. Es versuchte, Debbie zu kitzeln, die dann auch in Gelächter ausbrach.

»Sie müssen Sams Vater sein, richtig?«, fragte sie den Mann.

»Goldrichtig«, bestätigte er. »Ich warte schon den ganzen Tag auf meinen Hasenfratz!«

»Daddy, ich bin kein Hasenfratz! Pass bloß auf, ich hau dich!« Samantha lief zu ihrem Vater und stürzte sich in seine Arme. Sie drückte ihn fest. »Ich hab dich vermisst«, fügte sie in ernstem Ton hinzu.

»Ich dich auch, Schatz«, beteuerte er leise. »Danke dafür, dass Sie auf dieses kleine Geschöpf aufgepasst haben«, fuhr er fort und stellte seine Tochter wieder auf den Boden. Dann streckte er eine Hand aus. »Ich heiße Rick.«

Die Stewardess schüttelte sie. »Debbie. Sie war ganz brav, ich habe mich gern mit ihr beschäftigt. Allerdings brauche ich irgendeinen Ausweis von Ihnen«, erklärte sie. »Bestimmungen und so weiter.«

»Verständlich.« Rick nahm seine Brieftasche heraus. »Genügt das?«

»Wow, Kriminalbeamter ... genügt völlig.« Nachdem er ihr den Ausweis gegeben hatte, glich sie seinen Namen mit jenem ab, der auf einer Karte an Sams Hals stand. »Passt alles«, verkündete sie schließlich.

»Nochmals danke. Hat mich gefreut, Sie kennenzulernen.« Rick nahm seinen Ausweis wieder entgegen und gab Debbie erneut die Hand. »Gehen wir, Herzchen!«, sagte er zu Sam.

»Bye, Debbie!«, rief die Kleine, während ihr Vater sie zum Gepäckband mitnahm. Die Flugbegleiterin winkte ihr und zog ihren kompakten Rollkoffer Richtung Ausgang.

»Ich mag sie, sie ist nett«, meinte Sam zu ihrem Dad.

»Ich auch, Schatz«, pflichtete er mit nachdenklicher Miene bei. Dann drehte er sich noch einmal um, weil er einen letzten Blick auf Debbie erhaschen wollte, doch sie war schon fort.

»Was suchst du denn, Daddy?«, fragte Sam mit verschmitztem Grinsen.

»Sei nicht so neugierig, sonst setzt's was, Frechdachs!«, knurrte Rick in gespieltem Zorn.

»Ohhh! Daddy, dir *gefällt* Debbie!«, stichelte das Kind.

»Sie ist hübsch, das stimmt, aber ich kenne sie ja gar nicht. Vielleicht hätte ich ...«

Sam unterbrach ihn: »Du hättest sie zum Ausgehen

einladen oder wenigstens nach ihrer Nummer fragen sollen, du großes Dummerchen.«

Rick schaute seine Tochter mit hochgezogenen Augenbrauen an. »Jetzt reicht's ... Du legst es darauf an, was?«, wollte er wissen. »Lass uns deine Sachen abholen, Nervensäge.«

Vater und Tochter gingen zur Ausgabe, wo sie sich auf eine Bank setzten. Auf dem Fließband lagen keine Koffer, und es lief auch noch gar nicht.

»Sieht so aus, als hätten wir noch ein paar Minuten, also erzähl mal, wie war dein Flug?« Rick schaute hoch auf einen Fernsehbildschirm, der in der Nähe der Gepäckrücknahme hing. Gerade waren Nachrichten im Programm, doch das Gerät war stumm geschaltet.

»Ganz gut – es war lustig mit Debbie, sie ist fast die ganze Zeit bei mir gewesen.« Sam sprach weiter, doch Rick hörte nicht richtig zu. Er versuchte zu verstehen, was sich in dem Bericht abspielte. Auch ohne Ton schlussfolgerte er, dass die Ausschnitte Aufnahmen von einer Straßenschlacht aus Boston zeigten. Der Sprecher steckte sich einen Finger ins Ohr und schaute nach unten, um zu verstehen, was ihm jemand per Funk mitteilte. Daraufhin drehte er sich mit verwundertem Blick nach links um. Als er sich wieder der Kamera zukehrte, machte er ein finsteres Gesicht. Anscheinend äußerte er dann jene Zeile, für welche Nachrichtensprecher leben: *Was Sie nun sehen, ist nichts für zarte Gemüter, und Kinder sollten wegschauen.* Die Regie blendete zu einem Lokalreporter über, der ziemlich verängstigt aussah. Eine Gruppe von ungefähr dreißig abgehärmten Personen näherte sich einer Polizeiabsperrung. Diese war augenscheinlich in aller Hast errichtet worden: zwei Streifenwagen, die Kühlergrill an Kühlergrill parkten, und ein paar Yards davor einige Sandsäcke mit etwas Stacheldraht. Sie blockierte fast die ganze Straße. Die Beamten standen hinter den Autos und stützten sich mit gezogenen Waffen auf die Motorhauben oder Kofferraumdeckel. Die Nachrichtenkamera zeigte den Reporter vor diesem Hintergrund, während die Menge aus der Ferne anrückte. Plötzlich – ohne dass sie provoziert worden wäre – eröffnete die Polizei das Feuer auf die unbewaffneten Zivilisten.

»Um Gottes willen!«, wisperte Rick bei sich. Samantha bemerkte nichts, sondern plapperte weiter.

Auf dem Bildschirm zuckten und zitterten die Getroffenen. Einige brachen sofort im Kugelhagel zusammen, doch die meisten wurden nicht einmal langsamer. Rick erkannte, dass ein Teil der Personen, die auf die Polizisten zukamen, schwer verletzt waren. Im selben Augenblick drehte sich einer von ihnen um und blaffte den Reporter an, wobei er auf etwas hinter ihm und seinem Kameramann zeigte. Dieser richtete das Objektiv auf seinen Kollegen, und gemeinsam ergriffen sie die Flucht. Das Gerät blieb eingeschaltet und zeigte ein verwackeltes Bild des Bodens, während die beiden davonrannten. Nach wenigen Sekunden brach die Übertragung ab, und man sah erneut den Sprecher im Studio. All dies hatte sich in sonderbarer, gespenstischer Stille abgespielt.

»Daddy? Daddy!«

Rick zwang sich, vom Bildschirm wegzuschauen.

»Hast du mir nicht zugehört?«, fragte Sam, während sie zu ihm hochblickte.

»Tut mir leid, Schatz, im Fernsehen sind gerade wichtige Nachrichten gelaufen«, erklärte Rick. Das Laufband setzte sich in Bewegung, und aus einem viereckigen Loch in der hinteren Wand purzelten die ersten Gepäckstücke. »Holen wir deinen Kram«, sagte er.

Als ein Rucksack mit Motiven von *Littlest Pet Shop* heranrollte, rief Sam: »Da ist er!« Rick hielt einen Gurt fest und wuchtete ihn auf seine Schulter. »Wie sehe ich damit aus?«, fragte er.

»Daddy«, empörte sich das Mädchen. »Deine Schuhe passen überhaupt nicht dazu.«

Die beiden verließen die Flughafenhalle lachend.

Vor dem stummen Fernseher hatte sich ein Auflauf gebildet, und das Gepäckband war vergessen.

Kapitel 2

Sam war nun schon seit drei Tagen in San Francisco. Sie ging bereitwillig ins Bett. Nach dem Essen heute Abend – Burger von McDonald's – hatte Rick seine Tochter gegen halb neun mit einem Stofftiger aus dem neuesten Disney-Film hingelegt. Das Plüschtier war in einem Happy Meal enthalten und sie sofort vernarrt gewesen. Rick schloss sachte die Tür des Kinderzimmers und schaltete den Fernseher ein. Immer noch bestimmten Nachrichten zum Infektionsausbruch alle Programme. Früher am Tag hatte man die Worte »Krankheit« und »Epidemie« fast beiläufig verwendet, doch nun sahen die Sprecher besorgt aus.

Handfeste Informationen aus Neuengland gab es eigentlich nicht, und Rick konnte sich nicht mit seiner Exfrau Brenda in Verbindung setzen, die nach ihrer Scheidung drei Jahre zuvor gemeinsam mit Sam zurück in den Osten gezogen war. Er machte sich zusehends Sorgen um sie; Brenda gehörte zu jenen Müttern, die jeden Abend anriefen, um mit ihrer Tochter zu sprechen, wenn diese den Vater besuchte, hatte sich aber noch nicht gemeldet, und dass Rick nicht zu ihr durchkam, machte es umso bedenklicher. Weder ihre Festnetz- noch ihre Handynummer funktionierte. Wählte er Erstere, ertönte die Aufnahme »Kein Anschluss unter dieser Nummer«, und das Mobiltelefon schaltete direkt auf Anrufbeantworter. Er kam einfach nicht durch. Rick hatte einen Kumpel in einer SWAT-Einheit in Boston, doch der war ebenfalls nicht erreichbar.

Plötzlich klingelte das Telefon auf dem Beistelltisch laut. Rick hob sofort ab, damit seine Tochter nicht aufwachte. »Ja bitte?«

»Rick, Meara hier, du musst heute Nacht herkommen«, verlangte eine geisterhafte Stimme.

»Mike? Du hast mich zu Tode erschreckt!«, schnaufte Rick in den Hörer.

»Rick, wir brauchen dich jetzt hier, kein Scheiß.«

»Machst du Witze? Ich hab Urlaub, und meine Tochter ist hier, das weißt du!«

»Abgesagt, hol dir einen Babysitter. Der ganze Stab, Streifen wie Detectives, wird einberufen. Da passiert extrem seltsamer Scheiß, so wie drüben an der Ostküste«, erzählte Mike.

Rick gefror das Blut in den Adern. Er hatte im Zusammenhang mit dieser Erkrankung absonderliche Dinge in den Nachrichten mitbekommen – von gewalttätigem Verhalten und Personen, die auf wildfremde Menschen losgingen.

»Es ist zehn Uhr, und ich kann frühestens morgen um sieben da sein; heute Nacht finde ich niemanden mehr, der auf das Kind aufpasst«, erklärte Rick. »Vielleicht meinen Dad«, fügte er hinzu.

»Dann geht es eben nicht anders«, erwiderte Mike. »Bis morgen früh dann.«

Er legte vor Rick auf, der dann leise fluchte. »Wie soll ich das Sam beibringen?«, fragte er sich. »Sie ist gerade erst hergekommen, und ich muss zur Arbeit?« Er griff wieder zum Telefon und wählte die Nummer seines Vaters.

»Hallo?«, hörte er gleich darauf. »Hi Paps, wie geht's dir?«

»Rick! Hi!«, grüßte sein Vater. »Dass ihr beiden morgen vorbeikommt, steht noch, oder?«

»Also, deswegen rufe ich an, Dad«, begann Rick.

»Junge, wenn du mir absagst, mach ich dich verdammt noch mal kalt«, drohte der Ältere. »Ich hab Sammy seit zwei Jahren nicht gesehen.«

»Nein, nein, Dad«, beschwichtigte Rick. »Ich muss notgedrungen auf die Wache, also musst du morgen den Tag über Sams Kindermädchen spielen.«

»Oh, das geht in Ordnung, kein Problem. Ist sonst alles okay? Das hat hoffentlich nichts mit dem Mist zu tun, der gerade im Osten passiert, oder? Ich hab etwas davon in den Nachrichten gesehen – Supertollwut oder so nennen die das.«

»Könnte schon sein, Paps. Meara hat angerufen und gemeint, alle Einheiten würden zusammengetrommelt, also ist was im Busch. Du bist nach wie vor für alle Fälle gerüstet?«

»Nein Rick, nach meiner kleinen Auseinandersetzung mit diesem Strolch wurde meine Dienstwaffe beschlagnahmt. Ich habe sie noch nicht zurückbekommen, das wird noch dauern, bis die Ermittlungen abgeschlossen sind.«

»Wirst du aber, Dad, weil du so reagiert hast, wie es jeder tun würde«, beteuerte Rick. »Der Mistkerl hat in jener Nacht zwei Leute umgebracht, und du hast dem Mann an der Tankstelle das Leben gerettet, indem du gegen den Abschaum vorgegangen bist. Darum bin ich stolz auf dich, sei dir dessen sicher.«

»Ich bin aber nicht stolz darauf, jemanden auf dem Gewissen zu haben, auch wenn die Frau des Angestellten dort heilfroh gewesen ist, dass ich zufällig da war, als er überfallen wurde«, erinnerte sich Ricks Vater. »Sie hat mir ein paar dieser leckeren kubanischen Sandwiches gebracht, die mit den Essiggurken, und gesagt, sie würde für mich beten. Wie dem auch sei, in meinen dreißig Jahren bei der Polizei habe ich nie auf einen Verdächtigen geschossen; ein Monat in Rente, und ich lege jemanden um. Scheiße. Ein Junkie weniger, so muss ich es wohl sehen.«

»Was du getan hast, war gut, Paps, er wird nie wieder jemanden töten. Aber zurück zur Sache: Ich bringe Sam morgen um halb sieben vorbei, oder ist dir das zu früh?«

»Mir zu früh? Sohn, du weißt, dass ich Frühaufsteher bin. Jetzt im Alter denke ich, dass ich noch genug schlafen kann, wenn ich tot bin.«

»Sag nicht so etwas, Dad«, mahnte Rick, »selbst wenn es irgendwie lustig ist.«

»Lass einem alten Mann seine Freuden, Junge.«

»Ich hoffe, dass ich später auch mal so zäh bin wie du, altes Schlachtross«, neckte ihn Rick.

»Ich darf mich selbst alt nennen, aber wenn du es tust, verdienst du dir eine Tracht Prügel, du Rotzlöffel«, konterte der Vater.

Rick lachte. »Na gut, Großmaul, aber sprich nicht so vor Sam, ja?«

»Sam, wer ist das?«, feixte der Ältere weiter. »Ach je, mein Alzheimer …«

»Ich bin witziger als du, also spar dir die Mühe – und bis morgen.«

»Gute Nacht«, verabschiedete sich der Vater und legte auf.

Nachdem auch Rick dies getan hatte, ging er in sein Schlafzimmer und öffnete eine verschlossene Kiste. Aus dieser holte er seine Taurus-Dienstpistole, Kaliber .40, und entsicherte sie. Er nahm sie mit ins Wohnzimmer und machte sich daran, sie gründlich zu reinigen. Währenddessen ertönten draußen vor dem Appartementgebäude Sirenen. Es waren jene von Notarztwagen, nicht von der Polizei, und nichts Besonderes in der Stadt, also schenkte er ihnen kaum Beachtung. Nach der Pflege der Waffe entfernte er den Verschluss und legte sie unter einem Putzlappen auf seinen Nachttisch. Dann trat er vor seinen Schrank, sperrte ihn auf und entriegelte einen hohen Stahlkasten, der darin stand. Dieser enthielt mehrere andere Waffen, und er entnahm ein sorgfältig geöltes Halbautomatikgewehr vom Typ SPAS-12. Nachdem er sie geladen hatte, setzte er den Verschluss auf, legte sie wieder zurück in den Kasten und verriegelte ihn. Schließlich putzte er sich die Zähne und ging ins Bett, wobei er zu der Meinung gelangte, etwas beim Präsidium gut zu haben, weil es ihn dazu zwang, einen gemeinsamen Tag mit seiner Tochter zu opfern.

Kapitel 3

Als Rick von Lärm vor dem Appartementhaus geweckt wurde, war er zunächst verschlafen. Der Wecker auf seinem Nachttisch zeigte in grünen Digitalziffern 3:12 Uhr an. Jemand brüllte, also ging Rick benommen zum Balkon seiner Wohnung im ersten Stock und schaute hinunter. Er konnte das rotierende Blaulicht eines Krankenwagens sehen, und beim Blick auf die Straße fiel ihm ein Sanitäter ins Auge, der einen offenbar obdachlosen Mann von sich stieß. Ein zweiter Mann in Weiß hielt sich seinen Arm und schrie den Kerl an. Rick erkannte, dass jener blutete. Sein Kollege gab dem Angreifer einen kräftigen Schubs, sodass dieser nach einer halben Drehung unsanft auf seinen Hintern und einen Arm fiel. Vom Balkon aus hörte Rick Knochen brechen und wie der Verletzte den Sanitäter anbrüllte.

»Hey! Hey, was soll das, Mann?«

Der Gefragte blickte auf. »Gehen Sie wieder hinein, Sir, wir klären das hier«, versicherte er. Der Kerl mit dem gebrochenen Arm machte Anstalten, wieder aufzustehen, und wirkte dabei ungerührt.

Rick rief wieder nach unten und zeigte auf den Sanitäter. »Ich bin Polizist, rühren Sie sich nicht von der Stelle!« Damit kehrte er in die Wohnung zurück und schaute nach Sam, die jedoch fest schlief. Er steckte die Taurus ein und – nach kurzer Überlegung – auch Handschellen. Während er zur Tür des Appartements eilte, entsicherte er die Pistole. Da Rick bei den städtischen Gesetzeshütern arbeitete, bestand der Eingang in seine vier Wände aus Stahl. Ein zwei Zoll dickes Metallrohr führte von der Mitte des Türblatts aus in eine Vertiefung im Fußboden. Folglich ließ sie sich nicht ohne Weiteres aufbrechen. Nachdem er den Riegel hochgezogen hatte, betrat er den Flur, sperrte hinter sich ab und lief zum Treppenhaus.

Im Vorbeigehen sah Rick, dass die Wohnungstür seiner Nachbarin Mrs. McCreedy einen Spaltbreit aufstand; sie war Mitte achtzig, und er schaute von Zeit zu Zeit bei ihr nach dem Rechten. Jetzt behielt er die offene Tür im Hinterkopf, während er die Stufen nach unten nahm. Als er das Gebäude verließ, näherte sich der Obdachlose erneut den Sanitätern, wobei sei linker Arm unnatürlich verdreht an seiner Seite schlackerte. Den rechten hielt er vor sich ausgestreckt und griff ins Leere, während er schwerfällig auf die Rettungsleute zuging. Er hatte Rick den Rücken zugekehrt, doch irgendetwas stimmte nicht mit ihm, auch wenn es den Männern, die eigentlich in der Pflicht standen, ihm zu helfen, keinen Grund dafür gab, ihn ernsthaft zu verletzen.

»Sir, ich denke, Sie setzen sich besser und lassen die beiden nach ihrem Arm sehen«, rief Rick von hinten. »Wir werden dieses Missverständnis klären.« Der Kerl beachtete den Polizisten nicht und trat weiter auf die Sanitäter zu, die jetzt zurückwichen.

»Scheiße, Don, der Typ hat 'ne Kanone«, sagte einer.

»Ich bin Polizist«, wiederholte Rick. »Sir, bitte setzen Sie sich, Ihr Arm ist gebrochen. Sie tun gut daran …«

Dann dämmerte ihm, was mit dem Obdachlosen nicht stimmte: Er trug einen feinen Anzug und hochwertige Lederschuhe. Diese Kleidung deutete auf einen relativ wohlhabenden Yuppie hin. Was er trug, hatte mehr gekostet, als Rick im Monat verdiente. Als er ihn einholte, legte er eine Hand auf seine Schulter. »Mister, geht es Ihnen gut?« Der Mann drehte sich um und schlug nach Rick, der jedoch zurückwich und unversehrt blieb. Der Fremde stand fünf Fuß vor ihm und schwenkte seinen rechten Arm. »Hey, ganz ruhig, ich möchte Ihnen nur helfen!« Da ging der Kerl auf ihn los, und Rick trat den Rückzug an.

»Sie da, schauen Sie in seine Augen!«, rief einer der Sanitäter. Rick tat es, indem er seinen Kopf ein wenig zur Seite neigte. Die Augäpfel waren blutrot – nicht blutunterlaufen wie nach einer Nacht im Alkoholrausch, sondern als hätte er heftige Schläge darauf erlitten. Beide bluteten, und auch aus seiner Nase strömte ein Rinnsal. Der Mann kam knurrend auf Rick zu. »Also, das reicht jetzt, Sir, keinen Schritt näher.« Er hielt seine Taurus beidhändig und richtete sie auf den Boden vor den Füßen des Fremden. Dieser hatte ihn entweder nicht gehört oder beachtete die Aufforderung nicht.

»Sir, ich bin Polizeibeamter. Falls Sie nicht aufhören, sehe ich mich zum Handeln gezwungen.«

»Erschießen Sie ihn«, drängte ein Sanitäter. »Erschießen Sie das Schwein. Er hat mich gebissen, verflucht, er ist durchgedreht!«

»Sir! Bleiben Sie sofort stehen, oder ich schieße!« Der Mann rückte langsam näher, während Rick rückwärtsging.

»Shit«, flüsterte er. Indem er die Taurus wieder sicherte, trat er auf den Kerl zu und schlug sie gegen seine Schläfe. Alles, was ihm seine Ausbildung sagte, ließ darauf schließen, dass diese Person nach dem Hieb gegen den Schädel schachmatt gesetzt sein musste. Richtig ausgeführt führte ein solcher Schlag zu Desorientierung, sodass man den Gegner umgehend unter Kontrolle bringen konnte, ohne ihm ernstlich zu schaden. Der Mann kippte um wie ein nasser Sack. Rick ging an ihm vorbei zu den Sanitätern, die die Augen vor Schreck aufgerissen hatten. »Das ist nicht weiter schlimm; er wird Kopfschmerzen bekommen und vielleicht ein wenig genäht werden müssen, aber schwer verletzt habe ich ihn nicht. Würden Sie ihn für mich untersuchen? Ich möchte mir keine Anzeige einhandeln, falls …«

Rick bemerkte, dass der Sanitäter, den er ansprach, seinem Blick auswich und an ihm vorbei auf die Straße starrte. Als er sich umdrehte, sah er, dass der zerzauste Typ, den er gerade umgehauen hatte, fast schon wieder aufrecht stand.

Der muss sich irgendwelche Drogen eingeworfen haben, argwöhnte Rick. Der Mann kam nun mit ausgestreckter Rechter auf die drei zu. Der Oberarmknochen ragte sichtbar aus seinem blutgetränkten Anzugsakko hervor; eigentlich musste er furchtbare Schmerzen leiden, auch im Drogenrausch.

Rick entsicherte seine Pistole wieder. »Sir, ich habe mich Ihnen gegenüber so freundlich wie möglich gezeigt. Bleiben Sie stehen, oder ich schieße.« Der Mann ging nicht darauf ein. Rick ging in Schussposition und zielte auf ihn. »Sir!«, schrie er, doch sein Gegenüber kam immer näher. »Gottverdammter Mist!«, fluchte Rick und schoss dem Kerl in den rechten Oberschenkel.

»Himmel!«, stöhnte einer der Sanitäter.

Nicht nur, dass der Mann keine Ruhe gab; er schaute auch gar nicht auf die Wunde. Sie bremste ihn nicht aus. Er ging weiter, war jetzt noch zwanzig Fuß weit entfernt. Rick wusste nicht, was er tun sollte. Der Kerl war unbewaffnet, widersetzte sich aber seinen Befehlen. Offensichtlich handelte er nicht vernünftig. Er hatte bereits einen Sanitäter verletzt. »Sie beide werden in dieser Angelegenheit für mich aussagen, oder?«, fragte Rick mit trockenem Mund.

»Verlassen Sie sich drauf, machen Sie ihn kalt!«, bestätigte einer.

»Sir, bitte!«, versuchte Rick es noch einmal, aber der Mann wurde nicht langsamer. Der Polizist konnte nur noch an die Bilder von den Cops in Boston denken, die auf Zivilisten gefeuert hatten. Letzten Endes traf er mitten in die Brust des Mannes. Dieser ging auf einem Knie nieder und stützte sich mit der rechten Hand auf dem Asphalt ab, erhob sich aber nahezu unmittelbar wieder.

»Das kriegt fünfzehn von zehn Punkten auf meiner Skala abgefuckter Aktionen«, bemerkte ein Sanitäter.

Der Mann torkelte weiter auf Rick zu, der erneut feuerte, diesmal in seinen Bauch. Jetzt brachte ihn der Schuss nicht einmal ins Wanken. Erst als er aus einer Entfernung von zehn Fuß in die Stirn getroffen wurde, fiel er rückwärts um. »Das gibt's doch nicht.« Mehr konnte Rick nicht sagen. Er hatte gerade vier Schüsse abgeben müssen, um einen Einarmigen niederzustrecken.

»Halten Sie Abstand von ihm«, trug er den beiden Rettungshelfern auf. »Gut möglich, dass er die gleiche Krankheit hat wie die in Boston.«

»Nein, nein, *nein!*«, stotterte der Verletzte. »Er hat mich gebissen! Das bedeutet, dass es auch mir bald so dreckig gehen könnte.«

»Komm wieder runter, Randy«, raunte sein Kollege. »Wir fahren zurück ins Krankenhaus und lassen dich untersuchen. Du hast bestimmt nichts.«

Rick näherte sich dem Umgefallenen vorsichtig. Während er die Einschusslöcher betrachtete, fragte er sich, wie irgendjemand nach drei Treffern wie jenen, die er dem Mann vor dem Kopfschuss versetzt hatte, noch weitergehen konnte. »Geben Sie mir eine Decke, die lege ich auf ihn und melde den Vorfall dann«, sprach er. »Außerdem brauche ich Ihre persönlichen Daten. Das wird definitiv Verhöre nach sich ziehen, und Sie beide sind meine Zeugen.«

»Kein Problem«, bekräftigte der eine – Don. »Sie haben ihn bestimmt zehnmal aufgefordert, stehen zu bleiben.«

Er holte ein weißes Laken aus dem Laderaum des Krankenwagens, schien aber davor zurückzuscheuen, näher vor den Toten zu treten, um ihn zuzudecken.

»Lassen Sie mich«, bot Rick ihm an.

»Danke, Mann. Momentan hätte ich am liebsten einen anderen Job.«

Nachdem sich Rick vorgestellt hatte, nahm er die Daten der beiden auf und riet dem Gebissenen, sich durchleuchten zu lassen. »Normalerweise müsste ich Sie zwingen, hier zu warten, aber da Sie verletzt sind, sollten

Sie fachliche Hilfe in Anspruch nehmen. In einer Stunde oder so werden Kollegen von mir nach Ihnen fragen, also halten Sie sich bereit.« Rick deckte die Leiche mit dem Laken zu.

Die Sanitäter stiegen in ihren Wagen. »Wir werden den Vorfall auch melden«, sagte Don. »Ich lasse Randy schnell untersuchen, aber die Leitung muss erfahren, was passiert ist.« Rick wunderte sich darüber, dass sich keine Schaulustigen versammelt hatten. Im Allgemeinen zerriss man sich das Maul über einen Beamten, der in eine Schießerei verwickelt wurde, doch nur wenige hatten die Szene beobachtet und zogen sich sofort zurück, als Rick wieder zum Gebäude ging. Überall heulten Sirenen, streng genommen mehr als üblich zu solch früher Stunde, aber kein Einsatzwagen schien in seine Richtung zu kommen.

Er betrat das Haus und wollte den Fall gleich melden. Mrs. McCreedy stand in einem Nachthemd mit Blumenmuster an eine Wand gelehnt auf dem Flur. Sie hatte ihr Gesicht von Rick abgewandt. Er näherte sich von hinten und fasste ihr an die Schulter.

»Alles in Ordnung, Mrs. McCreedy, Sie können sich wieder hinlegen. Da war ein Geistesgestörter vorm Haus.«

Plötzlich fuhr die Frau herum, packte Ricks Hand und zog sie zu ihrem Mund. Sie biss fest in die Außenseite – dort wo der kleine Finger ansetzte –, was höllisch wehtat und Rick gequält aufheulen ließ. Er riss sich los und trat zurück. Die Hand blutete nicht. Seine ältere Nachbarin knurrte aus tiefer Kehle und stürzte auf ihn zu, mit gespreizten Fingern nach ihm schlagend. Auch ihre Augen waren blutrot. Sie bekam sein Shirt zu fassen und versuchte, ihn ins Gesicht zu beißen. Er stieß sie fort, doch sie hielt sich beharrlich fest. *Ganz schön stark für eine alte Lady*, dachte Rick zuerst. Kurz darauf sah er ein: *Kacke, sie hat mich gebissen!* Noch ein kräftiger Stoß, und die Frau fiel auf ihren Hintern. Er besah seine Hand mit hochgehaltenem Ballen, indem er sie zwischen dem Daumen und den Fingern der anderen drückte, und drehte sie wiederholt. Zurückgeblieben war ein halbkreisförmiger, roter Abdruck, aber keine Wunde. Die Frau begann, sich aufzurichten, also drückte Rick sie mit einem Fuß nieder. Sie sah ihn an, stieß einen grässlichen Zischlaut aus und sperrte ihren Mund wild fauchend auf. Rick sah schwarz gewordenes Fleisch und keine Zähne. Sie hatte ihr Gebiss nicht eingesetzt. Bevor sie wieder hochkommen konnte, versetzte er ihr noch einen Tritt mit seinem Stiefel, woraufhin sie liegen blieb. Schnell kniete er sich auf ihren Rücken, sodass sie sich praktisch nicht mehr vom Boden erheben konnte. Dann nahm er seine Handschellen heraus, zog ihren linken Arm zurück und legte eine Seite an. Sie wehrte sich erbittert und versuchte weiter nach ihm zu schnappen, doch er bekam ihre rechte Hand zu fassen und schloss den anderen Ring um deren Gelenk. Rick schleifte sie in ihr Appartement und schloss die Tür von außen. Der Mann im Anzug, den er gerade erschossen hatte, war ein Fremder gewesen; auf Mrs. McCreedy konnte er nicht feuern, sie benötigte Hilfe. Er hörte, wie sie drinnen zappelte, um wieder auf die Beine zu kommen. Sie stieß Gegenstände in ihrer Wohnung um, und Rick erkannte, dass eine Lampe auf den Boden krachte. Nach kurzem

Nachdenken öffnete er die Tür, legte den Riegel innen um und zog sie von außen wieder zu. Er vergewisserte sich, dass sie verschlossen war, und kehrte in seine Wohnung zurück.

Im Bad wusch er sich dreimal die Hände. Der rote Abdruck verschwand langsam, aber die Hand schmerzte noch immer. Allerdings stellte er erleichtert fest, dass er keine Hautabschürfungen hatte. »*Nie wieder* werde ich jemanden an der Schulter festhalten«, versprach er sich. »Vollidiot, das war ein Anfängerfehler – zweimal innerhalb von zehn Minuten!«

Draußen blinkten Lichter. Er ging zum Balkonfenster und schaute hinunter. Der Krankenwagen stand noch dort; die beiden Sanitäter hatten die Türen weit aufstehen lassen, waren aber nirgends zu sehen. Dies beunruhigte Rick. Er nahm das Telefon von der Couch, wo er es hingelegt hatte, und rief bei Meara auf der Wache an. Niemand ging ran, also holte er sein Dienstfunkgerät aus dem Schlafzimmer und schaltete es ein. Damit kontaktierte er die Streifenzentrale.

»Dispatch, hier 4044 Denver, erbitte Code 30, wiederhole: Code 30, over.«

»10-2, 4044, sind Sie verletzt? Over«, bekam er zurück, eine merkwürdige Frage.

»Negativ, Dispatch, 4044 meldet 34S mit Beteiligung eines Beamten und Todesfall, over.«

»Verstanden, 4044. Wurden Sie gebissen? Over.«

»Sagen Sie das noch einmal, Dispatch«, verlangte Rick.

»Wiederhole für 4044: Wurden Sie gebissen? Over.«

»Negativ, Dispatch, aber ich brauche Hilfe. Können Sie …«

Die Diensthabende unterbrach Rick: »4044, wurde irgendjemand in Ihrer Nähe gebissen? Over.«

Er antwortete im ungeduldigen Tonfall: »Verstanden, Dispatch, ein Rettungssanitäter wurde gebissen, und zwar von einem …« Abermals schnitt ihm die Funkerin das Wort ab.

»Wo befindet sich der Gebissene? Over.«

Rick ging wieder vom Schlafzimmer zum Balkonfenster und schaute mit seiner Kollegin am Ohr hinaus in die Nacht. Eine Gestalt wankte die Straße hinunter davon.

»Weiß ich nicht, over.« Als das Telefon klingelte, bat Rick die Frau, kurz zu warten.

»Negativ, 4044, zu viel Funkverkehr. Kann Ihrer Bitte nicht nachkommen und empfehle, Sie melden sich entweder im Präsidium oder suchen einen sicheren Unterschlupf und warten dort, bis wir Ihnen helfen können, over.«

Was um alles in der Welt bedeutete das? Er hatte der Funkerin gerade durchgegeben, jemanden erschossen zu haben, und sie tat so, als ob dies unerheblich sei. Einen sicheren Unterschlupf finden? Was meinte sie damit? Rick ging ans Telefon. »Hallo?«

»Rick, ich bin es, Mike.«

»Mensch, was zum Teufel ist los? Ich habe gerade mit der Zentrale gesprochen; ich habe gemeldet, vorhin einen Mann getötet zu haben, doch die Kollegin hat reagiert, als hätte ich nur um Befehle gebeten!« Als sich Rick mit einer Hand über den Kopf fuhr, bekam er nasse Finger; da wurde ihm bewusst, dass ihm der Schweiß ausgebrochen war.

»Die Zentrale wurde damit beauftragt, alle anrufenden Beamten aufzufordern, entweder zur Wache zu kommen oder sich dort zu verschanzen, wo sie sind«, erläuterte Mike. »Rick, hör zu, komm morgen nicht her. Nimm Sam und deinen Dad, dann sieh zu, dass du dich schleunigst aus dem Staub machst.«

»Mein Gott, wovon redest du?«

»Du meintest gestern, es sei unmöglich, Brenda in Boston zu erreichen, nicht wahr? Dass du nicht durchgekommen bist, hat einen triftigen Grund: Boston ist nicht mehr.«

»Mike, was …?«

»Sei still und lass mich ausreden«, fuhr sein Freund fort. »Diese Krankheit an der Ostküste, von der wir erfahren haben, grassiert nicht nur dort, sondern überall, auch hier. Seit ein paar Stunden herrscht völliges Chaos; wirklich jeder in der Stadt ruft den Polizeinotdienst an, weshalb das Telefonpult leuchtet wie ein Weihnachtsbaum. Ein Kumpel von mir, der beim Medizinischen Forschungsinstitut der Army für Infektionskrankheiten arbeitet, hat vor einer Stunde bei mir durchgeklingelt. Er meinte, die Kranken seien ungeheuer gewalttätig und extrem resistent sowohl gegen Schmerzen als auch Verletzungen. Man kann sie in keiner Weise dauerhaft außer Gefecht setzen, außer man zerstört ihr Gehirn. In Boston ist alles aus, tut mir leid.«

»Was heißt das?«, wollte Rick wissen.

»Das heißt, die Situation dort ist gänzlich aus den Fugen geraten. Die Infizierten sind den Gesunden zahlenmäßig so haushoch überlegen, dass ich fürchterliche Angst bekomme, wenn ich daran denke. Die Stadt brennt, und die Armee, die einige Tage lang vor Ort gewesen ist, zieht sich gerade zurück, weil es so schlimm zugeht. Jetzt hat die Krankheit uns erreicht. Die ganze Nacht über gab es Dutzende Anrufe von verstörten Leuten, die behaupteten, von ihren Nachbarn angegriffen zu werden. Ich habe acht Einheiten losgeschickt, um eine kleine Ausschreitung zu zerschlagen, doch von den sechzehn Männern hat nur einer überlebt und ist zurückgekommen.«

»Willst du mich verarschen? Boston ist verloren? Fünfzehn Cops in San Francisco tot?« Rick war sprachlos. Er schaute wieder auf seine Hand, wo Mrs. McCreedy ihn gebissen hatte, und suchte nach offenen Stellen.

»Rick, wir wissen von zwanzig Cops, die umgekommen sind. Neun weitere werden vermisst, sechs Streifenwagen wurden aufgegeben oder demoliert. Garcia war derjenige, der die Krawalle überlebt hat. Er hat erzählt, dass die Randalierer die Verletzungen, die sie sich zugezogen hatten, eigentlich unmöglich hätten überleben können. Es hat sich um eine Gruppe von rund dreißig Personen gehandelt, die gegen das Schaufenster eines kleinen Lebensmittelladens gehämmert haben. Alle Einheiten haben mit Tränengas gefeuert und waren mit Schutzschilden sowie Gasmasken ausgestattet; diese Leute haben sie angefallen und aufgefressen, stell dir das vor! Das Tränengas hat nichts bewirkt. Garcia meinte, er habe einem mit seiner Flinte Kaliber 12 aus nächster Nähe in die Brust geschossen und ihn praktisch zerfetzt, doch der Kerl sei weiter auf ihn zu gekrochen, während die Hälfte seines Oberkörpers fehlte. Garcia hat die Flucht ergriffen, als seine Kameraden abgeschlachtet wurden, sich aber mehrere Bisse zugezogen. Wir haben ihn ins St. Mary's einliefern lassen. Vor zehn Minuten habe ich dort angerufen, doch die Klinik wurde komplett überrollt. In den oberen Etagen halten sich noch ein paar Ärzte und Patienten auf, die wir allerdings nicht erreichen können, weil zu viele Infizierte im Gebäude sind. Du wohnst zwar in der sichersten Gegend, musst aber trotzdem verschwinden. Dieser Kampf ist so gut wie verloren, also hau ab. Wir können hier längst niemandem mehr helfen, und es ist an der Zeit, dass wir uns um uns selbst kümmern. Achtundsechzig von uns sind noch übrig, und ich habe alle Einheiten zurück zur Wache bestellt. Wir werden versuchen, alle unsere Angehörigen zusammenzuholen, uns zu den Stadtgrenzen aufmachen und jeden mitnehmen, den wir können. Falls wir es nicht schaffen, zu fliehen, ziehen wir uns hierher zurück und leisten Widerstand, sollte es hart auf hart kommen.«

»Wo befindet sich der Treffpunkt? Wie lautet euer Plan, wenn es euch gelingt, die Stadt zu verlassen?«

»Auf Alcatraz«, antwortete Meara. »Der Weg dorthin führt zwar direkt bei dir vorbei, aber warte nicht auf uns. Schnapp dir so viele Vorräte und Leute, wie du finden kannst, dann musst du irgendwie auf die Insel gelangen. Viel Glück, Kumpel, pass auf dich auf.«

»Du auch, Mann, wir sehen uns bald«, sagte Rick und legte auf. Dann ging er wieder ins Schlafzimmer, nahm zwei Sporttaschen und füllte sie mit Gegenständen, die er als nützlich erachtete. Aus dem Schrank nahm er sein Schulterholster und zog es an, bevor er die Taurus vollständig nachlud, die Sicherung überprüfte und sie einsteckte. Gerade als er mehr Munition für seine Flinte auspackte, klopfte es an der Wohnungstür. *Kann ich denn nicht mal zwei Minuten meine Ruhe haben?*, ärgerte er sich. Nachdem er das Gewehr zur Hand genommen hatte, ging er nach vorn. Er wartete ein paar Sekunden und wollte sich schon wieder abwenden, um weiter zu packen, als es erneut klopfte. Da richtete er die Waffe auf die Tür und fragte mit ruhiger Stimme: »Wer ist da?«

»Mr. Barnes? Mr. Barnes, ich bin es, Chris Rawding aus Wohnung 3A, ich würde gern mit Ihnen sprechen.«

Rick wusste, dass über ihm ein jüngerer Mann wohnte, kannte ihn aber nicht namentlich. Der Kerl war still und menschenscheu, ein Computerfreak oder so. Um sicherzugehen, dass es sich um den Nachbarn handelte, den er meinte, schaute Rick durch den Spion hinaus; er sah einen großen, schlanken Jungspund von zweiundzwanzig oder dreiundzwanzig Jahren, also zog er den Riegel zurück, sperrte auf und ließ ihn herein. Chris betrat das Appartement, blieb aber abrupt stehen, als er die Flinte bemerkte. Er schaute Rick misstrauisch an. »Kommen Sie ruhig«, bat dieser und richtete die Waffe auf den Boden. »Ich bin Polizeibeamter.« Mit diesen drei Worten verhielt es sich stets so, dass sie entweder Ängste aufhoben, schürten oder wütend machten, und ein guter Bulle konnte immer vorhersagen, welche Reaktion sie heraufbeschwören würden, bevor er sie äußerte. Rick spekulierte auf die erste und irrte sich nicht.

»Ich weiß, dass Sie bei der Polizei arbeiten, darum bin ich hier.« Der Junge fuhr sich mit einem Unterarm über die Stirn, wobei Rick auffiel, dass er schwitzte.

»Wo drückt der Schuh, alles okay mit Ihnen?«

»Ja, äh … es ist bloß so, dass in letzter Zeit komische Dinge passieren, und deshalb hab ich ein bisschen Schiss. Ich bin während der letzten Stunden online gewesen, und einige Bekannte von mir haben geschrieben, diese Infektion habe sich überall ausgebreitet. Ich brauche jemanden, der mir sagt, was genau los ist, und Sie waren die erste Person, an die ich dachte. Vorhin habe ich Schüsse gehört, und als ich aus dem Fenster geschaut habe, waren Sie mit zwei Sanis unten auf der Straße. Sie haben diesen Mann abgeknallt; war er krank?«

»Davon gehe ich aus«, seufzte Rick. »Er hat alle Anweisungen ignoriert und einen der Sanitäter angegriffen – gebissen.«

»Gebissen?« Jetzt sah Chris wirklich ängstlich aus. »Zwei meiner Freunde meinten, die Infektion übertrage sich durch Bisse, und wenn man sich ansteckt, verliere man innerhalb kurzer Zeit den Verstand, woraufhin man alles und jeden in der Umgebung anfallen würde.«

»Mist«, fluchte Rick und schaute auf seine Hand. Ein Hoch darauf, dass Menschen im Alter die Zähne ausfielen … »Also gut, Sie heißen Chris, meinten Sie?« Der Junge wirkte fast traurig darüber, dass sich Rick seines Namens nicht sicher war. Schließlich nickte er. »Wie genau kann ich Ihnen behilflich sein?«

»Äh, na ja … Sie sind bewaffnet …«

Rick zog seine Augenbrauen hoch.

»Nur darum geht es mir … Ich habe keine Kanone und werde so langsam nervös, also dachte ich mir, ich könnte vielleicht vorübergehend bei Ihnen bleiben.«

Der Mann machte einen Eindruck wie ein verschüchtertes Mädchen im Grundschulalter, während er seine Augen aufriss und fahrig auf seiner Unterlippe kaute.

»Tja, dann habe ich eine gute und eine schlechte Nachricht für Sie, Sportsfreund«, sprach Rick. »Die gute lautet, dass ich so etwas wie ein Waffennarr bin, und die schlechte, dass ich in zwei Stunden von hier aufbrechen werde.« Er gab Chris eine kleine Pistole: ein Kaliber .32, gekauft für seine Frau, als er noch in Boston gewohnt hatte. Sie war rigoros dagegen gewesen, die Waffe zu tragen, sogar nachdem sie einen Schein gemacht hatte. Bei seinem Umzug zurück nach San Francisco hatte Rick sie mitgenommen und in seinen Schließkasten gelegt, wo sie bis zuletzt ungebraucht geblieben war.

»Unter normalen Umständen würde ich ihnen keine Schusswaffe anvertrauen«, stellte er klar, »aber momentan geht es alles andere als normal zu.« Er schaute Chris an, während dieser die Pistole entgegennahm. »Haben Sie schon einmal geschossen?«

Der junge Mann schaute die vernickelte Waffe an und bejahte nickend.

»Gut, dann wissen Sie hoffentlich, wie man damit umgeht.«

Kapitel 4

Da Paul schon lange in der Vorstadt von San Francisco wohnte, war er nächtliches Sirenengeheul gewohnt, doch heute nahm es wirklich überhand. Er war gegen halb zehn zu Bett gegangen und nicht mehr der Jüngste, zudem stand er gern früh auf und legte sich dementsprechend auch zeitig hin. Irgendwann im Lauf der Nacht wurde er wach, weil er pinkeln musste. Als er sich aus dem Bett erhob, bemerkte er, dass sein Digitalwecker nicht eingeschaltet war. Er drückte einen Knopf, woraufhin ihn die grell blaue LCD-Hintergrundbeleuchtung vorübergehend blendete. Nachdem er mehrmals geblinzelt hatte, erkannte er die Ziffern: 3:26 Uhr. Verschlafen schlurfte er ins Bad und erleichterte seine Blase. Auf dem Rückweg zum Bett schaute er aus dem Fenster und sah, dass wohl der Strom in seinem Viertel ausgefallen war. Der Lichtbogen vorn an seiner Einfahrt – eine Gasentladungslampe – funktionierte aber noch, was auch auf alle anderen zutraf, wie er feststellte, als er die Straße hinunterschaute. Die Lampe vorm Nachbarhaus beleuchtete eine befremdliche Szene: Drei Personen knieten rings um eine vierte und nahmen etwas von dem Unglückseligen.

Paul wurde wütend. Als ehemaliger Polizist führte für ihn kein Weg daran vorbei, dass er dies anzeigte. Kürzlich war er in eine Schießerei verwickelt worden, als er einen drogenabhängigen Dieb, der eine Tankstelle ausrauben wollte, mit seiner Pistole unschädlich gemacht hatte. Der Täter war ums Leben gekommen und Paul von einigen als Held gefeiert worden, wohingegen ihn andere der Selbstjustiz bezichtigten. Die Polizei behielt seine Schusswaffe in Verwahrung, solange die Ermittlungen andauerten, also konnte er dem Opfer, das gerade auf der Straße ausgenommen wurde, nicht zur Hilfe kommen.

Was auch immer die Halunken stehlen wollten, tropfte. Die drei schienen es vor ihre Gesichter zu halten, fast wie um davon zu essen. Sie waren zu weit weg, um es genauer zu erkennen, weshalb Paul seinen billigen kleinen Feldstecher aus der Nachttischschublade nahm. Damit beobachtete er oft die Kinder beim Baseballspielen im Park am Ende der Straße; er hatte die Jugend schon immer gern dabei beobachtet und noch mehr seit sein Sohn, als er das Erwachsenenalter erreicht hatte, weggezogen war. Paul stellte das Fernglas scharf, um zu erkennen, was vor dem Haus nebenan geschah.

Das Treiben glich einer Szenerie aus einem Albtraum: Die drei Knienden aßen einen anderen Menschen. Sie waren über und über besudelt, Blut lief an ihren Gesichtern hinunter. Jeder stopfte sich Fleischbrocken des Opfers in den Mund. Einer zog schwankend mit einem Unterschenkel – so sah es zumindest aus – von dannen, doch weitere tauchten auf und stolperten auf den Tatort zu. Paul glaubte zunächst, einige der Neuankömmlinge würden vielleicht helfen, doch auch sie knieten nieder und begannen, sich an dem Hilflosen gütlich zu tun! Der alte Mann sah ein, dass es sich nur um die gleiche

Entwicklung wie in Boston handeln konnte. Auf einmal erschauderte derjenige am Boden, der verspeist wurde. Die Angreifer schienen kurz innezuhalten und betrachteten ihre Mahlzeit. Dann stieß das Opfer sie mit dem Armstumpf, der ihm geblieben war, von sich! Er versuchte sich aufzurichten, doch sein Körper hatte schon zu sehr gelitten. Beide Beine waren abgerissen, und mit dem einen Arm, dessen Hand fehlte, konnte er nicht genügend Kraft aufbringen, um sich vom Pflaster abzudrücken. Seine Peiniger standen auf und trotteten davon, wobei sie gegen Hindernisse stießen oder darüber stolperten.

Paul wusste, dass er als Nächstes auf der Menükarte stehen könnte. Mittlerweile drangen Schreie aus einem der Häuser in der Nähe, und die Straße füllte sich zusehends mit diesen schwerfälligen Gestalten, die nach dem Ursprung des Lärms strebten.

Woher kamen die bloß alle? Jetzt waren mindestens dreißig von ihnen da draußen, alle auf dem Weg zum von Paul aus gesehen dritten Haus auf der anderen Straßenseite. Er ging zum Telefon, um seinen Sohn anzurufen, doch die Leitung war tot. Ein Handy besaß er nicht, weil er die Teile nervig fand. Sollte er versuchen, von hier zu fliehen, würde er nie und nimmer an den vielen Herumstreifenden draußen vorbeikommen. Wohin könnte er überhaupt gehen? Der Weg zu Ricks Haus war zu weit … Rick! Ja, sein Sohn würde ihn abholen. Paul überlegte, dass er sich im Keller verstecken könne, bis Rick eintraf. Er verkroch sich zwar ungern, während andere in Gefahr waren, hatte aber keine Waffen, und die Zahl der Kranken vorm Haus war zu hoch.

Das musste es sein, was mit ihnen nicht stimmte: Sie waren infiziert. Als er begriff, welche Konsequenzen dies nach sich ziehen mochte, wurde ihm eiskalt vor Schreck. Ein dumpfer Knall auf seiner Vorterrasse steigerte seine Beklommenheit. Wäre er nicht gerade auf dem Klo gewesen, hätte er jetzt nicht mehr an sich halten können. Mehrere schleppende Schritte vorm Haus und schließlich ein Klopfen an der Tür, dann war der Fall klar: Paul hastete zur Kellertreppe. Er blieb auf der oberen Stufe stehen und schloss die Tür hinter sich, dann verbarrikadierte er sie mit zwei überkreuzten Schaufelstielen, die er zusätzlich fixierte, indem er das herumstehende Gerümpel davorschob. Diese Barriere würde bestenfalls wenige Minuten lang halten. Paul ging leise nach unten und warf einen verstohlenen Blick aus dem Kellerfenster. Weil es so klein war – keine zwei Fuß breit und nur halb so hoch –, konnte er nicht viel erkennen. Außerdem stand eine Hecke im Vorgarten, die seinen Rasen vom Nachbargrundstück trennte. So sah er nur die schlurfenden Füße der Kranken im Schein der Straßenlaternen durch die Zweige der Sträucher; es waren viele.

Oben an der Haustür klopfte es stetig. Paul drehte sich nach den fünfzehn Stufen und der dürftig verrammelten Tür am oberen Absatz um. Es war ein schwaches Hindernis, doch mehr konnte er nicht tun. Als das Klopfen abbrach, seufzte er erleichtert. Dann nahm er auf der untersten Stufe Platz und schaute sich um. Nur wenige der Werkzeuge im Keller eigneten sich als stumpfe Waffen, doch um sie einzusetzen, würde er dicht herangehen müssen und sich eventuell anstecken, falls er mit kontaminierten Flüssigkeiten in Berührung kam. Das wollte er auf keinen Fall, zumal er sowieso nicht genau wusste, wie sich die Krankheit übertrug, was offensichtlich extrem schnell geschah. Er stützte sein Kinn auf beide Hände und überlegte. Als er dabei zum Kellerfenster aufschaute, hätte er beinahe einen Schrei ausgestoßen: Direkt vor der Scheibe war ein Paar Füße aufgetaucht. Sie bewegten sich aber zurück in den Garten, sodass Paul wieder allein im Dunkeln saß.

Mehrere Stunden vergingen, bis jemand vorm Haus brüllte. Er trat wieder zum Fenster und sah, dass noch ein Pechvogel unter einer Straßenlampe niedergerungen worden war. Warum zum Kuckuck stellte sich jeder ins Licht, wo es doch im Schatten viel sicherer war? *Was für Trottel* … Gleich darauf bemerkte Paul, dass seine Hecke wackelte, erkannte aber nicht, woran es lag. Er zog sich vom Fenster zurück, doch zuvor geriet noch etwas Interessantes in Sicht …

Kapitel 5

»Chris, auf sechs Uhr!«

»Was?«

»Hinter dir!«

Er drehte sich gerade noch rechtzeitig um, als eine junge Frau mit blutverschmierten, ausgestreckten Armen auf ihn zustürzte. Sie sah wie knapp unter zwanzig aus und hatte einen grausig zerschnittenen Hals. Chris hob seine .32er an und feuerte, doch sie erreichte ihn, bevor er höher als auf ihr Becken anlegen konnte. So schoss er ihr vergeblich in den Bauch. Sie rempelte ihn an, woraufhin beide zu Boden gingen und sie auf ihn fiel. Dabei verlor er die Pistole und fasste ihr mit beiden Händen an die Kehle. Sie hielt sein Shirt mit ungeheurer Kraft fest, knurrte oder fauchte und versuchte unentwegt, ihn zu beißen. Zuletzt drückte er ihren Kopf mit unbändiger Wucht nach oben, da barst die linke Schläfe auf wie eine ausgequetschte Zitrusfrucht. Einen Sekundenbruchteil später hörte er einen lauten Knall.

»Steh auf! Da kommen noch mehr!«, rief Rick. Der Vater stand mit seiner Tochter, die sich beide Ohren zuhielt, neben einem Crown Victoria, seinem zivilen Dienstwagen. Er visierte unterdessen weitere Ziele durchs Fernrohr seines halbautomatischen AR-15A3 an. Dann traf er einen älteren Mann, der bis auf zwei schwarze Socken an den Füßen nackt war; dieser kippte mit einem Loch in der Stirn rückwärts um.

Rick hatte einen simplen Plan ersonnen: So viel wie möglich zusammenpacken und zum Auto gehen. Sie hatten sich jedoch keine zehn Schritte weit vor die Tür gewagt, als Chris mit einem Taschengurt an dem schmiedeeisernen Gitter des Baums hängen- und deshalb stehengeblieben war. Er hatte sich zwar losmachen können, war aber schon von den Infizierten entdeckt worden. Rick bemerkte erst, dass Chris fehlte, als er fünfzig Fuß weiter beim Wagen ankam. Zu dem Zeitpunkt hatten die Kranken den jungen Mann fast erreicht, also musste er feuern.

Chris wand sich unter dem Gewicht heraus, das auf ihm lastete, hob Pistole und Tasche auf und rannte zum Auto.

Rick ließ Sam vorn einsteigen und lud das Gepäck in den Kofferraum, während Chris auf der Beifahrerseite hineinsprang und die Tür zuknallte. »Mr. Barnes, die verfolgen uns, beeilen Sie sich!«, drängte er.

Rick schloss den Kofferraum und klemmte sich hinters Steuer. Zwei kostbare Sekunden vergingen, bis er den Schlüssel in die Zündung steckte, und das genügte den Untoten: Als er den Rückwärtsgang einlegte und den Kopf drehte, um nach hinten zu schauen, klatschte auf seiner Seite eine blutige Hand gegen die Windschutzscheibe und hinterließ einen roten Streifen.

»Anschnallen, Schatz«, sagte er zu Sam. Nachdem er den Schalthebel zurückgezogen hatte, gab er Vollgas und erfasste einen bedauernswerten Zombie mit dem Heck, der daraufhin unter die Räder kam. Sie ließen das Appartementgebäude hinter sich und fuhren Richtung Freeway nach Süden.

»Kein Plan überlebt die erste Feindberührung …«, zitierte Rick kopfschüttelnd.

»Helmuth von Moltke der Ältere«, ergänzte Chris.

»Was?«

»Helmuth von Moltke, von ihm stammt dieser Satz; er war ein deutscher Generalfeldmarschall.«

»Hut ab, ich wette, Sie haben bei *Jeopardy* ständig abgeräumt, nicht wahr?«

»Habe Politikwissenschaften studiert.«

Das verdutzte Rick. »Ich dachte, Sie seien eher ein Computertyp.«

»Bin ich auch. Können Sie sich vorstellen, wie schwierig es ist, mit einem Abschluss in Politik einen Job zu finden? Computer waren ein Hobby für mich, also habe ich sie zu meinem Beruf gemacht.«

Daraufhin wechselte Chris das Thema. »Sie haben sich eingesaut.« Er zeigte auf einen unschönen Fleck auf Ricks Shirt. Während er weiterfuhr, kramte der Jüngere in einer seiner Taschen und zog ein buntes Hawaiihemd heraus. Er gab es Rick, der anhielt, als kurzzeitig kein Untoter in der Nähe war. Vorsichtig streifte er sein Oberteil ab, damit sein Gesicht nicht mit dem Blut in Berührung kam, dann ließ er die Scheibe herunter und warf es hinaus. Mit mehreren Servietten von McDonald's, die er im Ablagefach der Tür fand, wischte er sich die ekelhaften Spritzer vom Körper. Nachdem er auch das schmutzige Papier hinausgeworfen hatte, schloss er das Fenster und zog das Hemd an. Insgesamt dauerte dies weniger als eine Minute, wobei er sah, dass fünf Kranke aus verschiedenen Richtungen näher kamen. Rick schüttelte wieder den Kopf und fuhr weiter.

Über einer Straße rechts stieg dichter, schwarzer Rauch auf, und als er über die Kuppe eines der unzähligen Hügel von San Francisco fuhr, erkannte er, dass die Stadt verwüstet war. Mindestens vier Flächenbrände wüteten in ihrem Herzen, vereinzelte kleinere Feuer in den Außenbezirken. Es hatte Dutzende Verkehrsunfälle gegeben, und die Bürger schienen überallhin auszuschwärmen, teilweise mit Gepäck und kleinen Kindern im Schlepptau. Kein Mensch war zu sehen, der nicht von unbeholfen zuckelnden Gestalten verfolgt wurde. *Wie konnte alles nur so schnell zerfallen?*, fragte sich Rick.

»Mein Gott …«, stöhnte Chris, während er die Straßen überblickte. Unten am Hügel stand ein Mann mit einem Gewehr, der auf alles anlegte, was er sah. Es war eine Vorderschaft-Repetierflinte, und vor seinen Füßen lag eine Schachtel Patronen. Er wurde von acht Untoten umzingelt, und weitere näherten sich. Während er feuerte, schrie er irgendetwas Unverständliches. Eine blutende Frau lief um Hilfe rufend auf ihn zu, doch er lud durch und schoss ihr in die linke Schulter. Sie fiel rücklings um, und als sie sich aufrecht hinsetzte, fehlte der Arm. Als sie an die Stelle schaute, wo ihr Schultergelenk gewesen war, fing sie zu brüllen an. Da schoss ihr der Mann in die Brust, sodass sie zurückgeschleudert wurde und sich nicht mehr rührte. Er stand über ihr und feuerte auf eine Gruppe von sechs Infizierten. Zwei fällte er, bevor ihm die Munition ausging. Er wollte nachladen, doch die übrigen vier Kreaturen erreichten und überwältigten ihn. Rick wollte nicht noch mehr Zeit vergeuden, also bog er links ab und jagte die Straße hinunter. Als sich Chris im Sitz umdrehte, sah er mit Entsetzen, wie die erschossene Frau Fetzen aus ihrem eigenen abgetrennten Arm biss.

Die Fahrbahn war breit und wurde von dreistöckigen Gebäuden flankiert. Vor ihnen hatte ein Auto einen Strommast gerammt, war in der Mitte durchschnitten worden und ein Stück weiter in einen Hydranten gerutscht. Aus diesem stob eine Fontäne in die Luft, und das Wasser floss den Hügel hinunter. Ein Kabel, das von dem Mast herunterhing, sprühte Funken und knisterte über dem sprudelnden Wasser. »Dort kommen wir nicht weiter«, sah Rick ein, doch als er in den Rückspiegel schaute, machte er ungefähr zwanzig Untote aus, die von hinten kamen.

»Vergiss das«, rief er, »ich muss da durchfahren!« Wieder legte er den Rückwärtsgang ein und rollte vorsichtig mit etwa zehn Meilen pro Stunde los.

»Warum geben Sie nicht Gas und überfahren sie?«, fragte Chris.

»Weil ich, falls der Wagen sie zu schnell erwischt, die Kontrolle darüber verlieren könnte!«

Der Crown Vic stieß den ersten Infizierten um und überfuhr ihn mühelos. Wie um Ricks Argument zu stützen, sackten die nächsten beiden auf den Kofferraumdeckel und bremsten das Auto ab. Er geriet ins Schlingern, weil die Reifen auf irgendetwas rutschten, und wurde noch langsamer. Flache Hände und Fäuste schlugen gegen die Scheiben und das Blech der Karosserie. Rick blieb umgedreht sitzen, während er sich bemühte, den Wagen durch die Menge zu manövrieren. Dabei hatte er den freien Arm über die Rückenlehne seines Sitzes gelegt und trat fest aufs Gaspedal, doch sie kamen nicht von der Stelle. Die Hinterräder drehten sich jetzt schneller, weil sie die Bodenhaftung verloren. Als ein Kranker gegen das Beifahrerfenster klatschte, schrie Sam. Mit der nächsten Erschütterung taten sich Risse wie ein Spinnennetz im Glas auf. Chris richtete seine Pistole darauf. »Nicht schießen!«, fuhr Rick ihn an. Der junge Mann drehte sich zu ihm um und starrte wie irr. Drei Untote waren auf die Motorhaube gestiegen und schlugen auf die Windschutzscheibe ein. Rick stellte die Automatikschaltung auf Dauerbetrieb und trat das Gaspedal bis zum Boden durch; zunächst bewegten sie sich nur ein wenig, doch dann ein Ruck, und sie schossen vorwärts. Ein Infizierter stürzte von der Haube, aber die anderen beiden ließen nicht los. Nach ungefähr dreißig Fuß legte Rick eine Vollbremsung hin, sodass die zwei Hartnäckigen einen Satz nach vorn machten und auf dem Asphalt landeten, wo Wasser aus dem Hydranten auf sie rieselte. Beim Aufstehen berührte einer das Kabel und fing zu tanzen an. Der andere hatte sich zur Hälfte erhoben, als der erste in der Lache zum Leiter wurde und die ganze Straße unter Strom setzte. Dabei ging er in Flammen auf, und nach knapp anderthalb Sekunden brachen beide qualmend zusammen.

Rick legte abermals den Rückwärtsgang ein und beschleunigte. So pflügte er durch die Gruppe der Untoten, die dabei nach allen Seiten weggeschleudert wurden. Als der Wagen hart nach rechts ausscherte, spürte Rick, dass ihm das Lenkrad aus den Händen glitt. Der Crown Vic vollzog eine Drehung und krachte seitlich gegen eine Ladenfassade, wo er stehen blieb. Von vorn wie hinten näherte sich eine Vielzahl wankender Gestalten. Rick war benommen von dem Aufprall. Als er wieder klar wurde, hatten elf Untote das Auto eingekreist. Sie schlugen gegen die Scheiben auf der Fahrerseite sowie auf die Motorhaube, einer ballte eine Faust und rammte sie ins Heckfenster; beim zweiten Hieb taten sich Risse darin auf. Rick streckte sich zur Rückbank aus, um das SPAS-12 zu greifen, da schlug eine dreckige, blutige Hand ein Loch in die hintere Scheibe und hielt seinen Arm fest. Sam brach in Tränen aus, und Chris schrie. Rick versuchte, die Angreiferin abzuschütteln, und zog nach Kräften, wobei die Kanten des zerbrochenen Sicherheitsglases das Fleisch in langen Streifen von ihrem Arm schälte. Schließlich gab die ganze Scheibe nach, und sie begann hereinzuklettern.

Als sich auch ein Sprung in der Windschutzscheibe auftat, lehnte sich Chris zur Seite und schoss ins Gesicht eines untoten Polizisten; zurück blieb ein Loch im Glas. Der Knall dröhnte laut im Inneren des Wagens, aber Chris schnellte herum und feuerte in den Kopf der Frau, die an Ricks Arm zerrte. Das vordere Fenster fiel schließlich herein, und ein einstiger Krankenpfleger im Kittel streckte sich aus, um Rick zu ergreifen. Ein kleiner Junge, dessen linke Gesichtshälfte fehlte, stieg am Heck durch den Rahmen.

Chris traf eines seiner Augen, und er sackte sofort zusammen, womit er den Einstieg für andere erschwerte. Rick rang mit dem Pfleger, als hinter ihnen eine tiefe Hupe erklang. Einige Untote blickten auf und sahen einen grün-weißen Laster der städtischen Müllabfuhr heranrasen. Dieser streifte das Auto, weshalb der Krankenhaus-Zombie loslassen musste, und schob es dreißig Fuß weit die Straße hinunter. Der Müllwagen piepte, als er zurücksetzte, und überrollte alle Infizierten auf seiner Bahn; dann fuhr er wieder vorwärts und plättete auch den Rest. Ein stämmiger Mann sprang mit einer zwei Fuß langen Stahlbetonstange in einer Hand vorn heraus. Er überquerte die Straße geruhsam, holte zur Seite aus und schlug dem letzten Untoten in der unmittelbaren Umgebung gegen den Schädel. Dabei knirschte es markerschütternd, und der frühere Schlachter fiel um wie ein Kegel beim Bowling.

Danach kam der Fremde zum Crown Vic und schaute herein. »Heiße Dallas, kommt ihr mit?« Er hatte einen unverkennbaren Südstaatenakzent.

Rick und Chris sahen einander an, bevor sie ihre Sachen zusammennahmen. »Komm, Herzchen, wir verschwinden von hier«, sagte der Vater und öffnete seine Tür.

Nachdem er, Chris und Sam ausgestiegen waren, liefen sie zu dem Lastwagen. Rick stieg mit seinem Gepäck ein, bevor er Sam packte und ihr heraufhalf. Dallas setzte sich wieder ans Steuer. »Jetzt Sie, Junge«, sagte Rick zu Chris. »Ich bleibe an der Außenseite.« Dallas legte den ersten Gang ein und fuhr los. Sam hockte auf Chris' Schoß, während Rick das AR-15 auf seinen Oberschenkeln liegen hatte.

Es war eng, aber zweckmäßig.

»Seid ihr in ein Waffenarsenal eingebrochen oder so?«, fragte Dallas.

»Nein, ich bin Polizist.«

»Mmm«, brummte der Fahrer. »Für Bullen hab ich nicht unbedingt viel übrig.«

»Ach nein?«, fragte Rick, während er frische Patronen in ein Magazin drückte.

»Nein. Mein alter Herr war Texas Ranger – der fieseste Sack, der mir je untergekommen ist, und ich hab schon einiges von der Welt gesehen.«

Sam legte eine Hand auf Dallas' Arm. »Mein Daddy ist ein netter Mann, versprochen.«

Der wuchtige Mann schaute sie nachdenklich an. »Na, dann werden wir gut miteinander auskommen, er und ich.« Er fuhr ein Stück vorwärts.

»Weiter da vorn hängt ein Stromkabel in einer Wasserlache; das meiden Sie wohl am besten«, warf Chris ein.

»Stimmt wohl, ja«, nickte Dallas. »Wissen Sie, wo ich herkomme, stellt man sich demjenigen vor, der einen gerade gerettet hat.«

»Ich heiße Chris, das sind Rick und Sam.«

»Freut mich«, erwiderte Dallas, während er zurücksetzte. Nachdem er gewendet hatte, fuhr er in die Richtung los, aus der er gekommen war.

»Ich muss zu meinem Vater«, sagte Rick.

»Ich wüsste nicht, wie der noch hier reinpassen würde«, entgegnete Dallas sachlich. »Wir sind voll besetzt.«

»Egal, ich muss zu ihm«, beharrte Rick gereizt.

»Ball flach halten, *Officer*«, beschwichtigte Dallas höhnisch grinsend. »Wird schon irgendwie gehen; wo ist er?«

»Er wohnt in der Third Street, nicht weit weg von der UCSF.«

Dallas bremste unvermittelt und schaute Rick in die Augen. »In der Nähe der Uni?«

»Genau.« Der Polizist runzelte seine Stirn. »Wieso?«

Dallas zog die Augenbrauen hoch und stieß einen langen Seufzer aus. »Weil ich von dort komme. Ist die absolute Hölle; Tausende dieser Brutalos treiben sich da herum, und die Straßen sind praktisch unpassierbar, weil so viele Wracks und stehen gelassene Autos den Weg versperren. Alle Krankenhäuser befinden sich in der Gegend, und wohin gehen die Leute, wenn sie krank oder verletzt sind oder … gebissen wurden?«

»Ist mir gleich«, entgegnete Rick. »Ich werde ihn holen.«

Dallas schüttelte den Kopf. »Und die Kleine mitnehmen, sieht so Ihr Plan aus? Ich sag's Ihnen, wir brauchen etwas Konkreteres als ein ›Ich werde ihn holen‹, oder wir gehen drauf – sie eingeschlossen.« Er verwies mit einem Daumen auf Sam. »Mag sein, dass Sie Ihren Herrn Papa retten wollen, aber sind Sie bereit, Ihre Tochter dabei draufgehen zu lassen?«

»Nein«, antwortete Rick mit entrücktem Blick. »Bin ich nicht – und außerdem würde es meinem Vater überhaupt nicht passen, dass ich Sams Leben aufs Spiel setze, um seinen runzligen Hintern zu retten.«

»Gut, dann sind wir uns einig.« Da klopfte etwas gegen die Seite des Lasters, und Dallas schaute aus dem Fenster. »Einen Moment.« Indem er die Tür schwungvoll aufstieß, streckte er einen einzelnen Zombie nieder. Dieser trug ironischerweise den Overall eines Müllmanns. Dallas nahm seine Betonstange und sprang aus dem Führerhaus. Während die Kreatur aufzustehen suchte, holte er aus und schlug gegen ihren Kopf; sie brach zusammen und blieb reglos liegen. Dallas spuckte darauf und sagte: »Doppelt hält besser, Arschloch.« Als er hinter den Wagen schaute, sah er keine fünfzig Fuß weit entfernt eine kleine Schar Untoter in trottendem Gang näher kommen. Er stieg wieder ein und drehte sich ein letztes Mal zu der Rotte um. »Meine Fresse, die sind wie Ungeziefer.«

Wieder legte er den ersten Gang ein und fuhr los. »Wir müssen uns einen anderen fahrbaren Untersatz besorgen«, befand er. »Der hier ist so schon zu eng, und Ihren Vater kriegen wir nicht mehr rein.«

»Da haben Sie wohl recht«, stimmte Rick zu. »Eine Meile weiter in diese Richtung, dann stoßen wir auf ein Autohaus.«

»Officer, Sie wollen doch nicht etwa andeuten, dass wir einen Wagen *stehlen* sollen, oder?«, fragte Dallas im spitzen Ton.

Sam schaute ihren Vater erstaunt an.

»Genau das will ich, Sir«, bestätigte Rick breit grinsend.

Kapitel 6

Hapscombs Gebrauchtwagenparkplatz war von einem sechs Fuß hohen Drahtzaun umgeben, an dessen Oberkante, wie es sich gehörte, Stacheldraht entlangführte. Auf dem Gelände standen rund sechzig Autos in mehr oder weniger reparaturbedürftigem Zustand, die neueren Modelle weiter vorn, die Schrottlauben an den Seiten und hinten. Dort befand sich auch ein schmales Bürogebäude mit Obergeschoss. Die daneben gelegene, heruntergekommene Garage für vier Wagen besaß ebenfalls einen Überbau. Der Platz war dem Anschein nach schon seit Tagen geschlossen und – umso besser – frei von Infizierten. Dallas fuhr mit dem Müllauto zum Tor. Noch wurden sie von Kranken verschont, doch diese würden relativ bald auftauchen, da der leistungsstarke Dieselmotor eine Menge Lärm verursachte. Rick sprang hinaus und schaute sich aufmerksam nach Zombies um. Dallas folgte und besah die dicke Kette, mit der das Tor zugehalten wurde. Dann ging er zur Seite des Wagens und öffnete eine Klappe. Sogleich kam er mit einem Bolzenschneider zurück und brauchte fünf Sekunden, um das Schloss abzuzwicken.

»Eine Fünfzig-Dollar-Kette, aber das Schloss hat nur zwei Kröten gekostet.« Er verdrehte die Augen. »Dämlich.« Das Tor lief auf Schienen, sie schoben es zu zweit nach links, um den Laster hineinfahren zu können. Dies übernahm Chris, bevor Rick hinter ihm zumachte. Dallas hob die Kette auf, wickelte sie mehrmals um die Torpfosten und schlug einen Knoten. »Das sollte sie draußen halten, es sei denn, sie machen sich an der Kette zu schaffen.«

Dallas und Rick stiegen wieder ein, weshalb Chris zurück in die Mitte rutschen musste. »Sie werden im Wagen bleiben und auf Sam achtgeben«, wies der Vater ihn an. »Rufen Sie mich hiermit.« Er stöberte in seiner Sporttasche, zog ein kleines Funkgerät heraus und gab es dem jungen Mann. »Falls welche von denen über den Zaun klettern oder hier drin welche sind, die wir übersehen haben, melden Sie sich.«

»Oder wenn über fünfzig aufkreuzen«, fügte Dallas hinzu. »Hab keinen Bock auf zu viele, wenn wir uns wieder verziehen wollen.«

Dallas drehte den Laster um, damit sie sofort geradeaus durchs Tor hinausfahren konnten, und setzte dann so weit wie möglich zum Bürogebäude zurück. Je näher er kam, desto größer wurde der Abstand zwischen den aufgereihten Gebrauchtwagen, zudem blieb ein zehn Fuß breiter Gehweg erhalten, doch irgendwann musste er stehen bleiben.

»Bin auf Kanal sechs«, informierte Rick Chris. »Unser Freund wird auf dich aufpassen, Schatz, es dauert nicht lange«, erklärte er Sam. »Sei lieb und tu, was er sagt.«

Sam nickte und drückte den Stofftiger an sich. »Sei vorsichtig, Daddy.«

Rick überließ Dallas das SPAS-12 und behielt das AR-15. Gemeinsam stiegen sie wieder aus, bevor er das Gewehr schulterte, um seine Taurus zu ziehen. Die letzten knapp hundert Fuß zum Gebäude legten sie zu zweit zurück, nicht ohne einen Blick hinter jede Reihe von Rostlauben zu werfen – Rick rechts, Dallas links. »Ich fände diesen Durango dort ziemlich dufte«, bemerkte der Polizist, indem er auf einen blauen Dodge zeigte. »Sogar die Farbe gefällt mir.« Auf einem Schild an der Geländelimousine stand »Neuwertig« und kosten sollte sie 8.995 Dollar.

»Mir hat's ja eher dieser Hummer hier angetan, Chief«, entgegnete Dallas und verwies auf den vorderen Bereich des Parkplatzes. Dort stand ein leuchtend gelber Humvee in der frühmorgendlichen Sonne. Er hatte getönte Scheiben, und das Licht reflektierte sowohl von der verchromten Heckstoßstange als auch den Spiegeln. Das Fahrzeug stand mit dem Kühlergrill um fünfundvierzig Grad nach unten gerichtet auf einer jener typischen Ausstellungsrampen.

»Hab ich übersehen, als wir herkamen; sieht echt sauber aus.«

»Was Sie nicht sagen, Sherlock«, frotzelte Dallas. »Die fetteste Kiste hier, abgesehen von meinem Laster.«

Rick schmunzelte. Sie gingen weiter aufs Gebäude zu.

»Wie alt sind die?«, fragte der Texaner.

»Wer?«

»Ihre Kinder.«

»Kinder?«, erwiderte Rick begriffsstutzig. »Ach so, Chris ist nicht mein Sohn; hab ihn erst gestern Nacht kennengelernt. Sam ist acht, und er wohnt über mir – ein IT-Fachmann oder so.«

»Hmmm, ich hätte ihn auf ungefähr siebzehn geschätzt. Sachen gibt's … oh-oh …«

Dallas stutzte, als sie sich dem Eingang näherten. Es war eine Doppeltür aus Glas, und über den linken Flügel zog sich eine blutige Schliere, während der rechte eingeschlagen worden war. Auf die ersten zehn Fuß des Flurs fiel noch Licht durch den Eingang sowie ein paar Fenster, doch weiter drinnen herrschte tiefe Finsternis.

»Geben Sie mir Deckung«, wisperte Rick.

Dallas stellte sich vor den kaputten Flügel und zog ihn auf, während der Polizist auf einem Knie niederging, um schussbereit zu sein. Sein Gefährte hielt die Tür offen, bis sich Rick erhob und eintrat. Dallas folgte mit der Flinte im Anschlag. An einem Holzbrett hing eine Vielzahl von Schlüsseln, und derjenige am obersten Haken war mit »Podest« beschriftet. Als Dallas ihn herunternahm, las er »Hummer« auf dem Anhänger. »Sieht so aus, als sei das ...«, hob er an, und sofort stürzten drei Zombies aus zwei unterschiedlichen Türen weiter unten auf dem Flur. Sie wankten schnurstracks auf die beiden lebenden Männer zu und brachen in Gestöhn aus. Rick stemmte das Gewehr gegen seine rechte Schulter, um jederzeit feuern zu können, doch Dallas legte eine Hand auf den Lauf und drückte ihn ein wenig hinunter.

»Erledigen wir das draußen, Bruder.«

Rick nickte, woraufhin sie rückwärts zur Tür hinausgingen. Die Untoten folgten im Abstand von annähernd fünfzehn Fuß.

»Decken Sie mich, okay?«, verlangte nun Dallas, und Rick nickte abermals. Der Texaner trat vor – schnell für jemanden mit seiner Statur – und schlug den ersten Zombie mit dem Griff seines Gewehrs nieder. Die anderen näherten sich weiter, doch sie erledigte er auf die gleiche Weise. Alle machten Anstalten, wieder aufzustehen, also gab Dallas die Waffe an Rick und nahm seine Betonstange hervor. In weniger als dreißig Sekunden war es vorbei, und Dallas wischte seinen tropfenden Schläger am Shirt eines der zweifach Getöteten ab. Auf dem Rückweg zum Müllwagen besprachen die beiden ihr weiteres Vorgehen.

»Also, in dem gelben Riesenschiff wäre es auf jeden Fall bequemer«, begann Rick und verwies mit einer Kopfbewegung auf den Humvee.

»Stimmt wohl«, gab Dallas zu. »Ich bin gewissermaßen voreingenommen, was meinen Laster angeht. Darin sitzt man hoch, und ich glaube ziemlich sicher, dass wir damit durch die meisten Massenaufläufe dieser Wichser gelangen.« Dallas zeigte aufs Tor, wo elf Untote zusammengekommen waren. »Vielleicht sollten wir ihn doch noch eine Weile behalten.«

»Okay, dann nehme ich den Hummer mit Chris und Sam«, beschloss Rick. »Sie können uns folgen.«

»Oder Sie überlassen mir das eine Funkgerät, und ich würde den Weg für Sie räumen, während Sie mir durchgeben, wohin ich fahren soll.«

»Gute Idee«, fand Rick. »Alcatraz ist unser Ziel, ich will von der Werft am Ende der Third Street aus hinüber. Falls wir getrennt werden, treffen wir uns dort.«

»Na, das ist eine gute Idee«, freute sich Dallas. »Sie haben ein Boot?«

»Daran arbeite ich noch.«

»Wow, einen Hummer und ein Boot an ein und demselben Tag klauen? Damit werde ich mich an Ihre Vorgesetzten wenden müssen.«

»Hoffentlich wird man uns – Sie und mich – eine Zeit lang gemeinsam auf dem *Rock* einbuchten«, lachte Rick. »Und ich hab immer gesagt, die Hölle würde zufrieren, bevor ich irgendein Ding drehe, das dumm genug ist, um mich in den Knast zu bringen.«

Chris streckte seinen Kopf aus dem Fenster. »Nicht dass ich stören will.« Er zeigte auf einen großen Mob, der von Süden her näher rückte. »Können wir jetzt fahren?«

»Chris, Sie und Sam fahren mit mir in dem Hummer, helfen Sie ihr beim Aussteigen, und vergessen Sie unser Gepäck nicht.«

Rick stieg auf der Fahrerseite des Geländewagens ein und startete den Motor. Der Tank war noch zu einem Viertel voll – mehr als genug Benzin also, um die drei Meilen zum Haus seines Vaters und hinterher das kurze Stück zur Werft zurückzulegen. »Los geht's«, sagte er zu Sam und Chris.

»Was ist mit Mr. Dallas?«, fragte das Mädchen.

»Er wird uns das Vorankommen mit dem Müllauto erleichtern.«

Sobald alle eingestiegen und angeschnallt waren, verständigte Rick Dallas per Funk. »Fahren wir los, biegen Sie rechts ein, und orientieren Sie sich Richtung Norden.«

Dallas antwortete nicht, doch der Müllaster setzte sich in Bewegung. Gerade begann das Tor, unter dem gemeinsamen Gewicht von sechzehn Untoten nachzugeben. Die größere Menge – sie war zweihundert Fuß weit entfernt – schleppte sich weiter aufs Gelände zu. Dallas rollte mit knapp fünf Meilen die Stunde gegen das Tor, sodass es sich nach außen wölbte, und stieß die Zombies so zurück. Als er in den zweiten Gang schaltete, machte der Wagen einen Satz nach vorn. Er überfuhr sechs hingestreckte Leiber, die unter der Karosserie des schweren Fahrzeugs auseinanderbrachen wie Zweige. Rick folgte dicht hinter ihm. Sie beschleunigten auf der Straße, während man sie von allen Seiten bedrängte. Als Dallas langsamer wurde, wies Rick ihn an, die nächste Abbiegung rechts zu nehmen. Dallas blieb stehen und zeigte durch die Türscheibe nach links. An einem Fenster über einem Secondhandladen stand eine Frau, die hektisch mit den Armen ruderte. Auf diesem Straßenstück trieben sich nicht viele Untote herum, also blieb Rick stehen und stieg mit seinem AR-15 aus. Er schaltete zwei Infizierte mit je einem Kopfschuss aus, während er auf die ramponierte Tür des Geschäfts zuging.

»Nein, nicht!«, rief die Frau. »Ein paar von denen sind da drin!« Sie warf einen Rucksack und zwei weitere Taschen hinunter. Rick fing den ersteren, ein schweres Stück, und die anderen beiden landeten auf der Straße.

»Kommen Sie runter, Lady, wir müssen weiter«, gab Rick zurück, indem er sich den Rucksack umhängte. Eine Leiche taumelte durch die Ladentür, und er schoss ihr in den Hals, woraufhin sie zurücktrat, aber nicht umfiel. Hinter ihr harrten weitere aus, also trat Rick vor und gab einzelne Schüsse auf sie ab. Die Frau ließ sich vom Fenstersims hängen und fiel fünfzehn Fuß tief aufs Pflaster, wo sie sich abrollte. Bis sie aufgestanden war, verging ein kurzer Moment, doch dann rannte sie zu Rick, hob wie auch er eine Tasche auf und eilte mit ihm zum Humvee. Auf einmal donnerte es laut auf der Straße, und ein

Untoter in der Nähe des Lastwagens flog zurück. Dallas feuerte mit dem SPAS-12 auf den Kopf eines Geschäftsmanns, der hinter einer dunkelroten Sprühwolke verschwand. Chris stieg aus dem Hummer und schoss auf einen anderen Zombie, der sich Dallas aus einem toten Winkel näherte. Er verfehlte, probierte es erneut und streifte eines der Schulterblätter des Angreifers.

Die Frau stieg hinten ein, Chris auf der Beifahrerseite und Rick hinterm Lenkrad. »Weiter, Dallas, wir haben sie«, sprach er ins Funkgerät. Erneut bekam er keine Antwort, doch der Laster rollte los.

»Vielen Dank! Ich dachte, ich sei so gut wie tot, denn die wollten die Tür einschlagen. Ich habe mich stundenlang im ersten Stock versteckt – ich arbeite ja dort –, aber sie haben mich gefunden! Heute Morgen haben sie meinen Chef umgebracht, es war grauenhaft.«

Chris wollte sie beruhigen: »Schon gut, wir hätten sie nicht im Stich gelassen. Wie lautet Ihr Name?«

»Anna«, gab sie an. »Anna Hargis.«

»Hallo Anna, ich bin Chris, das sind Rick und Sam. Der Mann in dem Müllauto heißt Dallas. Er ist derjenige, der Sie gesehen hat.«

»Gott segne Sie alle.«

»Sagen Sie das nicht zu laut, denn was wir vorhaben, könnte Ihnen überhaupt nicht gefallen«, meinte Rick. »Wenn wir anhalten, werde ich aussteigen, in ein Haus laufen und meinen Vater holen. Sie bleiben hier und passen auf Sam auf. Chris, geben Sie ihr Ihre Pistole. Wir sind uns gerade erst begegnet, Anna, doch ich muss Ihnen trauen. Sehen Sie zu, dass meiner Tochter nichts passiert. Ich lasse den Schlüssel stecken, und falls wir länger als drei Minuten brauchen, fahren Sie beide einfach mit Sam weiter bis zur Werft am Ende der Third Street. Finden Sie ein Boot, und setzen Sie nach Alcatraz über. Chris, Sie steigen bitte mit mir aus, bleiben aber in der Nähe des Autos und behalten es im Auge.«

Anna schluckte schwer. »Ich habe noch nie auf jemanden geschossen.«

»Hoffentlich müssen Sie das heute auch nicht«, sagte Chris zu ihr.

»Anna«, sprach Rick mit einschüchternder Stimme. »Sollte ich innerhalb von drei Minuten herauskommen, und Sie sind losgefahren, werde ich Sie finden. Es gibt keinen Ort, an dem Sie sich verstecken können.« Die Frau nickte eifrig.

Sie setzten ihren Weg vor. Dallas überrollte alle Untoten, die ihm in die Quere kamen, während Rick die Richtung vorgab. Kurz vor der Einbiegung in die Straße, wo sein Vater wohnte, funkte er seinen Vordermann wieder an. »Dallas, sein Haus ist das dritte vom Ende der Straße aus neben einem Spielplatz. Sie wollen die Kuh fliegen lassen, bevor wir dort ankommen?«

Die Hupe des Müllautos dröhnte fünf Sekunden lang, dann brauste es vorwärts. Rasch setzte es sich vom Hummer ab, überfuhr alles, was sich in den Weg stellte, und erhöhte die Geschwindigkeit, während es weiter die Straße entlangraste. Siebzehn Untote hatte Dallas plattgemacht, bevor Rick vorm Grundstück seines Vaters anhielt. Ein Stück weiter voraus bog der Laster um eine Kurve und geriet außer Sicht, wobei sein großer Motor leiser wurde, je weiter er sich entfernte.

Rick und Chris stiegen schnell aus, woraufhin Anna

auf den Fahrersitz hinüberrutschte. Noch nie hatte sie solche Angst ausgestanden. Im Umkreis von hundert Fuß hielten sich acht Leichen auf. Rick gab Chris die Taurus und bat ihn, draußen zu warten, um auf alles zu schießen, was näher kam. »Falls sie abhauen will«, endigte er mit Verweis auf Anna, »halten Sie sie auf.«

Die Haustür war unversehrt geblieben, die Scheibe des vorderen Panoramafensters allerdings zerbrochen. Während Rick zur Tür lief, hörte er Schüsse aus seiner Pistole, doch die Zeit drängte, weshalb er sich nicht umdrehte. »Dad!«, rief er, als er die drei Stufen auf die Vorterrasse nahm, und trat gegen die Tür. Beim zweiten Anlauf zersplitterte der Rahmen, und sie fiel aus dem Schloss. Sogleich kam ein Untoter auf Rick zu, den er aber erledigte. Als er ins Haus trat, sah er sechs Zombies, die sich vor der Kellertür versammelt hatten. »Dad!«, wiederholte er. »Dad!« Zwei kehrten sich ihm zu, und er fällte sie mit je einem Schuss, bevor er auch die übrigen einzeln aufs Korn nahm, bis keiner mehr stand. Wieder hörte er, dass draußen die Taurus bellte.

Nachdem er durch den Eingangsflur gelaufen war, trat er auf den Treppenabsatz, wo er unerwartet auf einen toten Notarzthelfer stieß. Flugs riss er sein Gewehr hoch und schlug der Kreatur den Griff unters Kinn. Ihr Kopf knickte nach hinten ab, bevor sie die Stufen hinunterfiel; mehrere Untote, die schon darauf zusammengebrochen waren, federten den Sturz ab. Als der eine versuchte, wieder auf die Beine zu kommen, knallte eine schwere Rohrzange gegen seine Stirn. Rick sah seinen Vater dastehen, atemlos mit dem zwanzig Zoll langen Werkzeug in der Hand, von dem Blut hinuntertropfte.

»Dad! Dad, verschwinden wir!«

»Pass auf, Rick, hinterm Haus wimmelt es vor diesen Monstern!«, rief der Ältere. Sein Sohn lud nach, indem er das fast leere Magazin in seine Westentasche steckte und ein neues einsetzte. Er nahm zwei Drittel der Stufen und streckte eine Hand nach seinem Vater aus. Dieser nahm sie und stieg über vier Zombies, die er mit der Zange niedergeschlagen hatte. Gleich darauf standen die beiden am oberen Absatz, wo Paul innehielt und noch einmal hinunterschaute. »Los jetzt, Dad, wir müssen!«, drängte Rick.

»Rick, sie kommen!«, rief Anna, deren Stimme kaum zu hören war.

Paul sagte etwas und zeigte dabei zum Hof neben dem Haus, doch Rick konzentrierte sich zu verbissen darauf, zum Wagen zurückzugelangen. Sie liefen gemeinsam vorn hinaus, wo sich der Sohn einen schnellen Überblick der Umgebung verschaffte. Auf dem Grundstück lagen fünf Leiber, die offensichtlich von Chris ausgeschaltet worden waren. Weitere schlurften heran. Während der junge Mann nachlud, feuerte Anna vom Fahrersitz aus auf einen Untoten, der zu nahe kam. Kaum dass die Kugel in seinen Hals schlug, streckte sie ihren Kopf aus dem Fenster und übergab sich. Rick legte mit dem AR-15 an und gab zwei unmittelbar aufeinanderfolgende Schüsse ab, um der Kreatur, die Anna nicht endgültig getötet hatte, und einer zweiten den Garaus zu machen. Dann rannte er zur Fahrerseite und sagte ihr, sie solle Platz machen. »Ich fahre«, stellte er klar. »Das ist mein Auto.« Chris half Paul auf die Rückbank und stieg selbst ein.

»Opa!«, quiekte Sam.

»Oh, Kleines, dich zu sehen tut so gut. Ich dachte schon, ich bekäme nie wieder die Gelegenheit dazu.« Paul umarmte sie fest.

»Wovon redest du, alter Mann?«, fragte Rick. »Ich habe dir doch angekündigt, dass ich heute Morgen mit Sam vorbeischaue.« Auf der Geraden gab er Gas.

»Halt den Rand, Großmaul«, schalt ihn sein Vater. »Übrigens hat Don Ho angerufen, er will sein Hemd zurück. Wer sind denn deine Begleiter?«

Chris und Anna stellten sich vor. »Sie können mich Paul nennen«, erwiderte er. »Jetzt will ich, dass mir jemand etwas zum Schießen gibt.«

Chris kramte in einer Tasche und nahm eine Sig Sauer P229 9mm heraus.

»Danke«, sagte Paul. »Natürlich sagte ich ihm, er solle das .357er-Modell einpacken, nicht diese Wasserspritze.«

»Ich kann dich immer noch zurück zum Haus fahren und dir eine zusammengerollte Zeitung geben, um dich zu wehren«, versetzte Rick mit einem Lächeln.

»Die richtet wahrscheinlich mehr Schaden an als dieses Ding. Sieht wie ein verdammtes Spielzeug aus. Ich vermisse meinen Colt«, klagte Paul.

Rick lächelte weiter, während er Richtung Norden fuhr.

Kapitel 7

»Dallas? Dallas, hören Sie mich? Immer noch nichts.« Rick wich im Slalom verlassenen und zu Schrott gefahrenen Autos aus. Gelegentlich wankte ein Untoter in den Weg, den der Hummer rammte und überfuhr, doch ansonsten blieben die Straßen frei.

Rick nahm das Walkie-Talkie herunter und schaute Sam an. Sie sah verängstigt aus und kraulte den Kopf ihres kleinen Stofftigers. Er fand, dass sie sich in Anbetracht eines solchen Ereignisses, das vermutlich nicht wenige um den Verstand gebracht hätte, wirklich tapfer schlug. Als sie einen weiteren Hügel überfuhren, bot sich ihnen ein Bild, das geradewegs aus der Hölle stammte: Aus der Mauer eines Gebäudes ragte ein Linienbus, der sich drei Fuß tief hineingebohrt hatte; er musste recht langsam unterwegs gewesen sein. Etwa siebzig Untote schlugen gegen die Seitenwände, und weitere hielten sich in der Nähe auf. Viele kauerten vor reglosen Körpern, rissen Fleischfetzen heraus und vergruben ihre Gesichter in der bluttriefenden Beute.

»Wie sollen wir diesen Menschen helfen?«, fragte Paul.

»Können wir nicht, Dad, schau durch die Scheiben.«

Im Bus zuckelten nicht wenige Leiber herum, einige Fenster waren mit Blut bespritzt, und aus dem Motorraum quoll Rauch.

»Sie sind alle tot«, schob Rick nach.

Die Meute hatte den brummenden Geländewagen wohl gehört, denn ein Teil drehte sich um und machte sich beschwerlich auf den Weg zu den Überlebenden. Alle, die hellhörig geworden waren, brachen in ihr schrilles Geheul aus oder stöhnten, wovon die ganze Gruppe rege wurde. Binnen Sekunden trottete eine beträchtliche Masse vorwärts, um sich ein spätes Frühstück einzuverleiben.

»Wir verschwinden besser«, bemerkte Anna.

Rick wendete in drei Zügen und fuhr auf der Straße zurück, über die sie gekommen waren. Auf Umwegen gelangten sie wieder auf eine Strecke, die nach Norden führte, doch kaum waren zwei Minuten vergangen, tat sich vor ihnen eine aus dem Stegreif errichtete Absperrung aus Streifenwagen auf. Darüber hinaus war niemand in Sicht, weder Tote noch Lebende, doch vor Ort sah es wüst aus, mit Blutflecken und Patronenhülsen, so weit das Auge reichte.

»Verflucht«, flüsterte Rick. Er bog noch einmal links ab und gab Anna das Funkgerät. »Versuchen Sie mal, Dallas geschwätzig zu machen«, bat er. Sie probierte es mehrmals, allerdings ohne Erfolg. Als sie um eine Ecke fuhren, drängte die nächste Rotte Untoter auf sie zu. »So wird das nichts«, gab Rick zu. »Bis zum Hafenbecken ist es von hier aus nur eine Meile, aber egal welchen Weg wir nehmen – alles ist blockiert.«

»Wir werden uns irgendwo verstecken müssen«, meinte Paul.

»Ich will nicht, dass wir in die Enge getrieben werden, Dad.«

»Ist doch schon passiert«, hielt der Ältere dagegen.

»Wir gelangen nicht zu dem Ort, den wir aufsuchen müssen, also lass uns einen anderen finden und vorübergehend dort lagern.«

Rick drehte um und gab erneut Vollgas. Nachdem er ungefähr vier Häuserblocks durchquert hatte, bremste er vor einem alten Kino. Untote waren weit und breit nicht zu sehen. Auf dem Leuchtschild stand: »Horror-Doppelpack – *Der Blob* und *Der Schrecken vom Amazonas*«.

»Versuchen wir es hier«, sagte Rick und stieg aus. »Anna, setzen Sie sich wieder ans Steuer.«

Sie befolgte die Anweisung, Rick lief zum Eingang. Die Tür war fest verschlossen und im Erdgeschoss gab es keine Fenster. Die linke Seite des Kinos schloss mit dem Nachbargebäude ab, wohingegen rechts eine zwölf Fuß breite Gasse durch seine Mauer und die angrenzende führte. Ein sechs Fuß hoher Gitterdrahtzaun, der mit Kette und Vorhängeschloss gesichert war, verwehrte den Zugang. In dem engen Sträßchen dahinter standen ein paar Abfallcontainer und Mülltonnen. Mittig am Gebäude entlang führte vom Dach aus eine Feuerleiter an mehreren Fenstern vorbei. Rick lief zum Wagen zurück.

»Ich werde nach einer Möglichkeit suchen, um hineinzugelangen. Falls es brenzlig wird, verziehen Sie sich und versuchen später, unbemerkt zurückzukommen.«

»Ich begleite Sie«, bot Chris an und stieg aus dem Hummer. Sie liefen gemeinsam zum Zaun, kletterten zügig hinauf und ließen sich sachte an der anderen Seite hinunter. Rick merkte langsam, dass es sich vielleicht auszahlen würde, diesen Burschen bei sich zu haben. Sie bewegten sich vorsichtig auf die Container zu; er schaute hinter beide, entdeckte aber nichts. Die Gasse war auch am anderen Ende abgezäunt.

»Helfen Sie mir mal«, bat Rick Chris. Er hängte sich das AR-15 um, und der Jüngere steckte die Taurus in die vordere Tasche seiner Jeans. Sie schoben einen blauen Container ein paar Fuß weit vorwärts, bis er unter der Feuerleiter stand. Der Behälter verfügte über je ein Paneel an den Seiten und zwei Deckel, doch keiner der beiden Männern war so leicht, dass er darauf hätte stehen können. Rick kletterte nach oben und balancierte auf einer Kante. Indem er eine Hand gegen die Mauer drückte, half er Chris hinauf. Während sich dieser einhändig an der Leiter festhielt, um sein Gleichgewicht zu wahren, sprang ein Plastikdeckel auf, und ein Untoter packte Rick an einem Bein. Er biss kräftig in die Ferse seines Stiefels, gleich oberhalb der Achillessehne, woraufhin der Mann einen Schrei ausstieß, den Halt verlor und auf den Asphaltboden der Gasse stürzte. Chris, der auf der drei Zoll dicken Stahlstange schwankte, ließ die Leiter los, zückte die Taurus und schoss damit aus unmittelbarer Nähe ins Gesicht der Kreatur. Deren Schädel zuckte zurück, und roter Brei spritzte an der Rückseite hinaus. Der Rückstoß riss auch Chris vom Container, und er landete auf seinem Rücken. Rick, der unsanft mit einem Knie aufgekommen war, lag neben ihm. Aus dem Müll stieg ein Schwarm Mücken auf.

»Autsch«, stöhnte Chris.

Rick hielt sein Schienbein und wiegte sich eine kurze Weile auf dem Straßenbelag. »Sind Sie okay?«, fragte er seinen Gefährten.

Dieser rieb seinen Hinterkopf und setzte sich aufrecht

hin. »Nein. Leute, die nicht mehr leben, wollen uns essen; ich bin nicht okay.« Er stand auf und bot Rick eine Hand. Der nahm sie und ließ sich hochziehen, wobei er ein gequältes Gesicht machte.

»Scheiße, ich hab mir mein Knie übel angeschlagen.« Blut sickerte durch sein Hosenbein und floss am Stiefel hinab. »An unserem Plan ändert das aber nichts, wir müssen da rein.« Rick schaltete die LED des AR-15 ein, schob ein Seitenpaneel des Containers auf und leuchtete hinein. Abgesehen von dem Zombie, der jetzt auf Dauer das Zeitliche gesegnet hatte, befanden sich nur tausend glückliche Mücken darin. Sie schwirrten durch die Öffnung heraus – eine weitere schwarze Wolke – und flogen davon wie F14-Jets im Einsatz. Nachdem Rick sichergegangen war, dass sie nicht mit weiteren Infizierten aus dem Müll rechnen mussten, bat er Chris, wieder hinaufzusteigen und die Leiter auszufahren; sie war eingezogen und arretiert. Er wuchtete den jungen Mann hoch, und dieser hielt sich an der unteren Sprosse fest. Während er am ersten Leiterstück hing, entsperrte er den Schieberiegel am oberen Ende. Die Holme krachten auf den Asphalt, ein unsägliches Scheppern in der relativ stillen Gasse. Rick mit seiner Knieverletzung kletterte langsam hinauf. Als auch er den ersten Absatz erreichte, zog Chris die Leiter hoch und sicherte sie wieder. Mittlerweile standen zwei Untote am anderen Zugang in die Gasse, glotzten die beiden Männer hungrig an und rüttelten an den Drahtmaschen.

Da das unterste Fenster der vier Etagen verriegelt war, schlug Rick die Scheibe mit dem Griff seines Gewehrs ein und leuchtete ins Gebäude. Im Lichtkegel machte er einen kurzen Korridor aus, der zu einer Treppe führte. Die zwei stiegen ein und näherten sich behutsam den Stufen. Sie führten nach oben und unten auf eine Galerie, die einen Ausblick ins Kino bot. Es sah verlassen aus, doch die hinteren Sitzreihen lagen im Dunkeln. Die Männer gingen schnell nach unten, wo die Treppe vor einer blauen Doppelschwingtür mit einem Rechteckfenster endete. Dahinter befand sich ein Vorraum, wie Rick beim Durchschauen erkannte. Auch dort schien die Luft rein zu sein. Er drückte einen Flügel ein wenig auf und schwenkte sein Licht herum. Drinnen gab es eine Getränketheke mit mehreren Türen dahinter und eine Wendeltreppe nach oben, während je eine Pforte in den Filmsaal und nach draußen führte. Die Männer durchquerten den Raum zum Eingang. Dieser war mit einer Druckstange versehen, und Rick spitzte kurz die Ohren, bevor er sie weit aufstieß und mit dem Gewehr voranging. Draußen sahen sie den Hummer, dessen gelber Lack in der Morgensonne glänzte. Rick wies Chris an, die Tür aufzuhalten, und lief zum Wagen.

»Auf jetzt, gehen wir hinein!«, sagte er an alle gerichtet. Nachdem Anna und Paul ausgestiegen waren, schulterten sie ihr Gepäck. Rick nahm Sam an der Hand, und sie ließ sich mit ihrem Rucksack führen. Alle schafften es ins Gebäude, bevor etwas Schlimmes geschehen konnte.

Alle Fenster unter der hohen Decke der Lobby befanden sich zehn Fuß oberhalb – kein einziges in Bodennähe –, und die Tür bestand aus feuerfestem Stahl, aber Rick fühlte sich trotzdem nicht sicher. »Wir müssen überprüfen, ob dieses Gebäude Schwachstellen hat«, sagte er. »Bleiben Sie hier unten, und suchen Sie nach weiteren Ausgängen. Bleiben Sie zusammen – nirgendwohin allein gehen, nicht einmal kurz.«

»Sollten wir uns nicht aufteilen?«, schlug Chris vor.

»Wie viele Horrorfilme haben Sie gesehen?«, fragte Anna fassungslos. »Gruppen zu bilden ist ungefähr das Gleiche wie allein in einen Keller zu steigen oder eine Treppe hinaufzulaufen, statt durch die Haustür zu fliehen ... oder Sex zu haben«, fügte sie an. »Das sind abgedroschene Klischees, meine Güte.«

Chris errötete, und Rick musste lachen. »Wir bleiben zusammen«, bestimmte er. »In der Gruppe sind wir sicherer.«

»Vorausgesetzt, die Bösen sind nicht in der Überzahl«, maulte Chris leise.

So gingen die fünf zur Getränketheke. Rick trat hinter die Auslage und nahm sich eine Tüte Gummibären. Als er sie auf die Vitrine legte, bekam Sam Stielaugen.

»Du darfst naschen, Herzchen, das geht in Ordnung«, beteuerte er.

»Aber Daddy, ist es nicht ein bisschen zu früh für Süßigkeiten?«

»Darüber sehen wir diesmal hinweg«, entgegnete er.

Gemeinsam mit Paul stellte er sich vor die erste Tür hinter der Theke. Sein Vater ging mit der Sig Sauer in Feuerstellung, und Rick öffnete. Es war ein Besenschrank, stilecht mit Mopp und Putzeimer, und außerdem lagen Gewerbemüllsäcke sowie kleinere gelbe Plastiktüten für Popcorn darin. Sie rückten weiter zur nächsten Tür und wiederholten das Prozedere. Diesmal handelte es sich um eine Vorratskammer: Einwegbecher für Getränke und Popcorn in Plastikschläuchen sowie Süßwaren auf Regalen. Beide Räume beliefen sich auf enge Rechteckflächen von fünf auf acht Fuß. Darin versteckte sich niemand. Somit blieben nur zwei Türen im Inneren übrig: Diejenige, durch die sie gekommen waren – der Eingang des Kinos –, und jene am oberen Absatz der Wendeltreppe. Rick humpelte vor Paul die Stufen hinauf, doch sie war abgesperrt. Anna zog die Registrierkasse auf, die dabei laut klingelte. Die Frau machte ein erschrockenes Gesicht und formte ein tonloses »Entschuldigung« mit den Lippen. In der Kasse lag ein Schlüssel mit Anhänger. Dieser gehörte zu der Tür, durch die Rick und Chris in den Vorraum gekommen waren. Anna schloss sie ab und rüttelte probehalber daran. Rick ging hinkend zu ihr und ließ sich den Schlüssel geben.

»Wir schauen später oben nach, lassen Sie uns zuerst den Saal durchsuchen«, sagte er.

Chris hielt ihn an einem Arm fest. »Rick«, begann er leise, »dieses Ding in dem Abfallcontainer hat Sie gebissen, wir müssen herausfinden, ob Sie verwundet sind.«

»Bald«, entgegnete Rick. »Kümmern wir uns zuerst darum, dass wir hier sicher sind.«

Damit öffnete er die Flügeltür in den Vorführsaal. Dahinter stand eine hohe Trennwand, die während eines Films verhinderte, dass einfallendes Licht die Gäste störte, wenn geöffnet wurde. Zudem gab es zu beiden Seiten daneben je eine weitere Tür, die Toiletten: Männer links, Frauen rechts. Erstere wurde von einem untergeschobenen Holzkeil aufgehalten, und drei Fuß hinter der Schwelle standen der Wischmopp der Putzkraft sowie ein Eimer. Die Tür der Damentoilette war geschlossen. Rick und Paul näherten sich in der mittlerweile bewährten Schutzformation; der Jüngere führte an, sein Vater gab Deckung.

Vorsichtig und mit niedrig gehaltenen Waffen betraten sie den Raum. Er enthielt jedoch nichts außer je zwei Waschbecken und Kabinen, einem Urinal und einem Gebläsetrockner an der Wand für die Hände. *Hmm, ungewöhnlich sauber für ein Klo in einem alten Kino*, dachte Paul. Als Rick die erste Kabine mit einem Fuß aufstieß, fanden sie eine makellose reine Toilette vor. Mit der zweiten verfuhr er genauso und bekam das gleiche Bild geboten. Erleichtert gingen Vater und Sohn zur nächsten Tür, wo sie das Ganze noch einmal durchspielten. Dort war ebenfalls alles leer.

»Jetzt zum Filmsaal«, sprach Rick.

Als er um die Ecke der Trennwand lugte, fiel ihm sofort eine Person auf, die zwei Reihen unterhalb auf einem Gangplatz saß. Sie neigte den Kopf nach vorn, und ihr rechter Arm hing schlaff an der Seite hinunter. Rick hielt sich einen Zeigefinger vor den Mund und ließ die anderen hinter sich in den Saal treten. Er ging auf den zusammengesunkenen Unbekannten zu, als er mit einem Fuß an einem Gegenstand aus Glas stieß. Es war eine Bierflasche, die dann über den Betonboden rollte und gegen drei Sitze prallte, bevor sie liegen blieb. Dies brachte Bewegung in die Gestalt; sie drehte ihren Kopf und riss angesichts der Störenfriede überrascht die Augen auf. Chris feuerte mit der Taurus auf sie, verfehlte aber, woraufhin sein Ziel die Arme hochwarf und sich nach kurzer Besinnung sicherheitshalber fallen ließ.

»Ich habe kein Geld«, rief eine Männerstimme. »Das Kino ist geschlossen, wir öffnen erst heute Mittag; die Kasse ist leer!«

Rick schaute Chris an. Der junge Kerl war kreidebleich geworden und tat sich schwer mit dem Schlucken.

»Wir sind nicht hier, um Sie auszunehmen, mein Freund«, erwiderte Paul. »Vielmehr brauchen wir eine Unterkunft, um uns eine Weile zu verstecken, das ist alles.«

Der Mann wirkte verwirrt. »Also sind Sie eingebrochen und haben auf mich geschossen?«

»Wir dachten, Sie seien einer von denen«, rechtfertigte Rick.

»Einer von denen?«, fragte der Mann argwöhnisch.

»Den Infizierten«, präzisierte Rick mit ungläubiger Miene.

»Hä? Was faseln Sie da von infiziert? Womit denn?«

Kapitel 8

Ein grün-weißer Bolide raste durch die von Trümmern übersäten Straßen des östlichen Teils von San Francisco. Verwahrloste Gestalten drehten ihre Köpfe und taumelten hinter dem Mülltransporter her. Dallas war in die Straße zurückgefahren, wo er den gelben Hummer und seine neuen Bekannten verlassen hatte, doch sie waren nicht mehr dort gewesen. Rick und die Frau – wie hieß sie noch gleich: Amy? Ali? – hatten wiederholt versucht, ihn per Funk zu kontaktieren, und er war zwar in der Lage gewesen, sie zu hören, konnte aber selbst nichts übertragen. Die blöde Sprechtaste an dem Gerät, das Rick ihm gegeben hatte, funktionierte nicht. Er hatte keine Zeit gefunden, ihn darauf hinzuweisen, nachdem sie in die Gänge gekommen waren, und suchte jetzt nach ihnen. So langsam wurde die Situation haarig, denn hinter jeder Abbiegung trotteten Gruppen von Infizierten auf die Fahrbahn. Gerade drängte sich Dallas der Gedanke auf, er solle es bleiben lassen und zur Werft fahren, als das Funkgerät wieder rauschte und ihm einen Riesenschrecken einjagte.

»Dallas, Dallas, bitte kommen!« Es war Ricks Stimme. »Dallas, falls Sie mich hören, wir haben uns im …« Die Verbindung wurde ein paar Sekunden lang unterbrochen. »… ist das Wilbur Theater in der Minna Street, ungefähr eine Meile südwestlich der Auffahrt zur Bay Bridge. Der Hummer parkt davor.«

Dallas lächelte. Er wusste, wo die Straße war, bloß musste er dazu in die entgegengesetzte Richtung fahren, also trat er auf die Bremse, und der Laster kam schlitternd zum Stehen. Während er mitten auf der Fahrbahn wendete, was er in drei Ansätzen tat, stieß er rückwärts gegen eine weiße Limousine mit getönten Scheiben. Dabei fiel deren Beifahrertür ab, und als Dallas davonfuhr, sah er im Seitenspiegel des Wagens einen Zombie, der sich im Abendkleid aus dem ruinierten Luxusschlitten erhob, aber zweifellos männlich war.

»Na, der hat bestimmt eine tolle Party gefeiert«, sagte Dallas zu sich.

Auf dem weiteren Weg nach Süden schien der Andrang der Untoten ein wenig nachzulassen. Ein blauer Ford Escape raste Richtung Norden vorbei; dort erwartete ihn wenig mehr als Heerscharen von Infizierten.

»Alles im Arsch, und zwar über Nacht«, brummelte Dallas. »Wo sind alle hin, und warum gibt es keine Staus auf den Straßen?«

Vor ihm wankte ein einzelner Zombie, der einen Krankenkittel und keine Schuhe trug, über den Asphalt. Er drehte sich um, als er den Laster hörte, und ging darauf zu. Dallas fuhr zwar relativ langsam, näherte sich der Kreatur aber dennoch zügig. Sie trat zwischen zwei geparkte Autos, blieb stehen und stierte auf den heranrollenden Wagen. Dallas wollte seitlich lenken, um sie zu überfahren, als sie plötzlich wie ein Tramper einen Daumen ausstreckte. Da riss er den Lenker nach links und trat voll auf die Bremse, sodass das Fahrzeug mit quietschenden Reifen vor dem Kerl auf der Straße zum Stehen kam. Dallas sah, dass sein Kittel blutüberströmt war, er selbst jedoch anscheinend unverletzt. Der Fremde winkte und kam zur Beifahrerseite gelaufen. Als er sich zum Fenster hochzog, lächelte er freudestrahlend, musste aber in die dicke, schwarze Mündung einer Flinte schauen, die auf seinen Kopf zielte. Der Mann war Anfang zwanzig, hatte kurz geschnittenes, blondes Haar und eine gezackte Narbe an der linken Wange. Das Lächeln verging ihm nicht, als Dallas ihn ausfragte.

»Wurden Sie gebissen?«, begann er.

»Nein. Mein Name ist Billy«, erwiderte der Mann durchs geschlossene Fenster. »Würden Sie mich mitnehmen?«

Dallas streckte sich zur Seite aus und entriegelte die Tür. Billy stieg ein und machte sie zu, als er saß.

»Danke«, sagte er. »Größtenteils nackt herumzulaufen ist einem langen Leben jetzt nicht unbedingt zuträglich«, fuhr er fort. »Wollen Sie mich erschießen?«

»Was? Oh, tut mir leid«, antwortete Dallas, indem er den Lauf der Flinte an die Decke richtete. »Sie wurden auch wirklich nicht gebissen?«, hakte er nach. »Immerhin sind Sie ziemlich übel mit Blut besudelt.«

»Kommen Sie aus dem Süden?«, fragte Billy. »Ich schon – dem Süden von Boston!«

Dallas sah ihn verwundert an.

Billy legte seine Stirn in Falten. »Sorry, Zitat von Bugs Bunny. Wohin wollen Sie?«

Der Texaner legte den ersten Gang ein und fuhr los.

»Kollege, falls Sie gebissen wurden, sagen Sie es mir gleich, dann überlegen wir uns etwas. Ich treffe mich mit anderen Leuten und habe keine Lust darauf, später unangenehm überrascht zu werden.«

»Ich bin nicht von irgendwelchen Kranken gebissen worden, sollten Sie das meinen«, versicherte Billy. »Allerdings habe ich mich in der Vergangenheit nach gewissen Entscheidungen wiederholt so gefühlt – richtig wie in den Arsch gebissen, wenn Sie verstehen, worauf ich hinauswill.«

»Äh, okay, aber woher kommt das Blut? Mussten Sie sich bis hierher durchkämpfen?«

»Oh, aber klar doch.« Billys Miene wurde wieder heiter. »Bin ein ziemlich findiger Überlebenskünstler; von Natur aus, könnte man sagen.«

Billy verwirrte Dallas, was er auch am Gesichtsausdruck des Südstaatlers erkannte. »Hab mich unklar ausgedrückt, Forrest, was? Das Blut kommt von allem, was mir während meiner großartigen Flucht über den Weg gelaufen ist. Heute habe ich sechzehn Infizierte niedergemacht. Ich versuche, die Stadt zu verlassen; hier ist mir zu dieser Jahreszeit zu viel los, und ich bin noch nicht so weit, das Zeitliche zu segnen.«

»Forrest?«, warf Dallas ein.

»Gump!«, schoss Billy sofort zurück.

Daran nahm der große Mann Anstoß. »Sie meinen, ich sei blöde?« Jetzt war Billy derjenige, der verwirrt dreinschaute. »Was in drei Teufels Namen wollen Sie damit sagen?«, fragte er. »Haben Sie mich Forrest genannt, weil er ein Schwachkopf ist?«

»Ach so«, hob Billy an. »Nein, weil er genauso wie Sie aus dem Süden kommt; Gump sagte ich, als Sie Forrest sagten, denn ich dachte, Sie wollten Assoziationskette spielen. Glauben Sie mir, ich selbst bekomme nicht genug davon.«

»Dallas«, sagte dieser und hielt ihm eine Hand hin.

»Pittsburgh!« Billy schüttelte sie.

»Nein, ich heiße Dallas.«

»Echt jetzt? Und Sie stammen aus Texas?«

»Wie haben Sie das herausgefunden?«, fragte Dallas, indem er seinen Nebenmann anschaute. »Lag es an meinem …«

»Stopp!« Billy zeigte auf die Straße.

Dort knieten drei Untote vor einem Liegenden auf dem Mittelstreifen. Sie waren so ins Fressen vertieft, dass sie den Laster nicht bemerkt hatten. Dallas bremste und suchte erneut Billys Blick.

»An und für sich muss ich wohin; was tun wir hier?«, wollte er wissen.

»Meinen Punktestand aufpolieren«, antwortete Billy und zog am Türgriff.

»Hey, Moment.« Dallas packte seinen Arm. »Wohin mit Ihnen?«

»Machen Sie sich nicht ins Hemd, bin gleich wieder da.«

»Verdammt, Junge, das ist unnötig und verdammt gefährlich!«

»Ha, Sie haben gerade zweimal in einem Satz ›verdammt‹ gesagt.« Billy sprang hinaus und ging arglos auf die Zombies zu. Er schlenderte direkt zum nächsten (später war Dallas zu schwören bereit, er habe gepfiffen) und blieb etwa drei Fuß hinter ihm stehen.

»Ähem«, räusperte er sich. »Verzeihung? Ist mal wieder typisch.« Billy trat dem Knienden, der augenscheinlich bei der Post angestellt gewesen war, in seinen toten Hintern. Der Zombie kippte nach vorn und schlug kopfüber auf den Asphalt. Als er aufstand, war sein Gesicht völlig hinüber. Er schaute Billy an und stellte seinen Kopf schräg, was der Lebende nachahmte. In gleicher Weise, wie er auf Billy zuging, tat es dieser im Gegenzug. Dann blieben beide stehen und taten nichts weiter, als einander aus einer Entfernung von vier Fuß anzusehen. Es war, als würden sie eine spleenige Variante eines Aufmerksamkeitsspiels versuchen. Zuletzt wandte sich der Untote ab, ging wieder auf die Knie und fraß weiter von seinem bedauerlichen Opfer, wobei er Billy völlig ignorierte.

Dallas traute seinen Augen nicht, und der Jungspund bekam schlechte Laune. Er redete mit sich selbst, während er zu einem Auto ging, dessen Motorhaube und Kofferraum aufstanden. Er schaute hinten hinein, nahm einen Montierhebel heraus und lief zu der abseitigen Brunch-Party zurück. Indem er sich das Werkzeug unter den linken Arm klemmte, spuckte er in seine linke Hand. Dann rieb er sie mit der rechten, nahm das Eisen in beide Hände, sodass es nach oben zeigte, und holte weit über seinem Kopf damit aus, um es dem früheren Postmann gegen die Schläfe zu schlagen. Daraufhin stimmte er den Song von Bugs Bunny aus der *Hillbilly-Hare*-Folge an: »Nehmt die Knüppel, die dort liegen, haut euch, dass die Fetzen fliegen …« Er schlug einem untoten Fahrradkurier den Schädel ein. »Noch mal, immer fester hau, bis die Augen grün und blau …« Damit schlug er einem Jungen im Mittelstufenalter ein Loch in den Hinterkopf. »Jetzt den Kerl zu packen kriegen, gleich wird er am Boden liegen!« Den Gnadenstoß versetzte er seinem wiederbelebten Opfer, indem er ihm das krumme Ende des Hebels in ein Auge rammte.

Danach zog er es heraus und warf es weg, woraufhin es klappernd auf die Straße fiel. Schließlich stolzierte er zum Laster zurück und stieg wieder ein.

»Was bitteschön ist da gerade passiert?«, wunderte sich Dallas.

»Ich habe gerade den einundzwanzigsten Punkt erzielt?«, antwortete Billy mit fragendem Tonfall und Blick.

»Warum hat er Sie nicht angefallen? Sie konnten ja machen, was Sie wollten!«

»Er war offenbar nicht interessiert?«, erwiderte er. »Ich meine, haben Sie gesehen, was die essen? Das war bestimmt eine heiße Braut, bevor sie sie zerfetzt haben – super-heiß, jede Wette, dass sie …«

Dallas lenkte ein: »Was quasseln Sie da? Die haben *Sie nicht angegriffen, verflucht*!«

»Locker bleiben, Pittsburgh, das ist schlecht fürs Herz – nicht fluchen, bitte!«

Der Fahrer zuckte zusammen, als etwas gegen seine Seite des Lasters knallte. Er schaute in den Spiegel und sah, dass sich mehrere Tote näherten, also nahm er die Füße von Kupplung und Bremse, um weiterzufahren.

»Über das, was da draußen vorgefallen ist, müssen wir uns genauer unterhalten«, kündigte er an.

Billy grinste nur und begann, leise zu singen: »Sag dem Schwein auf Wiedersehen, und dann kann es weitergehen.«

Kapitel 9

»Genau, wenn ich es Ihnen doch sage«, schnaubte Earl empört. »Ich kam gestern Abend zur Arbeit wie immer; ich trank ein bisschen was wie immer; ich machte sauber und setzte mich dann hierhin, um ein Nickerchen zu machen, wie immer; in etwa einer Stunde wäre ich aufgestanden und hätte fertig geputzt wie immer, doch dann haben Sie auf mich geschossen. Das war neu.«

Die Überlebenden waren alle verblüfft. Rick seufzte. »Sie wissen also überhaupt nichts davon, dass die Stadt von lebenden Toten belagert wird?«

Earl schmunzelte und zog seine linke Augenbraue hoch, während er den Mund aufsperrte. »Lebende Tote? Sie meinen Zombies? Ich arbeite also in einem zweitklassigen Kino, das nichts außer Horrorstreifen bringt, und Sie wollen mir weismachen, da draußen laufen Zombies herum?«

»Genauer gesagt sind sie nicht gut zu Fuß«, berichtigte Chris, »und sie stöhnen. Der springende Punkt ist aber: Sie essen Menschen.«

»Labern Sie keinen solchen Sch… äh, Unsinn«, sagte Earl mit Blick auf Sam.

»Haben Sie einen Fernseher?«, fragte Anna ihn.

»Jeff hat einen im Vorführerraum«, gab er an. »Oben.«

»Die Tür war verschlossen«, erinnerte Paul.

»Ich habe einen Schlüssel – und ich würde mir gern die Nachrichten ansehen.«

»Moment«, unterbrach Rick. »Gibt es noch irgendeine Möglichkeit, ins Gebäude zu gelangen, abgesehen von den beiden Türen dort unten …« Er zeigte in den vorderen Teil des Saals. »… oder dem Vordereingang?«

»Nein das war's«, antwortete Earl.

»Was ist oben?«, fuhr Rick fort.

»Die Galerie. Ein zweites Obergeschoss gibt es nicht, und das dritte ist ein Mietlager. Der Besitzer überlässt es Leuten, die dafür zahlen, ihren Krempel dort unterbringen zu können.«

Die Gruppe machte sich auf den Weg zur Wendeltreppe, die Earl vor Rick hinaufging. Er trug einen Ring, an dem unzählige Schlüssel hingen. Das einziehbare Band zum Umhängen hatte er an einem alten, abgewetzten Gürtel festgemacht. Auf dem oberen Absatz rüttelte er am Knauf der Tür. »Sehen Sie? Ist gar nicht verschlossen, Sie müssen bloß …« Indem er den Mechanismus drehte, drückte er fest mit einer Schulter gegen das Blatt. Es ging knarrend auf. »… ein bisschen grob sein.«

Earl trat ein und knipste Licht an. Rick folgte ihm. Es war ein kleiner Raum mit einem einzelnen winzigen Fenster hinter einem roten, schmuddeligen Vorhang, das auf die Straße hinausging. Neben dem Filmprojektor befanden sich noch ein schwerer Metallschreibtisch mit Stuhl und ein paar Regale darin. Plakate von B-Movies aus dem Horrorgenre zierten die Wände, und auf dem Tisch stand ein Fernseher mit Dreizehn-Zoll-Bildschirm. Die große Schublade darunter stand auf, sodass man einen Stapel Penthouse-Magazine darin sah.

Earl drückte sie mit einem Bein zu und schaltete das Gerät ein, als er sich auf dem Stuhl niederließ. Gesendet wurde eine Einspielung für den Notfall mit Namen von Anlaufstellen, die am unteren Rand von links nach rechts durchzogen. An dem antiquierten Einstellrad des Fernsehers wechselte er auf den nächsten Kanal, der jedoch das Gleiche ausstrahlte. »Was soll das?«, fragte er. Wieder drehte er an der Bedienung, und wieder erschien der entsprechende Ticker unten im Bild, doch diesmal richtete sich ein Reporter in dringlichem Ton an die Zuschauer:

»... oder zur Rettungsstation in der Sacramento Street, denn sie wurde komplett überrannt. Die Absperrungen sind eingerissen worden, und die Leute laufen um ihr Leben! Falls Sie dies sehen, verlassen Sie unbedingt die Stadt, und zwar so schnell wie möglich! Die Armee ist durch die Bezirke gezogen, um sie abzusuchen und zu säubern ...«

Er hielt sich eine Hand ans linke Ohr und schaute kurz nach unten. »Gerade erfahre ich«, sprach er weiter, »dass ganz Haight-Ashbury an die untote Bedrohung verloren gegangen ist. Die Rettungsstation Monterey Boulevard wurde vollständig zerstört!« Hinter ihm sah man behäbige Gestalten näher kommen, während er fortfuhr, Stadtteile aufzuzählen, die in Beschlag genommen waren. »Garrett, wir müssen abhauen«, drängte jemand aus dem Off. Die Kamera kippte ein wenig, und der Reporter drehte sich um. Als er sich wieder der Kamera zuwandte, hielt er das Mikrofon an seinen Mund und sprach mit zittriger Stimme: »Wir brechen jetzt ab, doch bleiben Sie dran. Das war Garrett Rhodes aus der Innenstadt von San Francisco für *The Heart Of Frisco*, die Nachrichten auf *Kanal 9*.«

Die Sendung zeigte nun einen Sprecher hinter einem blauen Tisch. »Dies, meine Damen und Herren, ist entsetzlich. Wie Sie in der Einblendung sehen können, wüten unkontrollierte Brände in Teilen unserer Stadt.« Ein Bild im Bild erschien und bot aus der Vogelperspektive Eindrücke von ölig schwarzem Rauch über verschiedenen Stadtgebieten. »Die folgenden Rettungsstationen sollten Sie auf gar keinen Fall aufsuchen ...«

Earl schaltete das Gerät ab. »Okay, ich glaube Ihnen, aber was nun?«

»Wir werden das eine Weile hier aussitzen und wollten dann nach Alcatraz fahren«, gab Rick an.

Dann hörte man Hydraulikbremsen quietschen, also trat er an das kleine Fenster. Als er den Vorhang nach links schob und hinaus auf die Minna Street schaute, lächelte er und stieß einen freudigen Grunzer aus.

»Was ist?«, fragte Earl.

»Ich glaube, die Hölle ist tatsächlich gerade zugefroren«, orakelte Rick.

Die beiden gingen den anderen voraus nach unten, da klopfte es leise am Eingang. Eine unbekannte Stimme rief durch die Tür: »Eine milde Gabe, bitte.«

Drei legten gleichzeitig mit ihren Waffen an.

»Warten Sie!«, rief Rick die Treppe hinunter. »Es ist Dallas!«

»Das hört sich nicht nach ihm an.« Chris war offensichtlich misstrauisch.

»Er ist es aber. Ich habe ihn oben durchs Fenster mit dem Müllwagen vorfahren sehen.«

Als er den Fuß der Treppe erreichte, lief er zum Eingang. »Dallas?«, fragte er.

»Jepp«, antwortete der stämmige Mann. »Machen Sie auf!«

Rick stemmte sich gegen die Druckstange und öffnete die Tür ganz. Dallas trat mit einem barfüßigen Mann ein, der einen blutbesudelten Krankenhauskittel trug. Nachdem der Polizist wieder geschlossen hatte, wandte er sich an den Texaner. Dieser sprach zuerst:

»Mir ist schon klar, dass wir uns noch nicht lange kennen, aber ich bin echt froh, Sie wiederzusehen, Bruder.«

»Meinerseits, Kumpel. Wen haben Sie mitgebracht?«, fragte Rick.

»Wissen Sie, ich habe ein Herz für Streuner. Das ist Billy.« Der Genannte trat vor, wobei Dallas mit einem Zeigefinger mehrere kleine Kreisbewegungen im Uhrzeigersinn an seiner Schläfe machte.

»Ist mir eine Freude«, sagte Billy zu Rick, bevor er sich anschickte, den Satz vor allen anderen im Vorraum des Kinos zu wiederholen, bis er bei Chris angelangte und mehrere Fragen stellte.

»Wie läuft es hier, Chief?«, wollte Dallas wissen.

»Das Gebäude ist ziemlich sicher. Wir haben ein wenig zu essen, aber umso mehr zu trinken, und es gibt nur drei Eingänge, alles feuerfeste Stahltüren.« Rick zeigte hinter sich. »Das ist mein Dad Paul, und er – Earl – arbeitet hier.« Paul kam hinzu und schüttelte die Hand des Texaners, der Kinobetreiber nickte. Anna stellte sich vor Dallas und zwickte eine seiner Wangen.

»Ich heiße Anna«, begann sie. »Danke, dass Sie mich am Fenster bemerkt haben; ein, zwei Minuten später wäre ich tot gewesen.«

»Entschuldigung«, warf Rick ein. »Ich vergaß, dass

Sie beide noch keine Gelegenheit hatten, einander vorzustellen.«

»War mir ein Vergnügen, Miss«, entgegnete Dallas mit verlegen gerötetem Gesicht. »Das Mindeste, was ich tun konnte.«

»Also gut, hören Sie mir jetzt bitte alle zu«, hob Rick an. »Hier haben wir so gut wie nichts zu befürchten und Vorräte im beschränkten Umfang, also bleiben wir über Nacht hier und versuchen morgen früh noch einmal, zur Werft zu gelangen. Sehen wir zu, dass wir hier sicher bleiben, und ich möchte, dass Sie sich auf der Galerie umschauen, denn vielleicht findet sich dort etwas, das wir gebrauchen können. Chris, Sie nehmen Anna mit und überprüfen noch einmal alle Türen, vielleicht können Sie sie auch irgendwie verrammeln. Dad, du kümmerst dich gemeinsam mit Earl ums Essen – und pass auf Sam auf. Wäre gut, wenn ihr Klamotten für Billy finden würdet. Dallas und ich gehen hinauf in den dritten Stock.«

»Ich wusste es, ich hätte in Albuquerque links abbiegen sollen«, stöhnte Billy.

Rick schaute ihn verständnislos an.

Als Sam kicherte, strahlte der junge Mann.

»Endlich kapiert es jemand!«, sagte er und ließ sich im Schneidersitz neben dem Mädchen nieder. »Welche Folgen gefallen dir am besten? Ich mag besonders *Hillbilly Hare* und alles mit Yosemite Sam.«

Sam zierte sich ein wenig, antwortete aber: »Meine Lieblingsfolge ist die, wo Bugs Frauenkleider anzieht.«

»Das ist *Hillbilly Hare*!« Billy war ganz aus dem Häuschen. Er zog das blutige Hemd aus und wischte sich die Brust damit ab. Sam hockte sich neben ihn. Als er fertig war, warf er den Fetzen zur Seite. »Scharfer Tiger, woher hast du ihn?« Sam lächelte.

»Wer hat dir im Gesicht wehgetan?«, erwiderte sie und zeigte auf seine Narbe.

»Tiger!«, antwortete er ein wenig zu laut, aber sie lächelte erneut. Die zwei schwatzten weiter, während Dallas und Rick zu der Tür gingen, die auf die Galerie führte. Letzterer hatte den Schlüssel von Anna bekommen, sperrte nun auf und trat über die Schwelle. Chris kam hinterher und folgte den beiden. Rick schaute ihn fragend an.

»Ihr Fuß.«

»Was meint er?«, wollte Dallas wissen. »Klär mich mal jemand auf.«

»Ich wurde auf dem Weg hierher gebissen, aber es war nicht schlimm.«

»Wo?«, fuhr der große Mann fort.

»Vorm Gebäude, als wir versuchten ...« Dallas unterbrach kopfschüttelnd: »Nein, ich meine, wo am Körper wurden Sie gebissen?«

»In meinen Stiefel, aber ich denke nicht, dass er sich selbstständig machen und uns in die Ärsche treten wird«, entgegnete Rick.

»Würde trotzdem gern einen Blick darauf werfen, Bruder.«

Rick gab nach, setzte sich auf eine Stufe und krempelte sein Hosenbein hoch. Nachdem er seine Schnürsenkel aufgeknotet hatte, zog er den Stiefel aus. Er zog seine schwarze Socke nach unten, sodass man eine leichte Schramme über der Achillessehne sah, doch die Haut war nicht aufgeschürft.

»Na ja, gut dann«, sprach Dallas. »Hören wir auf, unsere Zeit zu verplempern, und bewegen was.«

Rick zog den Schuh wieder an. Chris lächelte ihm zu und kehrte nach vorn zurück, woraufhin Rick mit Dallas die Treppe in die dritte Etage nahm. Dabei kamen sie an dem kurzen Korridor vorbei, durch den er mit Chris ins Kino gelangt war, und gingen weiter nach oben. Dort führte ein türloser Durchgang in einen großen Raum, in dem viele Tische standen, ein jeder mit einer Nähmaschine. Es sah so aus, als sei er seit Jahren nicht benutzt worden. »Sklavenarbeit«, bemerkte Rick. Am anderen Ende des Saals befanden sich noch zwei Türen, eine zu einer Toilette voller Stühle, und die andere war abgesperrt. Als es von oben her laut knallte, blickten die beiden Männer zur Decke hoch.

»Ich dachte, es wären nur drei Obergeschosse.«

Rick sah Dallas gespannt an. Dieser schüttelte den Kopf und verwies mit einer Kinnbewegung auf die Tür zur Treppe. Rick nickte, dann gingen sie wieder zurück. Langsam, äußerst vorsichtig schlichen sie die Stufen hinauf. Diese endeten vor einer schweren Tür, die ganz anders aussah als die übrigen in den oberen Etagen des Kinogebäudes. Rick klopfte an, hörte aber nichts. Er nahm den Griff in die Hand und schaute Dallas an. Der nickte zackig, woraufhin Rick ruckartig öffnete. Dahinter tat sich ein weiterer kurzer Korridor mit je einer Tür zu beiden Seiten auf. An jener links hing eine Eins aus Messing, an der rechten eine Zwei. Hinter der ersten bewegte sich etwas. Als Rick »Hallo?« rief, kam direkt unmissverständliches Stöhnen auf: Infizierte. Es klang, als seien es viele. Wenige Sekunden später begannen sie, gegen die klapprige Tür zu schlagen, sodass Staub von der Decke rieselte.

Die beiden Männer eilten hastig zum Eingang auf den Korridor zurück, doch bevor sie dort ankamen, flog Tür eins auf, und vier Zombies stolperten auf den Flur. Im Raum hinter ihnen waren noch mehr. Ein mausetoter Asiat – aus seiner Brust ragte ein Katana – stieg über seine Leidensgenossen und näherte sich seiner ersehnten Mahlzeit. Dabei trat er auf die Hand eines Gefallenen, dessen Knochen mit einem hörbaren Knirschen brachen. Die Untoten schienen ständig aus der Kammer zu strömen, alle fest entschlossen, einen Bissen von den beiden abzubekommen, die zwanzig Fuß entfernt waren. Rick zog die Korridortür zu und eilte mit Dallas die Treppe hinunter. Nach drei Sekunden hämmerten die Zombies auch gegen diesen Eingang.

»Wenigstens geht die Tür nach innen auf!«, versetzte Dallas, während sie je zwei Stufen auf einmal nahmen.

»Haben Sie den Typen mit dem Schwert gesehen?«, fragte Rick. »Muss schwierig sein, so um Ecken zu gehen, nicht wahr?«

Als sie in den Vorraum platzten, rief Dallas alle anderen zusammen. Rick schloss die Tür zum Treppenhaus ab, während sich die kleine Gruppe Überlebender einfand. »Wir verschwinden sofort!«, verkündete er aufgeregt. »Packen Sie zusammen, wir haben nicht viel Zeit!«

»Was ist los?«, fragte Chris. »Sind sie eingebrochen?«

»Das ganze verdammte Obergeschoss ist voll mit ihnen!«, antwortete Dallas und schaute sofort auf Sam. »Tut mir leid, Kleine, aber ich hab Angst; normalerweise schimpfe ich nicht so oft.«

Billy machte einen genervten Eindruck. »Wir ziehen schon wieder weiter? Hab gerade angefangen, es mir gemütlich zu machen!«

»Bewegung«, drängte Rick. Billy schnaubte verächtlich und stand auf, nach wie vor mit freiem Oberkörper.

»Dallas, achten Sie aufs Treppenhaus, ich schaue oben im Vorführerraum aus dem Fenster, um sicherzugehen, dass wir freie Fahrt haben, alle anderen: Bereitmachen zum Aufbruch!« Rick rannte die Wendeltreppe hinauf; es dauerte höchstens eine halbe Minute, bis er zurückkehrte.

»Wie sieht es aus?«, fragte Paul.

»Draußen sind Dutzende.« Sein Sohn war leichenblass geworden. »Das ändert aber nichts daran, dass wir abhauen müssen, sofort!«

»Die haben die Tür anscheinend aufgebrochen, ich kann sie auf der Treppe hören!«

Alle außer Dallas kamen mit gezogenen Waffen am Eingang zusammen. Sam sah beunruhigt aus, Billy gelangweilt. »Das muss jetzt schnell gehen!«, begann Rick. »Dallas, Sie nehmen Billy und Earl mit, wir drei fahren wieder gemeinsam, so wie wir hergekommen sind. Falls möglich, nimmt jeder seinen vorigen Platz ein. Chris, Sie und ich führen an. Dad, du passt mit Anna auf Sam auf, bringt sie zügig zum Hummer. Dallas, Sie räumen wieder den Weg frei, fahren Sie Richtung Bucht!«

»Warten Sie!«, fuhr Earl dazwischen. Er lief hinter die Theke und öffnete einen hohen, weißen Spind, aus dem er zwei Baseballschläger nahm. Einer bestand aus Aluminium, der andere aus Holz. Diesen warf er Billy zu, der damit sogleich die Scheibe eines länglichen Kastens an der Wand neben ihm einschlug. Dann griff er hinein und zog eine rote Brandaxt heraus.

Ein garstiges Halblächeln umspielte seine Züge. »Nur du kannst Waldbrände verhindern …«

Mit einer Hand warf er den Schläger weiter zu Chris, der ihn wie beiläufig fing, auf mittlerer Höhe packte und mit großen Schritten auf die Eingangstür zuging. Für einen schmächtigen Sonderling sah er ausgesprochen tough aus, so wie er das Holz Marke Louisville Slugger in einer und die Taurus in der anderen hielt.

Dallas drehte sich um und schaute durch die dünne Glasscheibe der Tür zum Treppenhaus … in die Mandelaugen des untoten Asiaten, dem sie oben begegnet waren. Dieser schlug mit einer flachen Hand gegen das Glas, dass es schmatzte, und verschmierte sie mit schwarz-roter Flüssigkeit. Dallas sprang erschrocken zurück. »Jesus!«

»Sie sind unten!«, kläffte er, als das Klopfen an der Tür losging.

»Dallas, kommen Sie!«, rief Rick. »Eins, zwei, drei!«, zählte er und stieß die Eingangstür auf. Sie prallte gegen einen Widerstand und schwang zurück. Er drückte erneut, da flog sie weit auf. Ein infizierter Teenager in AC/DC-Shirt und Jeans lag auf dem Rücken neben der Tür, war aber schon im Begriff, wieder aufzustehen. Rick schoss ihm mit dem AR-15 in den Kopf, woraufhin sich jeder Zombie auf der Straße in seine Richtung umdrehte. Die Flüchtenden liefen zu den jeweiligen Fahrzeugen – nur Billy nicht, der sich anscheinend nicht für dieses oder jenes entscheiden konnte. Die Leichen kamen näher.

»Worauf wartet er denn?«, fragte Earl Dallas.

»Er hat nicht mehr alle Latten im Zaun!«, blaffte Dallas und half dem älteren Mann aufs Trittbrett des Müllautos. Auf dem Weg zur Fahrerseite stieß er vorm Kühlergrill mit einem ehemaligen Soldaten in Digitaltarnfarben zusammen. Der Kerl hielt die Flinte fest und wollte partout nicht wieder loslassen. Dallas tat es dafür, um ihn zu schubsen, und zückte mit einem flinken Handgriff seine Betonstange. Damit schlug er der Kreatur gegen die Schläfe, woraufhin sie zusammenbrach. Er hob die Flinte auf, doch der Soldat packte sein Hosenbein, als er weitergehen wollte. Da hielt ihm Dallas den Lauf direkt an den Schädel und drückte ab. Feiner, rosafarbener Nebel stob in die Höhe. Weitere Untote näherten sich.

Rick ging auf einem Knie nieder, wobei er sein Gesicht vor Schmerzen verzog. Er begann zu schießen, indem er sich die nächsten Ziele aussuchte, um seiner Gruppe auf dem Weg zum Hummer Feuerschutz zu geben. Dabei brachte er auch ein vielleicht sechsjähriges Mädchen mit Zöpfchen und abscheulichen Bisswunden am Hals zur Strecke. Einer Postbeamtin schoss er in die Schulter, bevor die zweite Kugel unmittelbar unter der Nase einschlug und sie für immer ruhigstellte. Rick hörte auch Schüsse von den anderen. Weiterhin fällte er einen Geschäftsmann und einen Arzt, beide obligatorisch mit Aktenkoffer und Mundschutz. Die Straße füllte sich zusehends, denn für jeden ausgeschalteten Zombie tauchten drei neue auf. Als die Hupe des Humvees dröhnte, sprintete Rick auf die Fahrertür zu. Er gab einen letzten Schuss ab, und zwar auf einen Kerl mit aufgesetztem Motorradhelm und Verbrennungen. Auch dessen Schicksal besiegelte er endgültig; Splitter aus hoch belastbarem Kunststoff flogen an seinem Hinterkopf weg. Rick rutschte hinters Steuer und betätigte die Zündung. Als er nach links schaute, sah er Billy, der Sam von der Straße aus winkte.

Chris drückte eine Taste des elektrischen Fensterhebers, um die Scheibe hinunterzulassen. »Billy! Steigen Sie in den Müllwagen!«, rief er. »Sie kommen!« Der andere junge Mann betrachtete die nahende Zombieflut.

»Ich würde aber gern mit Sam fahren«, sagte er mit quengeliger Stimme.

»Wir haben keinen Platz mehr frei, Sie müssen in den Wa… *hinter Ihnen!*«, schrie Chris.

Eine Leiche, die so schwer verbrannt war, dass man nicht mehr erkannte, ob es sich um einen Mann oder eine Frau handelte, legte eine Hand auf Billys Schulter. Er schüttelte sie mit verärgertem Blick ab, bevor er sich umdrehte und der Kreatur ins Gesicht schaute. Sie ging an ihm vorbei auf den Hummer zu, jede Bewegung verursachte knirschende Geräusche.

»Na gut!«, raunte Billy und stampfte sogar mit einem Fuß auf den Boden. »Das ist aber ungerecht, ich wollte mit Sam fahren!« Endlich marschierte er zum Müllwagen und stieg ein. Dallas setzte ihn ruckelnd in Gang und fuhr Richtung Osten los. Rick folgte mit geringem Abstand und grüblerischer Miene.

»Jesus, Maria und Joseph, was sollte das?«, fragte Chris.

»Ich … ich versteh gar nichts mehr«, gestand Rick.

Kapitel 10

»Sie haben das gesehen, oder?«, fragte Earl Dallas.

»Ja, schon zum zweiten Mal. War ja kaum zu *über*sehen – und umso schwieriger zu begreifen.«

»Billy, warum hat dieses Ding Sie nicht angegriffen?«, fuhr Earl fort.

»Keinen Schimmer«, antwortete der junge Mann mit nachdenklich gerunzelter Stirn. »Man könnte meinen, es liege daran, dass ich abstoßend bin«, fügte er mit einem Hauch von Trauer in der Stimme hinzu.

»Hä?«, merkte Earl auf.

»Abstoßend«, wiederholte Billy. »Heißt: Ich schmecke nicht gut, wenn mich nicht alles täuscht. Im Krankenhaus letztes Jahr hatte ich eine Schwester, die meinen Charakter abstoßend nannte, könnte es das sein?«

»Eher nicht.« Jetzt lächelte Earl. »Ich glaube vielmehr, sie wollte damit sagen, dass Sie nicht ihr Typ waren.«

»Also schmecke ich vielleicht doch gut?« Billy machte ein hoffnungsfrohes Gesicht.

»Äh … Ich weiß es ehrlich gesagt nicht«, gab Earl zu.

»Ich auch nicht«, endigte Billy mit einem Seufzer.

»Wenn wir herausfinden können«, begann Dallas, »warum die Sie in Ruhe gelassen haben, gelingt es uns vielleicht, sie von uns abzuhalten – womöglich von allen gesunden Menschen!«

»Und wie?«, fragte Billy unschuldig.

»Keine Ahnung, Junge, ich bin kein Wissenschaftler.«

Dallas überfuhr mitten auf der Straße drei Untote; ihre Körper knirschten unter den Rädern. Auf einmal knarrte das Funkgerät. »Dallas! Sie müssen mich warnen, bevor Sie jemanden überrollen. Unser Wagen ist nicht so groß wie Ihrer, und ich sehe fast nichts mehr vor lauter Pampe auf der Windschutzscheibe!«

»Oh, 'tschuldigung«, murrte Dallas. »Daran hab ich nicht gedacht.«

Vor ihm blockierten zwei Nase an Nase stehende Militär-Humvees die Straße, also lenkte er rechts und dann wieder schnell links ein. Gleich darauf kam er jedoch an eine weitere aufgegebene Straßensperre und bremste ab; sie bestand aus Zivilfahrzeugen. Der Geländewagen, in dem seine neuen Freunde saßen, fing jedoch wie verrückt zu hupen an, weshalb Dallas voll aufs Gas trat. »Festhalten!«, mahnte er. Earl sah entgeistert aus und nestelte an seinem Sicherheitsgurt herum, während Billy in freudiges Gejohle ausbrach. Der Mülltransporter rammte die Blockade mit ungefähr fünfundvierzig Meilen pro Stunde. Metall verbog sich quietschend, und Glas klirrte, während der Laster durch die kleineren Wagen pflügte. Sie wurden zur Seite geschleudert, wobei eines in ein Ladenschaufenster krachte und das andere zwei lauernde Infizierte unter sich begrub. Das Müllauto schob sich weiter voran.

»Was war das jetzt wieder?«, schrie Chris panisch, als der Lastwagen vor ihnen im Zuge der Wucht des Zusammenpralls vibrierte. Teile der Fahrzeuge, die Dallas gerade beseitigt hatte, flogen auf den Hummer zu, und einmal rumpelte es gewaltig, als sie etwas Großes überrollten. Dann drückte der Texaner lange auf die Hupe, und plötzlich spritzte blutiger Brei voller Knochensplitter unter seiner Karosserie heraus. Rick schaffte es, nach links auszuweichen, musste aber dennoch die Scheibenwischer einschalten, um die klumpigen, tiefroten Kleckse vom Glas zu entfernen. Er verwendete zwar auch Waschflüssigkeit, doch selbst danach blieb ein Fetzen Kopfhaut mit dunklem Haar am rechten Wischer hängen, was an eine Spinne denken ließ, die sich erbittert daran festklammerte.

»Okay, okay, Hupe heißt also Schweinerei! Halt vielleicht ein wenig Abstand von ihm, aber nicht zu viel«, riet Paul vom Rücksitz.

Dallas hupte erneut, da schnellte ein weiterer infizierter Körper unter dem Müllwagen heraus, schlackernd wie eine Flickenpuppe. Diesmal kam Rick nicht umhin, ihn zu überfahren, wobei es polterte und knirschte. Die Küste war jetzt weniger als eine Meile weit entfernt, und die Zahl der Zombies nahm zu. Sie stolperten hinter geparkten oder liegen gebliebenen Autos und aus Gebäudeeingängen hervor. Hin und wieder sah man Grüppchen, die sich auf allen vieren um ein massakriertes Opfer scharten; sie stopften sich gierig bluttriefende Brocken in die Münder. Andere schlugen mit Fäusten oder flachen Händen gegen dicke Türen oder in Eile verbretterte Fenster. Die Überlebenden wussten, was dies bedeutete, sahen aber gleichzeitig ein, dass sie nicht anhalten und helfen konnten, ohne überwältigt zu werden. Einige Befestigungen hatten nicht gehalten, und hinter kaputten Türen wie Fenstern offenbarten sich schauerliche Gestalten.

»Da ist sie!«, rief Chris aufgeregt, als sie von der Kuppe aus, die sie gerade überwunden hatten, die Bucht von San Francisco sahen.

Der große Mülllastwagen brauste mit dem Hummer am Heck den Berg hinunter. Dallas schaute lächelnd geradeaus, wo er ein offenes Drahtgatter mit den Worten *Bayside Marine* in orangefarbenen Buchstaben auf einem weißen Schild sah. Beim Blick in den Rückspiegel verging ihm die Heiterkeit jedoch: Der Hummer fuhr hundert Yards hinter ihm und fiel weiter zurück. Die Insassen meldeten sich wieder per Funk.

»Dallas!« Es war Chris' Stimme. »Etwas stimmt nicht mit unserem Wagen, er wird immer langsamer!« Der Texaner bremste und setzte zu einer neuerlichen Wende an, um zur Hilfe zu eilen.

Schließlich stand der Hummer. Das große, gelbe Vehikel blieb auch unter den hungrigen Leibern in diesem Teil der Stadt nicht unbemerkt: Dutzende strömten aus allen Richtungen heran. Auf der anderen Straßenseite zeigte ein geparkter, weißer Lieferwagen mit dem Schriftzug *Tsangs Obst und Gemüse* in die Gegenrichtung; die Fahrertür stand auf.

»Alle aussteigen«, drängte Rick. »Wir laufen zu dem Van dort. Dad, du nimmst Sam!« Er stieg aus und fällte die beiden nächsten Infizierten mit einzelnen Schüssen aus seinem AR-15. Dann lief er voraus; hoffentlich steckten die Schlüssel in der Zündung ... Nein, der Wagen lief sogar noch! Er hielt das Sturmgewehr ins Führerhaus, bevor er den Kopf hineinsteckte, um nach unliebsamen Fahrgästen zu schauen, doch weder vorn noch im Laderaum warteten Infizierte. Hinten standen unterschiedliche Lattenkisten, doch der Platz reichte gerade so für seinen kleinen Tross Überlebender. Er fuhr herum und feuerte auf einen schwankenden Fettsack mit blutbeflecktem Labormantel. Die Kugel traf den Unterkiefer, und der Kerl fiel um, wollte sich aber sofort wieder aufraffen, während immer mehr zusammenkamen.

»Der Van ist sauber! Einsteigen, Beeilung!«, rief Rick.

Nachdem Chris die Hintertür geöffnet hatte, hob Paul Sam hinein, ließ Anna folgen und zwängte sich zuletzt selbst in den Raum. Es war eng, doch er fühlte sich gleich sicherer. Chris lief nach vorn und rüttelte an der Beifahrertür. »Ist verriegelt!«, schrie er. Rick gab noch einen Schuss ab, nahm sich aber keine Zeit zum Nachschauen, ob er getroffen hatte, sondern setzte sich hinters Steuer und neigte sich zu Chris hinüber, um ihm zu öffnen, noch während er seine eigene Tür zuzog. Drei Untote klatschten dagegen, als Chris die Tür auf der anderen Seite aufriss und einstieg. Da der Lieferwagen andersherum parkte, schauten sie jetzt in die Richtung, aus der sie gekommen waren, und was sich zielstrebig von dort aus näherte markierte den Inbegriff eines Albtraums: Die Straße vor ihnen war ein sprichwörtliches Meer aus wandelnden Toten, deren Zahl in den dreistelligen Bereich ging.

»Heilige Scheiße …«, sagte Chris mit schreckgeweiteten Augen.

»Geben Sie Dallas durch, dass wir okay sind und er weiterfahren soll.«

Rick vollzog nun seinerseits eine Wende in drei Zügen, wobei er zwei stöhnende Gestalten rammte. Der Wagen war im selben Moment umgedreht, da

Chris ihren Vordermann auf den neusten Stand gebracht hatte.

Dallas sah, dass die anderen unbeschadet in den Van gestiegen waren, der sich nun in Bewegung setzte, also lenkte er den Laster herum und fuhr weiter auf die Werft zu. Innerhalb weniger Sekunden hatte er das offene Gatter passiert und einen großen Parkplatz erreicht, wo unter weißen Plastikplanen aufgebockte Boote standen. Da dort keine Infizierten umgingen, stieg er aus und lief zurück zur Einfahrt. Nachdem der Lieferwagen hereingerast war, zog Dallas das Gatter zu und sicherte es mit einer dicken Kette, die er um die senkrechten Stangen an den Flügeln wickelte.

Die Seitentür des Wagens wurde aufgeschoben, und Paul stieg aus. Er aß einen Apfel und warf auch Dallas einen zu. Die kleinen, mit Luftschlitzen versehenen Kisten im Laderaum des Fahrzeugs enthielten frische Lebensmittel: Äpfeln, Mandarinen, Gurken, Blattsalat, Tomaten sowie eine Menge anderer ausgesuchter Obst- und Gemüsesorten, nicht zu vergessen Paprika und Zwiebeln in Jutesäcken.

»Dieses Gatter ist zwar stabil, aber wir haben kein Schloss dafür, also schnell weiter.«

Wieder stiegen die Flüchtenden in ihre Fahrzeuge und suchten sich zwischen den zum Transport hergerichteten Booten einen Weg zum Ufer. Sie stießen letztlich doch auf ein paar Untote innerhalb der Umzäunung, es waren aber nur wenige. Draußen sah es indes ganz anders aus: Hunderte pilgerten den Hügel hinunter auf den Hafen zu, doch bis der taumelnde Zug das Gatter erreichte, verging wohl noch eine gute Viertelstunde. Auf der Fahrt zum Dock kamen die Überlebenden an einem kleinen Laden für Anglerbedarf vorbei. Dallas hielt vor einem langen Pier an, wo acht verschieden große Boote vertäut lagen. Billy lief mit Earl bis zum Ende und fand ein hübsches Modell, ein Sea Ray Sedan.

»Ist groß genug für uns«, meinte der Ältere, »aber wir brauchen die Schlüssel.«

»Ganz genau«, stimmte Billy zu.

Die beiden rannten über den Pier zurück und den Laufsteg hinauf, um dem Rest der Gruppe von ihrem Fund zu erzählen. Immer noch waren keine Infizierten zu sehen, doch sie alle waren auf der Hut; in der Ferne hörte man Schüsse, und im Stadtzentrum stiegen Säulen aus dreckig schwarzem Qualm empor. Rick wies jedem eine Aufgabe zu, denn sie sollten auf Trab bleiben.

»Das sind ohne Ausnahme Privatboote, also finden wir hier keine Schlüssel«, erklärte er. »Demnach müssen wir es kurzschließen.«

»Das bekomme ich hin«, ließ Dallas wissen.

»Prima! Versuchen Sie, den Motor zu starten, und Sie, Earl, halten ihm den Rücken frei. Anna, Sie laden mit Billy und Chris die Waren aus dem Van, während mein Vater und ich vorn und hinten aufpassen. Sam, du bleibst bei mir.«

In weniger als zehn Minuten hatten sie die Nahrungsmittel an Bord gebracht, doch Dallas tat sich schwer mit dem Anlasser. »Diese elende Schaluppe hat keine elektronische Zündung«, klagte er. »Welcher Depp verwendet heutzutage noch etwas anderes? Das Ding ist Baujahr '92, um Himmels willen. Ich muss das ganze Paneel abmontieren und brauche eine Bohrmaschine.« Er schaute

Earl an, und der reagierte, indem er unter Deck ging, um einen Werkzeugkasten zu suchen.

Sechs Zombies waren aufgekreuzt und umgehend erschossen worden. »Also gut, ein bisschen Proviant haben wir, aber das reicht nicht annähernd«, sagte Rick zur Gruppe. »Ich will in das kleine Geschäft zurück, an dem wir vorbeigefahren sind, und mehr Sachen besorgen, vor allem Wasser und andere Getränke. Im Laderaum des Vans liegen ein paar leere Säcke, mit denen wir die leichteren Waren tragen können. Anna, laufen Sie runter, sagen Sie Dallas und Earl, was wir vorhaben; dann kommen Sie wieder hoch und bewachen das Dock von hier aus.«

»Allein?«, fragte sie beklommen.

»Wenn Sie dieses Türchen hinter sich schließen, können Sie das hier als Riegel benutzen.« Vom Boden hinter dem weißen Betonpfosten einer Autoschranke hob Rick ein drei Fuß langes, schmutziges Stück Rohr auf. »Dann kann Ihnen nichts passieren. Falls Ihnen jemand auf die Pelle rückt, gehen Sie an Bord und geben den Männern Bescheid.«

»Aber … aber«, stammelte sie.

»Ich bleibe hier, Rick«, bot Paul an. »Nimm Anna mit.«

Nun sah sie aus, als falle ihr ein Stein vom Herzen. »Was ist mit Ihnen?«, fragte sie Rick. »Wie wollen Sie zurück aufs Boot kommen, wenn die anrücken?«

»Darüber muss ich mir unterwegs Gedanken machen«, erwiderte er. »Aber egal, packen wir's.«

Paul trat durch die kleine Holztür und verkeilte das kurze Rohrstück zwischen ihr und dem Geländer des

Stegs. Dann prüfte er nach, ob sie sich noch öffnen ließ, doch dem war nicht so. Während er vorsichtig über die Bootsrampe ging, quetschten sich alle anderen in den Lieferwagen.

Kapitel 11

Rick bremste schwungvoll vor dem Lädchen. »Zwei Minuten!«, betonte er. Jemand öffnete die Seitentür, dann stiegen Billy, Chris und Anna schnell aus. Sie liefen zum Gebäude, wo Billy die Scheibe der Vordertür einschlug, um ihnen Zugang zu verschaffen, während Rick die Umgebung durchs Visier des SPAS-12 absuchte. Er hatte das AR-15 bei seinem Vater gelassen, brauchte aber eine Waffe für den Fall, dass er auf Tuchfühlung gehen musste. Sam saß auf dem äußeren Platz an der offenen Seitentür, und ihr Vater trat ein paar Fuß weit vor, um sich umzusehen. Das Mädchen rief nach ihm, und sie unterhielten sich. Sam kicherte.

Da Sam ihren Vater ablenkte, bemerkte er nicht, dass von der anderen Seite des Vans ein Zombie gewankt kam. Als sich Rick wieder abwandte, um das Gelände zu überblicken, trat dieser neben dem Wagen hervor. Als er Sam sah, schlug er einen schnelleren Schritt an. Es war ein schwerer Mann in Boxershorts und blutigem Feinrippunterhemd. Er musste frühmorgens angegriffen worden sein, denn er trug noch Hausschuhe. Weder Vater noch Tochter hörten seine gedämpften Schritte, und er hatte die beiden fast erreicht, als jämmerliches Geheul die Luft zerschnitt. Rick wirbelte herum und sah, dass sich das Monster auf Sam stürzen wollte. Er legte mit seinem Großkaliber an, drückte ab und traf mitten in die Brust. Der Zombie flog mit einem klaffenden Loch im Oberkörper drei Fuß weit zurück – einen Pantoffel hatte er verloren – und kam schon wieder auf die Beine, während widerliche Säfte aus der Wunde flossen und auf den Boden tropften. Doch Rick trat vor und blies ihm den Schädel weg. Der Rest des Körpers sackte zusammen … zweifach getötet, ganz richtig. »Steig wieder ein, Schatz«, sagte Rick zu Sam.

Als er sich nach dem Ursprung des Lärms umsah, der ihn gewarnt hatte, entdeckte er ein scheckiges Kätzchen, das hinter einer Mülltonne herumschlich. Es kam hervor und schaute zu Rick auf, zog sich aber gleich wieder hinter den Blecheimer zurück, als die Plünderer aus dem Geschäft kamen. Sie hatten so viel mitgenommen, wie sie schleppen konnten: Zwei Kisten Limonade und so viele Esswaren, dass die Säcke aus allen Nähten platzten, außerdem einen Zwanzig-Liter-Kanister Wasser für einen Getränkespender, den Chris auf einer Schulter trug.

»Was ist passiert?«, fragte Billy.

»Eines der kranken Schweine hat sich von hinten angeschlichen, aber ich habe mich darum gekümmert.«

»Bestens«, entgegnete Billy.

Gemeinsam gingen sie den Laden noch zweimal durch, um jeweils weitere Waren in Kisten und Säcken herauszutragen. Als die anderen einen vierten Abstecher machen wollten, lenkte Rick besorgt ein. »Zeit zum Aufbruch, das genügt.« Alle stiegen in den Lieferwagen, während er wieder nach der Katze schaute. Er kniete nieder, hockte sich auf seine Fersen und legte das Gewehr auf seinen Oberschenkeln ab. »Kommst du mit?« Das

Tier zögerte kaum merklich, bevor es gesprungen kam, in den Van hüpfte und sich wie zur Wache neben Sam hinsetzte. Rick zog die Schiebetür zu, und sie fuhren zum Ufer zurück.

Als sie dort ankamen, lief der Bootsmotor. Sie konnten ihre Vorräte ungehindert verladen, aber sobald Chris das Türchen geschlossen und wieder mit dem Rohr versperrt hatte, hörte er das verräterische Stöhnen der Infizierten. Sie hatten das Gatter überwunden und wollten ihre versäumte Schlemmerei nachholen.

»Die beiden Treibstofftanks sind fast voll, und im Maschinenraum stehen zwei Ersatzkanister mit je zwanzig Litern für den Notfall«, berichtete Earl dem Polizisten. »Das Boot ist gut in Schuss, ausgenommen das Steuerpult; Dallas musste die Konsole abnehmen, um es zu starten.«

»Wir haben Essen und Getränke besorgt, aber das wird nur für ein paar Wochen ausreichen«, entgegnete Rick. »Wir müssen also rationieren. Ich kann immer noch nicht glauben, dass wir es geschafft haben.«

»Sie haben dafür gesorgt, dass wir es schaffen, Rick«, lobte Earl. »Ihr Herr Papa dort drüben ist bestimmt sehr stolz auf Sie, und Ihre Tochter befindet sich in Sicherheit. Gut gemacht, Sir.« Er streckte eine Hand aus, und Rick schüttelte sie.

»Danke«, schob Earl nach.

Rick ließ sich auf einer gepolsterten Bank nieder und schaute in den sonnigen Junihimmel. Er stieß einen langen Seufzer aus und stützte den Kopf in beide Hände.

Das Sea-Ray-Boot brauchte zwanzig Minuten zum Durchqueren der Bucht. Auf dem Weg fuhren sie unter der Bay Bridge durch, die mit verlassenen oder brennenden Fahrzeugen und massenweise Untoten verstopft war. Auf Treasure Island sah es nicht besser aus: Es wimmelte nur so vor zuckelnden, blutig verklebten Gestalten. Die Überlebenden legten am Dock vor Alcatraz an, waren aber nicht die Ersten auf der Insel. Ein vierzehn Fuß langer Boston Whaler und ein Bayliner-Sportboot von zwanzig Fuß Länge lagen bereits vertäut da. Am anderen Ende des Stegs standen zwei Männer in schwarzen Uniformen mit HK-G36-Sturmgewehren. Sie kamen auf das Sea Ray zu, als sie den Motor hörten.

»Okay, Chris, Sie und Billy machen das Boot fest. Dad, komm mit mir«, sprach Rick. Die beiden sprangen von Bord und gingen den Bewaffneten am Dock entgegen. Als sie noch zehn Fuß weit entfernt waren, begann der linke Mann: »Verzieh dich, Freundchen, das ist unser kleines Stück vom Paradies.«

»Leck mich, Martinez«, erwiderte Rick trotzig und schüttelte grinsend den Kopf. »Mein Tag war echt beschissen, wo steckt Meara?«

»Freut mich, dass du es geschafft hast, Kumpel«, sagte Martinez und nahm seinen Kollegen tatsächlich in den Arm. »Er richtet eine Kommandozentrale in der Kaserne ein.« Nach kurzer Pause hängte er an: »Rosalie hat es nicht überlebt …«

Sie war fast dreißig Jahre lang mit Mike verheiratet gewesen, eine Seele von Mensch und sowohl in der Kirche als auch in lokalen Wohlfahrtsorganisationen engagiert. Rick schlug seine Augen nieder – ein weiterer Verlust in einer Welt der Tragödie.

»Verdammt« war alles, was er dazu sagen konnte.

Martinez nahm ein Funkgerät von seinem Mehrzweckgürtel, während Rick einem anderen Polizisten die Hand schüttelte – Wizneski – und seinen Vater vorstellte. Er nahm ein paar Schritte Abstand, um zu sprechen, drehte sich aber nach wenigen Sekunden wieder um und reichte das Gerät Rick. »Jemand möchte dir Hallo sagen.«

»Barnes hier«, meldete er sich.

»Rick!« Meara war in der Leitung. »Du hast es geschafft. Geht es Sam und deinem Vater gut?«

»Ja, Mike, und ich habe noch mehr Gesellschaft mitgebracht.«

»Wie viele Personen?«

»Wir sind zu acht – und eine Katze, so verrückt es klingen mag.«

»Eine Katze?«, wiederholte Mike.

»Erkläre ich dir bei Gelegenheit.«

»Komm hoch zu mir, ich bin in der Kaserne. Wir haben einiges zu besprechen.«

»Bin gleich da, aber zuerst hole ich meine Leute von Bord«, ließ Rick wissen.

»Verstanden. Ende.«

Rick gab das Funkgerät an seinen Kollegen zurück und nickte zum Dank. »Wäre nicht schlecht, wenn uns jemand beim Entladen helfen könnte.«

»Lässt sich machen«, erwiderte Martinez.

Sie gingen zu viert zum Boot, woraufhin die anderen Überlebenden an Land kamen und die Vorräte von Deck geschafft wurden.

Rick nahm Sam an einer Hand und ging mit ihr den Steg hinunter, während das Kätzchen vor den Füßen des

Mädchens schwänzelte. »Weißt du, wir sollten ihm einen Namen geben«, sagte er zu ihr.

»Hab ich schon«, erwiderte sie. »Er heißt Pickles!«

»Pickles?«

»Genau!«

Kapitel 12

Die insgesamt sechsundzwanzig Personen auf Alcatraz waren ein bunter Haufen. Nationalität, Gesellschaftsstand, Alter und Geschlecht spielten keine Rolle. Jeder war froh, andere um sich zu wissen, und man umarmte einander wie unter Verwandten. Außer Rick, Mike und den beiden Wachen, die zum Ufer zurückgekehrt waren, kamen die Überlebenden in der Gefängniskantine zusammen und teilten ihre jeweiligen Geschichten mit. Sie erzählten über ihre Flucht vom Festland und Verluste, die sie dabei zwangsläufig erlitten hatten. Billy saß ein wenig abseits, hörte bloß zu und beobachtete die gegenseitige Anteilnahme, bis Sam die Gruppe mit Pickles verließ und sich zu ihm gesellte. Die Katze grüßte Billy, indem sie sich an seinen Beinen rieb, und während er sich nach vorn beugte, um sie zu streicheln, nahm das Mädchen neben ihm auf der Metallbank Platz.

»Warum sitzt du hier hinten?«, fragte sie. »Du siehst traurig aus.«

»Bin ich auch.«

»Wieso das?«

»Ich muss weg von hier, Sam, obwohl ich glaube, gerade eine Familie gefunden zu haben.«

»Wohin willst du?«, bohrte Sam weiter, die sich nun auch betrübt anhörte.

»Keine Ahnung, aber hierbleiben kann ich nicht.«

»Aber weshalb denn? Hier ist es sicher, und die bösen Leute kriegen uns nicht.«

»Genau das ist der Grund, Kleine.« Billy zog eine leere Tablettendose aus seiner Tasche und ließ sie auf den Boden fallen. »Für mich ist es nicht sicher, bei anderen Menschen zu sein.«

»Ach quatsch! Du bist mein bester Freund hier, du darfst nicht weggehen!« Sam sah aus, als würde sie gleich weinen.

»Sei nicht traurig, sonst überschwemmst du die Bude mit deinen Tränen und spülst uns alle in die Bucht – wie Bugs, der dann mit dem Brett über die Flutwelle gesurft ist, weißt du noch?«

Sie schüttelte ihren Kopf, lächelte aber.

Durch eine schwere Metalltür auf der anderen Seite der Kantine kamen Rick und Meara; sie hatten einander beglückwünscht und Respekt gezollt. Rick stellte Mike seine Gruppe von Überlebenden vor, und Mike tat wiederum das Gleiche mit ihm.

»Wo ist Sam?«, fragte Meara und schaute sich um. Er entdeckte sie bei einem blonden Kerl, der ein Stück weit von allen anderen entfernt saß.

»Ach dort.« Er zeigte hinüber. Gemeinsam mit Rick ging er durch den Saal zu Sam und Billy. Sie eilte ihm auf den letzten paar Metern entgegen. »Onkel Mike!«, juchzte sie und sprang in seine Arme. Pickles wuselte hinüber und schaute drollig zu dem Polizisten auf.

»Schön dich zu sehen, Sam!«, begann Mike lächelnd. »Und das muss das Fellknäuel sein, das dich gerettet hat.« Er stellte sie ab, bückte sich und kraulte den Kater. »Braves Tier, aber Fremde sind ihm nicht geheuer, oder?«

»Ach was, er ist toll!«, bekräftigte Sam. »Pickles heißt er.«

»Pickles, so so – und wer ist dein anderer Freund?« Mike schaute den Blondschopf an.

»Das ist Billy. Komm, ich mach euch miteinander … erkannt.« Sie schnappte Mikes Hand und zog ihn zu Billy. Er blieb wenige Fuß vor ihm stehen und musterte ihn kritisch. Billy trotzte seinem Blick nur kurz, bevor er unter sich schaute und nickte. Meara legte die restlichen Schritte zurück und bot ihm eine Hand an. Da stand der Jüngere auf, scheinbar überrascht, und schüttelte sie.

»Sie sind also Billy; Sam erzählte, Sie seien ihr Freund«, hob Meara an.

»Das stimmt, Sir. Wir verstehen uns mittlerweile gut.«

»Tja, dann willkommen. Warum richten Sie sich nicht ein? Das Essen köchelt, und wir haben fließend Wasser zum Waschen. Ein frisches Shirt finden wir auch für Sie, zumal es nachts kühl hier drin wird. Diese Narbe sieht unschön aus, woher stammt sie?«

»Von einer Verletzung in meiner Kindheit«, antwortete Billy. »War ein Unfall.«

»Ach so. Nun, wie gesagt, kommen Sie zur Ruhe, das haben Sie sich verdient.« Meara streckte seine Hand noch einmal aus, also drückte Billy sie erneut.

»Danke sehr, Sir«, sagte er nicht ohne einen Hauch von Verwirrung.

»Sam, würdest du mal kurz mit uns kommen?«, bat Mike.

Sie nahm seine Hand wieder, und er führte sie mit Rick zurück zu den anderen Überlebenden in der Mitte des Saals. Mike forderte sie auf, sich für ein paar Minuten zu ihrem Großvater zu setzen, und schüttelte auf Ricks fragenden Gesichtsausdruck hin den Kopf. Die beiden verließen die Kantine durch die Tür, und erst als Mike sie geschlossen hatte, fragte sein Kollege: »Also gut, was soll der Terz?«

»Dieser Billy, wo hast du ihn aufgegabelt?«, wollte Meara wissen.

»Ich nicht – Dallas; er hat ihn in der Stadt getroffen, nachdem wir voneinander getrennt worden sind.«

»Und er hat euch noch keine Schwierigkeiten bereitet?«

»Nein, Mann, im Gegenteil: Er hat uns schon mehrmals den Arsch gerettet. Zwar hat er … ich weiß nicht … einen kleinen Riss in der Schüssel, schätze ich, aber worauf willst du hinaus?«

»Dieser Typ«, hob Meara an, indem er mit einem Daumen über seine Schulter zeigte, »ist ein Psychopath ersten Grades, ein Mörder und Folterer, fiesestes Gesindel.«

»Wovon sprichst du? Wie gesagt, er mag ein bisschen komisch drauf sein, ist aber absolut begeistert von Sam!«

»Er ist niemand Geringeres«, fuhr Mike fort, »als Bill the Butcher.«

Rick erblasste. »Du meinst diesen Zahnarzt?«

»Er war kein Zahnarzt, sondern brachte einen Zahnarzt um. Ich glaube, er hat nicht bemerkt, dass ich weiß, wer er ist, aber wir müssen sofort etwas unternehmen.«

»Ich will ihn nicht vor Sam bloßstellen – und Mike, wir können ihn auf keinen Fall erschießen.«

»Rick, dieser Kerl ist völlig wahnsinnig … und unabhängig davon brandgefährlich. Ich werde das Notwendige tun, um die Sicherheit auf dieser Insel zu gewährleisten.« Mike richtete einen Zeigefinger auf Rick und stocherte damit in der Luft. »Genauso wie du, verdammt.«

»Du begreifst es nicht, der Junge kann sich unter die Zombies mischen, ohne angegriffen zu werden!«

Jetzt wurde Mike blass. »Was soll das denn heißen?«

»Was ich sagte: Die Toten rühren ihn nicht an. Wir alle haben gesehen, wie er dicht an Infizierten vorbeiging und ignoriert wurde. Dallas erzählte, es sei auch passiert, als er ihn aufgelesen hat. Er ist wichtig, und wir brauchen ihn. Irgendwo wird ein Wissenschaftler zumindest mit ihm sprechen wollen. Wir sind hier in einem Knast, um Gottes willen, also lass uns ihn überzeugen, sich friedlich in eine Zelle sperren zu lassen.«

»Na gut, aber falls er etwas Hinterhältiges versucht, leg ich ihn um wie einen Kippschalter.«

»Wird er nicht. Er liebt Sam regelrecht und würde sie, glaube ich, auch beschützen.«

»Mal sehen; holen wir ihn und finden es heraus.«

Damit kehrten die beiden in die Kantine zurück.

Billy war verschwunden.

Buch 2

Der Felsen

Kapitel 13

Billy war noch nie auf Alcatraz gewesen. Er wohnte seit seiner Geburt in San Francisco, hatte aber nie die Gelegenheit bekommen, an einer Besichtigung teilzunehmen. Dass ihn letztlich das Ende der Welt herführte, stellte eine unglückliche Fügung dar.

Bedauerlicherweise konnte er auch nicht bleiben. Er mochte diese Gruppe wirklich. Ein zusammengewürfelter Haufen, den einige der tapfersten Bürger der Stadt auf diese Insel der Zuflucht gelotst hatten. Sie alle waren aus einem Ort geflohen, an dem es vor Monstern wimmelte.

Billy hütete ein Geheimnis, das er nicht mit seinen neuen Bekannten teilen wollte, doch wie es aussah, war die Katze schon aus dem Sack.

Der verantwortliche Cop hier hatte ihn zweifelsohne erkannt, das ließ sich nicht leugnen. Billy war berüchtigt! Als Nächstes konnte nur das Unvermeidliche geschehen: Sie würden handeln wie alle Autoritätspersonen und ihn entweder sofort einsperren oder zuvor noch mit Tests, Fragen und Drogen quälen. Hatten sie ein entsprechendes Labor hier? Egal, er wollte nicht bleiben. Außerdem war das kleine Mädchen zu berücksichtigen; er könnte Sam nicht wehtun.

Zumindest glaubte er das, und dies war auch der Grund dafür, dass er sich vom Acker machen musste. Er konnte sein eigenes Leben aufs Spiel setzen, aber niemals ihres. Seine Medikamente waren aufgebraucht, und das machte ihn zur Gefahr für jeden. Woher sollte er jetzt Clozapin bekommen? Er musste es wohl aus einer Anstalt stehlen – einem Ort, den er eigentlich nicht aufsuchen wollte … zu viele Erinnerungen, die er verdrängt hatte oder die im Zuge der medikamentösen Behandlung unterdrückt worden waren.

Sobald der Oberbulle ihm in die Augen geschaut hatte, war Billy klar gewesen, dass er abhauen musste. Jetzt vergeudete er keine Zeit, ebendies zu tun.

Seine Flucht ging rasch und unauffällig vonstatten. Er machte sich auf, während die beiden Cops miteinander sprachen, und schlich durch den Hauptbereich der Kantine, wo die überschaubare Zahl Überlebender ihre Bohnensuppe aß. Dabei hielt er sich dicht an der Wand und ging zügig, aber nicht überhastet. Nachdem er durch die Tür verschwunden war, lief er, so schnell er konnte, in Richtung des Ufers, das sich vom Anlegeplatz aus gesehen auf der anderen Seite der Insel erstreckte. Unterwegs musste er die Augen zusammenkneifen, weil die Sommersonne so hell schien.

Dann blieb nur noch eine Frage offen: Wie sollte er von der Insel wegkommen? Immerhin handelte es sich um ein Gefängnis.

Er hatte den Strand beinahe erreicht und stieg über ein vorspringendes Stück der verfallenden Ufermauer in der Nähe einer stillgelegten Industrieanlage, als er vom Ufer unterhalb leise Stimmen hörte. Während er sich duckte und horchte, hastete er weiter.

»Mann, G, hast du's bald mit der Wumme? Wir müssen hinmachen.«

»Alter, mit Knarren geht man anständig um. Wenn du sie nicht putzt, durchsieben dich die Bullen, bevor du Piep sagen kannst.«

»Meine Rede, Bruder, aber wenn wir nicht bald wieder bei Doc Murda antraben, flippt er aus!«

»Stimmt; Kumpel, bloß können wir die Schnüffelei hier nicht einfach so abblasen, sonst legt er uns beide um. Er muss wissen, wie viele von denen hier sind, vor allem Bullen und Bräute. Was die Bullen angeht, hat er einen Plan, und der für die Bräute ist sogar noch besser.«

Zurückhaltendes Gewieher folgte.

»Hast recht. Lass uns auschecken, was geht.«

Billy hörte, wie sich die beiden Männer unter ihm durchs Dickicht schlugen. Sie bewegten sich nach links, und er stand oberhalb. Nachdem er ein abgebrochenes Betonteil aufgehoben hatte, wartete er, bis sie ein kleines Stück an ihm vorbeigegangen waren, und sprang leise auf die Kante des bröckligen Damms. Die zwei Männer, deren Kleiderfarben auf Bandenzugehörigkeit schließen ließen, sahen ihn nicht, weil sie ihm den Rücken zukehrten und er über ihnen kauerte. Billy warf den Beton und sprang zurück, ohne darauf zu warten, was geschah. Gleich darauf knallte es dumpf, als würde man mit einem Fleischhammer auf ein Steak klopfen, und jemand schrie leise auf. Er ging rasch nach links weiter, nahm eine Position neben den beiden Gangmitgliedern ein und schaute über die Mauerkante. Der hintere Mann war am Kopf getroffen worden und bewusstlos, während der vordere bei ihm kniete und ihn untersuchte.

»Alter? Alter, alles frisch bei dir? Verflucht, was ist passiert? Ist da was auf dich …«

Ein deutliches Knacken würgte die Frage ab, als ihn ein Fuß im Nacken traf. Billy war vom Damm hinuntergesprungen und aus anderthalb Metern Höhe auf seinem Rücken gelandet. So hatte er dem Kerl das Genick gebrochen, und der andere, den er mit dem Betonstück getroffen hatte, sah auch nicht gut aus. Als Billy ihn besah, entdeckte er in der Pfütze aus Blut und Knorpel auf seiner Schulter auch Hirnmasse. Der Typ lebte zwar noch, würde aber nie wieder alte Ladys überfallen, um ihre Sozialhilfeschecks zu stehlen. Zur Sicherheit trat Billy ihm auf den Kehlkopf. Der Verletzte fing an, gurgelnde Geräusche von sich zu geben, als würde er ersticken, doch sein Angreifer hatte die Waffen der beiden Schergen schon an sich gerissen und sich davongemacht, weil er jetzt wusste, dass keiner von ihnen den Leuten auf der Insel gefährlich werden konnte. Die ganze Zeit über war er mäuschenstill geblieben.

Auf dem kurzen Strandabschnitt fand er ein kleines Motorboot aus Aluminium mit sechs Sitzen. Er schob es in die Brandung, bis das Wasser tief genug war. Dann sprang er hinein, startete sofort den Motor und fuhr auf die Küste San Franciscos zu.

Mit Hinblick auf die Ironie des Ganzen schüttelte Billy den Kopf und kicherte. Er kehrte der Geborgenheit einer Inselfestung den Rücken, um sich in eine Stadt voller vom Tode auferstandener Kannibalen zu begeben und auf diese Weise die Leben von Menschen zu retten, die sich vor ihm fürchteten.

Er bewahrte sie vor sich. Hätte er in dem Moment nicht an Sam gedacht, wäre ihm glatt zum Lachen zumute gewesen. Zwar kannte er die Achtjährige nicht einmal einen Tag lang, doch sie bedeutete ihm schon so viel wie eine Schwester.

Billys Laune war sogleich im Eimer, und sein Mord an zwei Männern vor weniger als fünf Minuten vergessen.

Sein nächster Gedanke war, dass er von Alcatraz geflohen war, was für sich genommen schon eine Leistung darstellte, auf die man sich etwas einbilden durfte. Hin- und hergerissen zwischen Begeisterung und Kummer legte sich Billy auf Gleichgültigkeit fest und zuckte still mit den Schultern.

Kapitel 14

Kaum dass sie bemerkt hatten, dass Billy verschwunden war, stellte Detective Captain Michael Meara, der keine Zeit vergeuden wollte, zwei Suchtrupps zusammen, um ihn aufzuspüren. Er hatte beschlossen, die vorhandenen Kapazitäten aufzuteilen, und schickte Detective Rick Barnes mit dessen Vater Paul los, wohingegen SWAT-Scharfschütze Pablo Martinez einen der Zivilisten begleitete. Alle waren bis an die Zähne bewaffnet.

Nachdem sie die Insel gründlich durchkämmt hatten, fehlte immer noch jede Spur von Billy, doch es gab Hunderte von möglichen Verstecken. Martinez und sein Partner waren in Ufernähe hinter einem der größeren Gebäude auf zwei Bandenangehörige gestoßen. Dem einen hatte jemand den Schädel zertrümmert, der Kopf des anderen war unnatürlich verdreht, und er kaute am Unterarm seines toten Komplizen.

Dies setzte Detective Barnes schlimmer zu als ein entlaufener Psychopath – nicht der Umstand, dass es einen Zombie auf der Insel gab, sondern dass zwei Personen seiner eingeschworenen Gruppe so nahe hatten kommen können, ohne bemerkt zu werden. Kaum auszudenken, wer oder was nach Belieben im Gefängnis ein- und ausgehen mochte … Der Zombie war rasch beseitigt, und um es nicht darauf ankommen zu lassen, verpasste Martinez auch der Leiche einen Kopfschuss.

Jetzt meldete sich jemand über Funk.

»Martinez, was gefunden?« Es war Captain Meara.

»Negativ, Sir, nichts außer den beiden Gaunern. Wir haben alle Nebengebäude durchsucht, aber auch mit zwanzig Mann würde es eine Woche dauern, um alles abzuklappern, und selbst dann hätten wir noch unzählige Flecken vergessen, wo er sich verbergen könnte.«

»Du hast recht. Komm zurück, und melde dich in der Kommandozentrale. Ende.«

»Ich muss Wizneski und Barnes holen – und wer auch immer bei ihnen ist, soll mitkommen«, sagte Martinez zu dem Zivilisten Martingale, der ihm helfen sollte.

»Warum nehmen wir immer noch Befehle von Ihrem Captain entgegen?«, wollte der Mann wissen. »Finden Sie nicht, einer von uns Normalbürgern sollte die Führung übernehmen, also als Bürgermeister oder Gouverneur, bis wir geborgen werden? Ich meine, eigentlich steht die Polizei doch im Dienst des Volkes.«

Der Kerl war Martinez schon seit dem Moment unsympathisch, da er sich ihm vorgestellt hatte. Dieser spindeldürre Wicht verstand überhaupt nichts vom Konzept einer Befehlshierarchie und zählte zu dem Schlag, der glaubte, in Krisensituationen sei Demokratie unerlässlich. Martinez zog ein Gesicht und konterte genervt: »Ich nehme Befehle entgegen, weil ansonsten Anarchie ausbrechen würde, und Anarchie oder Uneinigkeit kosten uns das Leben. Das möchte ich vermeiden, und sollte es Ihnen genauso gehen, werden Sie verdammt noch mal tun, was man Ihnen aufträgt. Falls Sie sich nicht fügen oder irgendeine Art von Coup oder Umsturz im Schilde führen, bringe ich Sie eigenhändig um. Meinem Captain haben Sie zu verdanken, dass Sie überhaupt noch leben. Er hat mir *befohlen*, Sie auf unser aller Risiko aus jenem umgekippten Auto zu ziehen. Ihren Luxuskörper darin stecken zu lassen wäre wesentlich einfacher gewesen, also wagen Sie es bloß nicht, ihn noch einmal zu hinterfragen oder anzuzweifeln.«

Der düstere Blick des Scharfschützen ruhte weiter auf Martingale, während er sein Sprechteil hochhob. »Wiz, hast du das mitbekommen?«

»Hab ich, Rückkehr zur Basis. Dann bleibt das Dock allerdings unbewacht«, antwortete SWAT-Spezialist Wizneski.

»Matschbirne und ich treffen dich dort.«

»Wer?«

»Matschbirne. Der Zivilist, den Meara mir aufgebrummt hat.«

Wizneski gackerte in sein Funkgerät. »Alles klar, wir sehen uns.«

»Martingale«, merkte dieser auf. »Mein Name lautet Martingale.«

»Nicht mehr, Matschbirne.«

»Was? Wieso?«

»Weil Sie ein dummer Wichser sind.«

Da musste Martingale schwer schlucken, war aber klug genug, den Mund zu halten.

Kapitel 15

Der Qualm aus der brennenden Stadt trieb Billy Tränen in die Augen, als er mit dem Boot an einer Anlegestelle im Osten San Franciscos vorfuhr. Er machte es an einem Poller fest und kletterte an einer Leiter auf den betonierten Hafendamm. Während er grübelte, ob man das Seil, das dazu gebraucht wurde, Leine oder Tau nannte, entdeckte ihn eine Traube Untoter. Sofort lenkten sie ihre Anstrengungen, sich vorwärts zu bewegen, in seine Richtung. Billy hatte zwei Automatikpistolen – eine in jeder Hand –, beschloss aber, ein Experiment zu wagen. Im Hals einer der Kreaturen steckte ein langer Schraubenschlüssel. Billy verschränkte die Arme und wartete, bis die kleine Rotte ihn erreichte.

Er zählte sie, als sie ungefähr drei Fuß vor ihm stehen blieben: »... sechs, sieben, acht, neun.« Diejenigen in der vorderen Reihe neigten sich ihm zu, als wollten sie schnuppern. »Um es in den unsterblichen Worten von Bugs Bunny auszudrücken: Is' was, Doc?«, fragte er. Zwei Zombies glotzten verdutzt, die anderen hingegen einfach nur ausdruckslos.

Billy steckte die Pistolen in seine Hosentaschen und zeigte auf den Schraubenschlüssel im Hals des einen Untoten. »Wenn ich bitten darf ...« Er packte das Werkzeug und zog es heraus, gerade als sich die Leichenversammlung in unterschiedliche Richtung zerstreute. Die

Klinge erzeugte dabei ein schmatzendes Geräusch und war schwarz vor halb geronnenem Blut.

Billy legte einen Arm um die Schulter der Kreatur, als sie abwandern wollte, und ging mit ihr. »Weißt du, dass ich herumspazieren kann, während alle andere um ihr Leben rennen, finde ich gar nicht so toll, denn es nervt. Zugegeben, dass keiner von euch auch nur von mir probieren will, wundert mich schon ein bisschen; es macht mich glauben, ich sei … ich weiß nicht … leicht fade?«

Der Infizierte versuchte, ihn abzuschütteln. »Na, das sind doch keine Manieren«, beschwerte sich Billy. »Da hast du ihn halt wieder.« Billy seufzte und rammte ihm den Schraubenschlüssel ins Ohr. Als die Leiche umfiel wie ein Dominostein, ließ er den Griff los. Zuerst spielte er mit dem Gedanken, die Waffe mitzunehmen, entschied sich aber dagegen.

Stattdessen stapfte er kopfschüttelnd davon und murmelte vor sich hin. Wiederholt kamen stöhnende Leiber mit ausgestreckten Armen auf ihn zu, zogen aber wieder von dannen, sobald sie sich genähert hatten. Billy ging auf einen alten Ford-Pick-up zu, als ihn der Lärm eines aufbrausenden Motors auf ein nahendes Fahrzeug aufmerksam machte. Er duckte sich zwischen zwei Frachtcontainern, bevor knapp fünfzehn Fuß vor ihm ein Kleinwagen abbremste. Ein Mann sprang heraus und lief zur Beifahrerseite herum.

»Schnell, Carol, sie sind dicht hinter uns!«

Er half einer verletzten Frau aus dem Auto, woraufhin sie zum Ende des Hafendamms eilen wollten, doch dann hielt ein zweiter Wagen mit quietschenden Reifen direkt hinter ihrem.

Drei Männer stiegen aus, alle in den gleichen Bandenfarben. »Hey, wohin wollt ihr Täubchen?«, grölte einer und schoss in die Luft. Das Paar blieb stehen. Die anderen beiden Männer schalteten mit jeweils unterschiedlichen Feuerwaffen drei anrückende Zombies aus.

»Schnappen wir sie fix, gleich kriegen wir Gesellschaft!«

»Bitte lassen Sie uns einfach nur in Ruhe«, flehte der Mann. »Wir haben Ihnen nichts getan und wollen bloß aus der Stadt weg.«

»Euch in Ruhe lassen? Warum willst du die Biege machen, Weißbrot, wo's doch hier so lauschig ist? Und diese rattenscharfe Alte mitnehmen? Kommt nicht in die Tüte, sie bleibt hier. Was dich angeht? Du darfst abdanken.«

Damit versetzte der Fahrer des zweiten Wagens dem Mann einen Bauchschuss, sodass er sich krümmte und zusammenbrach. »Neiiin!«, schrie seine Begleiterin. Sie fiel neben ihm auf die Knie, während er sich vor Schmerzen wand.

Die drei Gangmitglieder bauten sich lachend vor der weinenden Frau und dem Sterbenden auf. In der nahen Umgebung brach Gestöhn aus.

»Abmarsch, Jungs, greift euch die Schnitte, dann sind wir weg«, befahl der Fahrer.

Einer seiner Genossen zog die kreischende Frau an den Haaren, der andere schlug ihr in den Magen. Sie schleiften sie zum hinteren Auto, als der eine bemerkte, dass ihr Arm verbunden war. »Was ist das, hm?« Er riss die Bandage ab.

»Scheiße, Bruder, sie ist gebissen worden.«

»Zum Teufel!«, donnerte der Fahrer. Er legte auf sie an und sagte mit Bedauern: »Warst echt 'ne Bombe.« Dann schoss er ihr ins Gesicht und schüttelte seufzend den Kopf.

Während die drei Männer zu ihrem Wagen zurückgingen, schleppten sich die ersten Untoten heran.

Billy verließ sein Versteck und feuerte auf das Trio, bis seine beiden Magazine leer waren. Die Verbrecher vollführten einen kurzen Tanz, bevor sie zu Boden fielen, wo sie sich an verschiedene Körperteile fassten. Als er zu ihnen ging, zeichnete sich ab, dass er einen per Kopfschuss ins Jenseits befördert hatte, während der zweite bewusstlos war und ausblutete; der letzte versuchte, zum Auto zu kriechen. Als er Billy kommen hörte, drehte er sich um und hob mühevoll seine Pistole. Der Rächer trat sie ihm aus der Hand, bevor er höher als auf die Knie zielen konnte.

»Sieht schlecht aus für dich, Dreckschwein. Du hast zwei ... nein warte, drei Löcher im Pelz. Tut's weh?«

»Fick dich, Arschloch! Bring mich einfach nur um die Ecke, und nimm dir, was du willst!«

»Dich um die Ecke bringen? Was hast du noch gleich zu diesem armen Sünder gesagt?« Billy zeigte auf den Mann, der von den Gangstern hingerichtet worden war, jetzt aber wieder aufstand. »Was war es? Na-ha?« Zwei Pistolen und eine Flinte nahm Billy ihnen ab und legte sie in ihren Wagen. Dann setzte er sich auf die Motorhaube und beobachtete, wie die Untoten näher kamen. Dabei fing er zu pfeifen an.

»Bist du völlig bekloppt, Mann? Die reißen uns in Stücke!« Maulheldentum, Afro-Slang und Gossensprache – nichts davon zeigte der Mann mehr. Vielmehr klang er relativ gebildet, wenn auch panisch. »Hilf mir auf, dann sage ich dir, wo du tonnenweise tolle Sachen findest: Kanonen, Lebensmittel und Frauen! Bitte, Mensch, bitte lass nicht zu, dass die mich kriegen!« Als er hustete, blieben Blutspritzer an seinen Lippen zurück. »Bitte …«, röchelte er und begann, das Wort immer wieder auszusprechen. Die Untoten hatten ihn beinahe erreicht.

»Na-ha«, wiederholte Billy und stieg ins Auto.

»Bitte!«, ächzte der Mann ein letztes Mal, was noch zu hören war, bevor Billy zurücksetzte. Die Zombies stürzten sich auf den Liegenden, und dann ging sein Geschrei erst richtig los. Beim Rückwärtsfahren sah Billy, dass sich der Mann gegen mehrere Zombies wehrte, die im Kreis um ihn herum knieten und Fleischstücke aus seinem Körper rissen, die sie in ihre gefräßigen Münder steckten, oder sich nach vorn beugten und ihre Zähne in ihm vergruben. Einer von ihnen war der Erschossene vom Hafendamm.

Billy fuhr pfeifend davon.

Kapitel 16

»Wisst ihr, ich finde es ärgerlich, dass es zum Zusammenbruch aller bestehenden Verhältnisse kommen musste, damit ich bekomme, was mir zusteht«, sprach ein großer, dünner Schwarzer, der mit hochgelegten Füßen an einem Schreibtisch saß. Er pflegte seine Fingernägel mit einem gewaltigen Jagdmesser. Links im Raum stand ein zweiter Mann mit verschränkten Armen, kräftig und ebenfalls dunkelhäutig.

»Früher habe ich geglaubt, wenn ich mein Umfeld verlasse, zur Schule gehe und etwas aus mir mache, dann könnte ich das Leben führen, von dem ich geträumt habe. Also habe ich es durchgezogen. Ich habe mich von den Fesseln meiner fürchterlichen Jugend befreit: den Schießereien, den Crack-Huren an der Ecke – einfach allem. Nachdem ich dem Getto entkommen war, habe ich die Universität in San Francisco besucht und einen unnötigen Abschluss in Politikwissenschaften gemacht, doch was war mein Lohn? Niemand wollte mich einstellen, nirgendwo gab es einen lumpigen Job für mich. Dabei wollte ich lehren – der Jugend unserer hervorragenden Gesellschaft vermitteln, wie sie es im Leben zu etwas bringen.« Seine Worte echoten durch die Lagerhalle.

Dann nahm er seine Füße vom Tisch, stand auf und begann, im Raum herumzugehen. »Aber nichts da. Ein Lehrstuhl an einer renommierten Universität? Für mich, einen wohlerzogenen und hingebungsvollen Mann aus einer Elendsgegend? Ab-ge-wie-sen.« Der Mann begann, zu gestikulieren, indem er die Handflächen hochhielt und seine Finger spreizte. »Es kam so weit, dass die Dekane meine Bewerbungen gar nicht mehr berücksichtigt, ja sogar Gespräche mit mir verweigert haben!« Mittlerweile war er in Fahrt geraten. »Und ihr!« Er zeigte mit einem dürren Finger über den Schreibtisch. »Ihr seid schuld!« Augenscheinlich wütend nahm er wieder Platz und schlug seine Unterschenkel übereinander. Er schloss die Augen und schien sich zwingen zu wollen, sich zu beruhigen.

»Aber ich schweife ab. In dieser Stadt gibt es nur noch zwei Sorten von Menschen: solche wie euch und unseresgleichen.«

Er erhob sich noch einmal und ging zu drei gefesselten, aufgehängten Männern. Ihre Hände waren mit Draht über ihren Köpfen zusammengebunden worden, der jeweils zu einem langen Rohr unter der Decke acht Fuß oberhalb führte. Da das Metall in ihr Fleisch schnitt, tropfte Blut auf den Boden. Auch ihre Füße, die sechs Zoll über dem Boden baumelten, hatte man mit Draht umwickelt. Dieser wiederum war unter jedem Mann an drei Zementblöcken befestigt. Sie konnten sich kein bisschen bewegen.

»Damals hieß ich noch Malik Phillips« erzählte der Schwarze seinen Gefangenen, wobei er mit der langen Klinge auf sie zeigte. »Ihr jedoch werdet mich Doc Murda nennen.« Hinter den Gefesselten wurde geklatscht und gejohlt. Eine stattliche Zahl Zeugen hatte sich in der Halle eingefunden.

Einer der Hängenden – ein Soldat – grunzte geringschätzig, als er den Namen hörte. Die anderen beiden, ein Nationalgardist und ein Mann in der Uniform der städtischen Polizei, schauten ihren Mitgefangenen an, als sei er übergeschnappt.

»Doc Murda, was?«, fragte er. »Wie sind Sie auf diesen Namen gekommen?«

Der Angesprochene machte ein missfälliges Gesicht. »Spontan«, antwortete er kopfschüttelnd und rammte das Jagdmesser mit waagerecht flach gehaltener Klinge in den Oberbauch des Soldaten. Dieser biss die Zähne zusammen, gab aber keinen Ton von sich. Anfeuerndes Gegröle und Buhrufe für die Gefangenen hallten durch das Lager.

»Nun, Colonel, genau darauf habe ich vorhin Bezug genommen. Ich werde Achtung bezeugen.« Er trat von dem Soldaten zurück, setzte sich auf die Kante des Schreibtischs und schlug seine Knöchel wieder übereinander. Das Messer ließ Doc Murda im Leib des Mannes stecken, dicke Blutstropfen fielen auf den Boden.

»Achtung?« Er bekam seine Zähne kaum auseinander. »Achtung verdient man sich, Sie krankes Schwein, aber nicht durch Mord und Chaos.« Er hustete, Blut rann fortwährend aus seinem Mund. »Diese Menschen bringen Ihnen keine Achtung entgegen, Sie Idiot. Sie fürchten sich. Ein Riesenunterschied.«

Doc Murda richtete sich auf und ging geradewegs auf den Colonel zu. Als er den Messergriff packte, schaute er ihm in die Augen. »Soll mir recht sein«, sagte er und zog die Klinge einmal kräftig nach links. Diesmal brüllte der Mann. Glänzende Eingeweidestränge quollen aus der horizontalen Öffnung in seinem Bauch, glitschten über seine Leistenbeuge und an den Beinen hinunter. Mehr Blut strömte aus der Wunde und ergoss sich als zäher Sturzbach auf den Boden. Zuletzt zückte Doc Murda eine kleine Automatikpistole von seinem Gürtel und erlöste den Colonel mit einem Schuss in die Stirn. Die Zuschauer gerieten in Wallung, schrien und heulten, ja einige fingen sogar zu tanzen an.

»Pee Wee, wärst du so nett und würdest das wegmachen?« Der Koloss von Mann trat wortlos vor und kappte den Draht, an dem der tote Soldat hing. Er schleifte ihn fort, ohne sich zu bemüßigen, die Zementblöcke zu entfernen; sie schlugen klappernd gegeneinander, während er verschwand.

Doc Murda hob seine Hände, um den Lärmpegel in der Lagerhalle zu senken. Als Ruhe eingekehrt war, ging er zu dem Nationalgardisten und zeigte dem schockierten Mann ganz bewusst die lange, blutige Klinge.

»Jetzt werde ich dir einige Fragen stellen …«

Kapitel 17

Billy musste den Wagen stehen lassen. Die Untoten wandelten dicht an dicht auf den Straßen, und der brummende Motor lockte sie scharenweise an. Seiner eigenen Wahrnehmung zufolge hatte er nichts von ihnen zu befürchten, aber sie behinderten ihn dennoch, indem sie kamen, in scheinbarer Verwirrung innehielten und dann wieder abrückten. Sie wanderten ziellos umher, bis ihnen etwas auffiel, das sie wohl interessant fanden, und dann strebten alle im Umkreis darauf zu, was auch immer es war.

Billy glaubte, unbehelligt zwischen den Kreaturen einhergehen zu können, falls er sich nicht zu schnell bewegte und schwieg. Hastete er oder sprach mit sich selbst (wie es seiner Gewohnheit entsprach), kamen sie ihm in den Weg. Dann musste er stehen bleiben, damit sie sich desinteressiert wegschleppten. Jeden anderen Menschen – so hatte es den Anschein – erachteten sie als Menügang.

Ihre Reihen lichteten sich, je näher er seinem Ziel kam, der psychiatrischen Klinik Morningside. Nicht dass es dort angenehm war, doch er brauchte ein paar Medikamente; die letzte Clozapin-Tablette hatte er sich vor über vierundzwanzig Stunden eingeworfen. Bei ihm hatte das Mittel eine sonderbare Wirkung. Normalerweise wurde der Behandelte davon träge und benommen, hatte Koordinationsschwierigkeiten und erhöhten

Speichelfluss oder verharrte lange Zeit an einer Stelle – ein Zombie, wie Billy es nannte, was ihn nun, als er genauer darüber nachdachte, zum Kichern brachte. Diese besondere Arznei stellte das chemische Äquivalent zu einer kurzzeitigen Lobotomie dar.

Billy indes verspürte einen Energieschub, wenn er seine Dosis einnahm. Er hatte festgestellt, dass es ihm eine beispiellose Geistesgegenwart bescherte, die er ohne Medikamente nicht erlangte. Dabei wurde er redselig, bekam gute Laune und seine Auffassungsgabe wuchs. Außerdem machte es den Widerstand gegen seine mörderischen Triebe zum Kinderspiel; auf Clozapin konnte Billy den Drang, jemanden umzubringen, einfach so abstellen. Er tötete zwar weiterhin, wenn es sein musste, doch das Mittel half ihm dabei, diejenigen auszusortieren, bei denen es nicht nötig war.

Er schaute beim Gehen auf seine Füße und dachte über eine Strategie zur Beschaffung seines Medikaments nach, als vor ihm ein seltsames Geräusch ertönte. Als er den Kopf hob, sah er einen Zombie, der einen übervollen Einkaufswagen schob. Es handelte sich um einen schmutzigen Typ mit einem fünfzehn Zoll langen, verfilzten Bart, in dem sich Unrat verfangen hatte. Er trug einen altmodischen Militärhut mit Krempe, doch der Bart war das, woran Billy sich erinnerte.

»Hey, Lester«, sage er und winkte.

»Hi, Bill«, antwortete der andere mit heiserer Stimme.

»Bist also nicht tot?«, fragte Billy.

»Der Tag ist noch lang.«

Die beiden gingen weiter ihrer Wege, und zwar in entgegengesetzte Richtungen.

Billy erreichte die Klinik ungefähr eine Stunde nach seiner Begegnung mit Lester. Ein Pick-up war ins Haupttor gekracht und hatte dabei das Wachhäuschen niedergerissen. Die Tür des Wagens stand offen, und in der Umgebung war niemand zu sehen, ob tot oder lebendig. Billy ging an der Unfallstelle vorbei zum Eingang des Gebäudes. Dort war die Glasscheibe zerbrochen, und überall sah man rote Handabdrücke. Drinnen brannte kein Licht.

Ein ebenso breiter wie langer Blutklecks zog sich über die schachbrettartig schwarz-weißen Bodenfliesen; hier war etwas tiefer ins Dunkel geschleift worden.

Billy blieb einen Augenblick lang stehen und dachte nach. Die Pistolen der toten Bandenmitglieder hielt er jeweils in einer Hand, die Flinte hatte er sich umgehängt.

»Schockschwerenot«, sagte er laut. »Tja, ich werde wohl besser ...« Lautes Geheul von irgendwoher auf den dunklen Fluren unterbrach ihn. Er trat ein paar Schritte zurück, hob die Pistolen an und blickte angestrengt in die Finsternis. Ein Klatschgeräusch ertönte, offensichtlich nackte Füße auf Linoleum, und plötzlich tauchte eine Gestalt in der Schwärze auf. Sie stieß noch einen unmenschlichen Schrei aus und raste auf Billy zu, indem sie sich nach ihm ausstreckte, als hänge ihr Leben an ihm. Nachdem sie die kaputten Türflügel aufgedrückt hatte, wurde sie nicht langsamer, sondern schloss zu ihm auf und schrie weiter, ohne die Glassplitter unter ihren Füßen zu beachten. Billy feuerte je einmal mit jeder Pistole, traf den Irren in die linke Schulter und verfehlte mit der zweiten Kugel. Es war ein junger Mann mit blutbefleckter Schlafanzughose, der nun endlich langsamer wurde und sich mit rechts an die Wunde fasste; Billy war für den Moment vergessen. Nachdem er in den Himmel geschaut und dabei noch einmal geschrien hatte, richtete er seinen Kopf wieder ruckartig geradeaus und schaute den Lebenden mit blutunterlaufenen Augen an. Er fauchte, bleckte die Zähne und griff an. Billy gab noch drei Schüsse auf ihn ab, da fiel er rücklings um, nur wenige Fuß vor seinem vermeintlichen Opfer. Billy trat schnell drei weitere Schritte zurück. Der Niedergestreckte versuchte, sich zu erheben, blieb aber auf dem Rücken liegen, hustete Blut und verkrampfte seine Hände wie zu Krallen.

Schließlich machte Billy einen zaghaften Schritt auf den keuchenden Untoten zu. Als dieser ihn sah, zeigte er wieder seine Zähne und wollte abermals fauchen, brachte aber lediglich ein Gurgeln zustande. Dann rollte er auf den Bauch und versuchte, sich zu seinem Gegner zu ziehen. Er legte nur ein sehr kurzes Stück zurück, bevor sein Kopf auf den Boden schlug. So lag er da: die roten Augen auf Billy fixiert, aber bewegungslos.

Der junge Mann staunte nicht schlecht. »Hm.«

Er ging an der Leiche vorbei und hielt vor dem Eingang in die düsteren Räume der Klinik inne. »Na gut«, sagte er und wollte weitergehen, hörte dann aber wieder ein Geräusch hinter sich.

Der Zombie kam auf die Beine. Billy zielte mit beiden Pistolen. Als sich der durchlöcherte Mann hingestellt hatte, schaute er sich um. Er sah den Lebenden und stöhnte, hob seine Arme und zuckelte in der gleichen Gangart der Untoten vorwärts, die Billy an diesem Tag schon zahllose Male beobachtet hatte. Knapp drei Fuß vor ihm blieb die Kreatur stehen und drehte sich um, nahm die Arme herunter und wankte fort.

»Hm.«

Kapitel 18

Die Überlebenden auf Alcatraz hatten sich auf Detective Mearas Geheiß in der Kantine versammelt. Er stand vorn im Saal und richtete sich an die kleine Menge.

»Folgendes, meine Freunde«, begann er. »In einer Schule ungefähr vier Blocks von den Lagerhallen von Marina Bay entfernt sitzt eine Gruppe von Personen fest, größtenteils Kinder. Wir müssen sie retten. Ich brauche vier Freiwillige …« Sofort hoben einige Anwesende ihre Hände; die achtjährige Sam machte einen Arm lang. Meara lächelte und sah Rick an, der ebenfalls schmunzelte und nickte.

»Falls Sie es ernst meinen, kommen Sie nach vorn, dann besprechen wir meinen Plan.«

»Sie sagten vier Blocks?«, fragte ein Mann.

»Ja, etwas mehr als eine dreiviertel Meile. Wie gesagt, wenn sich die Freiwilligen bitte …«

»Falls das nämlich stimmt, könnten sie angesichts all der frei herumlaufenden Verrückten genauso gut auf dem Mond hocken«, fuhr der Mann dazwischen, »und ich sehe schlichtweg keinen Sinn darin, eine Rettung zu versuchen, mit der wir jemanden von uns hier in den sicheren Tod schicken.«

Zustimmendes Gemurmel machte sich breit, doch verächtliches Schnauben überwog.

»Also, Mr. …?«

»Martingale.«

»Mr. Martingale, in dieser Schule sitzen einige Kinder in der Klemme und haben weder genug zu essen noch zu trinken, während sich unmittelbar vor dem Gebäude Infizierte in großer Zahl zusammenscharen. Nun halte ich persönlich nichts davon, sie hungern zu lassen, ängstlich und auf sich allein gestellt. Mir ist aufgefallen, dass Sie Ihre Hand nicht gehoben haben, also können Sie hierbleiben und sich nützlich machen, während die Rettungsmannschaft loszieht und sie herausholt.«

»Sollte das nicht die Aufgabe des Militärs sein? Apropos: Wann kommt die Army zu unserer Hilfe? Standen Sie nicht mit ihr in Kontakt?«

Meara seufzte. »Ich wollte das nicht zur Sprache bringen, bis ich mir absolut sicher bin, gehe aber mit ziemlicher Gewissheit davon aus, dass die Army nicht kommen wird.«

Daraufhin sah sich Mike mit einem Sturm der Entrüstung und Fragen nach mehr Informationen konfrontiert. Er hielt seine Hände hoch, um den Tumult zu beruhigen.

»Bitte, liebe Leute, bitte. Ich werde Ihnen mitteilen, was ich weiß. Ich stand mit einem persönlichen Freund in Kontakt, der beim Medizinischen Forschungsinstitut der Army für Infektionskrankheiten arbeitet. Wie nun die meisten von Ihnen wissen, kam es neulich in Boston zu Gewaltausbrüchen. Hierbei handelt es sich um die gleiche Ursache; es ist eine noch unbestimmte Krankheit, die … Tote zu blutrünstigen Wilden wiederbelebt …«

»Lächerlich!«, rief Martingale.

»Wie weit hat sie sich schon ausgebreitet?«, fragte eine großgewachsene Frau.

»Ich sagte es bereits: Diese Infizierten sind in jeder Hinsicht tot. Ihre Vitalparameter lassen sich nicht messen und sie bewegen sich auch mit erheblichen Verletzungen weiter – Schäden, die jeden Menschen außer Gefecht setzen oder töten würden. Um zu Ihrer Frage zu kommen: Die Krankheit scheint überall zu grassieren. Sie ist in jeder größeren Stadt ausgebrochen, und einige Orte sind noch besser dran als andere, doch Boston, New York und die meisten anderen der Ostküste haben wir … verloren.«

Die Menge schwieg; selbst Martingale sah fassungslos aus.

»Das US-Militär ist dabei, sich vollständig aus den meisten Städten an der Westküste zurückzuziehen, und hat jene an der Ostküste bereits verlassen. Ich stand in Verbindung mit einem Konvoi der Nationalgarde, der gerade San Francisco verlassen wollte, doch der Kontakt wurde vor ein paar Stunden unterbrochen, und wiederholte Versuche, sie zu erreichen, sind erfolglos geblieben. Ein nicht unerhebliches Problem besteht darin, dass es keine Zufluchtsorte gibt.«

»So wie es momentan aussieht, sind wir auf uns selbst gestellt«, fügte Rick hinzu. »Wir werden uns eine Weile allein durchschlagen müssen, bis das Militär zu uns vorstoßen kann. Darum müssen wir Nahrungsmittel, Wasser und Waffen sicherstellen; ferner benötigen wir Patrouillen, die über die Insel ziehen, bis wir sie so weit befestigen können, dass wir uns verteidigen können, und zwar nicht nur gegen Infizierte, sondern auch gegen gesunde Menschen, die nach dem trachten, was wir haben.«

»Wann legen wir uns auf eine Form der Führung fest?«, hakte Martingale nach. »Wir werden ein Wahlsystem brauchen und gemeinsam bestimmte Zivilbehörden, um …«

»Mr. Martingale, bitte«, unterbrach Meara. »Zuerst müssen wir uns darum kümmern, dass wir am Leben bleiben. Offen gestanden überrascht mich, dass wir alle aus der Stadt fliehen konnten in Anbetracht der Vielzahl Erkrankter.«

»Aber der grundlegende Zweck einer Regierung besteht darin, zu …«

Nun unterbrach Rick Martingale. »Kinder warten auf unsere Hilfe. Sollten Sie keine leisten wollen, halten Sie sich zurück, und lassen Sie uns planen«, sagte er verärgert. »Wenn Sie es für unbedingt notwendig halten, eine Regierung zu gründen, ist das Ihre Sache, aber schreiben Sie uns nicht vor, wie wir vorzugehen haben. Fürs Erste untersteht diese Insel der Befehlsgewalt der Polizei von San Francisco …« Der Mann begann, Einwände zu erheben. »Und falls Ihnen das nicht passt, dürfen Sie gern in die Stadt zurückkehren. Hinüberzuschwimmen soll ziemlich schwierig sein, hat man mir erzählt.«

Einzelne Anwesende mussten ein Lachen unterdrücken. Martingale verschränkte die Arme und machte ein finsteres Gesicht, blieb aber still.

Dallas ging zu seinem neuen Freund Rick und schaute ihm in die Augen. Dann drehte er sich der Gruppe zu.

»Das sind noch Kinder; ich bin dabei.«

Die große Frau trat vor. »Ich heiße Juanita Del Carmen; ich schließe mich an.« Daraufhin eilten auch andere nach vorn.

Kapitel 19

Billy ging die Treppe zum Eingang hinauf und trat durch die eingeschlagene Tür, wobei er sein Gewehr hin und her schwenkte. »Sauber«, sagte er zu sich selbst und kicherte. Er achtete darauf, nach Möglichkeit nicht in das Blut am Boden zu treten. Rote Fußspuren – teils von nackten Sohlen – führten in viele unterschiedliche Richtungen. Es war sehr dunkel, doch er konnte ein wenig sehen. Während er weiterging, las er die Namen auf den Milchglasscheiben der Türen, wobei es ihm eher um die Titel ging: »Dr. A.P. Morgan, klinische Psychologie«, »Dr. S. Silverstein, Kinderpsychologie«, »Dr. V. Prendes, Verwaltung«. Das Fenster des nächsten Büros war herausgebrochen, und überall klebte Blut. Aus dem Raum drang ein schlürfendes Geräusch, als zerreiße jemand etwas Nasses.

Als Billy durch den leeren Rahmen schaute, erkannte er nur vage Umrisse. Am Boden kauerten zwei undeutliche Gestalten über irgendetwas; sie kauten hörbar. Um mehr zu sehen, verlagerte Billy sein Gewicht und neigte sich nach vorn, sodass Splitter unter seinen Füßen knirschten. Er blickte auf den Boden und schimpfte auf sich selbst, weil er auf dem schmalen Flur solchen Lärm verursachte. Als er seinen Kopf wieder anhob, starrte ein untoter Mann in der roten Kluft eines Krankenwärters durch das Loch in der Tür, wo die Scheibe gewesen war.

Auf seinem Namensschild stand »Carl«. Billy trat mehrere Schritte zurück. Der frühere Klinikangestellte wandte sich ab, und wie sich herausstellte, war sein Anzug eigentlich weiß, aber mit Blut besudelt. Zwei weitere Zombies traten aus der Dunkelheit im Raum hervor und streckten ihre Arme durch das zerbrochene Türfenster. Kaum dass Billy einen Schritt auf sie zuging, nahmen sie ihre Hände herunter und zogen sich in die Schwärze zurück.

Er öffnete und drückte auf den Lichtschalter, doch nichts passierte. Die Leichen machten sich wieder daran, ihr beklagenswertes Opfer zu verzehren. Dem Mann – so viel sah man – fehlten Körperteile, sowohl der Kopf als auch beide Arme, und seine Brust war ein einziges triefendes Loch. Bevor sich der Wahnsinn Bahn gebrochen hatte, war dieser halbe Mensch ein Sicherheitsangestellter gewesen, und an seinem Gürtel steckte eine Taschenlampe.

Billy bückte sich, um sie zu nehmen, und vermied dabei, mit den Unmengen von Blut am Boden in Berührung zu kommen. Auch die Taschenlampe war glitschig von den Körpersäften des getöteten Wachmanns. Indem er sie am Rücken eines fressenden Zombies abwischte, säuberte er sie, so gut es ging. Just als er verschwinden wollte, fiel ihm ein Schlüsselanhänger auf, der an einem Ring am Gürtel des Toten befestigt war. Nachdem er ihn eingesteckt hatte, verließ er den Raum und knipste die Taschenlampe an. Ihr Kegel war schmal, sodass er das Dunkel gezielt ausleuchten konnte. So ging er auf dem düsteren Flur weiter und gelangte an eine Doppelpendeltür.

Die Flügel wurden von der anderen Seite angestoßen und öffneten sich kurz in Billys Richtung. Er näherte sich mit Bedacht. Noch ein Schlag dagegen; offensichtlich bewegte sich etwas hinter der Tür. Vor ihm hatte sich eine dunkelrote Lache über den ganzen Korridor ausgebreitet. Widerwillig trat Billy hinein und zog die Flügel auf. Am Boden hockte ein kleines Kind und trank aus dem Unterleib eines nahezu unkenntlichen Toten. Es schaute auf, rührte sich aber nicht; der Junge sah völlig normal aus, bloß dass er rote Augen hatte und blutüberströmt war. Billy richtete eine Pistole auf ihn und schoss in den Kopf, von dem aufgrund der geringen Distanz wenig übrig blieb. Auf dem schmalen Gang war der Knall erschütternd laut, weshalb sich ein Klingeln in Billys Ohren einstellte, allerdings nicht, bevor er noch einen ungestümen Schrei gehört hatte, der weiter aus dem Inneren der finsteren Anstalt drang.

»Kannst nichts dafür«, wisperte er dem nun wirklich toten Knaben zu und schlich weiter.

Der Strahl der Lampe zerschnitt die schwarze Umgebung wie ein Messer und offenbarte Szenen eines Blutbads oder gescheiterten Widerstands – stets jeweils nur ein kleiner Lichtkreis, hier ein weiterer Schmierstreifen und dort blutige Faustabdrücke an einer demolierten Tür. Als er eine Treppe erreichte, die ins erste Stockwerk führte, sah er ein Durcheinander aus Stühlen und anderen Büromöbeln, die man die Stufen hinuntergestoßen hatte, um den Weg hinauf zu blockieren. Die Tür ins Treppenhaus hing noch an einem Scharnier, und auch die Möbel waren mit Blut befleckt, doch die hastig zusammengeworfene Barrikade hatte gehalten.

Wenige Meter weiter, und Billy stand vor der nächsten Doppeltür. Diese bestand aus Stahl mit kleinen Sichtfenstern auf Augenhöhe, deren Glas bruchsicher mit Draht verstärkt war. Auf einem Schild darüber stand: »Ebene 1«. Man hatte sie fest verschlossen, doch genau hier musste Billy entlanggehen; die Medikamente, die er wollte, fand er bestimmt hinter diesem Hindernis.

Er nahm die Schlüssel des ausgeweideten Sicherheitsangestellten hervor und probierte mehrere, bis er ein lautes *Klick* vernahm. Dann ließ sich die Tür öffnen, und er ging hindurch. Obwohl sie abgesperrt gewesen war, taten sich hinter ihr Spuren von Kampf und Tod auf: an den Wänden verschmiertes Blut, rote Kleckse von beachtlicher Größe auf den himmelblauen, gebohnerten Bodenplatten, noch ein Büroeingang mit kaputter Scheibe. Billy schloss hinter sich ab und setzte seinen Weg fort.

An den Türen auf diesem Flur standen keine Namen, denn an den weißen Zementsteinwänden reihten sich verriegelte Zellen. Billy leuchtete eine aus; die Taschenlampe warf dämmriges Licht in den Raum. Er war wohl leer, abgesehen von einem Bett und einigen Buntstiftzeichnungen an den Mauern. Auf dem Weg den Gang hinunter schaute Billy in jede Zelle, doch alle waren verlassen – abgesperrt, aber nicht besetzt.

An einer T-Kreuzung strahlte er die Wand an. Mehrere Schilder zeigten, wohin er gehen musste: links zu den Ebenen zwei und drei, rechts zu Ebene vier und der Arzneimittelausgabe. Als er seinen Lichtkegel in diese Richtung schwenkte, sah er eine der Kreaturen an der Mauer lehnen. Sie stützte ihren Kopf mit der Stirn am

Unterarm, eine Frau in der gleichen Kleidung wie der flinke Tobsüchtige, von dem Billy draußen angegriffen worden war. Sobald sie die Helligkeit bemerkte, drehte sie sich zu ihm um. Er blendete sie mit der Lampe, weshalb sie sich die Augen zuhielt. »Aufhören«, sagte sie.

»Patientin?«, fragte Billy unbeirrt.

»Was hat mich verraten?«, erwiderte sie. »Dass ich keine Schuhe anhabe, oder ist es mein toller Aufzug?«

»Wie lautet dein Name?«

»Ist doch scheißegal, jetzt nimm die elende Lampe aus meinem Gesicht.«

»Echt? Das ist ein mieser Name, deine Eltern müssen ausgemachte Arschlöcher sein.«

Daraufhin lächelte die Frau, und Billy nahm die Lampe herunter. »Ich heiße Ali; was willst du hier?«

»Hab selbst mal hier gewohnt, bekam aber nicht viel Ausgang.«

»Das Gefühl kenne ich«, sagte sie teilnahmsvoll.

»Ich suche Clozapin, hast du zufällig welches?«

»Zur Giftküche geht es dort entlang«, gab sie mit einer Handbewegung über ihre Schulter an. »Ich würde aber da wegbleiben, weil diese Viecher überall sind, und eins läuft frei herum. Ich bin ihnen schnuppe, aber gut möglich, dass sie an dir knabbern wollen.«

»Pustekuchen, ich bin ihnen auch schnuppe!«, beteuerte Billy einen Tick zu übermütig.

»Wirst du wohl leise sein? Sonst hören sie uns und fangen wieder mit ihrem Gehämmer an. Wie dem auch sei, diesem einen bin ich nicht schnuppe, denn er hat versucht, mir was abzubeißen, und darum bin ich hier. Ich wartete darauf, dass Dr. Purkayastha zurückkommt.

Er hat mich auf diesem Flur eingesperrt, weil er die auf der Ebene zwei und drei aus ihren Käfigen lassen wollte. Ist lange her, dass er mich allein gelassen hat.«

»Warum hat er dich hier eingesperrt?«

»Die drei Türen hier lassen sich nur mit einem Zugangsschlüssel öffnen.«

»Was ist mit denjenigen auf der Vierten?«, wollte Billy wissen.

»Hä?«

»Die auf Ebene vier, sind sie immer noch eingesperrt?«

»Hoffe ich doch, die sind genauso schlimm wie die Zombies. Machen dich einfach aus Spaß an der Freude kalt und tragen deinen Brustkorb als schicken Hut auf dem Kopf. Hab vor 'ner Weile durch die Fenster reingeschaut, und es sah so aus, als würden sie noch in ihren Kerkern sitzen.« Sie zeigte auf eine Reihe von Sicherheitsfenstern wenige Fingerbreit über der schweren Tür, die in den Flügel von Ebene vier führte, ein jedes rund zehn Zoll im Quadrat groß, mit Stahlgittern davor.

Auf ihre Worte hin wirkte Billy leicht betreten. Er nickte und starrte auf den Boden. Als er wieder aufblickte, schaute Ali ihn beklommen an. Die Erkenntnis traf sie wie ein Schlag ins Gesicht.

»Warum brauchst du Clozapin?«, platzte sie heraus.

Billy lächelte. »Mit den schwachen Medikamenten sind wir von der Vier nicht so leicht zu bändigen. Wir brauchen welche, die ein bisschen stärker wirken.«

»Oh Scheiße … hör mal, ich wollte nicht …«

»Entspann dich«, beschwichtigte Billy. »Mit mir bist du sicherer als allein, vor allem wenn ich meine Pillen geschmissen habe.«

»Wie lange ist das letzte Mal her?«

»Sind jetzt fast vierundzwanzig Stunden.«

»Dann bin ich wohl kaum sicher!«, rief sie, »doch du hast recht, wir müssen hier raus, und ich werde nicht mit dir gehen, außer du kriegst deine Dosis ... aber fängst du von Clozapin nicht zu sabbern an und wirst weich in der Birne?«

»Nichts dergleichen, ich gehöre zu den zwei Prozent, die eine Ausnahme bilden, was das angeht. Das Zeug wirkt bei mir anders, bringt mich ruckzuck auf hundertachtzig.«

Auf einmal knallte es dumpf an der Tür am anderen Ende des Flurs hinter ihnen, gefolgt von einem Klatschen wie mit einem feuchten Lappen gegen das kleine Fenster; zurück blieb ein roter Fleck am Glas. Jemand begann, von der anderen Seite gegen die Flügel zu klopfen, und die beiden hörten leises Stöhnen.

»Ist dein Arzt dort entlanggegangen?«, fragte Billy und zeigte auf die nun blutverschmierte Scheibe.

»Genau, und darum wollte ich auch leise sein«, erklärte Ali. »Dieses blöde Getrommel macht mich noch verrückt ...« Sie schauten einander an und prusteten los.

»Stehst du auf Bugs Bunny?«, rang er sich zwischen seinen Lachkrämpfen ab.

»Kann mir kein Leben ohne ihn vorstellen. Wie heißt du?«

»Billy. Komm, wir besorgen meinen Stoff.«

Sie hörte abrupt mit ihrem Gegacker auf. »Gib mir eine Kanone«, verlangte sie mit Fingerzeig auf seine Pistolen.

»Gut, wie viele warten dort auf uns?«

Er verwies mit einer Kopfbewegung auf die nichts Gutes erahnen lassende Flügeltür.

»Sehr viele.«

Da nickte Billy wortlos, und zu zweit näherten sie sich dem Durchgang.

Kapitel 20

Mehrere Verbrechertypen standen rings um einen Tisch und zeigten abwechselnd auf eine Karte. Diese war alt und zerknittert, deckte aber eindeutig das Gebiet zwischen San Francisco und Pablo Bays ab, wobei ein gesonderter Rahmen eine detaillierte Ansicht von Alcatraz zeigte.

»Wie wäre es, wenn wir von Norden her angreifen?«, schlug einer vor.

»Nein, nein, dann sehen sie uns ganz bestimmt kommen, und der Hügel lässt sich leicht verteidigen«, entgegnete Doc Murda. »Nach Westen werden sie die ganze Zeit über Ausschau halten, denn dort liegt die Stadt; der Weg herum nach Osten ist zu weit, als müssen wir es von Süden her durchziehen. Außerdem fürchte ich, meine Freunde, dass nichts daran vorbeiführt, bei Nacht anzugreifen.«

Niemand sagte ein Wort dazu.

»Aber ...«, hob einer der Gauner an.

»Ich weiß, die Monster sind nachts viel fitter und brauchen anders als wir anscheinend nichts zu sehen, um jemanden zu finden. Es hat vor nicht einmal zwei Tagen begonnen, und die Stadt ist schon tot, aber falls wir diese Insel und alles, was darauf ist, wirklich haben wollen ...« Dies bewog die Männer am Tisch zu Gekicher und zustimmendem Murmeln. »... müssen wir sie überraschen. Davon abgesehen brauchen wir ein paar Boote, die groß genug sind, um unsere kleine Armee zu befördern.«

Doc Murda trat vor die breite Fensterreihe der Lagerhalle und schaute zu den Docks, die vierzig Fuß unterhalb lagen. Er starrte eindringlich und fasste einen Beschluss:

»Da unten ist ein Schleppboot, das völlig ausreichen wird. G, nimm Ratt und drei weitere Soldaten mit, ihr macht den Kahn klar.«

»Kinderspiel«, behauptete ein selbstsicher aussehender Kerl. »Gehen wir, Ratt.«

Der Angesprochene, ein dürrer Schwarzer mit einem umso imposanteren Afro, in dem ein Kamm steckte, machte plötzlich ein entsetztes Gesicht. »Doc, können wir …«

Der Anführer erstickte Ratts Bittgesuche im Keim: »Nein, wir können nicht. Sucht euch drei Männer aus und macht euch sofort an die Arbeit.« G schüttelte seinen Kopf und trat vom Tisch zurück. Ratt hatte bereits erlebt, wie wütend Doc Murda wurde, wenn man ihn infrage stellte, und vermied Diskussionen wohlweislich. Er drehte sich auf der Stelle um und trabte hinter seinem Komplizen her.

Kapitel 21

»Gib Gas, Mann, sie kommen!«, drängte Ratt.

Aus dem Ruderhaus rief eine Stimme: »Dann leg ab, und ich bring das Baby zum Laufen, während wir vom Steg wegtreiben.«

Rat und zwei seiner Spießgesellen liefen zur Backbordseite des großen Schleppers, der auf den Namen *Crowley* getauft war, und machten sich an den dicken Tauen zu schaffen. Eine Vielzahl von Untoten rückte zusehends näher. Die Männer lösten die Seile zwar rasch, doch das Boot wollte sich nicht von der Stelle bewegen.

Plötzlich brach Maschinengewehrfeuer im Stakkato los, weshalb sich Ratt auf den Deckboden warf und die Hände über seinem Kopf zusammenschlug. Gleich darauf lugte er aus seinem Versteck hinter einer dicken Klampe hervor.

»Ihr müsst uns abstoßen, sonst werden wir uns nicht bewegen«, belehrte ihn eine ruhige Stimme. Ratt schaute dabei zu, wie einer seiner Brüder – Masta G – den rauchenden Lauf einer MP5 an ihm vorbei ausrichtete und noch einmal schoss.

»Was? Ich werde nicht …«

»Dann sind wir alle tot.« Der Schütze verlieh seiner Bemerkung mit einer dritten Salve aus seiner Waffe Nachdruck.

Knapp zwanzig Untote waren ihnen näher als dreißig Fuß gekommen. »Fuck!«, rief Ratt und sprang über die

Reling der *Crowley*. Er stemmte sich mit beiden Beinen gegen die Mauer des Docks und drückte mit aller Gewalt gegen das Schleppboot, doch dessen Stahlrumpf gab kein bisschen nach. »Ricky, hilf ihm«, befahl G einem anderen Mann.

»Vergiss es, das wird nicht …«

G legte mit der MP5 auf Ricky an. »Sofort.«

Der Bedrohte schluckte, sprang aber gleich von Bord, um beim Abstoßen zu helfen. Er feuerte aus der Hüfte auf einen nahenden Zombie und erzielte einen Glückstreffer in den Kopf. Dann steckte er die Automatikpistole in den Hosenbund an seinem Bauch und tat es Ratt gleich. Nun da zwei Männer drückten, begann das Boot, sich vom Dock zu entfernen. Masta G stand am Rande des Decks und richtete sein Gewehr auf die beiden. »Macht weiter, bis ich sage, dass ihr aufhören sollt.«

Ihr Schweiß tropfte auf die grauen Planken des Stegs, während sie sich ins Zeug legten. Ratt versuchte, sich umzudrehen und nach den Untoten zu schauen, doch G ermahnte ihn, weiter zu drücken.

»Sind sie nahe?«, wollte Ratt wissen.

»Nein«, antwortete G und schoss abermals.

»Alter, meine Ohren!«, empörte sich Ricky.

»Die werden deine Ohren fressen, wenn du dich nicht anstrengst.«

Der Abstand zwischen Boot und Dock betrug drei Fuß, als G seine Waffe anhob und ein weiteres Mal feuerte. Er gab einen Schuss ab, bevor es klickte und die Kammer offenblieb.

»Okay, kommt wieder an Bord.« Er ließ die MP5 fallen und zog zwei Halbautomatikpistolen, mit denen er dann vereinzelt in die größer werdende Horde schoss.

Ricky drehte sich um, während er versuchte, seine Waffe zu zücken, wobei sie losging. Er schrie, als Blut zwischen seinen Beinen hinabströmte, auf seinem rechten Schuh breitete sich ein roter Fleck aus. Die Pistole fiel klappernd auf die Planken, vergessen vor lauter Schmerzen. Das Gleiche galt für die Zombies, als er sich aufs Dock fallen ließ und mit angezogenen Knien liegen blieb. Dass er seine zerfetzten Hoden mit beiden Händen hielt, stoppte die Blutung nicht.

Ratt sprang zum Boot und klammerte sich ans Seitendeck. Er wollte sich gerade daran hochziehen, da packten dreckige Hände seinen Schopf. »Hilf mir, Mann«, flehte er G an.

G schoss zweimal, woraufhin die untote Frau Ratts bauschigen Afro losließ und in die Lücke fiel, die sich zwischen Steg und Boot aufgetan hatte. Zwei weitere Zombies traten über die Kante und schnappten nach Ratt, während sie ins dunkle Wasser stürzten. Dabei verlor er seinen Halt, und alle drei verschwanden mit einem lauten Klatschen. Sie sanken schnell; Ratt tauchte nicht mehr auf.

Während seines Untergangs hatten die anderen Untoten Ricky erreicht und fielen nun mit Wonne über ihn her. Seine Schreie erstarben, als eine infizierte Frau in seinen Mund fasste. Sie schob die Hand weiter hinein, bis ihr halber Unterarm drinsteckte, riss etwas Zerfleddertes heraus, das tropfte, und verleibte es sich umgehend selbst ein.

»Pfui«, ächzte G, während der Motor des Boots aufbrauste. Schwarzer Dieselrauch quoll aus den beiden

Schloten, als sie begannen, sich ruckartig vorwärtszubewegen.

Die Untoten, die der Kante des Docks am nächsten waren, wurden von denjenigen, die ihnen folgten, ins Wasser geschoben. Einige zappelten ein, zwei Sekunden lang, doch die meisten sanken wie Steine.

Kapitel 22

»Du hast gesagt, dort seien sehr viele; wie sind sie reingekommen?«, fragte Billy, während er einen anderen Schlüssel probierte.

Ali hob zu einer langen Erklärung an. »Gestern Nacht wurden ein paar Verletzte hergebracht, teilweise mit offenen Wunden. Nicht lange danach hat dieses beschissene Gehämmer am Eingang angefangen. Dr. Purkayastha und Gerry, der Sicherheitsmann, haben die Leute aus vorderen Bereich hierhergescheucht und die Türen abgesperrt. Dann ist einer aus der Gruppe ausgerastet und hat begonnen, andere anzugreifen. Er wurde auch bei mir handgreiflich, ließ mich dann aber einfach los. Ein paar wurden gebissen, bevor Gerry ihn erschießen konnte. Der Doktor hat die Tür zum Flügel von Ebene vier geöffnet, da er meinte, dort sei es am sichersten. Als er kurz darauf wiederkam, sah er mich in einem der Räume dort drüben.« Ohne sich umzudrehen zeigte sie in den Gang, den Billy zuvor durchquert hatte. »Er kam zu mir und holte mich raus, woraufhin Gerry zurück nach vorn ging, um Munition zu besorgen oder so. Schließlich hat mich der Doktor auf diesem T-Abschnitt eingesperrt und ist verschwunden, um die Pädophilen und Neurotiker aus ihren Zellen auf Ebene drei freizulassen. Dann hat es nicht lange gedauert, bis die Leute auf Ebene vier in Gebrüll ausgebrochen sind. Ich habe trotz der Stahltür gehört, wie sie versucht haben, herauszukommen, doch sie waren ja eingeschlossen – mindestens zwanzig, die von der Vier nicht mitgezählt. Ungefähr zwanzig Minuten später ist der Strom ausgefallen.«

»Woher weißt du von dem einen Typen, der frei herumgelaufen ist?«

»Hab durch die Fensterchen geschaut«, antwortete sie und zeigte auf die Scheiben über der Tür. »Als er mich sah, kam er gerannt.«

»Wie konntest ...?«, begann Billy wieder.

»Ich stellte mich auf den Türgriff.«

»Hmm, wie wär's jetzt mit Räuberleiter?«

Sie verdrehte die Augen, verschränkte aber trotzdem ihre Finger und nahm die Hände herunter. Billy stieg mit einem Fuß hinein und drückte sich ein Stück weit hoch, um durch die Sichtfenster zu schauen.

»Ist zu dunkel, ich kann gar nicht ...«

In dem Moment sprang die Notfallbeleuchtung an und erhellte sowohl den Korridor, in dem die beiden standen, als auch Ebene vier, von der sich Billy gerade einen Eindruck verschaffen wollte.

»Na, wenn das mal nicht gruselig ist«, sagte er blinzelnd. Er brauchte nicht lange, um einen klaren Blick zu fassen.

Überall klebte Blut.

Die Zellen auf diesem Flur waren größer als jene auf den vorigen, durch die Billy gekommen war, und alle mit Stahltüren ausgestattet, die man jeweils in eine ein Meter breite, verstärkte Wand aus dickem Kunststoff Marke Lexan eingesetzt hatte, mit Öffnungen auf Hüfthöhe, deren Durchmesser je zwei Zoll betrug, in völlig gleichbleibendem Abstand nebeneinander. Hineinschauen konnte Billy nicht; eine kleine Schar Untoter schlug gegen die Plastikwände einiger Zellen, um an deren Insassen zu gelangen.

Einer von ihnen war mit mehr Energie bei der Sache, schlug wild auf die anderen ringsum ein, sodass sie zur Seite flogen, und kratzte hektisch an dem Kunststoff, der seinen Weg versperrte. Auch steckte er seine Finger in die Löcher und rüttelte mit aller Kraft daran, doch das brachte nichts. Darum knickte er seinen Kopf nach hinten ab und brüllte frustriert, bevor er nach vorn schnellte, um ins Plastik zu beißen, aber es mit den Zähnen zu fassen gelang ihm nicht. Während er danach schnappte, drehte er sich zur Seite und sah, wie Billy durch die vergitterte Scheibe lugte. Ihre Blicke begegneten sich kurz, woraufhin sich das Monster sprunghaft von der Gruppe losmachte, nicht ohne die trägeren aus dem Weg zu schubsen. Es kam schnurstracks in Billys Richtung, wobei es die Hände auf den Kopf legte, und warf sich, als es noch zwei Fuß von der Tür entfernt war, gegen die Fenster, prallte aber ergebnislos davon ab.

»Okay, da ist noch so ein Raser.« Billy ließ sich wieder hinunter.

Schrilles, unmenschliches Geschrei drang durch die Tür, einhergehend mit erbittertem Kratzen und Klopfen.

»Ich kann mich um ihn kümmern, aber dazu musst du die Tür öffnen.«

»Was ist mit den anderen?«, fragte sie nervös.

»Die werden uns nicht anrühren, der Läufer allerdings

schon – falls stimmt, was du mir vorhin erzählt hast. Mach die Tür weit auf, damit er mich sieht.«

Sie griff zur Klinke.

»Noch nicht! Lass mich ein wenig Abstand nehmen, sonst kann ich nicht schießen, wenn er auf mich zuläuft.«

»Oh, 'tschuldigung.«

Billy ging rückwärts und nahm das Gewehr von seinem Rücken. Als er durchlud, flog eine Patrone hinaus, landete klackernd auf dem Boden und rollte gegen eine Wand.

»Ups, die war noch gar nicht verbraucht.«

Ali schüttelte ihren Kopf. »Bereit?«

»Jepp, mach auf.«

Ali steckte den Schlüssel in die Tür und drehte, woraufhin es vernehmlich klickte. Während sie den Griff festhielt, schnaufte sie angespannt. Dann schaute sie Billy erwartungsvoll an, und er nickte bekräftigend.

»Eins, zwei, drei!«, rief sie, drückte die Klinke hinunter und riss die Tür auf. Das Blatt war schwer, und Ali zog es so weit zurück, dass sie in der Ecke dahinter verschwand.

Der Zombie stürzte brüllend durch die Öffnung auf Billy zu. Er schaffte mehr oder weniger fünf Schritte, bevor ihn ein Schuss aus der Flinte zurückwarf. Er blieb kurz gurgelnd am Boden liegen, bevor er erschlaffte. Überallhin war infiziertes Blut gespritzt, auch gegen die Tür, hinter der Ali stand.

Jetzt verdrehte Billy seine Augen. »Na toll. Kannst rauskommen, aber pass auf, ich hab dem Flur 'nen neuen Anstrich verpasst. Bloß nicht anfassen.«

Ali drückte gegen die Tür, doch diese wurde gleich wieder von rund einem Dutzend drängelnder Untoter aufgestoßen, die dem Läufer gefolgt waren. Sie torkelten und zuckelten auf Billy zu, blieben aber – wieder einmal – ein paar Fuß vor ihm stehen. Einige trotteten zurück und fingen wieder an, die Zellen auf dem nächsten Flur zu bearbeiten, andere verharrten nicht weit von Billy entfernt auf der T-Kreuzung.

»Glaubst du …«

Sofort als sie Alis Stimme hörten, fuhren die Zombies gemeinsam herum und gingen auf sie zu, knurrten und fauchten im Näherkommen. Sie schrie auf und duckte sich hinter der Tür, an welcher sie jetzt zog, so fest sie konnte. Leider taten die Infizierten das Gleiche und entrissen ihr das Blatt beinahe. Sie war nur sicher, weil man es auf der anderen Seite schlecht zu fassen bekam.

Billy schoss zweimal mit dem Gewehr auf die Untoten, traf drei oder vier Köpfe und versprühte so noch mehr Blut.

Nun stolperten auch diejenigen von den Zellen wieder heran. Billy feuerte in die Menge, wobei zwei weitere zu Boden gingen, doch dann war seine Munition verbraucht. Er ließ die Waffe fallen und zog die eine Pistole. Die nächsten vier Zombies fielen jeweils nach sorgfältig gezielten Schüssen.

Der letzte von ihnen in diesem Bereich – er scharrte an der Tür und streckte sich seitlich aus, um Ali zu ergreifen – stöhnte ununterbrochen. Billy schlug dem Ungetüm die Pistole auf den Kopf, da ließ es los und drehte sich um. Nachdem Billy ihm in die Stirn geschossen hatte, brach er zusammen.

Ali lugte zaghaft hinter der Tür hervor und schaute Billy mit großen Augen an.

»Du hast geflunkert.«

»Nein! Ich schwöre, bisher sind sie mir nie zu nahe gekommen!«

»Egal, lass uns ...« Billy konnte den Satz nicht zu Ende bringen, denn schon schaute er in die Mündung der Pistole, die er Ali überlassen hatte. Sie drückte ab, da spürte er einen Zug und Hitze, als die Kugel über seine Schulter sauste.

»Runter!«, bellte sie, während sie erneut anvisierte. Er duckte sich in einer Drehung und sah, wie ein Zombie umfiel. Ali feuerte wieder und traf einen zweiten in die Schulter. Sie merzte den Schnitzer aus, indem sie in seinen Kopf schoss.

»Mann! Nicht wieder an meinem Ohr vorbei, davon werde ich taub!«

»Sorry, aber die wollten nach dir greifen.«

»Was?«

»Ich sagte, sie wollten nach dir greifen«, wiederholte sie etwas lauter.

»Wer hat 'nen Steifen?«

»Ich ...«

»Schon klar, hab nur Spaß gemacht. Die würden mich aber eigentlich nie anrühren.«

»Sah für mich aber ganz anders aus«, widersprach Ali kopfschüttelnd. »Die zwei waren drauf und dran.«

»Wahrscheinlich wollten sie dich schnappen, womit wir wieder beim Warum wären: Falls sie dich zuvor in Ruhe gelassen haben, warum sind sie jetzt scharf auf dich?«

Die beiden hörten Gestöhn aus dem Flur von Ebene vier. Billy steckte seinen Kopf durch die Tür und sah, dass weitere Zombies im Anmarsch waren.

»Verdammt«, fluchte er und legte mit der Pistole an.

Nachdem er über mehrere Sekunden hinweg gefeuert hatte, stand keiner mehr auf den Beinen. Billy lud nach.

»Mein letzter Clip.«

Ali nickte und seufzte laut. »Ist ein Magazin. Die Medikamente lagern in einem verschlossenen Sicherheitsraum am Ende des Flurs in der Nähe der Treppen.«

»Ich weiß … und den Unterschied zwischen Clip und Magazin kenne ich auch.«

Er drehte sich um und betrat den Gang von Ebene vier. Alles war blutbesudelt, und einige der Plastikwände zeigten rot verschmierte Faustabdrücke. In den ersten beiden Zellen steckte niemand, doch in der dritten links stießen sie auf eine Einzelperson. Es war eine Frau auf allen vieren, die sich erbrach und aufblickte, als Billy hineinschaute. Sie sah fürchterlich aus, völlig zerbissen und mit Dutzenden von Kratzern übersät. Dicke Blutstropfen fielen von ihrem Gesicht auf den Boden. Schließlich stand sie auf und legte ihre roten Handinnenflächen gegen die Scheibe.

»Ich konnte hierhin fliehen und die Tür schließen, doch da hatte mich mein Mann schon gebissen«, erzählte sie und fuhr sich über den Mund, bevor sie auf einer zerwühlten Pritsche Platz nahm. »Lasst mich allein.«

Billy und Ali gingen weiter. Die einzige andere besetzte Zelle war die fünfte und letzte auf der linken Seite. Als Billy hineinsah, stieß er einen Pfiff aus. Darin stand ein durchschnittlich gebauter Mann unbestimmten Alters. Er hatte seine Arme verschränkt und schaute ihn unumwunden an.

»Hallo William.«

»Hallo Cyrus, lange nicht gesehen.«

»In der Tat. Wer ist deine reizende Begleiterin?«

»Ich würde lieber nicht über sie sprechen, falls das okay für dich ist, Cyrus.«

Der Mann zog seine linke Augenbraue hoch. »Eigentlich ist es nicht okay für mich. Sag mir bitte, wie sie heißt.«

»Mein Name lautet Alison«, gab sie selbst preis.

»Siehst du, William. Gesten der Höflichkeit sind der Grund dafür, dass unsere Spezies die Vorherrschaft auf diesem Planeten innehält.«

»Warst du in letzter Zeit mal draußen, Cyrus? Dann würdest du diese Behauptung noch einmal überdenken.«

»Der Punkt geht an dich, William, aber ich muss dich um einen Gefallen bitten: Wie es aussieht, hat man mich in dem Chaos, das ausbrach, als was auch immer passierte, hier vergessen. Zu bleiben ist für mich inakzeptabel, also fände ich es sehr nett, wenn du diese Zelle öffnen würdest.«

»Äh … Das kommt nicht infrage, Kumpel.«

»William, es ist doch wohl kaum …«

»Vergiss es, Cyrus. Punkt. Ich werde einen Weg finden, dich rauszuholen, aber zuerst muss klar sein, dass wir sicher sind.«

»Du hast die Infizierten hier drin plattgemacht, William. Es sind keine mehr übrig, und in diesem Flügel ist es absolut sicher.«

»Cyrus, ich meinte eigentlich, dass sie und ich vor dir sicher sind.«

»Verstehe. Verzeihung, Alison, aber William sitzt dem Irrtum auf, ich würde euch etwas zuleide tun. In der Vergangenheit habe ich die Leben anderer … nicht angemessen respektiert.«

»Nicht angemessen respektiert! Er hat sechs Menschen umgebracht und zerstückelt! Kannibalismus konnte man ihm auch nachweisen, ja sogar …«

Cyrus würgte ihn ab: »Du strapazierst meine Geduld, William. Alison, meine Neigungen tendieren vielleicht zum … Makabren … aber die Anschuldigungen, ich sei ein Kannibale, entbehren jeglicher Grundlage, glaube mir.«

Ali sah beunruhigt aus.

»Egal, Mann«, lenkte Billy ein. »Falls ich herausfinde, wie ich dich befreien kann, wenn wir sicher sind, werde ich es tun. Wir sind bald wieder da, ich brauche meine Tabletten.«

»Eine letzte Bitte noch, William?«

»Nein!« Billy nahm Ali bei der Hand und ging weiter den Flur hinunter. »Der Typ ist durchgedreht, verstehst du?«

Über eine kurze Treppe gelangten sie zu einem halbrunden Raum, dessen Wände aus Panzerglas bestanden. Von ihm aus überblickte man Ebene vier, und seine schwere Stahltür war abgesperrt, doch Billy bemühte verschiedene Schlüssel von seinem Bund, sodass sie in weniger als einer Minute offen war. Drinnen standen Monitore für Kameras, die in jeder Zelle dieses Flügels hingen, und auch für die Überwachungssysteme auf allen anderen Korridoren der Klinik. Cyrus verharrte weiterhin mit verschränkten Armen in seinem Raum und starrte ins Objektiv; die infizierte Frau lag gekrümmt auf einer Seite und erbrach sich. Auf den meisten Gängen zeigte sich keinerlei Bewegung, wie die Kameras zeigten, doch auf Ebene zwei trieben sich ein paar schlurfende Gestalten herum.

Auf einer Konsole reihten sich rote nummerierte Knöpfe, einer für jede Zelle beziehungsweise den Verschlussmechanismus der zugehörigen Tür. Billy hielt kurz eine Hand über die Fünf, zog sie aber rasch weg und widmete sich dem, was er eigentlich hier tun wollte.

In dem kleinen Raum stand nämlich auch ein klobiger, weißer Schließschrank. Auch er war abgesperrt, und diesmal passte kein Schlüssel.

»Tritt zurück«, sagte Billy zu Ali.

Sie gehorchte, und er legte auf den Schrank an. Der Schuss donnerte laut in der Enge, doch das Schloss riss ab, die Tür vibrierte und sprang auf.

Auf Billy warteten Regalböden voller Ampullen und Tablettenröhrchen sowie abgepackte Spritzen an Haken an der Innenseite einer Tür.

»Heitere Aussichten!«

Kapitel 23

Drei Augenpaare beobachteten die Gardner-Grundschule vom zweiten Stock eines jüngst aufgegebenen Eigentumswohngebäudes aus. Am Boden hinter dem Trio lag eine Leiche, doch ein dunkles Loch in ihrer Stirn deutete darauf hin, dass sie sich nicht wieder erheben würde.

»Ich sag's ja nur ungern, aber ich wünschte, Billy wäre hier.«

»Ja, Dallas, ich auch«, stimmte Rick zu.

»Wer?«, fragte Juanita.

»Billy, der durchgeknallte Trottel, der abgehauen ist. Er konnte sich frei zwischen diesen Viechern bewegen, ohne nur einen Kratzer abzubekommen.«

»Moment, wie bitte?«

»Ehrlich. Irgendetwas an ihm mögen die Zombies nicht; zumindest greifen sie ihn im Gegensatz zu allen anderen Gesunden nicht an.«

»Aber das ist ja unglaublich! Warum haben sie uns das nicht erzählt?«

»Was erzählt, Juanita – dass ein psychopathischer Mörder, mit dem wir uns angefreundet haben und der jetzt verschwunden ist, ungehindert zwischen den Untoten herumlaufen kann?« Rick schmunzelte. »Jetzt, wo ich das so sage … stell dir mal Martingales Gesichtsausdruck dabei vor.«

Dallas und Rick lachten leise, wohingegen Juanita immer noch fassungslos war.

»Aber …«

»Wir können später darüber sprechen, in Ordnung? Jetzt müssen wir eine Aufgabe erledigen. Sechsundfünfzig Kadaver wollen in dieses Gebäude einbrechen, und das sind nur diejenigen, die ich sehe. Wir müssen sie irgendwie ablenken, dann verfrachten wir die Kids in den Schulbus dort.« Rick zeigte auf ein einzelnes, gelbes Fahrzeug vor dem Eingang. »Wir fahren zum Boot zurück, und dann ab zurück auf den *Rock*.«

»Ich hab ein paar Fragen«, begann Dallas. »Wie ablenken, und wer soll das tun? Nicht zu vergessen der Bus; was ist, wenn wir ihn nicht zum Laufen kriegen?«

»Nachdem wir uns ein Ablenkungsmanöver überlegt haben, kümmern wir uns um den Bus. Lasst uns jetzt zu den anderen zurückkehren und sehen, welche Ideen sich anbieten.«

Die drei stiegen ins Erdgeschoss des Hauses hinunter und trafen sich wieder mit den fünf anderen, die auf die Eingänge achtgegeben hatten. Pablo Martinez, Chris Rawding und drei Zivilisten, die sie jeweils nur beim Vornamen kannten, versammelten sich in einem Wohnzimmer, um Pläne zu besprechen.

Ben, Tom und Lucy sollten losziehen und den Alarm eines Nachbarschaftsladens auslösen, der eine Viertelmeile entfernt an der Straße lag, während Rick, Dallas und Juanita die Kinder aus der Schule in den Bus brachten. Martinez fiel dabei die Pflicht zu, die drei mit seinem SR25-Scharfschützengewehr zu decken, und Chris würde wiederum ihm Feuerschutz geben, während er aus dem Fenster des ersten Stocks des Wohngebäudes schoss. Sobald der Alarm heulte, mussten Ben, Tom und Lucy unabhängig für sich zum Boot zurücklaufen, da sich alle anderen um die Rettung der Kinder kümmern würden. Die Gruppe hatte nur zwei Funkgeräte, und man erachtete es für wichtiger, dass die Schützen mit den Rettern in Verbindung standen, statt mit denen, die für die Ablenkung verantwortlich waren.

Nachdem diese aufgebrochen waren, funkte Rick die Schule an, um den Ball ins Rollen zu bringen.

»Gardner Elementary, hier spricht Rick, hören Sie mich? Gardner?«

»Ja! Ja, wir sind hier! Wann können Sie uns holen?«

»Ma'am, machen Sie alle bereit, wir sind innerhalb der nächsten Stunde bei Ihnen. Ich werde mich wieder melden, kurz bevor ich am Eingang bin. Die Kinder sollen still sein und sich beeilen. Wir besteigen den Bus vor der Schule und fahren zum Schiffshafen, dort liegt unser Boot.«

»Vielen Dank! Wirklich, das ist wunderbar, wir machen uns fertig!«

Nach einer gewissen Zeit heulte weiter unten auf der Straße ein Autoalarm los, woraufhin die Toten an der Schule nach und nach in diese Richtung abwanderten. Einige hingen zurück, doch das Gros verschwand, um dem Lärm auf den Grund zu gehen.

»Bereit, Kollege?«, fragte Dallas Rick.

»Los geht's!«

Die drei verließen das Wohnhaus leise und schnell, Chris verriegelte die Tür hinter ihnen. Wie eine Kampfeinheit stießen sie zu dem Schulbus vor, in den Rick mit seinem AR-15 im Anschlag einstieg. Drinnen war überall Blut verspritzt, und im Gang lag ein Polizist, der nicht mehr aufstehen würde. Rick schaute auf und unter jeden Platz, bis er die Rückbank erreichte.

»Luft ist rein!«

Dann kam Juanita in den Bus, während Dallas am Einstieg vorbei und auf eine schwankende Gestalt zuging, wobei er sehr weit ausholte – wieder mit einer Betonstange – und ihr genau auf den Schädel schlug. Sie brach zusammen. »Das hat dich umgehauen, was?«, fragte er und spuckte auf den ausgestreckten Leib.

»Wird das heute noch was, Bruder? Ich werde langsam ein bisschen nervös hier draußen«, rief er Rick zu.

»Dallas, es gibt Schwierigkeiten, kommen Sie schnell rein!«

Der Texaner nahm die Stufen in den Bus und sah, wie Juanita nach dem Zündschlüssel suchte, während sich Rick an der Leiche des Polizisten zu schaffen machte. »Ich will nicht, dass die Kinder ihn sehen«, bemerkte er.

Dallas packte die Beine und half seinem Gefährten, den toten Cop aus dem Bus zu tragen.

»Mein lieber Schwan, der alte Knabe hätte nicht so viele Donuts futtern sollen!«

»Grundnahrungsmittel bei der Polizei«, versetzte Rick und grinste, doch das verging ihm schnell; er riss die Augen weit auf, wie sein Gegenüber bemerkte, und beide Männer ließen die Leiche fallen, während Rick einfiel, dass er die Flinte im Bus vergessen hatte. Dallas drehte sich um und sah einen untoten Feuerwehrmann, der knurrend auf ihn zukam.

Er wollte erneut seine Betonstange einsetzen, doch plötzlich verschwand die linke Kopfhälfte der Kreatur hinter einer rosafarbenen Wolke, und sie sackte zu

Boden. Auch eine weitere, die ungefähr vierzig Fuß entfernt war, kippte um. Die Straße war wieder frei.

Verdutzt wollte Dallas fragen, was passiert sei, als Rick mit seiner Waffe zurückkam. »Das war Martinez, er schießt leise.«

»Schießt leise?«

»Richtig, mit einem Schalldämpfer wie in Actionfilmen, jetzt kommen Sie!«

Die beiden liefen die kurze Treppe zum Eingang der Schule hinauf, wo Rick wieder ins Funkgerät sprach: »Gardner, wir sind da, machen Sie auf!« Die schwere Vordertür öffnete sich und eine hübsche Frau mit ängstlichem Gesichtsausdruck erschien. Rick war verwirrt, denn sie kam ihm bekannt vor, obwohl er ihr Gesicht nicht zuordnen konnte.

»Ma'am, gehen wir. Wir haben eine Transportgelegenheit, aber wir müssen uns beeilen.«

»Okay, kommt Kinder, wir brechen auf – genau so, wie wir es durchgesprochen haben!«

Sie verließ das Gebäude vor den Kindern, die ordentlich in Reihe gingen, als der Motor des Busses ansprang. Sie folgten Rick, und Dallas bildete die Nachhut. Da das Fahrzeug nun lief, lockte es allmählich Zombies aus allen Richtungen an. Obendrein brach der Autoalarm ab, sodass der Bus abgesehen vom Ächzen und Kreischen der Untoten die einzige wesentliche Geräuschquelle in der Umgebung blieb.

Die Frau und ihre Schutzbefohlenen blieben wie erstarrt stehen, als sie sahen, worum es sich bei ihrem Transportmittel handelte.

»Der Bus!«, rief sie. »Einer von denen lauert darin!«

»Nein, wir haben ihn hinausgetragen, weiter jetzt!«

Juanita, die am Steuer saß, bestätigte lauthals: »Es ist sicher, kommen Sie ruhig!« Sie unterstrich die Bemerkung, indem sie Gas gab und winkte. Wieder beruhigt stieg die Schulgruppe hinter Rick ein; Dallas folgte, woraufhin Juanita die Tür schloss. Dann schaltete sie in den Rückwärtsgang, der ein Warnsignal aktivierte. Es knallte mehrmals hohl, während der Bus willkürlich Untote rammte, die auf der Straße taumelten.

»Zurück zum Wohngebäude!«, drängte Rick.

Juanita drückte den Schalthebel nach vorn und beschleunigte bereits, als sie in den Rückspiegel schaute und zwei laufende Personen ausmachte. Sofort legte sie eine Vollbremsung hin, weshalb ein paar Kinder zu weinen anfingen. »Hinter uns! Ben und Lucy!« Rick drehte sich um, und tatsächlich: Zwei der drei anderen Retter kamen auf der Straße gelaufen, so schnell sie konnten. Er humpelte, und sie gab sich Mühe, ihn zu stützen. Rick öffnete die Hintertür des Busses und nahm Schusshaltung an, plumpste auf seinen Hintern, als Juanita wieder zurücksetzte und Vollgas gab.

Die Untoten, die Ben und Lucy folgten, zogen sich über die ganze Breite der Straße. Alle paar Sekunden platzte nun der Hinterkopf eines der Vorderen, und wenn er zusammenklappte, trampelten oder stolperten die anderen über ihn.

Der Bus hatte ein Viertel der Strecke auf der Straße bewältigt – immer noch im Rückwärtsgang –, als hinter den Untoten und ihrer gewollten Beute ein großer Allrad-Monstertruck um die Ecke gerollt kam. Juanita bremste, doch das Geländefahrzeug beschleunigte und walzte alle Leichen platt, die ihm im Weg waren. Ein Mann lehnte sich aus dem Beifahrerfenster und feuerte mit einer automatischen Waffe auf den Bus. Kugeln perforierten das gelbe Blech, und eine Scheibe platzte. Rick legte sich auf den Bauch und begann, zurückzuschießen. Der Truck wurde langsamer, kam aber immer noch näher. »Die Kinder sollen in Deckung gehen!«, schrie Rick.

Ben drehte sich um und hatte gerade noch Zeit, Lucy aus dem Weg zu schubsen, bevor der Wagen ihn traf und wegschleuderte wie einen Flummiball.

Rick glaubte, Goldzähne zu sehen, als der Schütze auf dem Beifahrersitz breit grinste. Dann explodierte das Gesicht des Kerls, und eine halbe Sekunde später durchschlug eine Kugel die Windschutzscheibe auf der Fahrerseite, woraufhin der Truck ruckartig nach links ausscherte, auf zwei seiner Riesenreifen hochging und umkippte. Die Schreie derer, die noch darin saßen, gingen im Scheppern des eindellenden Metalls unter. Männer fielen von der Ladefläche wie Laub von einem Baum.

Lucy musste sich verletzt haben, als Ben sie geschubst hatte, denn sie kam nur langsam voran, weil sie hinkte und sich ein Knie hielt, während sie einen Baseballschläger als Krücke benutzte. Die Untoten schlossen schnell zu ihr auf. Rick eröffnete das Feuer auf sie, und im selben Augenblick standen einige Insassen des Trucks wieder auf, die meisten mit Verletzungen. Einer richtete sein Gewehr auf den Bus, fasste sich aber gleich an die Brust und fiel rückwärts um. Ein weiterer kam auf die Beine und wurde in den Kopf getroffen. Martinez leistete ausgezeichnete Arbeit.

Rick sprang aus dem hinteren Einstieg, dicht gefolgt von Dallas, und lief auf Lucy zu. Die beiden brauchten nicht lange, bis sie einsahen, dass die Untoten die Frau vor ihnen erreichen würden. Rick hörte Schüsse von links, kurz bevor seine Wade zwickte. Auf einmal konnte er nicht mehr geradeaus laufen, sondern bekam buchstäblich eine fiese Steuerbordschlagseite. Als er sich umdrehte, um herauszufinden, wer feuerte, knallte es dicht hinter ihm laut; Dallas hatte den Angreifer mit seinem Gewehr niedergestreckt.

Lucy blickte über ihre Schulter und begriff dann erst, wie nahe ihre untoten Verfolger waren. Sie schrie kurz auf, was die Kreaturen hinter ihr, die nur ein Ziel vor Augen hatten, weiter anzuspornen schien. Einige von ihnen fielen unter Martinez' anhaltendem Beschuss, doch dies sollte nicht genügen. Lucy schaute die beiden Männer an, die auf sie zukamen, und brüllte: »Schnell!«

Sie waren weniger als hundert Fuß von ihr entfernt, als die erste Zombiewelle über die Frau herfiel. Rick humpelte weiter auf sie zu, doch Dallas packte ihn. »Nein! Das schaffen wir nicht rechtzeitig!«

Der Polizist wehrte sich, doch Dallas hielt ihn beharrlich am Shirt fest. »Nein! Wir müssen fliehen, Mann!«

Feuchtkalte Hände umschlossen Lucys Schulter, da fuhr sie mit dem Schläger herum und schlug einer Ladenverkäuferin, auf deren Namensschild »Wendy« stand, gegen den Arm. Dieser brach am Unterarm, doch das bekümmerte Wendy nicht. Lucy kämpfte wie eine in die Enge getriebene Raubkatze, doch es waren zu viele. Wieder und wieder traf sie mit dem Schläger, verfing sich aber in der Masse der Untoten, die sie umringten. Ein dürrer Mann mit schmutzigem Krankenhauskittel packte ihren Arm und biss kräftig in die Hand. Sie zog sie gewaltsam weg und wehrte sich gegen einen anderen Zombie, bevor sie fiel. Der infizierte Pfleger kippte auf sie, und sie versuchte, ihn davon abzuhalten, sie erneut zu beißen, als etwas gegen ihren Kopf knallte. Einen Sekundenbruchteil lang fragte sie sich, was es gewesen sein mochte, bevor sie die Besinnung verlor.

»Hauen wir ab!« Dallas zog Rick auf den Bus zu. Wie zur Untermauerung seines Befehls betätigte Juanita die Hupe.

Rick gab auf, drehte sich um und humpelte zurück, so zügig er konnte. Die Untoten schienen aus ihren Löchern zu kriechen und waren jetzt nicht mehr nur hinter ihnen; beträchtliche Mengen näherten sich aus allen Richtungen. Der Bus kam den beiden rückwärts entgegen, und sie stiegen rasch ein. Juanita gab Gas und fuhr los. Die Kinder weinten jetzt laut, und die Frau aus der Schule gab ihr Bestes, um sie zu beruhigen.

Hin und wieder, wenn das schwere Fahrzeug Zombies überrollte, konnte man es spüren wie hören. Ihre Zahl nahm dennoch weiter zu, und von hinten links rückte eine dicht gedrängte Menge heran.

Vor dem Eigentumswohnhaus, aus dem Chris und Martinez feuerten, bremste Juanita, woraufhin die zwei schnell herauskamen. Während sie vorn um den Bus herumliefen, öffnete sie die Tür. Sie sprangen hinein und liefen die drei Stufen der Treppe hinauf. Juanita trat abermals aufs Gaspedal.

Martinez ließ sich auf einen der grünen Sitze fallen. Sein Gewehr hielt er mit dem Lauf nach oben vor sich.

Dann schlug er beide Hände vors Gesicht und schloss seine Augen.

»Er musste es tun«, erklärte Chris, während er beobachtete, wie die Schule in der Ferne kleiner wurde.

Dallas legte eine Hand auf Martinez' Schulter. »Sie haben sie erlöst, mein Freund, das dürfen Sie nie vergessen – und Sie haben einen Haufen Kids gerettet, mich und ihn noch dazu.« Er zeigte auf Rick.

»Hab ich das?« Martinez hob den Kopf nicht.

Die Frau aus der Schule kam zu den Männern auf den vorderen Plätzen. »Vielen Dank, dass Sie uns geholfen haben«, begann sie. »Wir hatten nicht mehr viel zu essen übrig, und die Kinder haben sich gefürchtet.«

Rick schaute zu ihr auf. »Sie kommen mir bekannt vor; sind wir einander schon einmal begegnet?«

»Ich weiß nicht, ich glaube auch, Sie schon irgendwo gesehen zu haben. Kommen Sie aus San Francisco?«

Rick ging ein Licht auf. »Sind Sie Stewardess?«

Da machte die Frau ein verwundertes Gesicht. »Aber ja doch, woher wissen Sie das?«

Rick lächelte. »Debbie?«

»Ja! Wer sind Sie?«

»Sie haben letzte Woche während eines Flugs aus Boston auf meine Tochter aufgepasst.«

»Sam! Ich erinnere mich, Sie haben sie abgeholt!« Ihre Wangen erschlafften. »Oh mein Gott, wo ist sie?«

»Auf Alcatraz, dorthin fahren wir auch.«

Debbie entspannte sichtlich. »Wie war Ihr Name noch gleich? Tut mir leid, ich weiß es nicht mehr.«

Er streckte seine Rechte aus. »Rick Barnes.«

Kapitel 24

Doc Murda war rasend vor Zorn. Er lief durch die Lagerhalle und reagierte sich ab, indem er Gegenstände umstieß. Einer seiner Handlanger schaute beklommen zu, und seine Befürchtungen bewahrheiteten sich, als sein Boss plötzlich auf ihn zukam und ihm zwischen die Beine trat. Der Mann krümmte sich, woraufhin ihm Murda ins Genick schlug. Als er wie ein Fötus eingerollt am Boden lag, versuchte er vergeblich, sich zu schützen, während Murda immer wieder auf ihn eintrat.

»Wie konnte das passieren?«, schrie Murda. »Warum habt ihr sie entwischen lassen? Gab es einen Teil des Plans, den ihr nicht begriffen habt?«

»Sie w-waren schneller da!«

»Ausflüchte! Wie kannst du es wagen?«

»Aber …«

Er zückte seine 9mm und schoss sieben Mal. Kopfschüttelnd sah er dabei zu, wie das Leben aus seinem Gefolgsmann wich.

»Entschuldigung vielmals. Eure Befehle waren leicht zu verstehen. Ihr solltet nichts weiter tun, als die Kinder für mich zu holen. Ich bin Versagen nicht gewohnt, und eures war monumental.« Er schaute schulterzuckend zu Pee Wee und Masta G auf, die seinen Mord kommentarlos mitangesehen hatten. »Heutzutage ist es verflucht schwierig, kompetente Hilfe zu finden.«

Murda drehte sich ruckartig um und nahm an einem Tisch Platz, wo er eine Karte auffaltete. Er nickte. »Wir greifen sie in der Früh an, aber sie sollen auch wissen, dass wir kommen.« Master G schaute verständnislos drein und suchte Pee Wees Blick, doch der stand nur mit seinen verschränkten Baumstämmen von Armen da und machte einen desinteressierten Eindruck.

»Ich werde Angst säen wie eine neuzeitliche Pestepidemie. Die haben gedacht, diese Zombies seien schrecklich? Dann sollen sie warten, bis ich fertig bin; wir werden wenige verschonen, aber alle glauben lassen, sie könnten sich retten, indem sie aufgeben. Ich will weibliche Gefangene; die Männer werdet ihr eliminieren.«

»Und was ist mit den Kindern?«, fragte G.

»Die wurden schon vom Abschaum der Polizei und deren Gefolgschaft verdorben. Das lässt sich nicht wiedergutmachen. Es tut mir in der Seele weh, aber auch sie müssen geopfert werden. Wir werden andere finden, deren Verstand wir formen können, unsere Armee wird wachsen und unsere Bewegung aufblühen. Masta G, wärst du so freundlich, mir das Funkgerät des Colonels zu leihen? Ich würde unsere Nachbarn gern darüber informieren, dass ihr Schicksal besiegelt ist.«

G löste das Militär-Walkie-Talkie aus seiner Halterung und reichte es Murda, der es auf die Karte legte. Dann ging er zum Geländer des Dachbodens und schaute auf seine Anhänger hinunter. Masta G und Pee Wee bauten sich links und rechts neben ihm auf, hielten sich aber eindeutig der Achtung halber ein wenig zurück.

»Bürger der Neuen Welt!«, tönte er. »Ich habe euch aufgenommen und euch Obdach vor der schlimmsten

Seuche der Menschheitsgeschichte gewährt! Ich gab euch Waffen und Munition! Nahrungsmittel, Wasser und angenehme Gesellschaft!«

Daraufhin brach unter ihm Jubel aus, und einige Männer johlten oder fassten sich in den Schritt, während sie auf vier nackte Frauen zeigten, die an eine Wand in der Halle gekettet waren.

»Für uns ist es nun Zeit, eine andere Seuche auszumerzen, die uns schon seit vielen Jahren plagt! Wir werden diejenigen zu Kreuze kriechen lassen, die einmal das Sagen hatten! Wir werden uns nicht mehr länger ihren Bräuchen und Gesetzen unterwerfen! Wir werden dieses Land säubern, angefangen in San Francisco – auf Alcatraz! Wir bitten nicht um Gnade und lassen auch selbst keine walten! Tötet sie alle, außer ein paar Frauen zu unserer Unterhaltung! Ich fordere euch einzig dazu auf, meine Brüder, in den Kampf zu ziehen und das Morden zu genießen. Unsere Waffen und unser Wille sollen den Grundstein für die Zukunft unserer Nation legen, und wir werden Alcatraz zu unserer neuen Hauptstadt machen!«

Wie nach so vielen von Doc Murdas erbaulichen Reden stellte sich die gewünschte Wirkung ein: Die ganze Halle tobte vor Wut und aufgestauter Frustration. Mehrere schossen in die Luft, und einige vergriffen sich vor den Augen aller im Gebäude an den angeketteten Gespielinnen.

Der Lärm dauerte eine volle Minute lang an, bevor Murda seine Hände hochhielt, damit Ruhe einkehrte. »Bitte, meine Brüder, zügelt euch, sonst ziehen wir den Zorn der Verdammten auf uns. Die Zeit der Ausgelassenheit steht unmittelbar bevor, doch lasst uns zuerst diese Schlacht gewinnen.« Es wurde still, sodass die Anwesenden gedämpftes Pochen an den Toren der Lagerhalle hören konnten.

»Wir werden unsere ungebetenen Gäste beseitigen müssen. Masta G, sei so gut und stell einen Trupp zusammen, um jegliche Gottlosen auszulöschen, ja? Bitte lichtet die Reihen von den Fenstern aus wenn möglich, damit keiner von uns zu Schaden kommt. Ich möchte, dass die Armee bereitsteht, um bei Tagesanbruch loszuziehen.«

»Nichts leichter als das.« G ging die Treppe hinunter, um Begleiter zu rekrutieren.

Doc Murda kehrte zum Tisch zurück und nahm in seinem Sessel Platz. Dann griff er zum Funkgerät und stellte den Notrufkanal ein.

»... seit zwei Tagen nichts von der Nationalgarde gehört. Falls Sie mich hören, aber nicht senden können, versuchen Sie in jedem Fall, irgendwie aus der Stadt zu entkommen. Sie können sich ebenfalls bis zum Hafen durchschlagen, ein Boot beschaffen und nach Alcatraz übersetzen. Wir haben Lebensmittel, Wasser und Munition. Sollten Sie festsitzen und in der Lage sein, Ihre Position durchzugeben, werden wir uns bemühen, zu Ihnen vorzudringen. Ich wiederhole: Hier spricht von Alcatraz aus Detective Captain Michael Meara vom Polizeidepartement San Francisco. Die Stadt ist verloren; die Infizierten sind den Gesunden zahlenmäßig weit überlegen. Sie scheinen sich vor Feuer und Wasser zu fürchten; Flammen halten sie in der Regel zurück, und auch vor dem Ozean machen sie halt. Wie es aussieht, achten sie sonst nichts, also sind Bitten und Drohen zwecklos. Die städtische Polizei hat schwere Verluste erlitten und wir haben seit zwei Tagen nichts von der Nationalgarde gehört …«

Murda drückte die Sprechtaste. »Captain Meara? Ich habe eine Gruppe von Überlebenden aufgenommen.«

»Wer sind Sie? Bitte weisen Sie sich aus.«

»Mein Name lautet Doc Murda.«

»Sie sind Arzt? Das trifft sich bestens! Gibt es irgendeine Möglichkeit für Sie, nach Alcatraz zu gelangen?«

»Um genau zu sein sehe ich vor, Ihnen morgen früh einen Besuch abzustatten.«

»Das ist wunderbar, wie viele Überlebende befinden sich in Ihrer Gruppe?«

»Siebenundachtzig … nein, einer weniger.« Murda schaute auf den Toten am Boden, der anfing, sich zu bewegen.

»Außerdem habe ich Neuigkeiten von der Nationalgarde.«

»Ist nicht wahr! Wiederholen Sie den letzten Satz, bitte! Sie sagten, Sie hätten Neuigkeiten von der Nationalgarde?«

»Genau, sie wurde bezwungen. Sie ließ sich einkesseln und versuchte, in einer Walgreens-Filiale unter der Bay Bridge letzten Widerstand zu leisten.«

»Verstanden«, bestätigte Mike in traurigem Ton. »Danke für die Information. Mitzuerleben, wie sie unter einem solchen Ansturm von Untoten zugrunde ging, muss Ihnen schwer zugesetzt haben.«

»Im Gegenteil, genau das wollte ich; es war fast so, als hätte ich es eingefädelt. Oh, das habe ich ja!«

»Sagen Sie das noch mal!«

Murda artikulierte sich deutlich: »Ich meinte, Sie Volltrottel, dass ich einen Angriff auf eine befestigte Position der Nationalgarde geplant und mithilfe der wandelnden Toten durchgeführt habe. Als das Geschrei aufhörte, standen noch drei Überlebende auf dem Dach des Lokals, die ich alle gefangen genommen habe, um sie unter Folter auszupressen. Einer war sogar Colonel; dessen Lakai hat uns ein Waffendepot genannt, dessen Bestände wir an uns genommen haben, um sie morgen früh gegen Ihre kleine Kommune einzusetzen. Sie haben mir etwas gestohlen, das jetzt für immer beschmutzt sein wird.«

»Soll das ein Scherz sein? Etwas gestohlen? Wovon sprechen Sie?«

»Von den Kindern, Sie Dummkopf – den Kindern aus der Schule.«

»Also haben Sie auf meine Leute geschossen.«

»Bingo, und ich werde kommen, um Sie zu töten, Detective Meara.«

»Wir werden Sie erwarten.«

Kapitel 25

Billy durchstöberte den Schrank, las jedes Etikett und warf die Röhrchen, die er nicht wollte, auf den Boden. »Nein, nein, nein.« Vor seinen Füßen türmte sich ein kleiner Haufen aus Medikamentengläschen und Schachteln auf, bevor er fand, was er suchte.

»Ist Olanzapin dabei? Risperidon?«, fragte Ali.

»Volltreffer! Hier ist das Zeug!« Er öffnete ein Fläschchen und ließ eine blau-rote Kapsel in seine Hand fallen. Nachdem er den Deckel wieder aufgeschraubt hatte, steckte er es ein und schnappte sich noch zwei weitere Behälter. Dort standen auch kleine, weiße Plastikbecher und ein Wasserspender, also nahm Billy einen und füllte ihn, um die Tablette mit einem Schluck hinunterzuspülen.

»Darf ich auch mal da reinschauen, bitte?«

»Klar, aber Risperidon liegt irgendwo auf dem Boden herum. Sorry, ich wusste nicht, dass du es wolltest.«

Ali kniete sich hin und suchte in den Medikamenten. Schließlich nahm sie eine kleine Schachtel voller Ampullen und eine Spritze. Da sie keine Taschen hatte, hielt sie beides in einer Hand und die Pistole in der anderen.

Billy ließ sich auf einem der Stühle im Raum nieder, deren Rückenlehnen im Flechtmuster bespannt waren. »Ich muss nachdenken.« Ali setzte sich auf einen anderen, griff zu einem Mikrofon und drückte die mit »2« beschriftete Taste.

»Dr. Purkayastha? Können Sie mich hören? Ich bin es, Ali, ich sitze mit meinem … neuen Freund auf Ebene vier. Sind Sie da irgendwo?« Sie erhielt keine Antwort.

»Wahrscheinlich haben sie ihn gefressen. Die haben doch gegen die Tür von Ebene zwei geschlagen, um zu uns zu kommen – oder jedenfalls zu dir; er zählt inzwischen bestimmt zu denen, die dich für zartes Hähnchenfleisch halten.«

»Er war nett.«

»Klar … Wie dem auch sei, wir müssen hier raus, und ich weiß immer noch nicht, was ich mit Cyrus machen soll. Wir können ihn weder hierlassen noch mitnehmen.«

»Und was willst du demnach tun?«

»Na ja, wie wäre es, wenn wir ihn herausholen, mit den Pistolen in Schach halten und ihm draußen die Freiheit schenken?«

»Wird er denn nicht wieder Leute umbringen?«

»Voraussichtlich steckt er in ein, zwei Tagen sowieso in jemandes Darm … vorausgesetzt, diese Ungetüme verdauen.«

Ali lächelte. »Er macht mir Angst.«

»Sollte er auch. Es hieß, ich sei gefährlich, aber er ist schlichtweg unberechenbar. Also gut, lassen wir ihn raus; ich sehe zu, dass er vor mir bleibt, du kannst die Türen öffnen.« Er gab ihr die Schlüssel.

»Hört sich nach einem guten Plan an«, entgegnete sie und stand auf. Billy tat es ihr gleich, und sie kehrten gemeinsam zu Cyrus' Zelle zurück.

»Ach, so schnell zurück? Hast du dir meine Bitte zu Herzen genommen?«

»Ja. Wir lassen dich frei, aber du wirst immer schön brav vor mir hergehen, und sobald wir die Klinik verlassen, musst du dich allein durchschlagen.«

»Dann brauche ich eine Waffe, William, und anständige Klamotten.«

»Alles dein Problem. Ich mag psychotisch sein, aber nicht blöde. Solange wir in deiner Nähe sind, bekommst du keine Waffe.«

»Aber William ...«

»Nimm's hin oder nicht, Cyrus, so sieht die Abmachung aus.«

»Na gut, mir bleibt wohl auch nichts anderes übrig. Ich nehme deinen Vorschlag an.«

»Prima. Ali, mach die Tür auf.«

Sie begann, verschiedene Schlüssel ins Schloss zu stecken, doch Cyrus unterbrach sie. »Du wirst die entsprechende Taste im Aufsichtsraum drücken müssen, meine Liebe. Das da sind die Schlüssel des Wachmanns, und keiner passt für diese Tür.«

Ali nickte und lief zurück in die verglaste Zentrale mit den roten Knöpfen. Gleich darauf brummte es, und das elektronische Schloss der Kunststoffzellentür klickte. Cyrus trat vor, Billy hingegen machte einen Schritt rückwärts und legte auch seine linke Hand an die Pistole. Der Gefangene schob die Tür auf, als Ali zurückkehrte.

»Du gehst vor, sie wird die Durchgänge öffnen, und ich erschieße dich, falls du uns dumm kommen willst.«

»Einverstanden.«

»Okay, Abmarsch.«

Die drei verließen den Flügel genau so, wie Billy es verlangt hatte: Cyrus hielt seine Hände am Rücken zusammen, während Billy mit der Pistole auf ihn zielte. Von Ebene vier aus gelangten sie an der T-Kreuzung vorbei und erreichten innerhalb von fünf Minuten die erste verschlossene Flügeltür, vor der das tote Kind lag. Ali schaute durchs Sicherheitsglas auf den Korridor dahinter, bevor sie aufschloss.

»Da ist einer – ein Langsamer, wie es aussieht.«

»Gut, damit komme ich klar, aber während ich ihn ausschalte, musst du auf Cyrus aufpassen.«

Billy schaute ihn an, und Ali nickte. »Sicher, mach ich.«

Sie öffnete die Tür, woraufhin die Kreatur sofort angriff. Ali und Cyrus wichen zurück, Billy hingegen blieb furchtlos stehen. Wieder einmal stockte der Zombie wenige Fuß vor ihm.

»Was soll man dazu sagen?«, staunte Cyrus. »Warum lässt er dich in Ruhe?«

Das Ding, dessen linkes Auge blutig nässte, schaute den Frager und dann wieder Billy an.

»Liegt an meiner Superheldenkraft!«, gluckste Billy. »Sie tun mir n…«

Mit einem Mal stürzte der Infizierte auf ihn zu und packte sein Shirt. Übertölpelt versuchte Billy, ihn abzublocken, rutschte aber im Blut aus und landete auf seinem Hintern. Seine Pistole flog weg und rutschte über den Boden. Schon saß das Wesen auf ihm, und Billy drückte seinen Kopf weg, während es mit den Zähnen nach ihm schnappte. Es war stark und zog kräftig an seinem Oberteil, weshalb Billy gewaltige Mühe hatte, es vom Beißen abzuhalten.

»Schieß doch!«, rief er.

»Ich will dich aber nicht treffen!«

»Schieß einfach!«

Ali kam gelaufen, hielt die Pistole an die Schläfe des Zombies und drückte ab. Sein Kopf knickte nach links ab, und plötzlich wurde sein Körper schwer. Billy wuchtete ihn von sich und stand auf. Er und sie schauten einander an, dann auf Cyrus. Er richtete Billys Pistole auf sie.

Ali begann, ihre Waffe zu heben, doch der Mann trieb ihr die Flausen aus. »Äh-äh. Bitte unten halten.« Sie fügte sich.

»Ihr habt mich aus der Zelle geholt; das erachte ich als Segen, denn solche unerwarteten Geschenke erhält man nicht oft. Dafür danke ich euch und werde euch nichts tun. Ich bin nicht so gesellig, als dass ich bei euch bleiben müsste, brauche aber diese Waffe.«

Während Cyrus einen Bogen um die beiden machte, zielte er ununterbrochen auf sie. Beim Passieren der Doppeltür warf er einen Blick über seine Schulter, um sicherzugehen, dass der Flur frei war. »Ich wünsche euch beiden viel Glück.«

Damit lief er weiter und verschwand um eine Ecke. Zwei kurze Schüsse im Anschluss schreckten Billy und Ali auf, sodass sie ihren Weg fortsetzten. Als sie vorsichtig um die Ecke gingen, fanden sie einen verlassenen Flurabschnitt vor. An dessen Ende stand die Eingangstür des Gebäudes weit offen, und Tageslicht fiel in den schlecht beleuchteten Empfangsbereich. Sie durchquerten den Flur und traten ins Helle.

Von Cyrus fehlte jede Spur, doch seine Schüsse hatten selbstverständlich unerwünschte Aufmerksamkeit erregt:

Ein Schwarm Untoter bewegte sich stetig auf die Klinik und ihre beiden zurückgebliebenen Patienten zu.

»Oh Scheiße«, bemerkte Billy.

In dem Moment geschah zweierlei zum ersten Mal: Er fluchte … und er fürchtete sich.

Kapitel 26

Der Tag war gerade angebrochen, und Sonnenlicht streichelte die Wellen. Unter wolkenlosem Himmel ließ Martinez den Blick von seiner Schützenstellung auf einem hohen Wasserturm aus über die Bucht schweifen. Durch sein Hochleistungsvisier machte er zwei Boote aus, die tuckernd auf seine Fluchtinsel zukamen.

Er tätigte einen Funkspruch: »Zwei Schlepper, ziemlich groß, nähern sich von Fisherman's Wharf aus durch die Bucht, Sir. Sieht nach einer Menge Dreckspack an Bord aus, over.«

»Verstanden, Martinez«, antwortete Meara. »Gib Bescheid, falls sie ihren Kurs ändern, over. Barnes, bitte kommen?«

»Höre.«

»Rick, sie sind unterwegs. Wie sieht es bei dir aus? Over.«

»Einwandfrei, Kumpel, alle vier Einheiten sind in Position. Wir haben die Docks und die mittleren Zuwege im Nordosten mit dem Maschinengeschütz abgedeckt, den Steg im Südosten mit zwei M60. Patrouille zwei zieht auf der Südseite der Insel entlang, und von Norden her gelangt niemand an Land, der keine professionelle Kletterausrüstung hat. Wir haben überall auf der Insel Scharfschützen platziert und sowohl die Strände als auch alle Stege vermint, over.«

»Hervorragend, Rick. Lass die Nordseite von einer Reserveeinheit beobachten, einfach zur Sicherheit. Schießt sie mit Handfeuerwaffen von den Klippen, falls sie so dumm sind und versuchen, daran hochzuklettern, over.«

»Machen wir so, Mike. Die Einheiten wollen Rache für das, was an der Schule passiert ist, und sind bis an die Zähne bewaffnet. Barnes Ende.«

Meara nahm sein Funkgerät herunter und blickte hinaus in die Bucht. Er konnte die Gang gerade so sehen, die von San Francisco aus auf Alcatraz zukam. In der Hoffnung, sein Trick werde funktionieren, lächelte er. Alle Informationen, die er mit Rick ausgetauscht hatte, waren Unfug. Es gab keine Einheiten, weder schwere Geschütze noch Minen. In Wirklichkeit hatten sie acht Gewehre und nur dreiundzwanzig Kämpfer auf der Insel. Sollte der Gegner wirklich an Land kommen, war diese beschauliche Schar Überlebender geliefert. Sie hatten die Kinder sehr gut versteckt, aber wie lange ließ es sich verhindern, dass eine Gruppe verängstigter Kinder entdeckt wurde? Der Gruppe stand ein Kampf ohnegleichen bevor, und das wusste Mike. Er spekulierte darauf, dass die Bösewichte den Angaben Glauben schenkten, die gerade über den Äther gegangen waren. Die Boote schienen jedoch nicht zu wenden, als war es Zeitverschwendung, sich zu wünschen, dass sie sich hatten reinlegen lassen.

Eine Viertelstunde später meldete er sich wieder bei seinem Scharfschützen.

»Martinez, schalt auf die Ausweichfrequenz.«

»Gemacht, Sir.«

»Erbitte Lagebericht.«

»Sie haben sich getrennt; ein Boot hat sich zurückfallen lassen, während das andere offensichtlich auf die Docks zusteuert.«

»Wie sieht es mit ihrer Bewaffnung aus?«

»Besser als bei uns, Sir. Am Bug beider Boote steht je ein MG Kaliber .50, und die Mistkerle johlen sogar und fuchteln mit allen möglichen Kanonen herum. Auf dem hinteren Boot habe ich zwei M47 Dragons gesehen, doch auf dem vorderen lässt sich wenig mehr als das Geschütz erkennen. Es wird die Südseite der Insel in fünf Minuten umrundet haben. Am Ruderhaus hält ein Mann mit dem dicksten Feldstecher Ausschau, den ich je gesehen habe, und das will was heißen.«

»Verstanden. Äh, was sind Dragons?«

»Panzerabwehrgeschütze – Raketenwerfer.«

»Jesus ...«

Dem folgten ganze dreißig Sekunden Schweigen.

»Sir, was soll ich tun?«

»Zum Teufel, den Schützen und den Ausguck abknallen«, seufzte Meara. »Dann feuere nach eigenem Ermessen.«

»Verstanden, nehme sie gleich aufs Korn.« Martinez rieb sich die Augen und visierte den Mann hinter dem schweren Geschütz an. Ein Schuss in die Brust, und er fiel mit einer Drehung um. Als Nächstes zielte der Scharfschütze auf denjenigen mit dem Feldstecher. Die Entfernung betrug zweihundert Yards, wirkte aber durch das Fernrohr am Gewehr wie auf ein bloßes Viertel dessen verkürzt. Das Boot ging heftig auf und nieder, weshalb der Kopf des Mannes nicht im Fadenkreuz blieb. Martinez zielte ein wenig versetzt und wartete, bis der

Kopf des Unglücklichen wieder am Rand seines Sichtfelds erschien. Dann drückte er ab; der Verbrecher flog rückwärts und fasste sich an seinen getroffenen Hals.

»Mist.«

Martinez hatte verfehlt, obwohl sein Ziel wahrscheinlich tot war. Niemand an Bord hatte es bemerkt, da der Mann allein in der Nähe der Backbordseitendecks postiert war. Er sackte gegen ein Schott und rutschte auf den Deckboden. Zuletzt sichtete der Schütze das Ruderhaus und traf auch den Steuermann mit einer .308er-Kugel, die zuvor ein sauberes Loch in der Fensterscheibe hinterließ. Zwei weitere Gangster im Raum wollten ihm zur Hilfe eilen, einer fiel nach einem Schuss in den Rücken, während sich der andere ducken konnte.

Martinez rückte ein wenig zur Seite und legte auf eine Person an, die sich zum MG am Bug des Boots bewegte. »Nichts da.« Er traf sie ebenfalls mitten in den Oberkörper, sodass sie kraftlos nach hinten umfiel. »Na, wie war das, Arschloch?« Daraufhin schwenkte er sein Gewehr zum Heck und fällte noch zwei Männer, bevor sie begriffen, was geschah. Kurz danach brach Panik aus, und der Rest der Gruppe begann aus einer Entfernung von einer Achtelmeile, das Feuer zu erwidern. »So viel zu eurer Waffendisziplin, ihr Deppen.« Er wollte wieder aufs Ruderhaus schießen, als er sah, dass derjenige mit dem Feldstecher doch wieder aufstand. Martinez lächelte. *Das hätte ich nicht gedacht – Zugabe!*

Auf einmal schnellte eine Rakete an seinem Posten auf dem Turm vorbei und ließ einen Kondensstreifen in der Luft zurück, während .50er-Geschosse in die Metallwand des Wasserturms schlugen und große Löcher hinterließen, aus denen schmutziges Wasser strömte. Die Ganoven auf dem anderen Boot hatten angefangen, auf ihn zu schießen.

»Sir, ich muss mich auf meine Sekundärposition zurückziehen!«, rief er ins Funkgerät.

Er wartete nicht auf eine Antwort, sondern kletterte die lange Leiter hinunter auf die Insel. Nachdem er ein kurzes Wegstück gelaufen war, erreichte er einen getarnten Unterstand, den er in der vorangegangenen Nacht gebaut hatte, und schlüpfte hinein. Als er mit seinem Funkgerät zurück auf die Hauptfrequenz wechselte, hörte er etwas ziemlich Interessantes:

»...schlöcher! Wir machen euch Wichser alle kalt – ohne Ausnahme! Wenn der Doc erfährt, dass ihr zuerst geschossen habt, wird er euch bis zum Letzten foltern!«

»Wie soll das funktionieren, wenn ihr uns zuerst kaltmacht, Idiot?«, fragte Meara.

»Leck mich, ich schlitz dich auf! Ich kann es kaum erwarten, dich ...«

Eine weitere Stimme fuhr dazwischen. »An die Besatzung des Bootes, das Alcatraz angreift: Hier spricht Commander Kevin McInerney von der *USS Florida*. Wir haben eine Rakete vorbereitet und Sie erfasst. Dies ist unsere erste und letzte Warnung: Kehren Sie um, oder wir versenken Sie. Wir überwachten ...«

»Netter Versuch, Lutscher, aber wir fallen nicht drauf rein! Ich werde deine Fresse als Tanzfläche benutzen!«

Der Mann erging sich noch ungefähr dreißig Sekunden lang in Flüchen und Todesdrohungen, woraufhin das Boot schlicht explodierte. Trümmer flogen himmelwärts, brennende und zerfetzte Körper wurden vom hinteren Teil des Schleppers geworfen wie Stoffpuppen. Das flammende Boot neigte sich ein paar Sekunden lang gefährlich weit nach Steuerbord, bevor es buchstäblich in der Mitte durchbrach und sank. Mehrere zappelnde Leiber wurden von der starken Strömung innerhalb der San Francisco Bay fortgerissen. Qualmendes Holz, ein paar herumtreibende Wrackteile und ein brennender Treibstoffteppich waren die einzigen Belege dafür, dass das Boot überhaupt existiert hatte.

Martinez suchte die Wasseroberfläche durch sein Visier ab und kontrollierte, ob Gegner den Strand erreichten, doch dem war nicht so. Das MG auf dem zweiten Boot knatterte wieder, traf jedoch nichts Wesentliches. *Ein weiterer Kondensstreifen zog sich über die Insel. Die haben zwar das notwendige Spielzeug, aber gar keine Ahnung vom Berechnen einer Flugbahn*, dachte er.

Er hörte einen neuen Funkspruch. »An die Besatzung des zweiten Bootes, das Alcatraz angreift: Stellen Sie das Feuer sofort ein, und kehren Sie zum Festland zurück, oder wir nehmen Sie unter Beschuss! Ich wiederhole: Feuer umgehend einstellen; eine zweite Verwarnung erhalten Sie nicht!« Das Geschütz donnerte noch ein paar Sekunden lang weiter, dann hörten die Schüsse auf. Martinez schaute durch sein Zielfernrohr auf den zweiten Schlepper und sah mit einiger Erleichterung, dass er wendete.

»Sir, das zweite Boot verschwindet! Sie ziehen sich zurück, Mike! Erbitte Erlaubnis, mir vor Freude in die Hose scheißen.«

»Nicht stattgegeben. Zurück zur Basis, Martinez.«

»Verstanden, Sir.«

Kapitel 27

»Gib mir deine Hand! Mach dich lang, verdammt!«

Ali sprang, verfehlte Billys ausgestreckten Arm jedoch zum dritten Mal.

»Ich versuch's ja, aber das ist zu hoch!«

Das Gestöhn und Geschrei der Untoten nahm allmählich ohrenbetäubende Ausmaße an, während sich die junge Frau weiter abmühte, eine herabhängende, rostige Feuerleiter zu packen.

»*Streng dich an!* Sie sind schon in der Gasse und kommen! Die halbe Stadt ist hinter dir. Spring oder stirb!«

Ali probierte es noch einmal, da bekam Billy ihr Handgelenk zu fassen. Sie war schwer, und er kein Herkules. »Zieh dich hoch! Halt dich an meinem Kopf fest, irgendwo!«

Sie klammerte sich erbittert mit der anderen Hand an seinen Arm und schaffte es höher. Als sie Finger an ihren Krankenhaussandalen spürte, schrie sie und verstärkte ihren Einsatz noch einmal. Da auch Billy zog, führten ihre vereinten Kräfte dazu, dass Ali auf den unteren Absatz der Feuerleiter klettern konnte, dessen Metallstangen an Zellengitter erinnerten. Den Schuh hatte sie verloren; Zehn Fuß unterhalb streckten sich Hunderte von wütenden, enttäuschten Zombies nach ihnen aus. Sie lag keuchend auf ihrem Rücken, doch Billy machte bereits Anstalten, sie hochzuziehen.

»Komm, die sind hungrig und aufgekratzt, verschwinden wir nach drinnen.«

Ali raffte sich auf, während er einen Zugang suchte. Das erste Fenster, an dem er rüttelte, war nicht verriegelt, also stieg er ein, drehte sich um und half Ali über den Sims. Das Zimmer, in dem sie sich wiederfanden, war geräumig und verfügte sogar über einen Kamin. Allerdings taumelte aus der Küche auch eine ältere Infizierte auf sie zu. Sie sah aus wie schwanger, war aber zum Zeitpunkt ihres Todes bestimmt schon siebzig gewesen.

»Shit!«, rief Ali und zeigte auf sie.

Billy schlug eine Rolle nach links und stand mit einem Schürhaken in der Hand auf. Das Eisen zählte zu den kürzeren seiner Art und war nur fünfzehn Zoll lang. Er stürmte auf die untote Großmutter zu und schlug ihr von links gegen den Schädel. Sie geriet nicht einmal ins Wanken, sondern wirkte wie angespornt, als würde seine Nähe sie erst recht aufstacheln.

Schreiend schlug Billy wiederholt auf ihren Kopf ein, bis sie zusammenbrach. Während sie versuchte, wieder hochzukommen, stemmte er den Couchtisch hoch und ließ ihn über ihrem Genick herunterfallen. Dann griff er wieder zum Schürhaken und gab ihr den Rest, doch schon stellte sich an anderer Stelle in der Wohnung ein Klopfen ein.

»Kann man nicht *eine Sekunde* lang durchatmen? Lass uns das Appartement absuchen. Ich kann keine Bisswunden an ihrem Körper sehen, also war sie vielleicht allein und ist einfach so gestorben.« Er schob sein Kinn in Richtung der Leiche vor, statt mit der Hand auf sie zu zeigen.

Ali nickte und stand auf. Das Klopfen ging weiter.

»Willst du zuerst herausfinden, woher das kommt?«, fragte sie.

»Ja, ich habe keine Lust mehr auf Überraschungen. Sieh nach, ob du irgendetwas findest, womit wir uns wehren können, ich gehe inzwischen dem Geräusch auf den Grund.«

»Das kannst du dir abschminken! Wir bleiben zusammen. Tut mir leid, aber fürs Erste rücke ich nicht von deiner Seite.«

Billy lächelte. »Tja, du kannst ja gut auf dich selbst aufpassen, aber mit der Pistole warst du echt 'ne Null.« Kaum dass die zwei die Klinik verlassen hatten, war ihnen eine zusehends größer werdende Rotte Untoter gefolgt …

Sie rannten los, doch die Kreaturen setzten nach. Sie waren keine halbe Meile weit gelaufen, da hatte Ali so oft geschossen, dass die Pistole nur noch klickte, und doch kein einziges Mal getroffen.

Unterwegs verlor sie die Waffe irgendwo. Eine halbe Stunde lang irrten die beiden durch die Straßen und wichen den Zombies aus, die sich in kleinere Gruppen aufgeteilt hatten. Auf einmal tauchte eine größere von ungefähr fünfzig vor ihnen auf, sodass sie umgehend reagieren mussten: Der offene Eingang eines Gemischtwarenladens sah verlockend aus, also liefen sie hinein und schlugen die vergitterte Tür hinter sich zu. So wie es aussah, hatte drinnen ein Kampf bis zum Tod stattgefunden.

Umgeworfene Regale, zerdrückte Verpackungen und

Patronenhülsen lagen auf dem Boden verstreut. Eine erhebliche Menge Blut war vergossen worden, doch Leichen waren nicht zu sehen.

Während sie das Lokal durchsuchten, erreichten die Zombies die Front und begannen, gegen das Metall vor der Tür und den Scheiben zu schlagen. Nach einem hastigen Snack, bestehend aus Limonade und Müsliriegeln, stopften Billy und Ali so viele Konserven und abgepackte Lebensmittel wie möglich in zwei blaue Stoffeinkaufstaschen.

Durch das Gerüttel der Untoten am Gitter zerbrach das Schaufenster. Alle waren erst kürzlich gestorben, die meisten infolge grässlicher Wunden, und ihre verschlissenen Kleider waren mit infiziertem Blut getränkt.

Billy und Ali durchstöberten schnell den Rest des winzigen Ladens und fanden nicht nur eine Hintertür, sondern auch eine kleine Luke in der Decke. Erstere hatte einen Spion, doch nachdem Billy durchgeschaut hatte, schüttelte er den Kopf – eine definitive Verneinung –, also suchten sie einen anderen Ausweg. Die Luke musste aufs Dach führen, und Ali zog eine Trittleiter heran, sodass die beiden flugs hochsteigen und hinaufklettern konnten. Als sie die Klappe schloss, gab das Gitter vorm Fenster nach, und die Zombies fielen ein.

Irgendwie mutete das Dach kleiner an als das Geschäft darunter. Billy schaute über eine Kante in eine Gasse; dort tummelten sich mehrere Dutzend stöhnende Leiber. Das benachbarte Appartementhaus war zwar knapp fünfzehn Fuß entfernt, die Notleiter des Gebäudes jedoch nicht ganz so weit. Dennoch mussten sie einen großen Sprung wagen und waren am Ende, falls sie es nicht schafften und abstürzten; von unten gab es kein Entkommen.

Billy nahm Anlauf und überwand die Lücke ohne Mühe. Nachdem Ali ihre Tasche zu ihm hinübergeworfen hatte, setzte auch sie zum Sprung an. Sie trug ihre Krankenhausschuhe, und das Dach des Ladens war geschottert, aber es gelang ihr, wenn auch knapp. Dann kletterten die beiden am Metall hinunter und verschafften sich durch ein kaputtes Fenster Zugang in den zweiten Stock. Dort traten sie in einen Flur, wo sie gleich erkannten, dass sich ihre Situation nur geringfügig verbessert hatte: Mehrere Türen waren eingeschlagen worden, und die vertrauten braunen bis roten Streifen zogen sich an vielen Stellen über die Wände.

Aus allen Winkeln im Haus schienen die Untoten zu stöhnen, also sahen die beiden zu, dass sie nach unten gelangten. Die Straße vor dem Gebäude war relativ frei, denn das Gros der Zombies hatte sich um den Laden versammelt, aus dem sie gerade getürmt waren.

Die kurze Verschnaufpause zum Planen ihres nächsten Schritts wurde von einer Reihe dumpfer Erschütterungen gestört, die von der Treppe und dem ersten Stock hinter ihnen ausgingen. Sie stürzten durch die Eingangstür und liefen nach links, wobei sie Infizierten auswichen, die sie ergreifen wollten.

Nach weniger als einer halben Minute auf der Straße wurde ersichtlich, dass sie nirgendwohin flüchten konnten, denn die Stadt war in fast alle Richtungen von Untoten verstopft. Billy und Ali suchten ihr Heil in einer Gasse, deren hinteres Ende frei war. Bevor sie jedoch den schmalen Weg zurücklegen konnten, versperrten Zombies die andere Einmündung, womit die beiden in der Falle saßen.

Über ihnen hing wieder eine Feuerleiter, doch deren unterer Ansatz fehlte. Billy sprang mit etwas Anlauf sehr hoch, griff aber ins Leere. Nachdem er seine Einkaufstasche abgelegt hatte, versuchte er es noch einmal und schaffte es, sich an der Kante des Metallabsatzes festzuhalten. Dann zog er sich hoch und streckte einen Arm nach unten aus, während er mit der anderen Hand den Eisenrahmen packte.

»Mach dich lang!«, spornte er Ali an.

Nach einer gründlichen Durchforstung der Wohnung standen sie, was Waffen betraf, wenig besser da, sah man von dem bereits blutverschmierten Schürhaken und einem der Beine des kaputten Couchtischs ab. Hinter einer verschlossenen Tür scharrte etwas, und was folgte, war eine Diskussion darüber, wie sie vorgehen sollten.

»Falls es stimmt und man schon von einem kleinen Kratzer stirbt, ist es dumm, diese Tür zu öffnen!«, flüsterte Ali. »Bisher hatten wir verflucht viel Glück!«

»Ja, aber das Vieh ist gleich dort, und eine bessere Gelegenheit, um es plattzumachen, gibt es wohl nicht! Falls es darauf hinausläuft, dass wir hierbleiben müssen, will ich nicht schlafen, während es an dieser Tür kratzt – und woher weißt du, dass ein ›kleiner Kratzer‹ genügt?«

»Weil ich auf Ebene zwei gewohnt habe! Dort durften wir im Gemeinschaftsraum fernsehen; das ist der gleiche Scheiß, an dem die Leute an der Ostküste verreckt sind. Dass es so lange gedauert hat, bis er uns erreicht hat, grenzt an ein Wunder. Die Krankheit hat sich schon in

Übersee ausgebreitet, bevor sie an der Westküste ausgebrochen ist.« Ali schaute einen Augenblick lang nachdenklich drein und runzelte ihre Stirn. »Hierbleiben meinst du? Die ganze Gegend ist von diesen Monstern überlaufen; über kurz oder lang kommen sie rein und reißen uns in Stücke.«

»Du sagst es selbst: über kurz oder lang. Im Moment gilt es, dieses eine unschädlich zu machen.« Er zeigte mit dem Haken auf die Tür. »Es veranstaltet nämlich einen Riesenlärm! So wird es jeden einzelnen Zombie im Umkreis einer halben Meile herlocken! Wenn wir still bleiben, machen sie vielleicht alle die Biege; dann finden wir wenigstens vorübergehend Ruhe.«

»Na gut, dann machen wir's wieder wie im Morningside: Ich öffne die Tür, und du haust dem, was rauskommt, die Hucke voll, was auch immer es ist.«

Billy besah seinen Schürhaken und dann das Tischbein in ihrer Hand. Dann bot er seine Waffe im Tausch gegen ihre an. Ali seufzte, aber sie wechselten. Als er drei Finger hochhielt, nickte sie und legte eine Hand auf den Türknauf. Er zählte lautlos rückwärts, indem er die Finger beugte – *drei, zwei eins* –, woraufhin Ali aufzog und Billy das Holz anhob wie ein Baseballprofi. Der Türrahmen blieb jedoch leer. Im Raum dahinter war so viel Blut verspritzt worden, dass man die ursprünglichen Farben schwerlich bestimmen konnte. Das Bett, die Nachttische, ein Schaukelstuhl in der Ecke sowie die Mauern – alles war rot besudelt, und aufstiebende Fontänen hatten sogar Sprühmuster an der Decke hinterlassen. Eine Lampe mit blutbeflecktem Schirm tauchte das ohnehin dunkelrote Zimmer in gleichfarbiges Licht.

An der anderen Seite des Bettes, derjenigen vor dem bespritzten Fenster, ragte die beige Spitze eines Hausschuhs unterm Gestell heraus. Der Zeh zuckte ein klein wenig, mehr jedoch nicht. Das Kratzen innerhalb des Appartements, das sie gehört hatten, war von dort drüben gekommen, nicht von der Tür wie ursprünglich gedacht. Billy trat behutsam ein und suchte sich dabei die wenigen Stellen aus, wo kein Blut den Teppich durchtränkte. Als er sah, wozu der Hausschuh gehört, war er milde beeindruckt.

»Wow, sie hat ihn wirklich übel zugerichtet.«

Von dem Mann vor ihm war wenig übrig geblieben, die gesamte Brust- und Bauchhöhle war ausgeweidet. Rippen lagen verstreut am Boden, gemeinsam mit Speiche und Elle des rechten Arms. Das Fleisch am Bizeps fehlte auf dieser Seite größtenteils, und am linken Unterarm zeichneten sich halbmondförmige Bissspuren in willkürlicher Anordnung ab. Die Haut am Hals, im Gesicht und auf dem Kopf war abgerissen, aber ein einzelnes, tiefrotes Auge beobachtete Billys Bewegungen. Das Kratzgeräusch begann wieder, als sich die Leiche mit blutigen, abgebrochenen Fingernägeln am Rahmen des Betts zu schaffen machte. Sie hatte bereits tiefe Scharten ins Holz gewetzt. Sie befand sich in zu schlechtem Zustand, als dass sie aufstehen könnte, verursachte so jedoch ungeheuren Lärm. Billy trat näher, da streckte sie ihren zerkauten, rechten Unterarm und den Stumpf des linken nach ihm aus. Er schlug darauf ein, bis sie sich nicht mehr rührte.

Dumpfes Hämmern ertönte anderswo im Gebäude, doch die unmittelbare Gefahr, entdeckt zu werden, schien gebannt zu sein. Als Billy aus dem schmutzigen Fenster schaute, gewann er den Eindruck, die Untoten würden sich zerstreuen. Ali kam herein, schaute auf das verstümmelte Ding und wünschte sich, es nicht getan zu haben.

»Um Gottes willen, ich dachte, die alte Lady sei schwanger gewesen.«

»Nö, sie hat sich an ihm überfressen.«

Nachdem die beiden die tote Frau aus dem Wohnraum ins blutgetränkte Schlafzimmer geschleift hatten, verließen sie es und schlossen die Tür. Billy nahm zwei Dosen Orangenlimonade light aus dem Kühlschrank in der Küche und kehrte zu Ali zurück. Er ließ sich auf der Couch nieder und drückte eine Dose gegen seine Schläfe.

»Schon besser«, bemerkte er und hielt die andere für seine Gefährtin hoch.

Ali nahm sie und setzte sich ihm gegenüber in einen Sessel. »Was jetzt?«

»Wir trinken die hier und essen was. Dann packen wir möglichst viel Zeug in alle Taschen, die wir finden, und verhalten uns so ruhig, wie wir können. Sobald draußen etwas weniger los ist, brechen wir auf.«

»Na wunderbar.«

»Ach? Du hattest 'nen besseren Plan, oder wie?«

»Nein, aber da ich jetzt eine kurze Zeit lang nicht um mein Leben fürchten musste, konnte ich überlegen.«

»Und?«

»Und … ich bin mit einem Soziopathen in einer Wohnung eingeschlossen – und das ist noch die Sonnenseite des Ganzen.«

Billy schmunzelte. »Dass wir eines mal nicht unter den Tisch kehren: Ich habe dich aus einem anderen verschlossenen Raum befreit, wo dich auferstandene Tote umzingelt haben, und unter großen persönlichen Entbehrungen an einen sicheren Ort gebracht. Du bist noch gar nicht auf das Schlimmste zu sprechen gekommen, das sogar schrecklicher ist als die Zombies.«

Sie schaute ihn ungläubig an. »Was um alles in der Welt könnte schrecklicher sein als nimmersatte Untote?«

Billy nahm die Dose von seiner Stirn, öffnete sie und trank sie halb leer, bevor er antwortete: »Cyrus.«

Kapitel 28

Rick starrte auf den riesigen schwarzen Zylinder, der zweihundert Yards vorm Nordufer von Alcatraz lag. Es war ein wahres Wunder – ein massiges Metallrohr, das ins Wasser abtauchen, sich arglosen Zielen nähern und sie mit Atomraketen beschießen konnte.

Nach raschen Instruktionen (und Danksagungen) per Funk kamen zwei kleine Transportboote von dem U-Boot auf die Insel zu. An Bord waren acht Personen, und sieben von ihnen richteten ihre Waffen in die ungefähre Richtung der kleinen Traube Überlebender, die nervös an der Anlegestelle warteten.

Mearas Funkgerät knisterte. »Acht an Bord, Sir, sieben schwer bewaffnet und ein Anführer. Ich sehe drei MP5, drei M4 und … heiliger Strohsack … ein AA-12, Mann. Anscheinend gehören auch zwei Scharfschützen zum Kommando des U-Boots, beide mit einem M24.«

»Martinez, ich bin Polizist, kein Soldat, also hör auf, mir Waffenbezeichnungen an den Kopf zu werfen.«

»Entschuldigung, Sir, aber sollten die uns übel gesinnt sein, sehen wir sehr alt aus.«

»Dann zeigen wir uns lieber von unserer besten Seite. An alle, Dock nur im Auge behalten: Sie stehen zwar wohl auf unserer Seite, aber ich will niemandem ans Bein pissen. Sie sind wahrscheinlich genauso nervös wie wir und würden sofort schießen, nicht zu vergessen, dass sie gerade unser aller Ärsche gerettet haben, also lassen wir ihnen vorerst freie Hand.«

Die schwarzen Schlauchboote fuhren am Steg vor. Chris Rawding und Anna Hargis boten sich an, die Leinen zu fangen und festzumachen, die man ihnen jeweils von Bord zuwarf. Die beiden Besatzungen trugen schwarze Tarnuniformen und Kampfwesten. Sie hielten ihre Waffen zwar niedrig, jedoch nicht auf den Boden, und die Finger waren an den Abzugbügeln.

Nachdem zwei Männer aus dem ersten Boot gestiegen waren, halfen sie einem dritten an Land. Dieser setzte eine weiße Mütze mit schwarzem Schirm und einem Adler über einem Schild auf, während er vortrat.

»Danke«, sagte er zu Anna und Chris. »Wo ist Captain Meara?«

»Stehe vor Ihnen.« Der Mann streckte eine Hand aus, die Mike sofort schüttelte.

»Captain, ich bin Commander McInerney, Befehlshaber auf der *USS Florida*. Wir sind nicht hier, um gegen Sie vorzugehen, irgendetwas zu nehmen, was Ihnen gehört oder jemanden einzuziehen – mein Wort darauf. Dies sei nun geklärt, aber dafür benötigen wir Informationen und haben auch welche für Sie.«

»Commander, Sie sind hier herzlich willkommen. Vielen Dank dafür, dass Sie vorhin unser kleines Problem aus der Welt geschafft haben. Ich glaube nicht, dass wir imstande gewesen wären, uns mit den wenigen Waffen und Leuten, die wir haben, sonderlich lange gegen diese Verbrecher zu behaupten. Bitte begleiten Sie uns hinauf in unsere Kommandozentrale, dort können wir uns in Ruhe unterhalten.«

»Liebend gern. Darf ich ein paar meiner Männer mitnehmen?«

»Ja, natürlich, das hier ist mein Stellvertreter Detective Rick Barnes. Verzeihen Sie, Commander, wir haben einen Scharfschützen auf Sie angesetzt; ich würde ihm gern Entwarnung geben, wenn Sie erlauben.«

»Nicht nötig, Captain. Würden Sie bitte einen Blick hinter sich werfen?«

Der Gesichtsausdruck des Kommandanten blieb gelassen, während sich Mike gemeinsam mit Rick umdrehte und Martinez sah, der von zwei Unbekannten mit hinterm Kopf verschränkten Händen vorgeführt wurde. Die Männer trugen ebenfalls Schwarz und hielten Maschinengewehre im Anschlag; einer hatte sich das SR-25 des Schützen über die Schulter gehängt.

Schließlich schaute sich der Befehlshaber nach einem der Boote um. »Lieutenant Commander, bitte pfeifen Sie unsere Späher zurück.«

Ein Mann kam von Bord. »Sir! Hammer Platoon, Gefechtsbereitschaft einstellen! Wiederhole, Gefechtsbereitschaft einstellen! Sammeln an Dock links hinter mir!«

Zwei Soldaten kamen aus dem Dickicht links hervor, zwei in Tauchanzügen kletterten an unterschiedlichen Stellen auf den Steg, und ein weiterer erschien dreckig wie staubbedeckt völlig aus dem Nichts. Alle stellten einen beachtlichen Waffenpark zur Schau.

Als Martinez und seine Aufpasser das Dock erreichten, wies der Lieutenant Commander diese an, ihm sein Gewehr zurückzugeben.

»Nun ja, ihre Hausaufgaben haben Sie gemacht«, bemerkte Rick leise.

»Das zahlt sich nicht immer aus, Detective Barnes.« McInerney drehte sich mit betrübter Miene nach dem U-Boot um. »Nicht immer.«

Auf dem kurzen Weg hinauf zu Mearas Einsatzzentrale tauschten sie sich bereits ein wenig aus. Die Ansässigen von Alcatraz erfuhren, dass die Crew der *Florida* an den beiden Vortagen von der Krankheit heimgesucht worden war. Vierzehn Mitglieder hatten ihr Leben gelassen, darunter ein Selbstmörder und zwei nach Bissen hingerichtete Männer. Richtig ernst wurde die Unterhaltung, als Meara mit dem Kommandanten an einem verrosteten Metalltisch saß und mehrere Becher Kaffee einen angenehmen Duft in dem großen Raum verströmten.

»Schätze, wir sollten über einiges ins Bild gesetzt werden, Commander. Erstens würden wir gern erfahren, wie es momentan um die Bundesstaaten unseres Landes bestellt ist. Wir wissen kaum mehr, als dass es der Ostküste so dreckig ging wie uns. Haben Sie genauere Informationen für uns?«

McInerney nahm einen kräftigen Schluck aus seiner Keramiktasse, auf der das Logo der San Francisco 49ers prangte. Er dachte sorgfältig über seine Worte nach und drückte sich mit autoritärer Stimme klar aus.

»Es gibt keine Vereinigten Staaten mehr. Wir können ziemlich sicher sagen, dass jede Großstadt überrannt wurde. Ungefähr achtzig Prozent des Truppenaufgebots der US-Armee sind tot – Deserteure nicht mitgezählt –, und diese Zahl ist nur deshalb nicht höher, weil etwas weniger als ein Drittel aller Navy-Einheiten auf See war. Der Präsident und die Vereinigten Generalstabschefs sollten sich auf Barro Colorado zurückziehen, eine Insel im Panamakanal, denn das nordamerikanische Luft- und Weltraum-Verteidigungskommando ist von innen zerfallen; ich weiß nicht, ob sie es geschafft haben. Auch COMPAC, das Kommando unserer Streitkräfte für den Pazifik und Südostasien, hat sich seit fast dreißig Stunden überhaupt nicht gemeldet, doch zuletzt haben wir von ernsthaften Erwägungen gehört, eine Atombombe mit weitem Zerstörungsradius über New York City zu zünden.«

»Jesus …«, stöhnte Barnes. »Was ist mit unseren Auslandstruppen, kann man sie nicht zurückrufen?«

»Weltweit ist keine Nation von der Krankheit verschont geblieben, niemand ist immun. Unsere Jungs auf fremdem Boden sind nicht weniger in Bedrängnis geraten als wir hier. Europa und Australien tragen einen verzweifelten Kampf gegen die Untoten aus, wohingegen China erst letzten Samstag einen Nuklearsprengkopf in Beijing eingesetzt hat.«

Im Raum blieb es totenstill, während der Commander noch einen Schluck Kaffee trank.

»Meine Herren, unser Land – unser Planet wurde von einem bösartigen Gegner erobert, einem unfassbar schwierig zu schlagenden Feind. Das Schlimmste an diesem Krieg ist die Tatsache, dass wir nicht gegen ein anderes Land antreten, eine radikale Regierung oder Terroristen; nein, wir müssen uns gegen Großmutter, jedermanns Schwester und den kleinen Jungen mit dem Dreirad an der Ecke zur Wehr setzen.«

»Was können wir unternehmen?«, fragte Barnes gespannt.

»Genau das, verdammt – wir setzen uns zur Wehr!«, donnerte Martinez. »Wir organisieren uns, gewinnen an Stärke und Feuerkraft, dann schießen wir sie zurück in die Hölle, aus der sie gekommen sind!«

Commander McInerney lächelte. »Ich mag Ihren Tatendrang, junger Freund, im Ernst. Was Sie vorschlagen, entspricht ferner dem Plan, jedenfalls meinem. Das Problem besteht darin, dass wir als Militär verstreut agieren. Wir benötigen mehr Einsatzkräfte und Waffen, vor allem aber Kenntnisse von dem, was wir bekämpfen. Jeder weiß, mit wem wir es zu tun haben, aber weder wie es dazu kam noch warum: Auf welche Weise und wieso erwachen Tote wieder, aus welchem Grund sind sie feindselig? Welche Mittel können wir verwenden, um sie zu bezwingen?«

Er ließ diese Ausführungen bei den Überlebenden von Alcatraz sacken, bevor er fortfuhr.

»Sie sagten erstens; was ist zweitens?«

»Was wollen Sie mit uns anfangen?«, fragte Meara rundheraus.

»Ich brauche eine Anlaufstelle für mein Boot. Alle größeren US-Hafenstädte wurden verseucht, verlassen oder zerstört. Es ist ungefähr zehn Jahre funktionsfähig – Besatzungswechsel nicht berücksichtigt –, aber dennoch sind Nahrungsmittel und ein Ort vonnöten, um bei Bedarf geringfügige Reparaturen vorzunehmen. Ich würde darum bitten, Alcatraz als Operationsstützpunkt verwenden zu dürfen. Selbstverständlich würde ich Militärverbände einbringen, die unter Detective Mearas Kommando stehen, Spürtrupps zur Erkundung von San Francisco und Streitkräfte zur Begleitung von Ausflügen in die Stadt, sollten Sie uns gestatten, die Insel mit Ihnen zu teilen. Wir wären zudem bereit, unsere Ressourcen gemeinsam mit Ihnen zu nutzen und auf Gegenseitigkeit beruhende Unterstützung zu forcieren.«

Martinez und Wizneski fielen einander ins Wort:

»Abgemacht!«

»Einverstanden!«

»Das versteht sich von selbst, Mike«, fügte Rick hinzu.

»Nun ja, Commander, ich finde, Sie sollten sich mit dem Rest unserer Gruppe zusammensetzen. Alcatraz wird von Polizisten geleitet, aber ich möchte dennoch gern wissen, was die Zivilisten über die Anwesenheit des Militärs auf der Insel denken.« Meara schnaubte verächtlich. »Ich wüsste schon jemanden, der sich bestimmt daran stoßen wird ...«

»Klingt vernünftig, Captain. Sollen wir es gleich tun?«

Kapitel 29

Erbarmungslos – treffender konnte man ihre Verfolger nicht beschreiben.

Nachdem sie übereingekommen waren, sich in dem Appartement zu verschanzen, hatten Ali und Billy keine volle Stunde Ruhe gefunden, bevor sich vom Flur her Klopfgeräusche einstellten. Als er durch den Spion am Wohnungseingang schaute, sah er nur eine Kreatur; unabhängig davon hatte sie die beiden irgendwie aufgespürt und arbeitete sich nun an der Tür ab.

Sie hatten sich ihrer Krankenhauskleidung bereits entledigt und Sachen des alten Ehepaars angezogen. Nachdem sie auf zwei identische gelbe Rucksäcke gestoßen waren (mehrere Fotos in den Zimmern ließen sie schlussfolgern, dass der Mann und die Frau auch im achten Jahrzehnt ihres Lebens eifrige Wanderer gewesen seien), füllten sie diese mit so viel Essen und Trinken, wie sie tragen konnten. In Gedenken daran, dass Vorsicht besser als Nachsicht war, kletterten sie an der Feuerleiter aufs Dach des Gebäudes. Von dort aus sprangen sie über ein paar Straßenschluchten, bis sie auf einem weiteren Appartementhaus im Kies landeten, dessen Dach ein aufwendiger Garten zierte.

»Mensch, das sieht wirklich toll aus!« Ali beschränkte ihre Bewunderung auf ein Wispern.

»Stimmt, ist hübsch, aber wieso finden die uns auch weiterhin?«, flüsterte Billy. »Wir haben keinen Ton von uns gegeben.«

»Ich weiß nicht, möglicherweise riechen sie uns, sehen unsere Aura oder können Gedanken lesen.«

»Großartig, Zombies mit übersinnlicher Wahrnehmung. Wenn sie anfangen, zu fliegen, werde ich wütend.«

»Ja, richtig, und gefressen wirst du auch. Egal, schau dir die Blumen an … und dort drüben: gelber Paprika!« Sie ging an einer Reihe blühender Pflanzen vorbei zu dem Gemüse, pflückte eine Schote und biss hinein. »Oh! Oh mein Gott, die musst du probieren!«

Als sie an mehreren blauen und rosafarbenen Hortensien vorbeiging, die kniehoch wuchsen, schnellte eine Hand aus den Blättern und hielt ihre Jeans fest. Ali schrie erschrocken auf, fiel auf ihren Hintern und trat aus. Eine zweite Hand erschien und wurde flach auf die Pflastersteine gelegt, bevor der Rest eines Zombies folgte. Billy eilte zur Hilfe und schlug mit dem Tischbein gegen den maroden Schädel der Kreatur, während Ali versuchte, sie mit den Füßen wegzustoßen. Er traf den Kopf noch einmal, woraufhin sie rechts neben Ali hinfiel, deren Hose aber nicht losließ. Die junge Frau zappelte heftiger mit ihren Beinen, bis das Ding endlich den Halt verlor. Dann kroch sie rückwärts wie ein Krebs, während Billy immer wieder auf den Untoten einschlug, bis er aufhörte, sich zu bewegen.

Sichtlich erschüttert stand Ali auf und fing zu schluchzen an. »Sie sind überall. Wir werden es niemals schaffen; wir kommen ja nicht mal von hier runter.«

»Uns passiert nichts, wenn wir den Kopf nicht verlieren. Die sind dumm, wir nicht; außerdem hab ich einen Plan.«

»Einen Plan?«

»Einen Plan.«

»Muss ich den aus deiner Nase ziehen?«

»Nein. Ich hab ein Boot! Lass uns nach Alcatraz fahren!«

Da lächelte Ali. »Guter Plan. Wie soll das gehen?«

»Ich sagte nicht, dass ich schon alles genau weiß. Es gibt noch ein paar Ungereimtheiten, die ich ausbügeln muss, aber das wird schon.«

Billy streckte seinen Kopf über die Kante des Gebäudedachs aus und fasste die breite Straße davor ins Auge. Darauf drängten sich Unmengen von Zombies. Während er an der Brüstung entlangging, wurde ihm klar, dass sie von dort aus nirgendwohin springen konnten. Folglich mussten sie die Straßen nehmen, Unmengen von Infizierten hin oder her.

Die beiden schauten ganze fünf Minuten lang durch ein Deckenfenster, ohne nur eine Bewegung in dem Appartement darunter zu bemerken. Billy klopfte mit seinen Fingergelenken auf das dreckige Glas, doch keine untote Visage blickte zu ihm auf. Er suchte nach Verschlüssen an der Scheibe, um sie zu öffnen, aber die gab es nicht. Als er sich daran machte, sie mit dem Tischbein einzuschlagen, hielt Ali ihn zurück.

»Lass uns die Tür versuchen«, schlug sie vor und zeigte darauf.

Billy näherte sich dem Ausgang aufs Dach mit zweifelnder Miene. »Die geht doch nie a…« Sie öffnete sich sofort, als er die Klinke niederdrückte. Schulterzuckend und ohne darauf zu warten, dass sich seine Augen nach dem Sonnenlicht an die Dunkelheit gewöhnten, trat er ein und stieg eine Treppe hinunter zu einer Holztür. Nachdem er eine Minute lang daran gehorcht hatte, riss er sie weit auf. Ali folgte ihm in die Wohnung, die sich im zweiten Obergeschoss befand, und gemeinsam schickten sie sich an, die Zimmer zu durchsuchen.

Die Eingangstür, die einzurennen selbst einem wandelnden Kleiderschrank schwergefallen wäre, war mit acht Schlössern und einem Metallriegel gesichert, dieser wiederum an einer Platte auf dem Boden befestigt.

»Das ist ja die reinste Festung. Der Zombie auf dem Dach muss sich hier eingeschlossen haben; unter dem schludrigen Verband an seiner Hand ist er bestimmt gebissen worden und dann hier eingesperrt gestorben, falls nicht sogar erst oben.«

»Ja«, pflichtete Ali bei. »Was machen wir jetzt? Jedes Mal, wenn wir kurz verschnaufen, holen sie uns ein. Ich will nicht gefressen werden.«

»Na ja, wir müssen wohl wieder nach draußen, und das wird nicht lustig.«

»Dann lass uns sofort gehen, bevor ich zu viel Schiss bekomme.«

Während sie das Appartement weiter durchstöberten, suchten sie nützliche Gegenstände, die sie mitnehmen konnten. Der Besitzer war sportbegeistert gewesen, was zahlreiche Fotos, Pokale und die entsprechende Ausrüstung belegten. Viele der Bilder zeigten ihn beim Felsklettern, zwei jedoch einen Mann – es war ein und derselbe –, der einen schweren, gerade erlegten Zwölfender hielt. Darauf sah man zwar keine Waffe, doch Billy schlussfolgerte, dass irgendwo in den Räumen ein Schrot- oder Jagdgewehr sein müsse.

Als Ali den nächsten betrat, hielt sie entsetzt die Luft an. Billy, der hinter ihr stehen blieb, packte sein Tischbein noch fester und fragte, was los sei.

»In dem Schlafzimmer ist ein Rennrad an den Rädern aufgehängt, das mir einen fürchterlichen Schrecken eingejagt hat. Ich dachte, es sei einer von denen.«

»Ein Zombie, der kopfüber von der Decke hängt? Untote Affen?«

»Was auch immer. Ich hatte nicht mit etwas so Großem gerechnet.«

Das Schlafzimmer mit dem Fahrrad hatte der Besitzer zu einer Abstellkammer für seine Geräte umfunktioniert. In einem Schrank fand Billy eine Tasche mit Bergsteigerausrüstung, darunter auch zwei Eispickel und eine Schaufel. Zudem entdeckte er einen sehr hochwertigen Rucksack, der für Kletter- und Campinggerät geeignet war.

»Oh, mir gefällt es hier«, sagte er zu sich selbst.

»Du musst mir einen dieser Pickel geben!«

»Wer es findet, darf's behalten! Würdest du zum Kühlschrank gehen und nachschauen, ob was drin ist, das wir gebrauchen können?«

Ali grunzte und verließ das Zimmer. Billy kramte nach den Pickeln noch einen Baseballschläger und mehrere Golfeisen hervor. *Alles prima Waffen*, dachte er.

Er wühlte noch immer im Schrank herum, als er Schritte hinter sich hörte. Er fuhr rasch herum und holte mit einem Pickel aus, doch es war bloß Ali.

Freudestrahlend zeigte sie ihm einen Compoundbogen in Tarnfarbe. »Wer es findet, darf's behalten.«

»Woher hast du den?«

»Stand neben dem Kühlschrank, der ziemlich voll ist, aber leider hat alles Blut abbekommen. Das arme Schwein muss nach dem Biss durstig geworden sein und hat dabei die ganzen Lebensmittel, auch die Getränke beschmiert. Ich denke, wir sollten nichts davon anrühren. In dem kleinen Köcher hier waren nur acht Pfeile, und diese vier steckten am Bogen selbst.« Sie hielt ihn Billy hin, damit er ihn betrachten konnte, und machte eine Handbewegung wie eine Vorführdame, um auf die vier vertikal an der Waffe befestigten Pfeile in einer Minihalterung zu verweisen.

Billy nickte wohlwollend, bevor er sich wieder dem Schrank widmete und gleich darauf zwei ungeöffnete Packungen Jagdpfeile mit breiten Spitzen auf einem Einlegeboden fand. Ali nahm sie widerwillig an sich. »Ich begreife einfach nicht, wie man so etwas tun kann …«

Billy wusste nicht, worauf sie sich bezog. »Was? Ich habe doch nichts Schlimmes getan, oder?«

»Nein, nicht du, der Kerl, der hier wohnte; wie konnte er bloß Bambi erlegen?«

»Bambi, mmmh … schmeckt fast wie Hühnchen, vom Geweih natürlich abgesehen. Sag nichts dagegen, immerhin haben wir jetzt was zum Schießen.«

Sie stöberten noch ein wenig länger und fanden eine Taschenlampe, ein paar Konserven sowie ein Glas mit etwas, das wie Trockenfleisch aussah. Ali behielt recht, nichts von den blutbesudelten Lebensmitteln und Getränken im Kühlschrank ließ sich retten; etwas davon zu verzehren, würde zweifelsohne zu einer Infektion führen. Ein paar Minuten später waren die beiden bereit zum Aufbruch.

Auf dem Weg vom zweiten Obergeschoss in die sehr kleine Eingangshalle des Gebäudes geschah nichts weiter. Sie probierten die Türen der drei anderen Appartements, an denen sie vorbeikamen, doch alle waren verschlossen. Als sie den Vorraum mit den Briefkästen im Erdgeschoss betraten, in dem es wirklich eng war, fiel die Tür hinter ihnen mit einem *Klack!* ins Schloss. Ali wollte sie wieder öffnen, doch das ging nicht.

»Shit«, wisperte sie.

Nun blieben ihnen nur noch zwei Wege offen: Durch die Eingangstür oder eine zweite aus Stahl, die eindeutig in den Keller führte. Erstere besaß mit kunstvoll gewundenem Draht verstärkte Sicherheitsscheiben hinter Vorhängen. Diese schob Billy vorsichtig auseinander, um hinauszuschauen, und blickte direkt in die blutroten Augen eines untoten Technikers vom Telefondienst. Billy ließ die Vorhänge wieder zufallen, doch es war schon zu spät: Das Monster vor der Tür brach in Geheul aus und fing an, gegen die Fenster zu schlagen, welche bei der dritten Erschütterung brachen. Dann packte es den Draht und zog daran wie von Sinnen. Als die Vorhänge abfielen, schauten die beiden Überlebenden in ein Meer leichenhafter Gesichter, die alle auf die Tür zukamen.

»Nein, nein, nein, nein!«

Ali begann, an der anderen zu rütteln, durch die sie gekommen waren, doch das Schloss wollte nicht aufspringen. Sie geriet in Panik.

»Keine Zeit mehr, wir müssen runter«, sagte Billy ihr.

»Und im Keller in der Falle sitzen? Bist du verrückt?«

»Also, eigentlich bin ich das tatsächlich, aber es muss trotzdem sein! Los!«

Sein Ausruf ging einher mit einem Knirschen, als das dünne Metallgeflecht vor den Scheiben zerrissen wurde. Das schiere Gewicht der Kranken, die sich Zugang verschaffen wollten, überstrapazierte den Türrahmen rasch. Billy lief mit Ali an der Hand zum Kellereingang. Hinter der Tür führte eine Treppe nach unten, wo vollkommene Dunkelheit herrschte. Als er einen Lichtschalter umlegte, tat sich nichts. Er kramte noch in einem Rucksack, um die Taschenlampe zu finden, da brach die Gebäudetür ein, und die Zombie-Welle schwappte in den Raum. Die vorderen stürzten mit dem Blatt um, woraufhin die hinteren ihre glücklosen Brüder niedertrampelten, um an ihre Beute zu gelangen.

Ali zog die Kellertür so fest hinter sich zu, dass die beiden fast die Treppe hinunterfielen.

»Jetzt sehe ich nichts mehr!«, beschwerte sich Billy, während er in seinem Rucksack herumtastete. Sekunden später klatschte etwas von außen gegen die Tür, gefolgt von Klopfen und schließlich wieder Geheul. Eine Armee von Zombies lauerte weniger als drei Zoll entfernt.

Als sie dort auf den Stufen im Dunkeln stand – mit Legionen von Kannibalen im Nacken –, fing Ali zu weinen an. Sie kreischte auf, als ein Lichtkegel die Finsternis erhellte und in ihr Gesicht strahlte.

»Gehen wir!« Billy nahm wieder ihre Hand und eilte mit ihr die Treppe hinunter. Im Keller standen Kisten und stapelweise Krempel; es war ein Abstellplatz für die Mieter oben. Die kleinen Flügelfenster waren übermalt worden und ließen kein nennenswertes Licht in den unterirdischen Raum fallen.

»Und jetzt?«, drängte Ali.

»Ich bin mit meinem Latein am Ende, meine Liebe, du bist dran.«

»Was? Du hast uns hier eingeschlossen?«

»Ja und? Als hätte dort oben ein fliegendes Einhorn gewartet, um uns wegzufliegen! Wie sah denn deine Idee aus, hä? Im Eingang mit dem Bogen auf sie schießen?«

Ali weinte weiter. »Ich will nicht so sterben! Sie reißen uns in Fetzen! Fetzen!«

Billy schwenkte die Taschenlampe, um irgendetwas zu finden, das sich als hilfreich erweisen könnte. Während er sich händeringend umschaute, stolperte Ali und fiel seitwärts um. Als er sie anstrahlte, saß sie mit vor der Brust angezogenen Knien auf dem Boden und weinte bitterlich; sie hatte aufgegeben. Er eilte zu ihr, um sie zu trösten, sah dann aber, worüber sie gestolpert war: ein Dreibeinstativ mit einer kleinen, elektrischen Seilwinde. Billy machte große Augen und leuchtete mit neu gefundener Hoffnung weiter den Fußboden aus.

Ali hielt sich die Ohren zu, um das Gepolter und die gedämpften Stimmen von oberhalb auszublenden. Sie blickte auf und bemerkte, dass Billy etwas suchte.

»Was tust du?«

Er ignorierte sie, um ein paar Kisten von einer Stelle zu verschieben, die er freiräumen wollte. Darunter am Boden offenbarte sich eine runde Metallscheibe mit Angeln und einem versenkten Griff. Diesen packte er und zog kräftig daran, wobei er ächzte, denn die Falltür war schwer. Er schaffte es aber, sie anzuheben, nicht ohne schrillen Widerstand der Scharniere. Die runde Öffnung führte in einen Schacht mit rostigen Leitersprossen, die im Dunkeln verschwanden.

»Komm!«

Sie trat zwischen den Kisten hindurch zu ihm, wischte sich mit einem Ärmel die Tränen aus dem Gesicht und näherte sich zaghaft der Kante des Lochs im Boden, um hineinzuschauen. »Ich geh nicht da runter.«

»Was willst du sonst tun? Hierbleiben? Wer bitteschön ist verrückt? Fetzen, schon vergessen? Du wirst nicht nur da runtergehen, sondern sogar als Erste!«

Sie sprang einen Schritt zurück. »Was? Wieso?« Ihre Stimme war kurz vorm Überschlagen.

»Weil ich wieder zumachen muss, los jetzt!«

Ali betrachtete die Öffnung, bevor sie durch die Dunkelheit zurück zur Tür am oberen Treppenabsatz schaute. Oben und an den Seiten der Laibung sah man bereits dünne Streifen Licht; sie gab allmählich nach. Nicht mehr lange, dann würden Dutzende von gefräßigen Untoten die Stufen herunterstürzten und sich an Ali vergreifen.

Also gab sie Billy den Bogen und begann voller Entschlossenheit, eine glitschige Sprosse nach der anderen zu nehmen. Als sie fast in dem Schacht verschwunden war, reichte er ihr die Waffe wieder.

Dann folgte er ihr zügig, indem er die Lampe nach unten richtete, konnte aber nicht an Alis langsam hinabsteigendem Umriss vorbeischauen. Als er sich nach oben ausstreckte und an einem anderen Griff an der Unterseite der runden Falltür zog, ließ sie sich nicht bewegen.

»Ist nass hier unten!«, rief seine Gefährtin ihm zu.

Nachdem Billy die Lampe in eine seiner vorderen Hosentaschen gesteckt hatte, hängte er sich mit vollem Gewicht an die Eisenplatte, sodass seine Beine im Leeren unterhalb baumelten. Er fing zu zappeln an und stieß sich die Knie an einer Leitersprosse, bevor sich das schwere Metall langsam senkte. Mit einem unvermittelten Ruck und Knall fiel es ganz zu, weshalb Billys Hände von dem schmierigen Griff abrutschten. Er stürzte und klatschte am Fuß des Schachts in seichtes Wasser. Heftige Schmerzen schossen in seinem Bein hoch, doch das Gefühl war kurz, denn sein Rucksack traf gegen ein anderes Hindernis und schleuderte Billy nach vorn. Dabei schlug er mit dem Kopf gegen etwas Hartes und verlor das Bewusstsein.

»Billy! Billy, alles in Ordnung? Oh Kacke …«

Ali war in diesem nassen, schleimigen Loch ungern auf sich allein gestellt, doch sollte Billy tot sein, wäre dies unendlich schlimmer; dann würde sie mit einem Zombie hier unten festsitzen. Sie zog die noch eingeschaltete Lampe aus seiner Tasche und strahlte ihn an. Im schummrigen Licht erkannte sie nicht, ob er atmete, also prüfte sie seinen Puls und wurde mit einem kräftigen Pochen unter ihren Fingern belohnt. Erleichtert seufzte sie, bevor sie den Strahl zuerst in eine, dann in die andere Richtung des ovalen Ziegelsteintunnels schwenkte, wo sie gelandet waren.

Er führte links wie rechts weiter, als die Lampe leuchtete. Als sich Ali umdrehte, um noch einmal hinter sich zu schauen, schlug sie mit dem Gerät gegen eine Sprosse der Leiter, und es ging aus. Im Keller hatte sie es schon als finster empfunden, doch hier unten war die Schwärze absolut. Vorübergehend wallte wieder Panik in ihr auf, während sie mit der flachen Hand gegen die Taschenlampe schlug, doch dann flackerte das Licht wieder auf.

Die schleppend scharrenden Schritte auf der Falltür wenige Yards über ihr konnte sie kaum hören; die Zombies waren in den Keller eingedrungen.

Kapitel 30

Commander McInerney strahlte Autorität aus, während er sich an die Bewohner von Alcatraz wandte. Das Schicksal der Welt hatte er bereits angesprochen, ebenso das Für und Wider, die Insel als Stützpunkt für seine Truppe sowie das U-Boot zu verwenden. Die Gruppe stellte ein paar sachbezogene Fragen, doch ein Mann stellte sich als harte Nuss heraus. Jawohl, Mr. Martingale sollte definitiv zum Problem werden.

»Jetzt sind wir also vom Polizeistaat zur Militärdiktatur übergegangen?«, beschwerte er sich.

»Ich versichere Ihnen, Sir, es wird keine Diktatur geben. Ich habe nicht vor, Ihnen irgendetwas aufzuzwingen oder zu stehlen, doch jede Person hier wird ihr Scherflein beitragen müssen, um zu überleben. Falls wir …«

»Was beitragen? Werden Sie uns zu Sklavenarbeit zwingen?«

»Sir, ich sagte doch, dass wir niemanden zwi…«

»Ja, Commander, aber welche Rückversicherung sind Sie zu geben gewillt, abgesehen von Ihrem Versprechen?«

»Ich habe angeordnet, den Polizisten, die hier waren, als wir ankamen, ergänzende Waffen und Munition zur Verfügung zu stellen. Jeder, der möchte, kann sich im Gebrauch dieser Waffen unterweisen lassen. Außerdem wäre da noch dieser Mann hier.« Der Kommandant zeigte auf einen Navy-Soldaten zu seiner Linken, der daraufhin vortrat. »Lieutenant Commander Pitt ist Experte für Militärgeschichte und Taktik; ihm untersteht Hammer Platoon, Abteilung Bravo, während sich deren befehlshabender Offizier mit dem Rest des Zugs anderweitig im Einsatz befindet. Lieutenant Commander, bitte erzählen Sie, was Sie mir über Alcatraz gesagt haben.«

Pitt richtete sich gerade auf und sprach mit am Rücken verschränkten Händen zu den Anwesenden. »Ihre Idee, aus der Stadt zu fliehen, war sehr klug; eine andere Möglichkeit gab es im Grunde genommen nicht. Sie haben sich diese Insel ausgesucht, weil sie zwar nicht so weit vom Festland entfernt sein mag, wie Sie es sich wünschen, aber dennoch unleugbaren Schutz vor den Lima Deltas bietet, den Untoten. Es war also ein guter Plan, doch Schwierigkeiten tun sich auf: Das Klima hier in Meeresnähe ist teilweise kühl. Letzten Endes werden Sie Nutzpflanzen anbauen müssen, verfügen aber, wie ich vermute, nicht über die erforderlichen Mittel und wissen womöglich auch nicht genug über Landwirtschaft. Hinzu kommt, dass die Kälte und felsige Bodenbeschaffenheit dieser Insel Ihre Saat zerstören könnten, bevor sie aufgeht. Sie müssen Abstecher in die Stadt wagen, um Betriebsgüter zu beschaffen, womit Sie sich einem hohen Infektionsrisiko aussetzen. Dann besteht noch die Frage Ihrer Wehrhaftigkeit; bis auf Weiteres haben Sie gebührlichen Abstand von den Limas genommen, aber keine Schutzdämme an den Stränden. Was wird geschehen, wenn sich Tausende Untote bemüßigt sehen, die Bucht zu durchqueren und hier einzufallen? Sie leben nicht mehr, also brauchen sie auch nicht zu atmen; kennen Sie den Film *Fluch der Karibik*? Sobald sie das selbst begreifen, werden sie über den Meeresboden waten und sie überfallen. Darum brauchen Sie Dämme, Geschütze, Pfeiler und Festungsmauern et cetera. Der erheblichste Nachteil von Alcatraz besteht hingegen darin, dass es eben eine Insel ist.«

Diese letzte Bemerkung quittierten Meara und Barnes mit verwirrten Blicken.

Pitt erläuterte weiter: »Sie haben hier Zuflucht gesucht, weil es sich um eine Insel handelt, aber nicht in Betracht gezogen – oder keine Zeit dazu gefunden –, wohin Sie sich im Falle eines Krankheitsausbruchs vor Ort zurückziehen können. Irgendwann wird hier jemand sterben, und es gibt kein Entkommen, wenn die Limas erst einmal auf Alcatraz sind. Sie haben Großartiges geleistet, aber es gibt noch viel zu tun, und wir helfen Ihnen gern.«

»Und trotzdem haben Sie uns ein Atom-U-Boot direkt vor die Nase gesetzt!«, ereiferte sich Martingale.

Einer der Soldaten, die Martinez überrascht und entwaffnet hatten, lehnte sich nun zu ihm hinüber. »Das kann er doch nicht ernst meinen, oder?«, flüsterte er.

»Haben Sie 'ne Ahnung …«

Martingale fuhr fort: »Nun da wir erfahren haben, dass vielleicht keine Ersatzteile für Ihren Reaktor geliefert werden: Wie können wir sichergehen, dass nicht alle hier verstrahlt werden oder der Kernenergie auf andere Weise zum Opfer fallen?« Er ging überhaupt nicht auf Pitt ein, sondern richtete anklagend einen Zeigefinger auf McInerney. »Sie haben betont, wir dürfen Ihre Hilfe in Anspruch nehmen, stehen aber doch sowieso in der Pflicht, für uns zu arbeiten! Wir sind das amerikanische Volk, und Sie haben einen Eid geschworen, unseren Lebensentwurf vor allen Feinden zu schützen, sowohl vor auswärtigen als auch solchen im *Inland*! Würden Sie nur kurz darüber nachdenken, dass wir …«

»Mr. Martingale, *halten Sie den Mund!*« McInerney war mit seiner Geduld am Ende. »Sie glauben anscheinend, irgendeine Instanz werde hier vorbeirauschen und alles zum Besseren wenden! Zu dumm aber, dass alle Vertreter dieser Instanzen herumstolpern und diejenigen fressen wollen, zu deren Hilfe sie vorgesehen waren! Sie sind tot – alle! Das Land, so wie Sie es kannten, existiert nicht mehr! Wir sind hier, weil wir uns nirgendwohin anders zurückziehen konnten, genauso wie Sie.«

Daraufhin holte der Befehlshaber tief Luft und machte den Eindruck, sich sichtlich zu beherrschen. »Was wir hier führen, ist eine Diskussion zum Wohle aller Betroffenen, aber Ihre ständigen Unterbrechungen und haltlosen Anschuldigungen sind nicht förderlich. Sollten Sie *intelligente* Fragen oder irgendetwas *Gescheites* beizusteuern haben, dann liebend gern; andernfalls verschwenden Sie bitte nicht unsere Zeit.«

Ohne Martingale die Gelegenheit zur Gegenrede zu geben, wandte sich McInerney seinem Kollegen zu. »Lieutenant Commander Pitt, wenn Sie bitte abschließen würden …«

»Danke, Sir. Wie gesagt, es ist Ende Juni; wenn wir über den September hinaus fortbestehen wollen, müssen wir in die Stadt zurückkehren und manches besorgen – vor allem Kulturpflanzen, Arbeitsgeräte und Baumaterialien. Die zugänglichen Abschnitte der Küste zu befestigen ist unverzichtbar. Es braucht kein aufwendiger Wall zu sein, sondern lediglich eine wirkungsvolle Barriere, um die Limas bei einem Vorstoß zu behindern, vielleicht sechs, sieben Fuß hoch. Außerdem – und das ist unbedingt wichtig – müssen wir Waffen fertigen, naheliegenderweise Pfähle irgendeiner Art.« Dann hielt Pitt eine Hand hoch, um voraussichtliche Fragen abzuwenden. »Munition ist ein begrenztes Gut, gerade weil es keine Fabriken mehr gibt, die sie herstellen. Darum sollten wir unsere Feuerwaffen nur einsetzen, wenn es sich nicht vermeiden lässt, und möglichst viel Munition für Auseinandersetzungen mit Gruppen sparen, um zu verhindern, dass wir überrollt werden.«

Dann hob er an: »Ich glaube, zuallererst sollten wir die Mitglieder der Gemeinschaft hier in Zellen mit einem Mechanismus isolieren …«

Martingale rastete aus. *»Ich wusste es!«*, schrie er. »Wir alle werden zu deren Zweck versklavt!«

Er zeterte noch einen Moment, bis Anna Hargis vortrat und ihm mit der Faust ins Gesicht schlug. Daraufhin taumelte er und hielt sich seine getroffene Nase.

»Sie legen es darauf an, dass wir umgebracht werden, und das lasse ich nicht zu«, fuhr Anna ihn an. »Wir sind schon auf dem Weg hierher fast gestorben, und jetzt wollen Sie den vermutlich besten Helfern, die wir finden können, ins Gesicht spucken? Sind Sie ein *Idiot*? Sie hob ihre Faust, wie um ihn noch einmal zu schlagen, und Martingale wich geduckt zurück, aber Dallas umschloss ihre Taille mit beiden Händen und hob sie mühelos hoch, als ob sie ein Kind sei.

Sie zappelte in der Luft. Alle schauten zwischen ihr und Martingale hin und her, dann beruhigte sie sich wieder. Dallas stellte sie behutsam ab, als er sicher war, dass ihre Streitlust verflogen war. »Das war eine klare Ansage, Herzchen, der wird eine Weile die Fresse halten.«

Einzelne aus der Gruppe johlten oder klatschten, und mehrere Kinder – darunter Ricks Tochter – kamen von nebenan, um herauszufinden, was der Aufruhr sollte; Sam tat gerade so, als würde sie sich über ihr nunmehr unbrauchbares Handy mit jemandem unterhalten.

Rick trat vor und brachte alle mit erhobener Hand zum Schweigen. »Also gut, Leute, genau das brauchen wir nun nicht unbedingt. Sich gegenseitig die Augen auszukratzen ist der Anfang vom Ende. Wir müssen an einem Strang ziehen, jeder von uns. Bitte keinen Zank mehr, und wenn jemand etwas zu sagen hat, bin ich mir sicher, dass unsere beiden Freunde am Ende auf konstruktive Fragen eingehen werden. Lieutenant Commander?«

Pitt machte ein finsteres Gesicht.

»Ich wollte gerade sagen – und bitte lassen Sie mich ausreden, statt mir ins Wort zu fallen –, dass eine Einteilung in Zellen nach persönlicher Zugehörigkeit die beste Vorbeugungsmaßnahme eines Ausbruchs hier auf der Insel darstellt. Wir würden simple Schließmechanismen bauen, die jeder Mensch öffnen kann, aber kein Untoter. Auf diese Weise ist jeder in der Lage, seine Zelle bei Bedarf zu verlassen, steht hingegen als potenzielle Infektionsgefahr bereits unter Quarantäne. Folglich wird niemand außer Limas eingeschlossen sein.«

Die Anwesenden nickten zustimmend, einige machten auch leise Scherze. Man gelangte zu dem Schluss, dieser Mann habe sich alles genau überlegt.

»Gibt es noch Fragen hinsichtlich der Durchführung?«

Ein kleiner Junge, der an der Hand einer jungen Frau hinzugestoßen war, streckte einen Finger in die Luft.

Nun lächelte Pitt doch ein wenig. »Du da vorn?«

»Darf ich im U-Boot mitfahren?«

Pitt suchte McInerneys Blick. »Das lässt sich wohl machen.«

Daraufhin meldeten sich auch alle anderen Kinder.

»Ich denke, wir können alle an Bord nehmen, die das Boot besichtigen wollen«, sprach der Commander, »eventuell in kleinen Gruppen.«

Sam trat vor und sagte zu ihrem Vater: »Daddy, Mama will mit dir reden.«

Rick schmunzelte. »Wir sind hier gleich fertig, Schatz, dann spielen wir zwei was.«

»Nein, Daddy, sie meint, es sei wichtig.« Das Mädchen hielt Rick das Handy mit ausgestrecktem Arm hin.

Er griff zu und hob es an sein Ohr, um zu horchen, doch niemand war in der Leitung. Stirnrunzelnd schaute er auf seine Tochter hinab und bedeutete ihr, das Gerät zurückzunehmen.

»Das ist nicht witzig, Sam. Versuch das nicht wieder, okay?«

Mit gequälter Miene ließ sich die Kleine das Telefon geben. »Aber Daddy!«

Rick wollte sie wieder zurechtweisen, als es läutete.

Kapitel 31

Doc Murda zügelte seinen Zorn, so gut er konnte. Ein Atom-U-Boot der US-Armee? Dagegen konnte er logischerweise kaum etwas ausrichten. Das Blatt hatte sich gewendet, und zwar nicht zu seinen Gunsten. Infolge von Unfällen – vielleicht auch aufgrund seiner Wut – waren ihm nicht wenige Soldaten abhandengekommen. Wäre der Kampf anders ausgegangen, wenn er die Katze nicht vor dem Angriff aus dem Sack gelassen hätte? Vermutlich. Darüber nachzudenken war jedoch müßig; diese Aktion ließ sich nicht ungeschehen machen, und seine Männer lebten nicht mehr.

Ferner konnte er sich beim Verhören der Besatzung des Bootes, das nicht gesunken war, keinen Plan für die Eroberung von Alcatraz zurechtlegen, nun da die Insel von einem der tödlichsten Kampfgeräte der modernen Kriegstechnik verteidigt wurde. Tatsächlich bedurfte die Sache reiflicher Überlegung.

»Es ist also einfach explodiert?«

»Ja«, beteuerte Masta G. »Ein Typ namens McAllister, McNamara oder so gab eine Warnung per Funk durch, aber wir alle dachten, die von der Insel würden wieder Scheiße labern. Dann ist das andere Boot in die Luft geflogen, und derselbe Kerl sagte, wir sollten abhauen, also sind wir umgekehrt.«

»Verstehe.«

Murda richtete sich an einen anderen Mann. »Und wie steht es mit den Raketen?«

»Wir kommen nicht dahinter, wie sie funktionieren. An den Seiten steht eine Anleitung, aber wenn wir die befolgen, geht das kleine, grüne Licht nicht an, obwohl genau das passieren sollte.«

»Ein grünes Licht?«

»Ja, Doc. In der Anleitung steht, es muss leuchten, sonst geht die Rakete nicht los.«

»Du willst mir also weismachen, dass ihr meine Raketen nicht abfeuern könnt, weil ein grünes Licht ausbleibt?«

»Also … ja.«

»So, so. Während die Sturmtrupps ihre Leben aufs Spiel gesetzt haben und zum Teil tatsächlich gestorben sind, während sie versucht haben, eine befestigte Position einzunehmen, die von nichts weniger als einem militärischen Atom-U-Boot beschützt wird, haben sich meine Techniker von einem defekten Lämpchen ins Bockshorn jagen lassen?«

Der Mann trat einen Schritt zurück und schaute sich verängstigt um. »Ich … ich werde das in Ordnung bringen!«

»Nicht nötig. Pee Wee, würdest du diesen Trottel bitte hinausbegleiten?«

Bevor der Mann weglaufen konnte, umklammerten ihn die dicken Arme des Riesen. Er widersetzte sich, doch Pee Wee hob ihn hoch wie einen kleinen Jungen … einen dürren, kleinen Jungen. Während er sich wehrte, musste er sich im erdrückenden Schwitzkasten zu einem dreckigen Fenster ziehen lassen. Mit einer massiven

Pranke drückte Pee Wee den bedauernswerten Gangster an die Wand, während er mit der anderen das große Scheibenkreuz der Lagerhalle aufzog. Beim Öffnen wurde das Stöhnen der Zombies draußen lauter. Dann packte er den kleineren Mann ein letztes Mal und warf ihn aus dem Dachboden im zweiten Stock. Ein kurzer Schrei erklang, bevor er unten aufs Pflaster knallte.

Pee Wee schloss und verriegelte das Fenster wieder, verschränkte seine Arme und blieb abermals schweigend stehen.

»Was für ein Dummkopf ... G und Pee Wee, kommt mit zu den Raketen.«

Die drei Verbrecher nahmen die Metalltreppe ins Erdgeschoss der Halle, wo mehrere Besatzungsmitglieder des übrig gebliebenen Schleppboots am Boden oder in zerfransten, alten Sesseln hockten und niedergeschlagen dreinschauten.

Murda legte sanft eine Hand auf die Schulter eines Mannes, der dann mit leidlich verborgener Furcht aufblickte.

»Ihr seid Helden«, raunte der Anführer. »Mit einem Schlepper hattet ihr einem U-Boot nichts entgegenzusetzen; Flucht ist eine Option, wenn man mit einer Übermacht konfrontiert wird, merkt euch das.«

Ein paar der Sitzenden wechselten Blicke untereinander.

»Wenngleich ich kein Versagen dulde, blieb euch keine andere Wahl, als euch zurückzuziehen. Verzagt nicht, wir werden unsere Ziele erreichen, meine Brüder.«

Murda, Masta G und Pee Wee gingen durchs Erdgeschoss weiter in den Bereich, der als Munitionslager verwendet wurde. Sie traten vor vier bedrohlich aussehende Rohre aus grünem Metall. Eines davon lag auf einem Dreibein. Die Spitze des Tubus war mit einer großen Zielvorrichtung ausgestattet, und an der Seite stand gelb aufgedruckt »BGM-71F TOW 2B«.

Murda ließ sich auf einem Knie nieder, legte einen Finger an, wo ein kleinerer Text begann – die Anleitung zum Scharfmachen –, und fuhr ihn beim Lesen nach. Dann ging er ein paarmal um die Rakete herum, indem er hier ein Paneel berührte und dort auf eine Taste drückte. Zuletzt klappte er eine rote Sicherheitsabdeckung auf und legte einen silbernen Kippschalter um. Dies aktivierte ein rotes Lämpchen an der Zielvorrichtung, doch das größere grüne am Sprengkörper sprang nicht an. Als Murda allerdings zweimal mit einem Zeigefinger gegen die Birne klopfte, flackerte sie und leuchtete schließlich hell auf.

»Idiot«, schimpfte er und verdrehte seine Augen. Nachdem er den Schalter wieder umgestellt hatte, schloss er die Abdeckung. Als er zu Masta G aufschaute, grinste er breit. »Jetzt sind wir im Rennen.«

Kapitel 32

Billy hörte jemanden stöhnen – kümmerlich und gequält. Stöhnen … warum beunruhigte ihn das dermaßen? Irgendetwas an dem Geräusch jagte ihm Angst ein, doch was es war, wollte ihm nicht einfallen. *Zombies!*, dämmerte es ihm schließlich. Er öffnete die Augen, doch sein Sehsinn streikte; er war blind. Als er sich abrupt aufsetzte, stellten sich Kopfschmerzen ein, und ihm wurde sofort schwindlig. So sackte er zurück auf den schmierig feuchten Boden und hielt sich eine Hand vors Gesicht. Nichts; er bewegte sie immer dichter auf seine Augen zu, bis er die Nase berührte. Doch, es stimmte, er war blind. Einen schlimmeren Moment, um sein Augenlicht zu verlieren, gab es wohl nicht. Wieder richtete er sich auf – langsamer diesmal – und hörte abermals ein Stöhnen, aber jetzt wurde ihm klar, dass die Laute von ihm selbst kamen. Sein Kopf dröhnte richtig übel, und als er sich mit einer Hand an den in Mitleidenschaft gezogenen Schädel fasste, blieb Blut an seinen Fingern kleben.

Blind, triefnass und mit angeknackster Birne versuchte er, auf die Beine zu kommen, doch dann spielte irgendein Dämon einen Streich mit den Nervenenden in seinem rechten Fußgelenk. Als er stand, wollte er danach tasten, um herauszufinden, ob es gebrochen war, bekam aber wieder Schwindelgefühle und fiel rücklings um, wobei es leise platschte. Das kühle Wasser tat gut im Genick und an der Kopfhaut, stank aber, und einen Augenblick lang schossen schmerzhaft grelle Kometen an seinen zusammengekniffenen Lidern vorüber.

»Ganz toll«, sagte er und wunderte sich sogleich über seine heisere Stimme. »Ein Abwasserkanal.«

Die Erinnerung holte ihn schnell genug ein, um die Synapsen in seinem Gehirn rebellieren zu lassen. Sam, Alcatraz, die Klinik, Sprünge von Dach zu Dach, Cyrus, der Keller und die Falltür am Boden – Ali. Wo war Ali? Sie hatte ihn wohl für tot gehalten und sich davongemacht.

Als er sich ein weiteres Mal aufraffte, wobei er sich sogar noch mehr Zeit ließ, merkte er, dass er seinen rechten Fuß belasten konnte, auch wenn sein Nervensystem entschiedene Einwände dagegen geltend machte. Beim ersten zögerlichen Schritt sog er vor Schmerz zischend Luft ein, ließ sich aber nicht beirren. Wenigstens humpeln konnte er, seinen kannibalischen Gegenspielern an der Oberfläche nicht unähnlich. Als er seinen rechten Arm seitlich ausstreckte, berührte er eine raue, feuchte Wand.

Sein Knöchel setzte ihm arg zu, doch er sah nichts und war kein Arzt, konnte also im Falle eines Bruchs nichts unternehmen. Sowieso spielte das Gelenk keine Rolle, denn er war blind und darum dem Tod geweiht. Es musste passiert sein, als er sich den Kopf gestoßen hatte.

Indem er auch den anderen Arm zur Seite hin ausstreckte, erkannte Billy, dass der Kanal in beide Richtung verlief, wobei er nicht wusste, welche er einschlagen sollte. »Ene Mene«, begann er, bevor er doch einfach losging. Nach mehr oder weniger zwanzig qualvollen Schritten hörte er ein gluckerndes Echo von … irgendwoher; das Geräusch schien in dieser nassen, engen Umgebung von allen Seiten zu kommen. Er drehte den Kopf einmal nach hinten und wieder zurück, bevor er sich seiner Blindheit entsann und weiterging. Das gleichmäßige Glucksen setzte sich fort, und nun war er sicher, dass es von hinten kam, was auch immer ihn verfolgen mochte. Er tastete nach dem Eispickel an seinem Gürtel und hinkte ein wenig schneller vorwärts.

Das Geräusch schwoll an, und Billy gelangte zu der Einsicht, dass er niemals etwas abhängen würde, das er nicht sehen konnte, zumal mit einer Beinverletzung. Nachdem er sich umgedreht hatte, um seinem Angreifer die Stirn zu bieten, wartete er geduldig mit dem Pickel in beiden Händen.

Auf einmal merkte Billy, dass er nicht erblindet war. Er erkannte ein wippendes Licht, das sich in einiger Entfernung näherte. Während es herankam, wurde auch das Glucksen deutlich lauter.

»Stopp! Nicht bewegen, Billy!«

Er atmete erleichtert auf, da ihm dämmerte, dass Ali ihn nicht im Stich gelassen hatte, sondern zum Auskundschaften fortgegangen war. Sie blieb ungefähr zwanzig Schritte vor ihm stehen. Dann hörte er ein Kratzen wie von Holz, das aneinander gerieben wurde. Das Licht der Taschenlampe fiel in seine Augen, weshalb er sich den Unterarm vorhielt.

»Sag was!«, drängte Ali.

»Autsch?«

Wieder vernahm Billy das holzige Kratzen.

»Gott sei Dank! Ich wusste ja nicht, ob du da hinten sterben würdest, denn du hast einen üblen Abflug von der Leiter gemacht und dir heftig die Rübe gestoßen!«

»Weiß ich alles, erzähl mir was Neues … aber zuerst nimmst du die Lampe aus meinem Gesicht.«

»Oh, entschuldige. Ich wollte deine Augen sehen, um sicherzugehen …«

»Ja, schon klar, ich nehm's dir nicht krumm.«

Ali ging an der Stelle vorbei, wo Billy stand, und leuchtete jene Richtung aus, in die er unterwegs gewesen war. Die Taschenlampe hing am Bogen, befestigt mit einem schwarzen Gummiband von dem Rucksack, den sie sich zu Eigen gemacht hatte, sodass sie mit der freien Hand einen Pfeil an der Sehne fixieren konnte.

»Wolltest du mich erschießen?«

»Wenn du rote Augen bekommen hättest? Darauf kannst du Gift nehmen. Schau mal.«

Als er sich umdrehte, war er froh, dass sie ihn gewarnt hatte: Fünf Fuß weiter endete der Tunnel, allerdings nicht vor einer Mauer. Ali ging näher ran und schwenkte ihr Licht, sodass er ein tiefes Loch erkannte, dessen Durchmesser gut vierzig Fuß betrug. Aus vier dicken Rohren rieselte Schmutzwasser in den Abgrund, der nach einem Überlaufsammelbecken aussah. Billy humpelte sachte vorwärts und schaute hinab. Ungefähr acht Fuß weiter unten verlief ein Betonsteg über eine tiefere Öffnung, die von einem korrodierten Eisengeländer umrandet war. In dem eigentlichen Loch in der Tiefe stand dunkles Wasser. Eine Knöchelverletzung wäre seine geringste Sorge gewesen, hätte er einen Schritt ins Leere gemacht und sich dort unten wiedergefunden.

Aus dem Becken führten Leitern in vier weitere Tunnel wie derjenige, in dem sie gerade standen, und aus jedem floss eine zähe, eklige Brühe hinunter.

»Was erwartet uns in der anderen Richtung?«

»Der Weg nimmt kein Ende«, antwortete Ali. »Ich hab es nach ein paar Minuten aufgegeben. Da gibt es zwar andere Leitern als jene, an der wir heruntergeklettert sind, aber durch die Deckel an deren Ende konnte ich ja nicht sehen. Ein Stück weiter dort entlang stößt man auf ein Gitter in der Wand, hinter dem es weiter zur Straße geht, aber da passen wir nicht durch, es ist zu eng. Ach ja, und auf der Straße wär's sowieso nicht so toll, weil ich gesehen habe, dass Zombies dort umgehen.«

»Spielt keine Rolle, wir müssen ohnehin hier entlang.« Billy zeigte auf das Loch. »Westen liegt in diese Richtung – unser Weg.«

»Woher weißt du, wo Westen ist?«

»Ein überragender Orientierungssinn gehört zu meinen Superheldenkräften.«

»Und zu meinen die Gabe, Dummschwätzer zu entlarven«, konterte sie, trat aber dennoch zurück, um ihn vorausgehen zu lassen.

Immer noch benommen kletterte er in das Loch, während Ali den Bereich ausleuchtete. Sie hielt den Bogen an ihrer Seite und folgte, dann umrundeten die beiden das Betonbecken. Als sie die der Leiter gegenüberliegende Seite erreichten, mussten sie sich für einen von zwei Tunneln entscheiden, die ungefähr nach Westen führten.

Billy zeigte in den linken. »Dorthin.«

»Warum das?«

»Warum nicht? Du hast die Lampe, also gehst du vor.«

»Wie äußerst galant von Ihnen, Sir. Wieso gehst du nicht vor, und ich gebe dir Deckung?«

»Ich hab Kopfweh.«

Billy humpelte weiter und stellte seinen schmerzenden Fuß vorsichtig auf die unterste Sprosse. Sowohl das Eisen als auch sein Knöchel trugen sein Gewicht, also begann er den Aufstieg. Ali strahlte mit der Lampe nach oben in den Eingang des Tunnels, der frei zu sein schien. Nachdem sie hinter ihm hochgeklettert war, trotteten sie los Richtung Westen. Nach ein paar Dutzend Schritten konnten sie weiter voraus schwaches Licht ausmachen. Es wurde zusehends heller, bis sie seine Quelle erreichten – keinen Ausgang, sondern eine Reihe Gitter an einer Wand im Abstand von je etwa fünfzig Fuß, die zur Straße an der Oberfläche zeigten.

Billy drehte sich um, ermahnte Ali mit einem Zeigefinger am Mund zum Schweigen und zeigte auf die Gitter. Obwohl die Schächte dahinter steil nach oben verliefen, sah man die Beine wankender Gestalten durch schmale Schlitze im Bordstein. Die beiden gingen leise weiter.

Auf der Höhe des vorletzten Gitters begann ein leichtes Gefälle. Fortan zweigten neuere, schmalere Gänge von dem eiförmigen Steintunnel ab, dem sie folgten. In einer Nische links stand eine große, beigefarbene Werkzeugkiste mit einem Schloss, und der Zustand der Mauern ringsum deutete darauf hin, dass hier kürzlich gearbeitet worden war. Sie sahen schwach brennende Baustellenlampen: Birnen in kleinen, gelben Käfigen mit

Haken, die wie eine Lichterkette angeordnet von der Tunneldecke herabhingen. Eine Leiter führte nach oben zu einem Kanaldeckel in der Straße.

Billy betrachtete die Lampen nachdenklich. »Die haben noch Strom.«

Die Schräge wurde immer steiler, je weiter sie gingen, flachte aber nach ungefähr fünfzig Schritten wieder ab. Links tat sich eine rostige Metalltür mit zwei Stufen davor auf. Ali und Billy wechselten Blicke, als ein Schluchzen von der anderen Seite hörbar wurde. Billy nahm die beiden Stufen und klopfte an: *Tam-tada-da-da …* Jemand hielt erschrocken die Luft an, dann Stille. Billy versuchte es erneut: *Tam-tada-da-da …* Nichts. Er drückte die Klinke, doch die Tür war verriegelt. Er wiederholte den Rhythmus noch einmal … *Tam-tada-da-da …* und endlich kam die Ergänzung: *Tam-tam.*

»Aufmachen!«, flüsterte Billy ungeduldig.

»Woher weiß ich, dass Sie nicht krank sind?«, wisperte eine Frau im Gegenzug.

»Äh, weil wir reden können? Wir sind nicht krank, lassen Sie uns rein.«

»Wir? Wer sind Sie? Wie viele Personen sind dort?«

»Nur eine Freundin und ich, wir haben schon eine ganze Weile niemanden gesehen, der lebt, bitte lassen Sie uns rein!«

Wer auch immer hinter der Tür ausharrte, besprach sich nun tuschelnd, bevor erneut Stille einkehrte. Billy zuckte mit den Achseln, und die beiden wollten gerade weiterziehen, als sie hörten, wie eine Schlossratsche zurückgezogen wurde. Die Tür ging einen Spaltbreit auf, sodass Licht auf ihn und Ali fiel. Er trat gespannt, die

Fremden kennenzulernen, einen Schritt vor, doch eine Männerstimme gebot ihm Einhalt. »Nicht so schnell!«, lenkte sie leise ein. »Zeigen Sie mir Ihre Arme und Beine!« Die zwei gehorchten, indem sie die Hosenbeine und in Alis Fall auch die Ärmel hochkrempelten.

»Jetzt umdrehen!« Artig zeigten sich beide langsam von allen Seiten, was den Mann anscheinend ein wenig beruhigte. Jedenfalls öffnete er die Tür ganz und ließ sie hinein.

Für ein Untergrundgewölbe handelte es sich um einen relativ großen Raum, schätzungsweise fünfzehn auf vierzig Fuß mit Laternen an mehreren Stellen. Durcheinander verstreut lagen allerlei Gerätschaften herum, und drei Werkbänke standen auch darin, zwei davon belegt von Personen. Einer hatte man den Kopf und Oberkörper mit dem Jackett einer Polizeiuniform zugedeckt, während seine Arme schlaff an den Seiten hinabhingen; dieser Mann war tot. Der andere – er trug einen blauen Mechaniker-Overall mit einem Logo des Energieversorgers *Pacific Gas & Electric* auf einem Ärmel – atmete unregelmäßig. Sein Unterarm war fast zur Gänze in rot triefenden Verband eingewickelt, und er selbst war offensichtlich bewusstlos. Die Zahl der restlichen Menschen im Raum belief sich auf sechs: eine Frau, die zwei kleine Jungen an ihre Beine drückte, ein kräftiger Mann im gleichen Overall wie der andere mit einer Brandaxt, ein ungepflegter Kerl, der auf einer noch schmutzigeren Matratze hockte und etwas aus einem Plastikkanister für Milch trank, sowie eine zweite Frau, drahtig mit einer Automatikpistole, die sie auf die neu Hinzugestoßenen richtete.

»Runter damit, Robin Hood!«, befahl sie mit einem Schwenk ihrer Waffe.

Ali legte den Bogen nieder.

»Jetzt ausziehen!«

»Kommt nicht in die Tüte«, murrte Ali und zog ihre Arme vor der Brust zusammen.

Der Mann mit der Brandaxt trat vor. »Wir möchten Sie auf Bisse untersuchen.«

»Dann sagen Sie Dirty Harriet, sie soll woandershin zielen. Wir wurden nicht gebissen und beweisen es gern, aber ich mag nicht, wenn man mir eine Kanone ins Gesicht hält!«

Da nahm die Frau die Pistole herunter, allerdings ohne Entschuldigung. »Der Cop hat auch behauptet, dass er nicht gebissen worden sei, hat sich dann aber verwandelt und Chuck angefallen. Das ist Chuck.« Sie nickte in Richtung des Bandagierten auf der einen Werkbank.

Billy zog sein Shirt aus und die Hose hinunter. »Gut so?«

»Ja, jetzt Sie.«

Ali tat es ihm gleich. »Soll ich noch eine Pirouette drehen?«, fragte sie sarkastisch.

Die Frau gab ihre Schussbereitschaft auf, während die beiden Gäste ihre Kleider wieder in Ordnung brachten. Dann ging sie auf Ali zu und stellte sich vor. »Mein Name ist Abbey, Schwamm drüber?« Sie bot ihr eine Hand an. Diese schüttelte Ali und nickte bejahend.

»Wir sind alle aufgedreht. Das ist Billy.«

Nun machten sich auch die anderen bekannt: Dies waren abgesehen von Abbey Tony, der den Elektrikeroverall trug, Melanie mit ihren Söhnen Caleb und Noah sowie Martin, der augenscheinlich obdachlose Mann. Die Gruppe fand im hinteren Teil des Raums zusammen, entweder an den Wänden sitzend oder gegen die freie Werkbank gelehnt.

Ali bemerkte, dass es keinen anderen Zugang in den Raum gab, nur die Tür, durch welche sie gekommen waren. Dies fand sie gleichermaßen beruhigend wie beängstigend; sie konnten nur aus einer Richtung angegriffen werden, hatten aber auch nur eine Möglichkeit zur Flucht. Die Tür bestand aus Stahl, machte einen relativ stabilen Eindruck mit ihren klobigen Angeln und verfügte über ein Schloss mit Rastenfeststellung. »Wie sind Sie gemeinsam hierhergekommen?«

Tony begann mit seiner Geschichte: »Chuckie und ich haben mit Tim, einem anderen Elektriker, hier gearbeitet, als der Wahnsinn in der Stadt losgebrochen ist. Wir waren völlig ahnungslos; als wir zur Mittagspause hinaufgingen, ist ein Haufen dieser Irren dort oben herumgerannt. Ein Schlipsträger ist auf mich zugelaufen, versaut mit Blut, und als er näherkam, habe ich gesehen, dass er verletzt war. Er hat gestöhnt und geschwankt, also wollte ich ihm helfen. Dann hat er mich gepackt, und mir wurde klar, dass er mich umbringen will, gleich dort auf der Stelle. Wir haben miteinander gerungen, und der Cop ist aufgetaucht.« Er zeigte auf den Zugedeckten auf der einen Bank. »Er ist gerade zusammen mit Melanie und den Jungen vor einer anderen Gruppe Verrückter geflüchtet, auf die er auch immer wieder schoss. Als er dem Typen, mit dem ich zugange war, eins überzogen hat, ist der mit dem Gesicht auf den Boden gefallen.

Mehr Leute kamen von überall her, also sind wir mit den Kids in den Kanal geklettert.

Wir haben nach Tim gerufen, damit er zu uns herunterkommt, und dann kam der Cop gesprungen. Ich hörte, wie sein Bein brach, aber wir haben ihm aufgeholfen. Tim muss den Deckel übers Loch gezogen haben, denn es wurde dunkel. Ich bin hochgestiegen, um ihn wieder zu öffnen, habe es aber nicht geschafft, denn die Teile wiegen zweihundertfünfzig Pfund. Als ich jemanden auf der Straße brüllen hörte, habe ich nur gehofft, dass es nicht Tim ist.« Tonys Augen wurden feucht, während er daran zurückdachte.

Abbey schüttelte ihren Kopf. »Es ging so schnell. Gerade habe ich mir einen Kaffee bestellt, und im nächsten Moment platzte dieser blutüberströmte Kerl ins Lokal. Er hat geschrien: Sie kommen!, woraufhin ich und ein paar andere Gäste hinausgingen. Dort waren ungefähr zwanzig dieser Verrücken, alle genauso blutig verschmiert. Sie sind auf uns zu getaumelt, und einer der Gäste ist ihnen entgegengelaufen. Er hat mir zugerufen, dass ich Polizei und Krankenwagen rufen solle, doch die anderen Leute haben ihn umzingelt und fingen zu beißen an. Ich bin gerannt wie blöde. Als ich einen Streifenwagen mit eingeschaltetem Blaulicht gesehen habe, wollte ich dort Hilfe holen, aber da war niemand.«

Sie schluckte bemüht und fuhr fort: »Ich bin in den Wagen gestiegen und habe versucht, den Polizeifunk zu benutzen. Plötzlich waren die blutverschmierten Leute überall. Ich konnte nirgendwohin fliehen. Im Auto war kein Zündschlüssel, also bin ich ausgestiegen und losgerannt, obwohl es zu viele waren. Der Polizist muss an einer Baustelle im Einsatz gewesen sein, denn da lag ein dicker, gelber Schlauch, der in einem Kanalloch ein paar Fuß neben dem Wagen verschwand. Ich bin die Leiter hinuntergeklettert und weitergelaufen, so schnell ich im Dunkeln konnte. Als Martin mir mit seiner Taschenlampe ins Gesicht gestrahlt hat, ist mein Herz fast stehen geblieben. Er hat mich hierher gebracht, und alle anderen haben wir unterwegs getroffen.«

»Und was ist mit Ihnen?«, fragte Billy den Mann auf der Matratze.

»Ich? Ich wohne hier.«

»Oh.«

»Moment«, unterbrach Ali. »Abbey, wieso sind die Infizierten Ihnen nicht in den Kanal gefolgt?«

»Sind sie sehr wohl! Ich konnte nur knapp entkommen.«

»Aber wo sind sie dann, warum treiben sie sich nicht in den Abwassertunneln herum?«

»Wovon sprechen Sie? Soll das heißen, Sie haben keine gesehen? Sie *verstopfen* die Tunnel!«

Ali und Billy schauten einander stutzig an, als der unerwartete Schrei eines der kleinen Jungen sie aufschreckte.

Alle schauten ruckartig auf Caleb, der angstvoll dreinschaute und einen seiner zierlichen Zeigefinger auf etwas hinter ihnen richtete. Die Gruppe drehte sich geschlossen um.

Chuck war von der Werkbank aufgestanden – mit blutroten Augen. Er knurrte und zischte, stürzte auf die anderen zu … mit seinen ersten Schritten als Zombie.

Kapitel 33

Auf dem *Rock* hätte man eine Stecknadel fallen hören können. Als es zum zweiten Mal läutete, riss Rick das Handy aus Sams Hand und haderte mit der Bedienung, bevor er den Anruf entgegennehmen konnte.

»Hallo, wer ist da? Brenda? Mein Gott, geht es dir gut? Ja, wir sind fürs Erste in Sicherheit. Sam ist wohlauf, und meinen Dad habe ich auch mitgenommen! Warte, was?«

Alle Anwesenden hingen an Ricks Lippen. Seit Beginn des Albtraums gab es kein Mobilfunknetz mehr, weshalb dies nun wie Zauberei wirkte.

»Moment, hier sind ein paar Zuständige vom Militär, die das bestimmt hören wollen, ich schalte den Lautsprecher ein.«

»Rick … Rick, bist du noch dran?«

»Klar! Sprich weiter, jetzt hören wir dich alle!«

»Pass auf, ich hab wahrscheinlich nicht viel Zeit. Wir konnten …«

»Wieso funktioniert Ihr Telefon?«, blaffte Martingale.

»Verdammt, nicht dazwischenreden! Es hat nichts mit den Telefonen zu tun, die Netze sind zusammengebrochen. Bei mir ist ein Techniker, der den Datenstrom umleiten konnte. Rick, du hast etwas vom Militär gesagt, wer sind die Leute?«

Der Kommandant kam hinzu. »Commander Kevin McInerney von der *USS Florida*, einem Raketen-

U-Boot, meine Vollbesatzung minus vierzehn Mann und eine Einheit Navy-SEALs.«

»Fabelhaft, für welche Sicherheitsstufe sind Sie akkreditiert?«

»SCI, sensible Informationen.«

»Ist Ihnen Stuxnet ein Begriff?«

»Selbstverständlich, dabei handelt es sich um einen Computervirus, der auf Industriesysteme abzielt. Im vergangenen Jahr wurde ein Kernreaktor im Iran damit angegriffen und vom Netz genommen. Es gab …«

»Keine Zeit, Commander, unsere Verbindung könnte jeden Augenblick getrennt werden. Wir haben die Ursache der Erkrankung eingegrenzt und arbeiten nun an Präventivmaßnahmen, doch uns gehen die Mittel aus. Die Infizierten hebeln unsere Verteidigung fortwährend allein durch ihre zahlenmäßige Überlegenheit aus. Wir sind hier zwar sicher, können aber nicht ausschwärmen und haben schon neun Personen bei Versuchen verloren, Güter zu beschaffen. Unsere Vorräte reichen womöglich noch für zwei Monate aus, und wir brauchen sowohl Laborausrüstung als auch Nahrung.«

»Was genau wollen Sie?«

»Sie müssen herkommen, uns abholen und an einen weniger gefährdeten Ort bringen, dessen Koordinaten Sie erfahren, wenn Sie eintreffen. Was uns vorschwebt, ist äußerst sicher und mit allem ausgestattet, was wir benötigen: Elektrizität, Apparaturen, Lebensmittel für mehrere Jahre und einige Waffen.«

»Und Sie glauben, diese Krankheit heilen zu können?«

»Nein. Jeder bereits Infizierte ist so gut wie tot. Wir stehen allerdings kurz davor, etwas zu entwickeln, das den Erreger ausschaltet – einen Impfstoff. Das bedeutet, wer gekratzt oder gebissen wurde, infiziert sich nicht.«

»Was soll aus den hungrigen, wandelnden Leichen weltweit werden, deren Zahl in die Milliarden geht?«

»Ganz ehrlich, Commander, die sind Ihr Problem. Wir haben uns darauf konzentriert, die Verbreitung aufzuhalten, statt die Opfer zu beseitigen. Können Sie uns hier rausholen?«

»Wo sind Sie?«

»In Boston.«

»Boston! Das bedeutet praktisch eine Reise quer durch die Staaten!«

»Ich war relativ gut in Landeskunde, Commander; können Sie nun kommen oder nicht?«

»Wie haben Sie es geschafft, in weniger als zwei Wochen ein Gegenmittel zu finden? Ich würde davon ausgehen, dass es Jahre dauert, bis …«

»Wir hatten Vorkenntnisse von der … Ansteckung.«

»Aber Honey, wie konntest …«, hob Rick an.

»Nenn mich nicht Honey!«

Da seufzte er. »Wie kommt ein Mensch wie du, der mit Computern zu tun hat, zur Erforschung eines Impfstoffs gegen diese Krankheit? Du bist keine Ärztin, sondern arbeitest fürs Technologische Institut von Massachusetts! Deinen Abschluss hast du in Softwareentwicklung gemacht.«

»Wie ich schon sagte, wir hatten Vorkenntnisse.«

»Was ist es? Ein Virus?«, wollte McInerney wissen.

»Ja. Gegen dieses Virus hilft jedoch keine konventionelle Medizin, wie der globale Kollaps bewiesen hat. Werden Sie uns abholen kommen, ja oder nein?«

»Bevor ich das genehmige, würde mich interessieren, wie Sie dieses Virus aufhalten wollen, obwohl Sie nicht vom Fach sind, zumal der Seuchenschutz und das Institut der Army für Infektionskrankheiten … Wissenschaftler, die ihren Lebensunterhalt damit verdienen … keinen Erfolg hatten.«

»Leider kann ein Epidemiologe in Hinblick auf diese Seuche rein gar nichts mit seinem Wissen anfangen, Commander. Ich hingegen bin mit meinem Hintergrund wie geschaffen für diese Aufgabe.«

»Aber sie sagten doch gerade, es sei ein Virus!«

»Stimmt, aber ein Computervirus.«

Kapitel 34

Billy, dem nach seinem Sturz noch immer ein wenig schummrig zumute war, zog seinen Eispickel vom Gürtel und schleuderte ihn auf Chuck. Die Waffe traf ihn genau zwischen den Augen, prallte ab und fiel mit einem klingelnden Geräusch auf den Boden. Über seiner Nase blieb eine hässliche Platzwunde zurück, aus welcher der Knochen hervorragte und sich deutlich weiß gegen seinen aschfahlen Teint absetzte. Er schwankte leicht, hob dann beide Arme und bestürmte die anderen erneut. »Ich übernehme«, sprach Abbey und legte mit ihrer Pistole an.

»Nein, nicht schießen!«, rief Tony. »Die Wände bestehen aus Metall, um Himmels willen!« Er trat vor, hob sein Beil an und wartete. Chuck näherte sich schnell, und so weitläufig war der Raum nicht. Auf einmal sirrte etwas, und in seinem linken Auge steckte ein Pfeil. Kein Aufbäumen oder Zucken, er kippte einfach rückwärts um. Die Spitze des Pfeils stand einen ganzen Zoll weit von seinem Hinterkopf ab, sodass der Schädel zu den Überlebenden umknickte, als er am Boden aufschlug. Tony wollte zu ihm gehen, doch Ali hielt ihn am Overall fest.

»Moment, sehen Sie, sein Auge!«

Tony schaute hinunter, und tatsächlich: Chuck beobachtete ihn. Das verbliebene blutrote Auge verfolgte Bewegungen und strotzte vor abgründiger Bosheit, vor perverser Begierde.

»Jesus, warum ist er noch nicht tot?«

»Na ja, ist er eigentlich schon«, erwiderte Billy, »bloß eben nicht … so richtig.«

Tony ging im weiten Bogen um den Liegenden herum, dessen Auge ihm dabei folgte. Er streckte seinen Arm mühsam nach ihm aus, doch der Elektriker befand sich außer Reichweite.

»Tut mir leid, Freund.« Damit ließ Tony das Beil niedersausen und brachte den armen Chuck endgültig um.

Während er den Hieb ausführte und als er die Leiche dann an den Händen packte, wimmerte eines der Kinder. Er schleifte den schweren Leib zu der Werkbank, die jener mit dem toten Polizeibeamten gegenüberstand, und legte ihn darauf ab. Daraufhin faltete er die Hände seines Freundes fast liebevoll auf dessen Brust, zog Alis Pfeil aus dem Auge und wischte ihn mit einem öligen Tuch ab, das unter der Arbeitsfläche lag. Nachdem Tony ihr das Projektil zurückgegeben hatte, setzte er sich auf den Boden. Er schluchzte leise, riss sich aber schnell wieder zusammen. »Er war mehr als nur mein Kollege.«

Billy sah ungerührt aus. »Also gut, wer weiß, wie wir von hier aus zum Wasser gelangen? Tony, Sie haben in diesen Tunneln gearbeitet, kennen Sie den Weg zur Bucht? Allzu weit dürfte es nicht sein.«

Der Mann trocknete seine Augen und fasste sich wieder. »Nein … nein, ist wirklich nicht weit«, antwortete er und schniefte, »aber der Weg führt durch ein Sammelbecken, und wir werden nördlich von Beach Street nahe Pier 39 hinauskommen.«

Das machte Ali stutzig. »Hinauskommen? Heißt das, wir können nicht den gesamten Weg zur Bucht durchs Kanalsystem zurücklegen?«

»Ja, denn so weit reicht es nicht … Ich meine: Eigentlich doch, aber der frühere Ausfluss wurde verschlossen, als sie die Kläranlage gebaut haben. Jetzt wird das ganze Wasser aufbereitet, bevor es in die Bucht fließt. Das Werk leitet das gesäuberte Wasser anderthalb Meilen weit hinaus in den Ozean, und in die Bucht verlaufen jetzt nur noch ein paar schmale Rohre, die zu eng für uns sind. Deshalb kommen wir entweder in der Anlage selbst oder auf der Straße dahinter raus, der Beach Street.«

»Augenblick, weshalb wollen wir überhaupt an die Küste?«, fragte Abbey.

»Weil er ein Boot hat.« Ali zeigte auf Billy. »Zudem warten auf Alcatraz weitere Überlebende mit Vorräten auf uns.«

»Dann bin ich dabei!«, beschloss Abbey. »Heute ist Samstag; würde normaler Betrieb in der Anlage herrschen? Wären viele Angestellte dort?«

»Könnte sein, ich weiß es nicht. Wir haben an irgendwelchen Stromleitungen gearbeitet, knapp eine halbe Meile entfernt, als … als das alles passiert ist.«

Billy und Ali wechselten wieder Blicke. »Durchs Klärwerk könnte es klappen«, sagte sie zu ihm. »Es wäre sicher, und falls dort nicht gearbeitet wurde, hätten wir auch keine Zombies zu befürchten, die versuchen, hineinzugelangen.«

»Dazu müsste es heute schon ein Seminar zum Thema Scheiße oder so etwas in der Art gegeben haben, denn immerhin haben diese Jungs gearbeitet.« Er meinte Tony.

»Sei's drum, wir können nicht hierbleiben, es läuft darauf hinaus, dass ...«

»Also, ich bleibe hier«, warf Martin ein, den sie hinter sich vergessen hatten. »Ich wohne seit zwei Jahren hier und sehe keinen Grund, das jetzt zu ändern.«

Tony wollte etwas entgegnen, doch Melanie erhob sich und kam ihm zuvor.

»Martin, ohne Sie wären wir noch ewig hier unten herumgeirrt und vermutlich andauernd an diese Monster geraten. Sie müssen mitkommen, oder Sie werden hier unten sterben.«

Er schüttelte den Kopf. »Ma'am, glauben Sie im Ernst, dass irgendjemand das hier übersteht? Falls das eine Seuche ist, wonach es ja auch aussieht, können Sie zwei und zwei zusammenzählen: Überträgt einer die Krankheit auf jemand anderen, sind es zwei, die damit weitermachen, und selbst wenn das nur einmal pro Stunde geschieht, haben sich innerhalb von vierundzwanzig Stunden schon fast siebzehn Millionen infiziert; das setzt natürlich voraus, dass jeder jeweils nur eine weitere Person ansteckt, und zwar wie gesagt lediglich einmal stündlich. Wahrscheinlich ist eher, dass die gesamte Bevölkerung, weil sie so ist, wie sie ist – zusammengedrängt in weiten Ballungsräumen wie etwa Großstädten –, schon in weniger als vierundzwanzig Stunden krank ist, sagen wir ausgenommen zwei Prozent.«

Billy schaute Martin verdutzt an. »Sie sehen gar nicht aus wie ein Mathematiker.«

»Tja, war ich aber. Ich verlor meinen Job an der Universität von San Francisco aufgrund finanzieller Kürzungen. Eine andere Stelle ließ sich nicht finden, und ich habe keine Verwandten. Nach drei Jahren ohne Einkommen bin ich hier gelandet. Das war vor zwei Jahren, und wissen Sie was? Dieses Leben ist besser … oder besser gewesen, bevor alles den Bach hinunterging.«

»Ich dachte, Sie seien …«

»Ja, das sagen sie alle; der Schein trügt und all das.«

Billy ließ sich neben ihm auf der Matratze nieder und streckte eine Hand aus. Martin gab ihm den Milchkanister, woraufhin er einen kräftigen Zug daraus nahm. Sofort verschluckte er sich und hustete. Nachdem er sich den Mund abgewischt hatte, drückte er Martin den Behälter wieder in die Hände.

»Ist ja nur Wasser!«, keuchte Billy. »Ich dachte …«

Der Obdachlose schnitt ihm wieder das Wort ab: »Genau wie alle anderen.«

»Mr. Martin«, bemerkte eine piepsende Stimme. »Bitte kommen Sie mit uns. Bitte.«

Alle schauten zu Caleb.

»Bitte …« Der Junge fing zu jammern an.

Martin seufzte. »Gut, aber dann nehmen wir meinen Weg. Ich kann uns zur Kläranlage bringen, bloß wird das kein Zuckerschlecken. Dafür dürften wir aber keinem Infizierten über den Weg laufen.«

Tony lächelte. »Martin, ich glaube, dass ich mich ziemlich gut in diesen Tunneln auskenne; ich arbeite schon seit Jahren immer wieder hier unten.«

»Mag sein, aber ich lebe schon seit Jahren hier unten. Sie wollen uns durchs Sammelbecken führen, vorbei an den Mazeratoren, richtig?«

»Das ist der einzige Weg.«

»Ich bleibe bei meinem Vorschlag. Erstens steht das Wasser in den Tunneln dort unten brusthoch; bis zur Decke sind außerdem vielleicht gerade einmal zehn Zoll Platz, und es kann sich ziemlich schnell füllen. Was haben Sie mit den Kindern vor? Zweitens kann ich uns das ganze Wasser, das Sammelbecken, die Mazeratoren und die Infizierten ersparen, die wir in dem Bereich ganz sicher antreffen werden. Dreihundert Fuß weit von der Stelle entfernt, wo ich Sie aufgegabelt habe, und noch mal hundert Fuß weiter sind die Tunnel zur Straße hin aufgrund von Arbeiten an den Neubauten im Stadtzentrum geöffnet. Auf dem Weg besorge ich momentan meine Essensabfälle … oder besser gesagt: habe besorgt.«

Tony blickte skeptisch drein. »Wie wollen Sie das alles umgehen, wo es doch keinen anderen Tunnel gibt, der dort entlangführt?«

»Auf den Karten sind keine verzeichnet, aber es gibt sie. Wie erwähnt, es wird unangenehm, aber sicherer sein, auch wenn wir durch einen Abschnitt waten und ein Gitter überwinden müssen, aber das ist nicht verschlossen.«

»Waten?«, fragte Melanie.

»Ja, zwischen den Mazeratoren und dem Klärwerk, also werden wir nass wie auch auf seinem Weg, aber ich bringe Sie über das Sammelbecken und den Großteil des Wassers.«

»Über?«

»Ja, über. Sie werden sehen.«

»Okay, wann gehen wir los?«, drängte Abbey.

Billy stand auf.

»Oh, sofort?«

»Warum nicht? Warten bringt ohnehin nichts.«

»Moment noch«, lenkte Melanie ein. »Was sind Mazeratoren?«

Tony und Martin wollten gleichzeitig antworten, doch Ersterer signalisierte dem Obdachlosen mit einer Handgeste, fortzufahren.

»Große Metallklingen, die Weichteile zerkleinern, damit sie leichter durch die Abwasserrohre und Tunnel fließen.«

»Und ... wir werden über sie klettern, aber meine Söhne ...«

»Das tue ich ständig, und mein Weg ist sicherer als der Laufsteg, der direkt über ihnen verläuft. Unabhängig davon sind die Maschinen mit einem breiten Rost abgedeckt, damit bei Unfällen niemand hineinstürzen kann. Außerdem gibt es eine Totmannschaltung, sodass die Zähne stillstehen, wenn das Rost offen ist.«

Das überzeugte Abbey. »Dann machen wir es so; ich will aus diesen verfluchten Tunneln raus.«

»Ich schau nur mal eben nach, ob keiner vor der Tür ist.« Tony stemmte seine Brandaxt, um sich selbst zu ermutigen.

»Brauchen Sie nicht.« Martin stand auf und überließ den Kanister Billy, der gleich wieder daraus trank.

Martin ging zu einer Reihe von hellblauen Spinden. Als er sie zur Seite zog, tat sich ein recht großes Loch in der Mauer auf, wo eine Menge Steine fehlten; hinter den Schränken befand sich ein weiterer ausgehöhlter Raum, der deutlich kleiner war. »Hier geht es nach draußen«, sprach er und zeigte auf ein schartiges Rohr mit einem Durchmesser von rund dreißig Zoll, das aus dem Raum führte. Es war schwarz wie die Nacht und stank abscheulich.

»Vergessen Sie das, dort krieche ich nicht hinein«, stellte Tony sofort klar.

»Zieren Sie sich nicht so«, rügte Billy ihn und ließ sich auf allen vieren nieder. »Ali, gib mir bitte die Taschenlampe.«

Sie tat es, woraufhin er etwa sechs Fuß weit hineinkroch. Der Lichtstrahl erhellte das Rohr vor ihm, sodass er sah, wie widerlich die Wände des Rohrs wirklich beschmutzt waren.

»Äh, sollte ich nicht anführen?«, bemerkte Martin. »An einigen Stellen werden Sie nicht wissen, in welche Richtung es weitergeht.«

Billy kam schnell rückwärts heraus. Er war mit glibberiger Masse und anderem Dreck beschmiert, der fürchterlich stank.

»Da drin kann man sich nicht umdrehen!«

»Es wird im weiteren Verlauf breiter.«

In Tonys Stimme schwang eindeutig Angst mit. »Ist mir egal, ich kann das nicht tun … ich bin zu breit.«

Abbey kniete sich halb auf den Boden. Indem sie sich gegen die Wand lehnte, blickte sie in das Rohr. »Ich schaff das auch nicht, Freunde. Ihnen schwebte ein anderer Weg vor?«

»Genau, wir können …«

Ali würgte ihn ab. »Wir sollten uns nicht trennen; zusammen sind wir sicherer.«

Jetzt schlug Tony einen ruppigeren Ton an: »Ja, ja, aber das bringt keinem von uns was, wenn ich in diesem Drecksrohr einen Herzanfall erleide. Ich bin raus.«

»Hören Sie, Martin meinte, wir würden später auf ein und demselben Weg herauskommen. Tony und ich stoßen wieder zu Ihnen, nachdem die Tunnel zusammengelaufen sind. Außerdem habe ich eine Pistole«, verkündete Abbey und grinste schief.

»Dann treffen wir uns hundert Schritte hinter den Mazeratoren«, schloss Martin und streckte eine Hand aus. »Viel Glück.«

Tony schüttelte sie. »Gleichfalls. Danke dafür, dass Sie uns hergebracht haben, Martin. Sie haben uns alle gerettet.«

»Nächstes Mal räume ich vorher auch auf.«

Martin schmunzelte und hob eine uralte, verrostete Laterne auf, die batteriebetrieben war. Nach einem letzten Blick auf die Gruppe sagte er: »Folgen Sie mir.«

So ließen sich die sieben nacheinander nieder und krochen ins Rohr, wobei Noah dicht an den Fersen seiner Mutter blieb. Ali folgte zuletzt, drehte sich aber zuvor noch nach Abbey und Tony um. »Ihr Beschluss steht fest?«

»Wir kommen klar. Tut mir leid, dass ich Sie mit der Waffe bedroht habe. Wir sehen uns also am Treffpunkt wieder?«

»Sie klingen wie eine Spionin«, erwiderte Ali und verschwand im Rohr.

Tony schob die Spinde zurück vor die Öffnung. Sofern man nichts von ihr wusste, war es wohl extrem schwierig, sie zu entdecken.

Abbey stellte sich vor die schwere Stahltür. »Dann sollten wir mal keine Zeit vergeuden.« Sie horchte gespannt mit einem Ohr an der Tür, bestimmt dreißig Sekunden lang. Tony schaute sie an und nickte bekräftigend. Dann zuckte sie mit den Schultern, zog die Schlossratsche und öffnete. Tony stürzte mit erhobenem Beil in den Tunnel.

Weder links noch rechts bewegte sich irgendetwas.

Kapitel 35

Auf Alcatraz herrschte großer Aufruhr. Kaum dass die Versammelten gehört hatten, was Brenda über die Epidemie wusste, hagelte es Rufe, Anschuldigungen und Forderungen. Martingale wollte einfach nicht schweigen und hatte ein paar Befürworter gewonnen. Man musste ihn und zwei andere gewaltsam aus dem Raum entfernen, wobei sie sich lautstark widersetzten und über ihre Schultern hinweg mehr Informationen verlangten.

Leider quittierte Sams Handy während des Trubels seinen Dienst. Es war kein Signalverlust, sondern lag am leeren Akku, nachdem das Mädchen zwei Tage lang mit dem Gerät gespielt hatte.

Rettungsmaßnahmen mussten eingeleitet werden. Es galt, Brenda und ihre Mitarbeiter schleunigst aus Boston zu befreien, denn ein Mittel, um die Verbreitung der Krankheit aufzuhalten, war zum Greifen nah. Nachdem der Commander Martingale und seinesgleichen abführen lassen hatte, tauschte er sich eilig mit Meara, Pitt und Barnes aus. Dann begleiteten ihn drei SEALs hinaus.

Mike und Rick bemühten sich, die Anwesenden in der Kantine zu beschwichtigen. Als sich der Lärm schließlich legte, beantworteten die Polizisten soweit möglich Fragen, obwohl sie im Grunde genommen wenig mehr wussten als die Personen, von denen sie gelöchert wurden.

Zwei angespannte Stunden nach seinem hastigen Aufbruch kehrte McInerney mit schlechten Nachrichten zurück. Man hatte immer noch keinen Kontakt mit dem Präsidenten und den Vereinigten Generalstabschefs auf Barro Colorado oder der Flugzeugträgergruppe herstellen können, die aus Ostasien unterwegs war. Die Pazifikflotte CINCPAC meldete sich ebenso wenig, und um genau zu sein, galt dies auch für jede andere Militärinstallation, mit der er Verbindung hatte aufnehmen wollen. Seines Wissens nach war er nun der ranghöchste Armeeoffizier an der US-Westküste. Eines hatte McInerney eingestanden, nämlich dass die auf Brendas Festplatten enthaltenen Informationen von höchster Wichtigkeit seien, weshalb er ihnen oberste Priorität zumaß.

Betreffs der Rettungsoperation waren gewisse Einzelheiten geklärt worden, etwa wer sie durchführen würde, welche Betriebsmittel die Beteiligten brauchten und vor allem wie sie nach Boston gelangen sollten. Einen ganzen Kontinent in der Breite zu überqueren, der von kannibalischen Ungeheuern besetzt wurde, war einer langen Lebensdauer zweifelsohne abträglich. Es gab keine größere Bundesstraße quer durch die Staaten, die nicht an bestimmten Stellen durch mindestens drei Metropolen führte, und die Städte mussten als Infektionsherde angesehen werden. Ferner stand dem Rettungsteam, nachdem es sich durch die Nation geschlagen hatte, um seinen Auftrag auszuführen, eine gleichsam strapaziöse und gefährliche Rückreise bevor.

Der Vorschlag, das U-Boot für die Mission einzusetzen, kam zur Sprache. Es konnte sich vom Festland fernhalten und blieb auf See unbescholten von Infizierten, doch seine Strecke wäre über zwölftausend Meilen lang, was selbst mit Höchstgeschwindigkeit fast zwanzig Tage dauern würde. Der Panamakanal war sehr wahrscheinlich verloren, und niemand wusste, wie man die Schleusen handhaben sollte. Die Berechnungen für die Reise ließen jegliche Schwierigkeiten außer Acht, die sich im Verlauf ergeben mochten. Dem U-Boot konnten weder schlimmstes Wetter noch Piraten oder verzweifelte Zivilisten etwas anhaben, doch angesichts abtrünniger Elemente einer beliebigen Armee mit einem eigenen U-Boot oder gar Zerstörer konnten sich Probleme ergeben. Kein Hafen war sicher, und falls es einen Reaktor- oder Mechanikschaden anderer Art erlitt, der sich nicht mithilfe des bordeigenen Inventars beheben ließ – oder gar die Krankheit an Bord ausbrach –, befand sich die Crew möglicherweise sogar weiter von Boston entfernt als im Augenblick. Ergo musste man die Operation über Land durchführen.

Meara, McInerney, Pitt und Barnes beratschlagten sich in der Kommandozentrale. Auf ihre Einladung hin waren auch andere zugegen, doch das Gros der Überlebenden von Alcatraz hatte sich zum Erledigen der täglichen Pflichten zurückgezogen oder trauerte um verlorene Angehörige.

Man beschloss, dass die *USS Florida* vor Ort bleiben und die letzte Bastion der Sicherheit in diesem Gebiet bewachen sollte. Darüber hinaus konnte man das U-Boot für den Fall, dass der *Rock* überlaufen wurde, als Rückzugspunkt nutzen, bis die Insel geräumt war, oder eine andere ansteuern. McInerneys Besatzung sollte den logistischen Teil übernehmen und die Einsatzmittel für diese Tour quer durchs Land unterwegs beschaffen. Die Kommunikation untereinander war ein kniffliges Thema, weil gegenwärtig niemand die Bodenstationen zur Verbindung mit Funksatelliten bemannte. MilSats funktionierten noch für Landeinheiten, aber McInerney hatte auch darüber niemanden erreicht. Man konnte sich nicht erklären, welches Wunder Brenda in die Lage versetzt hatte, Sam anzurufen. Nach dem Aufbruch des Bodenteams würde man zu vorab festgelegten Zeiten an bestimmten Tagen Kontakt mit der *Florida* aufnehmen; ansonsten musste sich das Team bis zur Rückkehr allein durchbeißen.

Nach gründlicher Überlegung beschloss man, dass die Navy-SEALs die Rettungsmannschaft stellen sollten, doch sobald sie Boston erreichten, war Improvisationstalent gefragt. Was ihnen bevorstand, ließ sich unmöglich voraussagen. Barnes bestand darauf, sie zu begleiten, und sowohl Meara als auch McInerney fanden die Idee gut, da er die Anlage, in welche man eindringen würde, aus erster Hand kannte. Er war als Polizist in Boston, als seine damalige Frau dort gearbeitet hatte, unzählige Male im Gebäude gewesen.

Sobald man grünes Licht von den Kommandanten bekam, verlangten Dallas, Anna Hargis und Chris Rawding, Rick in die Stadt begleiten zu dürfen.

»Kommt nicht infrage«, ließ McInerney wissen.

»Commander«, begann Dallas. »Sie können es erlauben, oder wir schwimmen hinter den Booten her. Ich lasse nicht zu, dass Rick das allein tut.«

»Er wird nicht allein sein, Sir. Ihm steht ein Team aus taktisch ausgebildeten Soldaten zur Seite, die in den Vereinigten Staaten ihresgleichen suchen, und ganz ehrlich, Sie wären nur hinderlich.«

»Ich habe mich selbst gut im Griff und habe auch gesehen, wozu Anna und Chris in der Lage sind. Wir werden niemandem im Weg stehen und gehen mit ihnen, es sei denn, Sie sperren uns in eine Zelle – und sollten Sie das tun, folgen wir ihnen, sobald Sie uns wieder rauslassen … Sie könnten uns also auch einfach jetzt gleich erschießen, Sir.«

McInerney schaute Barnes an, der sich auf Dallas' Worte hin ein Grinsen nicht verkneifen konnte. Als er den Blick des Commanders bemerkte, schaute er sofort nach unten auf seine Schuhe.

Meara schüttelte den Kopf in Anbetracht des ganzen Schauspiels und verließ den Raum mit Pitt, um die Insel betreffende Angelegenheiten durchzugehen.

McInerney schaute die Zurückgebliebenen lange an, bevor er seufzte. »Nennen Sie mich Kevin.«

»Was?«, fragte Dallas.

»Nennen Sie mich Kevin. Meine Männer sprechen mich mit Sir an; meine Frau …« Seine Stimme verklang.

»Wo ist Ihre Frau?«

»In Havre, Minnesota, ein kurzes Stück nördlich der Bearpaw Mountains.« Der Befehlshaber ließ sich schwerfällig auf einem rostigen Stuhl nieder.

»Sind Sie dort zu Hause?«

»Gewesen. Dort bin ich aufgewachsen. Ich verliebte mich schon auf der Highschool in sie. Wir haben ein Haus in Monterey, doch sie war daheim auf einer Hochzeit. Ich hatte Dienst, weshalb ich sie nicht begleiten konnte.« Dann fragte er: »Woher kommen Sie alle?«

»Keine Überraschung meinerseits: aus Texas.«

»Ich bin in Frisco groß geworden«, begann Rick. »Meine Frau … Exfrau … habe ich ausgerechnet auf einer Party kennengelernt. Wir zogen nach Boston, wo ich eine Zeit lang blieb. Sam kam zur Welt, dann ging es schnell bergab zwischen uns. Brenda war … kompliziert, und ich habe meinen Job verloren, weil Gelder gestrichen wurden, also bin ich hierher zurückgekehrt.«

Chris und Anna fielen einander ins Wort; er stammte aus Oakland, sie aus der Bay Area.

»Erstaunlich, wie ein gepflegter Umgang in Vergessenheit gerät, wenn man dem Ende der Welt entgegensieht.«

»Da haben Sie recht, Kevin, aber was sollen wir tun?«

»Ich muss bei meinem Boot bleiben. Die SEALs begleiten Sie nach Boston, wo Sie diese wiederum zu den Wissenschaftlern führen und ihnen dabei helfen werden, das Labor zu verlegen. Hoffentlich halten sie durch, bis Ihr Team dort eintrifft.«

»Falls wir dort eintreffen«, berichtigte Chris leise.

Da knuffte Anna seine Schulter. »Wir schaffen das.«

»Was macht Sie da so sicher?«

»Wenn wir es nicht schaffen, kann die Menschheit unmöglich überleben. Ohne dieses Heilmittel, diesen Impfstoff oder was auch immer es ist, haben wir keine Chance.« Jetzt ruhten alle Augen auf ihr. »Das ist der alles entscheidende Zermürbungskrieg, und wir bekommen gehörig Zunder. Falls es uns gelingt, die Ausbreitung der Infektion zu verhindern, können wir uns am Schopf aus dem Morast ziehen. Ich für meinen Teil bin es leid, dass die Toten nicht tot bleiben.«

Jetzt schüttelte McInerney den Kopf. »Aus dem

Grund müssen Sie morgen oder übermorgen aufbrechen. Sie werden gezwungen sein, sich während der Reise mit dem Notwendigen einzudecken. Ich stelle Ihnen dieses Element des Hammer Platoon anheim, aber es besteht nur aus sechs Mann. Ich weiß, das ist reichlich wenig für einen Kampfverband, aber glauben Sie mir, wenn ich Ihnen sage: Sollten Sie in eine Situation geraten, in der Ihnen die SEALs nicht helfen können, würde auch eine ganze Infanteriekompanie nichts daran ändern – so gut sind diese Jungs.«

Rick warf ein: »Martinez auch, und ich vertraue ihm blind. Deshalb möchte ich, dass er mitkommt.«

»Das kann ich nachvollziehen. Captain Meara, ich und Lieutenant Commander Pitt bleiben zurück und bringen Alcatraz auf Vordermann. Ich habe einige Ingenieure, die diesen Ort befestigen und mehr oder weniger uneinnehmbar machen könnten. In Alameda gleich auf der anderen Seite der Bucht steht ein Waffendepot der Marine; wir werden eine Truppe hinüberschicken. Bleibt zu hoffen, dass es nicht geplündert wurde.«

»Ich spüre, dass in den meisten Plänen hier eine Menge Hoffnung steckt, Kevin.«

»Stimmt, Dallas, aber mittlerweile ist Hoffnung eines der wenigen Dinge, die wir noch haben, meinen Sie nicht auch?«

»Ja, Sir, absolut. Wir haben aber auch …«

McInerneys Funkgerät unterbrach ihn. »Sir, wir haben zwei DML vom Festland! Ziele sind Alcatraz und die *Florida*! Wiederhole: DML! Tauchen jetzt ab!«

»Alle runter!«, schrie der Commander und warf sich sofort auf den Boden, nicht ohne Anna und Chris mitzureißen. Auch alle anderen im Raum ließen sich verwirrt fallen, wobei Dallas seine Hände auf den Kopf legte. McInerney nestelte an seinem Funkgerät. »So schnell wie möglich dichtmachen und tauchen! Ich will einen reziproken Bahnkurvenalgorithmus in dreißig Sekunden; Feuer erwidern mit einer SM39. Lassen Sie mich nicht warten, Jensen, wir brauchen …«

Alcatraz wurde von einer gewaltigen Explosion erschüttert. Staub und Brocken des modrigen Deckenputzes rieselten auf die Leute in der Kommandozentrale. Mit einem Mal war es sehr heiß, und ein ohrenbetäubendes Klingelgeräusch dauerte an. Flammen züngelten in den leeren Fensterrahmen des ehemaligen Model Industries Building, obwohl sich überhaupt keine brennbaren Gegenstände darin befanden. Teile des Bodens und der Mauer hinter Rick gaben nach, weshalb er im Krebsgang rückwärts kroch, um nicht in ein Loch zu stürzen, das sich nun auftat. Chris sprang hoch und griff nach Ricks Händen, gerade als der Boden weiter nachgab. Nun baumelte sein Freund mit den Füßen zwei Stockwerke über zerschmetterten Betonblöcken und verbogenem Bewehrungsstahl. Chris zog, und Rick kroch schwer keuchend aus der Gefahrenzone.

Die gleiche unpersönliche Stimme, die eben Alarm gegeben hatte, plärrte über Funk, doch McInerney verstand sie nicht.

Er lag auf seinem Rücken und wälzte sich zur Seite, wobei er seinen Kopf festhielt. Ein paarmal blinzelte er und schaute auf das Walkie-Talkie.

»Noch mal«, hustete er.

»Keine weiteren Angriffslösungen, Commander!«

»Bleiben Sie dran – und feuern Sie, wenn Sie eine parat haben!«

»Aye, Sir!«

Dallas lag auf dem Boden und hielt sich noch immer die Ohren zu. »Was zur Hölle ist DML?«

»Ein Funkkürzel für die Erfassung eines Raketenabschusses. Wer auch immer uns ans Leder will, hat ein paar Spielsachen mitgebracht.«

Von draußen drangen Schreie in die Kommandozentrale.

Kapitel 36

Als sie knapp fünfzig Meter gekrochen waren, geriet der kleine Noah in Panik. Seine Mutter versuchte, ihn zu beruhigen, aber vergebens, und schließlich mischte sich Billy ein: »Hey, wer weint da?«

»Ich nicht«, rief Caleb nach vorn.

Billy leuchtete zurück, um ihn zu sehen. »Also Noah? Hey Noah, kennst du Bugs Bunny?«

Der Junge hörte sofort auf zu weinen, antwortete aber nicht. Caleb schob sich ein Stück weiter vorwärts. »Wir dürfen uns Bugs nicht anschauen, Mama sagt, er ist zu buttal.«

»Buttal?«

»Ja, buttal, wenn Leute gehaut werden und so.«

»Ach, *brutal*!«

»Genau, buttal sagt sie.«

Billy kicherte. »Na ja, wie dem auch sei, Bugs buddelt ständig irgendwelche Tunnel, kommt aber nie dort raus, wo er hinwill; immer wieder vergisst er, in Albuquerque links abzubiegen. Ich tue gerade so, als sei ich Bugs, der sich durch die Erde scharrt, bloß dass wir nicht falsch abbiegen werden, denn Noah ist unser Anführer! Wir kommen da raus, wo wir hinwollen.«

»Und wer soll ich sein?«, fragte Caleb, dessen blondes Haar verdreckt und verklebt von den unbestimmbaren Ablagerungen an den Wänden war.

»Du bist …«

»Psst!«, zischte Martin. »Da vorn ist ein Loch im Rohr. Aufpassen – und jemand muss den Kindern helfen. Falls jemand durchrutscht: Es geht fünfzehn Fuß runter, aber wenn man sich nicht dumm anstellt, kann man nicht hineinfallen. Das ist einer von zwei Abschnitten, die eine breite Kluft überspannen.«

Er kroch weiter und schaute durch die Öffnung, wo ein Segment von annähernd einem Yard Länge durchgerostet war. Man konnte sie jedoch passieren, da das Loch zu klein war, als dass auch nur einer der Jungen hindurchfallen hätte können. Martin wollte es aber nicht darauf ankommen lassen, daher die Warnung. Helligkeit unbekannten Ursprungs fiel auf die Beine einer sitzenden Person; ein Schattenriss wankte an der Lichtquelle vorbei, gefolgt von einem weiteren. Die Gestalten schlugen anscheinend keine gezielte Richtung ein, sondern irrten lediglich herum.

Nachdem Martin das Loch überwunden hatte, kroch er weiter. Billy, der dicht hinter ihm blieb, drehte sich nach Caleb um und hielt einen Zeigefinger vor seinen Mund. Der Knabe nickte verständnisvoll und gab die Geste an seinen kleinen Bruder weiter, der als Nächster folgte. Auch Noah und Melanie passierten die Stelle problemlos, doch als Ali daran vorbeikam, blieb ihr Bogen, den sie sich an den Rücken gehängt hatte, an einer vom Rost zerfressenen Kante der Öffnung hängen. Sie konnte nicht um Hilfe bitten, da dies die Aufmerksamkeit der Zombies unterhalb erregt hätte, die zwar außer Reichweite waren, aber nicht wissen durften, dass in dem Rohr über ihnen reichhaltiges Fressen steckte. So versuchte sie, ihren Oberkörper unter der Waffe herauszuziehen, stellte aber fest, dass sie eingeklemmt war. Nach einem kräftigen Ruck schnellte der Bogen über ihren Kopf hinweg und schlitterte rumpelnd vor ihr weiter. Ali schaute nach unten und in die Gesichter der Untoten, die ihren Blick nun mit reuelosem Hunger und Verlangen erwiderten. Sie streckten sich nach ihr aus, doch sie war zu weit über ihnen. Während sie weiterkroch, schob sie den Bogen vor sich her, dachte aber immerzu an Tony und Abbey, die auf ihrem Weg zum Treffpunkt in diese kleine Gruppe Infizierter laufen würden.

Sie sorgte sich noch um die beiden, da knarrte es schrecklich laut hinter ihr, als sich das Metall verbog, und kurz darauf sackte das Rohr mit einem durchdringenden Knall nach unten. Daraufhin hörte sie es mehrmals knacken – abbrechen – und schlitterte plötzlich rückwärts. Die Oberfläche war glatt, weshalb sie ihren Rücken, die Hände und Knie so fest gegen die runden Wände drückte, wie sie konnte, um Halt zu finden. Nach nur wenigen Fuß gelang es ihr, was sie aber nicht beruhigte: Das Rohr war so schräg abgefallen, dass sie die Bruchstelle unterhalb im dürftigen Licht kaum ausmachen konnte.

Als Ali aufblickte, klatschte Schlamm aus dem intakten Rohrabschnitt in ihr Gesicht, sodass sie kurzzeitig nichts sah. Angewidert fuhr sie sich mit einem Unterarm über die Augen und spuckte den Dreck aus, der in ihren Mund geraten war. Dann schaute sie wieder in die andere Richtung und machte Bewegungen am Fuß des abgerissenen Zylinders aus, in dem sie steckte.

Zombies drangen ins Rohr, einer nach dem anderen

in ungewisser Zahl, aber nur mehr oder weniger zwanzig Fuß hinter ihr, sie stöhnten und krochen auf sie zu.

»Sie sind drin«, rief sie nach oben, »direkt hinter mir, Beeilung!« Sie hob den Bogen auf und krabbelte hoch, wobei sie mit den Füßen im Schleim scharrte und kaum Halt fand.

Die ganze Gruppe bewegte sich jetzt schneller, aber das war ohnehin ein relativer Begriff in einer zweieinhalb Fuß breiten, mit Schleim durchzogenen Abwasserleitung. Jedenfalls beeilten sie sich, während das Gestöhn der Toten ringsum widerhallte, scheinbar aus allen Richtungen.

Melanie schrie aus ihrer Mitte: »Sie haben gesagt, sie könnten hier nicht eindringen!«

»Na ja, im Idealfall! Weiter!«

Sich in einer so engen Umgebung Stück für Stück weiterzuschieben stellte eine Herausforderung dar und vermittelte ein entsetzliches Gefühl angesichts der Tatsache, dass die Zombies in dem schmalen Rohr immer näher rückten. Zuletzt erreichten die Fliehenden ein Sichtgitter, unter dem ein weiter Raum lag. Dies musste die Vertiefung sein, in der die Mazeratoren arbeiteten, da er beleuchtet war und einen Boden aus Stahlrosten hatte. Verglichen mit anderen Gewölben und Tunneln, die sie gesehen hatten, mutete er aufgeräumt und sauber an. In dem Bereich unter ihnen schienen sich keine Untoten aufzuhalten, doch das Getöse derer, die der braun beschmierten Gruppe folgten, war umso unmissverständlicher.

Billy stieß gegen Martins Schuhe. »Äh, Sie müssen einen Zahn zulegen, Kumpel.«

Der Obdachlose erwiderte nichts.

»Hallöchen? Martin, wir bekommen Gesellschaft von hinten.«

Billy hörte wiederholtes Klopfen von vorn, als treffe Fleisch auf Metall, und der Anführer grunzte angestrengt.

»Martin? Martin!«

Er bekam eine Antwort, verstand sie aber akustisch nicht.

»Was? Sprechen Sie lauter, und machen Sie hin, die kommen näher.«

»Das Rohr ist eingedellt.«

»Was ist los?«, fragte jemand von hinten. »Warum geht es nicht weiter?«

Billy brüllte: »Alle bitte kurz Klappe halten! Martin, wo hängt es? Wir müssen hier weg, sofort!«

»Vor mir ist das Rohr dermaßen verbogen, dass es nicht mehr weitergeht. Ich kann es nicht bewegen; etwas hat es von oben zugedrückt.«

»Für Ali!«, rief Billy, indem er Caleb die Taschenlampe hinhielt, der sie nach hinten durchreichte. »Ali, wie nahe sind sie?«

Melanie brach in Tränen aus, als sie das Licht weitergab.

Ali nahm es und leuchtete in den Abschnitt, den sie hinter sich gelassen hatten. Nach dreißig Fuß knickte das Rohr leicht ab und verhinderte den Blick auf mehr. »Ich kann sie nicht sehen!«

»Leg dich auf den Rücken und tritt das Gitter aus, wir müssen hier weg!«

Sie folgte seiner Anweisung – der Schlamm fühlte sich

kühl unter ihr an –, doch weil in dem Rohr zu wenig Platz war, konnte sie ihr Bein nicht hoch genug anheben, um Schwung zu nehmen. Darum fing sie an, hektisch auszutreten, aber das Gitter gab nicht nach.

Melanie wurde zuerst panisch. »Oh Gott, wir werden hier drin sterben, meine Kinder, meine Kinder! Gott nein! Nicht so! Nicht …«

»Mel, seien Sie still!«, schrie Billy. »Sie machen den Jungs Angst! Ali, tritt zu!«

Eine regelrechte Kakofonie brach über die junge Frau herein: Geschrei, Weinen und Flehen von vorn sowie der andauernde Lärm der Toten hinter ihr. Ihre Tritte ließen das Gitter klingeln, sodass es in der Umgebung echote, und sie wurde allmählich rasend.

»Rrraaarr!«, knurrte sie während ihrer Anstrengungen. Als sie nach hinten leuchtete, sah sie eine teigige Hand, die über der Knickstelle im Rohr hochragte. Da trat sie noch kräftiger, sah aber gleich ein, dass es nichts nutzte. Der Bogen war zu lang, weshalb sie sich in der Enge nicht umdrehen und somit auch nicht auf den Zombie schießen konnte, dessen Kopf und Schultern nun in Sicht gerieten. Als er sie sah, legte er einen Zahn zu, und weitere folgten dicht hinter ihm. »Sie haben uns gleich!«, schrie sie.

Während sich die Kreaturen auf sie zuschoben, wurde Ali bewusst, dass sie nun sterben musste, und eine friedfertige Ruhe überkam sie. Indem sie beide Füße zugleich gegen das Gitter rammte, stellte sie sich vor, wie schön es gewesen wäre, mit Billy und diesem Mädchen Sam, von dem er gesprochen hatte, ein neues Leben auf Alcatraz zu beginnen.

»Die Kinder hinter mich!«, rief er nun. »Schnell!« Billy drehte sich auf dem Rücken um und rutschte ein Stück weit in die Gegenrichtung zurück. Er hob die Jungen über seine Brust hinweg zu Martin, wobei er im schwachen Schein von dessen Laterne vor ihnen in Calebs Augen schaute. »Die werden dich nie kriegen, Kleiner.«

»Okay«, bekam er zur Antwort, ein entgeistertes Piepen.

»Mel, kommen Sie an mir vorbei?« Die Frau weinte immer noch und reagierte nicht. Billy stieß sie grob mit einem Zeh an. »Melanie, reißen Sie sich zusammen!« Dann trat er mit dem ganzen Fuß zu, aber nicht fest genug, um sie zu verletzen. Sie machte ein überraschtes Gesicht, kletterte dann aber über ihn. Als ihre kurze Hose, die einmal weiß gewesen war, an seinem Kinn hängen blieb, tropfte ihm irgendein zähflüssiges Zeug in den Mund. Er spuckte es aus und versuchte, weiter nach hinten zu rücken, während sie voraus kroch. Das funktionierte, und Billy bewegte sich weiter auf Ali zu.

Sie hörte zu treten auf, hob die Taschenlampe an und schrie. Der erste Untote war drei Fuß entfernt und langte nach ihren Füßen. Er näherte sich weiter, und Ali wollte zurückweichen, doch nun lag Billy im Weg. Sie trat der Leiche wiederholt ins Gesicht und gegen die Schultern, was jedoch nur dazu führte, dass er ihr Bein mit beiden Händen zu fassen bekam und nicht wieder losließ. Der Mann war schwer – vom Aussehen her hätte er Footballspieler gewesen sein können –, und Ali konnte sich einfach nicht losreißen. Billy zerrte an ihr, um sie wegzuziehen, kam aber nicht mehr weiter vorwärts. Er hielt ihr etwas Langes, Dünnes hin, und sie nahm es: einen ihrer Pfeile. Sie drehte ihn um, sodass die breite Spitze auf den Gegner zeigte, und stach ihm ins Auge, allerdings nicht tief genug. Der Untote zog weiter an ihr und schnappte mit den Zähnen nach ihren Beinen. Noch ein verzweifelter Tritt, und sie konnte das Geschoss aus Grafit in seinen Schädel rammen. Er sackte sofort auf den Boden des Rohrs. Die nachfolgenden Untoten häuften sich dahinter, kamen nicht mehr voran.

Bamm! Bamm-bamm!

Schüsse in der Nähe; ohne Zweifel im Kanal.

Ali arbeitete sich weiter mit den Füßen an dem Gitter ab, doch es wollte einfach nicht nachgeben. Die Infizierten hinter dem einen großen zerrten nun an seinem Körper und versuchten zugleich, weiterzukriechen, kamen aber zum Glück nicht von der Stelle.

Auf einmal tauchten Tony und Abbey unter ihnen auf. Sie hob ihre Pistole und feuerte einmal durch die Öffnung zurück in die Richtung, aus der die beiden gekommen waren.

»Tony! Tony, hier oben! Wir stecken fest!«

Er schaute sich verwirrt im Raum um.

»Hier oben!«, wiederholte Ali. »Sie sind mit uns in dem Rohr, und wir kommen nicht raus!«

Als Tony und Abbey endlich aufblickten, sahen sie das Gitter. Ali streckte ihre Finger hindurch, und Tony ging ein Licht auf: Er griff zu einer Aluminiumtrittleiter, die an einer Wand hing, und trat so dicht wie möglich an das Rohr.

»Wie ist das passiert?«

»Keine dummen Fragen, holen Sie uns einfach nur raus! Die haben uns gleich!«

Bamm!

»Glauben Sie mir, hier unten sieht es nicht viel besser aus«, brummte Tony und trat eine Stufe auf der Leiter nach unten.

Dann holte er mit seinem Beil aus und schlug zu, dass das Rohr tief dröhnte.

Abbey drehte sich um und schaute ihn an. »Beeilung, da kommen mehr!«

Mit dem dritten Hieb verbog er das Gitter nach innen, beim vierten ging es entzwei und klappte an einem Scharnier schwingend auf.

»Es ist offen, raus hier!«, rief Ali den anderen zu.

Bamm-bamm-bamm!

Tony kletterte weiter von der Stiege hinunter, um Ali zu helfen, die sich nun aus der engen Leitung befreite. Billy folgte als Nächstes, nachdem er dem mutmaßlichen Offensivstopper, den sie zum zweiten Mal getötet hatte, ein paar gesalzene Tritte versetzt hatte. Dahinter streckte ein anderer eine schmutzige Hand, an der die beiden äußeren Finger fehlten, bis an die Brust des Liegenden aus, unnachgiebig im Bestreben, Billy zu ergreifen. Dann ließ sich Melanie hinunter, die beiden Jungen schlossen sich an. Schließlich liefen alle auf dem Rost über den Mazeratoren zu einem Ausgang.

Als Martin hinausklettern wollte, rückte die Kreatur hinter jener mit dem Pfeil im Auge so nahe, dass sie ihn am Schopf festhalten konnte. Er riss sich los, nicht ohne einen Büschel Haare zu verlieren. Tony, der mittlerweile genauso mit Schleim aus dem Rohr besudelt war wie die Kriechenden, half ihm hinunter. Die Zombies hatten ihren Footballer-Bruder ein gehöriges Stück weit angeschoben, sodass nun sein Kopf mitsamt den Schultern durch die Gitteröffnung hing.

»Tony, wir müssen hier weg!«, rief Abbey, während sie der Gruppe nachlief.

Hinter ihr strömte eine Flut Untoter in den Zerkleinerungsraum, mindestens ein Dutzend taumelnder Gestalten, die blutverschmiert waren und zum Teil Gliedmaßen verloren hatten. Caleb kreischte und zeigte auf sie; einige kamen auf Tony zu, während die meisten den Flüchtenden folgten, die schon etwas Abstand gewonnen hatten.

Bamm-klick!

»Scheiße!«, fluchte Abbey, während sie fahrig nach einem neuen Magazin griff.

Tschack!

Plötzlich steckte ein Pfeil in der Stirn des nächsten Untoten, der sogleich kraftlos zusammenbrach. Ali schoss noch einmal und verfehlte ihr zweites Ziel, traf dafür aber die Brust desjenigen dahinter. »Kommt schon, wir müssen abhauen!« Sie legte einen dritten Pfeil ein und ließ ihn fliegen.

Abbey lud durch, nachdem sie ihr Reservemagazin eingesetzt hatte. Sie zielte genau und eröffnete das Feuer auf die angreifende Horde.

Tony trat die Leiter aus dem Weg und wollte zum Ausgang laufen, als die Leiche und jene untote Frau, die eben Martin festgehalten hatte, von oben herabfielen. Sie streiften ihn nur, doch Tony ging trotzdem zu Boden. Er wälzte sich von den Leibern fort und stand rasch auf. Die jung Gestorbene grapschte nach seinem Hosenbein, also ließ er das Beil auf ihrem Handgelenk niedergehen und trennte die Hand so fast ab. Einen Zombie fällte er mit der Waffe, zwei weiteren wich er aus, bevor er Abbey einholte. Gemeinsam liefen sie hinter den anderen Überlebenden her durch einen Verbindungstunnel und weiter.

Die Lebenden waren deutlich schneller als die Untoten, doch diese gaben einfach nicht auf. Billy und Martin führten an, gefolgt von Melanie und ihren Söhnen, dann Ali und Abbey sowie zuletzt Tony, der das Schlusslicht der dahineilenden Gruppe bildete. Während sie durch den alten Kanal hasteten – ihre Schuhsohlen klapperten auf den Bodenplatten –, gerieten die Zombies außer Sicht. Als der Weg in einen wesentlichen breiteren Korridor überging, blieben sie stehen, um einen Augenblick lang Luft zu schnappen. Dieser Abschnitt des Systems stand zum Teil unter Wasser.

»Da müssen wir durch?«, argwöhnte Ali.

Martin sah sie an und antwortete mit brummeliger Stimme: »Ja, es sind nur sechzig Fuß oder so, und das Wasser reicht mir höchstens bis an die Brust. Billy, nehmen Sie Caleb in den Arm, Melanie wird Noah tragen müssen. In der Mitte übersteigt der Pegel ihre Köpfe. Wir wären genau dort herausgekommen«, er zeigte auf den Ausfluss einer Leitung ungefähr drei Fuß oberhalb des Wasserspiegels, »wenn das Rohr gehalten hätte. Gehen wir weiter; ich höre, dass sie kommen.«

Damit lag Martin richtig: Wenngleich man die Untoten im schlechten Licht noch nicht sehen konnte, war ihr Stöhnen vernehmbar.

»Komm her, kleiner Mann.« Billy hob Caleb hoch und folgte Martin ins Wasser. »Das ist ja warm!«

»Ist doch alles Kacka und Pipi!«, empörte sich der Junge, indem er sein Gesicht verzog. »Iiih!«

»Eigentlich liegt das daran, dass es sich erwärmt, wenn … Ahhh!« Martin verschwand unter der Oberfläche der lauen Brühe. Er zappelte und spritzte um sich, bis er wieder auftauchte, allerdings nicht allein: Eine untote Frau erschien mit ihm und klammerte sich an seine Kleider. Sie versuchte, ihm ins Gesicht zu beißen. Billy musste sich zurückziehen, um Caleb vor der unerwarteten Angreiferin fernzuhalten. »Hilfe, schnell!« Ali und Abbey konnten auf die Gefahr hin, Martin zu treffen, nicht schießen, also watete Tony heran und schlug der Kreatur mit dem Griffende seines Beils gegen die Schläfe. Dies zeigte aber keine Wirkung, außer dass sie umso beharrlicher nach Martins Nase schnappte. Der Elektriker packte daraufhin den linken Arm des Wesens und zog, während Martin es wegstieß. Abbey kam zu den drei Rangelnden, hielt ihre Pistole an den Kopf der Leiche und drückte ab: ein Nulldistanzschuss. Es knallte brüllend laut, während die andere Schädelhälfte platzte, die Frau von Martin abließ und zurück unter Wasser sank.

Der Kampf hatte insgesamt weniger als dreißig Sekunden gedauert, was der kleinen Rotte an Kreaturen jedoch genügt hatte, sie fast einzuholen.

Ali drehte sich mit der Taschenlampe um und ließ wissen: »Sie sind direkt hinter uns, ganz viele!«

Gerade als sich die Gruppe wieder in Bewegung gesetzt hatte, schaute Caleb über Billys Schulter zurück.

»Guckt mal«, rief er mit ausgestrecktem Zeigefinger. »Die trauen sich nicht ins Wasser!«

Der Knabe hatte recht: Die Kreaturen waren davor

stehen geblieben, doch da die nachkommenden drängelten, stießen sie die vorderen ins Nass, was von kurzen Platschgeräuschen begleitet wurde. Als sich die erste Kreatur aufgerichtet hatte, starrte sie die paar Lebenden an und begriff wohl, da sie bereits im Wasser stand, dass sie mühelos weiter vorstoßen konnte, also tat sie ebendies. Nach drei Schritten jedoch kippte sie vorwärts und verschwand unter der Oberfläche. Die anderen wagten es trotzdem nicht, selbst einzutreten, wurden aber von den Hinteren gestoßen. Es waren erheblich mehr als das knappe Dutzend, das sich in den Zerkleinerungsraum gestürzt hatte.

»Wo kommen die alle her?«, wunderte sich Melanie. »Das sind unheimlich viele!«

»Genug jetzt, verziehen wir uns, bevor sie uns in die Füße beißen!«, drängte Ali.

»Aber vor uns könnten genauso gut zehn von ihnen unter Wasser lauern!«

»Ja, könnten«, erwiderte Ali, »Aber hinter uns lauern *definitiv* welche! Wir müssen weg!«

Martin ergriff die Initiative, und die Übrigen taten es ihm gleich. Noah wimmerte leise, ebenso wie seine Mutter. Die Tunneldecke verlief nur ungefähr einen Fuß über dem lauwarmen Wasser, weshalb Melanie, die keinen Meter siebzig groß war, das Gesicht des Jungen nur schwerlich trocken halten konnte.

Schließlich bemerkte Billy, dass die widerwärtige Flüssigkeit Martin nur noch bis ins Kreuz reichte und der Weg beständig anstieg. Nach nur wenigen Minuten ließen die Überlebenden das Wasser in völliger Stille hinter sich. Der Tunnel führte in diesem Abschnitt noch ein wenig weiter hinauf, und im Nu gelangte man zu einer Leiter, die nach oben führte. »Da wären wir, die Kläranlage«, sagte Tony von hinten. Die anderen gingen ein Stück weit an den Sprossen vorbei, um ihm den Weg frei zu machen. Der Kanaldeckel oben war nicht so schwer wie die üblichen auf den Straßen, sondern bestand aus leichtem Stahl, versehen mit Angeln und einem Schloss. Selbiges wollte der Arbeiter mit einem Schlüssel öffnen. »Er klemmt!«

Abbey ging zur Wassergrenze zurück und passte dort auf, Billy hatte Caleb abgestellt und behielt den weiteren Verlauf des Tunnels im Auge. Tony schaute vom oberen Ende der Leiter hinab. »Ich brauche Licht!«, rief er. Ali richtete die Lampe nach oben, als Abbey Alarm schlug.

Während sie die Oberfläche überblickte, machte sie wenige Fuß vor sich Gekräusel aus. Sie kniff die Augen zusammen und nahm an, eine Schildkröte schwimme auf sie zu, bevor sie erkannte, dass es sich um einen haarlosen Schädel handelte. Dieser gehörte einem von vielen Zombies, die jetzt durch das geflutete Tunnelstück schritten. Je näher er kam, desto mehr sah sie von seinem Körper.

Sie hob ihre Pistole und zielte auf den Ersten, der heraustrat. Sobald seine Augen über die Wasseroberfläche kamen, starrte er sie an. »Sie sind uns gefolgt! Beeilung!« Der Ruf schien das Geschöpf aufzustacheln, denn es sputete sich sogar ein wenig und hob dabei seine Arme, eine klassische Zombie-Angriffshaltung. Als es den Kopf ganz aus der schwarzen Suppe gehoben hatte, öffnete es seinen Mund, wobei Flüssigkeit herausquoll, während es zu stöhnen versuchte.

Bamm!

Abbey eröffnete das Feuer und traf ihr erstes Ziel, dessen Kopf nach hinten abknickte. Es fiel rücklings auf seine Freunde. Sie schoss weiter, während sie einen Fuß hinter den anderen setzte.

Billy ließ Caleb wieder hinunter und zog einen seiner Eispickel.

Ali jedoch ergriff seine Schulter. »Nicht, Billy ...«

»Das reicht mir jetzt ... und außerdem muss ich meine Abschussliste weiterführen; bisher hab ich nur achtundvierzig erwischt. Jede Wette, da draußen gibt es jemanden mit fünfzig, und das darf nicht sein; alle hinter mich!«

Nachdem Abby seine Schulter gedrückt hatte, kletterte sie zu Tony hinauf. Sie hielt ihm einen Leuchtstift hin, damit er besser sehen konnte.

»Heute noch«, versetzte Billy, obwohl ihn die Nähe so vieler hungriger Untoter nicht groß zu kümmern schien.

Melanie begann, nach Tony zu rufen, damit er sich beeilte, und Martin sah zum ersten Mal besorgt aus. »Ich hätte in meinem Verschlag bleiben sollen, verdammt, der war immerhin aus Stahl.« Die Jungen fingen beide zu weinen an.

Billy ging auf den nahenden Mob zu und hielt seine Waffen bereit. Die Kreaturen schoben ihre endgültig ruhenden Brüder und Schwestern aus dem Weg, strebten eifrig auf Billy zu. Die Erste, ein männlicher Teenager mit einem Trägershirt der Golden State Warriors, streckte im Näherkommen einen Arm und den blanken Stumpf des anderen aus, der unterhalb der Schulter gebrochen und abgerissen worden war. Als Billy dreist auf ihn zuging, stoppte er umgehend, woraufhin die Nachsetzenden gegen ihn stießen und drückten. Er schaute verwirrt drein, als Billy fragte. »Wirklich? *Im Ernst?* Habe ich meinen Reiz schon wieder verloren?« Dann schlug er zu, wobei der Pickel im Kopf des Zombies stecken blieb. Der untote Warriors-Fan machte noch einen Schritt, bevor er nach vorn fiel, womit er Billy die Waffe aus der Hand riss. Die Menge, die teilweise noch nicht aus dem Wasser gekommen war und drängelte, hatte sich auf den jungen Mann eingeschossen. Als Melanie kreischte, neigten sich die Geschöpfe nach links oder rechts, um an Billy vorbeizuschauen, was urkomisch aussah. Gleich darauf stürmten sie los, und Billy machte sich daran, auf sie einzuhacken. Sie griffen ihn gar nicht an, sondern wollten nur an ihm vorbeikommen.

»Warum nicht?«, brauste er auf. »Na?« Gerade rammte er das abgeflachte Ende des Blatts seiner Waffe in die Augenhöhle eines Feuerwehrmanns mit roten Glaskörpern. »Fünfzig!« Er schlug und prügelte auf die Meute ein, während sie unentwegt versuchte, ihn zu passieren, doch er wütete wie ein in die Enge getriebener Tiger und hinderte sie maßgeblich am Vorankommen.

»Ich hab's!«, rief Tony von oben. »Raus hier!« Nachdem er den Deckel aufgeklappt hatte, nahm er die letzten Sprossen und fand sich in einem Raum wieder. Dort schaute er sich rasch um, bevor er eine Hand nach unten ausstreckte, um Abbey zu helfen. »Holen Sie die Kinder!«, schrie er, als er sich gemeinsam mit ihr aufrichtete.

Martin packte Melanies Schultern und drehte sie zu sich um. »Gehen Sie, ich werde Ihnen die Kinder hochheben!« Während sie ein Stück weit hinaufkletterte, schnappten sich er und Ali Noah, um ihn nach oben zu wuchten. Melanie reichte den Jungen an Abby und Tony durch, bevor sie das Gleiche mit Caleb wiederholten.

»Nicht … warten …!«, ächzte Billy vor ihnen, offensichtlich außer Atem. »Dreiundfünfzig, vierundfünfzig!« Er stieß fast mit dem Rücken gegen Ali, als sie an der Leiter hinaufstieg. Martin wollte sich gerade an den Holmen festhalten, als zwei feuchtkalte Hände an Billy vorbeischossen und seine Kleider packten. Die beiden Männer wehrten sich nach Kräften und schafften es auch, Martin loszureißen, der dann flugs nach oben verschwand. Von dort aus ließ er einen Arm in den Tunnel hängen. »Billy, los, geben Sie mir Ihre Hand!«

»Laufen Sie einfach weiter, ich schaff das allein! Schließen Sie den Deckel, falls sie Ihnen folgen!« Billy wurde tiefer in den Tunnel gedrängt und geriet hinter dem Zombie-Wust außer Sicht. Die Vorderen streckten sich nach Martin aus, wurden aber von den Hinteren weitergeschoben. Der Obdachlose schüttelte den Kopf und stieg durch die Öffnung. Die Untoten schienen nicht zu wissen, wie sie ihm folgen könnten, weshalb sie nur sehnlich nach ihm zu greifen versuchten, während er sich oben an den Rand setzte und auf sie hinunterschaute.

»Mr. Martin, wo ist Billy?«, fragte Caleb mit aufgerissenen Augen.

»Er kommt nicht mehr wieder.«

»Da unten ist er zum Helden geworden …«, sagte Tony und stand auf. »Wir müssen herausfinden, ob wir jetzt allein sind oder nicht. Abbey, Sie bleiben mit Martin hier; Mel begleitet mich und Ali mit den Kindern.«

»Aber Billy …«

»Er ist tot. Das übersteht niemand, Sie haben doch gesehen, wie viele es waren.« Er warf noch einen Blick auf das Meer aus begierigen Leibern, zog kräftig die Nase hoch und rotzte hinunter, bevor er den Klappdeckel schloss und mit einer Drehung an einer T-Stange verriegelte.

Kapitel 37

Commander McInerney hatte die Wachen an Deck verdoppelt, sobald die *Florida* aufgetaucht war. Nun sah man sie von Alcatraz aus. Ferner sollte im Viertelstundentakt ein passives Radarsignal gesendet werden, und es geschah während eines solchen Scans, dass man zwei Echoimpulse auf dem Radar entdeckte, die sich geschwind vom Festland aus auf die neue Bastion der Überlebenden zubewegten.

Kurz nach dem Einschlag der Rakete auf der Insel – noch während sich die Menschen in der Kommandozentrale wieder aufrafften – flog ein Torpedorohr des U-Boots auf, und ein langes, weißes Projektil sauste zur Vergeltung auf San Francisco zu. Es war laut.

Rick erhob sich hastig und lief zur Treppe.

Dallas half McInerney auf die Beine, wobei er das Gesicht verzog, weil es nach dem durchdringenden Donner, der das Gebäude erschüttert hatte, noch in seinen Ohren klingelte. »Was zum Teufel war das?«, fragte er und blickte auf. Da die Mauern weitgehend unbeschadet geblieben waren, konnte man den Kondensstreifen der Rakete von der Zentrale aus nicht sehen. Dallas starrte weiter verständnislos an die Decke.

»Eine Tomahawk, von meinem Boot aus gestartet.«

»Eine was?«

»Verdammt, ein schwerer Torpedo.«

»Wer schießt auf uns?«

»Weiß ich noch nicht, möglicherweise jemand an Land, aber falls Jensen die Flugbahn unseres Torpedos genau berechnet hat, liegt schon alles in fünfzig Meilen Umkreis von der Einschlagstelle aus in Schutt und Asche.« Der Kommandant bemühte sein Funkgerät. »Jensen, bitte kommen. Geben Sie mir einen Schadenbericht für mein Boot.«

»Dem ist nichts passiert, Sir! Die haben vielleicht das Spielzeug, können aber nicht damit umgehen. Sieht so aus, als sei es eine Panzerabwehrlenkwaffe gewesen, die hinter uns ins Wasser eingeschlagen ist. Ein Armutszeugnis für denjenigen, der sie programmiert hat, Sir.«

»Sind Sie getaucht?«

»Jawohl, Sir, aber nicht tief. Billings meint, es sei hier zu seicht, um weiter als dreißig Fuß runterzugehen. Wir liegen über Periskoptiefe, aber unter der Oberfläche.«

»Ausgezeichnet. Wo wurde die Rakete gezündet?«

»An Land, weniger als zweitausend Meter entfernt.«

»Sagen Sie mir, dass Sie das Geschütz getroffen haben, Jensen!«

»Roger, Sir, Einschlag bestätigt. Wollen Sie ein Team losschicken?«

»Negativ, halten Sie sich bereit, und beobachten Sie weiter. McInerney Ende.« Der Commander nahm das Gerät herunter und drehte sich zu den anderen im Raum um. »Also gut, ist jemand verletzt? Wo steckt Meara?«

Man hatte kleine Schnitte und Schrammen davongetragen, aber keine Knochenbrüche.

»Wir werden ein neues Dach über unseren Köpfen brauchen«, sann Dallas laut. »Hier ist alles hinüber. Löschen wir jetzt die Feuer.«

Rick fand Sam bei den anderen Kindern. Er nahm sie auf den Arm und drückte sie fest, nicht ohne sich zu vergewissern, dass sie unverletzt war. Ihr ging es gut, wohingegen ein kleiner Junge auf Juanitas Schoß weinte, während sie einen seiner Arme untersuchte. Er hieß Jimmy und hatte auf einem Tisch gespielt, von dem er beim Erdbeben infolge des Raketeneinschlags hinuntergefallen war. Die restlichen Kinder scharten sich um Rick und löcherten ihn mit Fragen, was passiert sei.

Nachdem er seine Tochter abgesetzt hatte, richtete er sich an die Kleinen. »Wir sind uns nicht sicher, aber keine Angst, alles wird gut; hier geschieht uns nichts. Ihr bleibt hier bei Juanita, ich geh Verbandszeug und einen Arzt für Jimmy holen. Komm mit mir, Sam.«

»Okay, Daddy.«

Er verließ die Zentrale, sie folgte ihm. Meara und Pitt kamen ihnen eine Treppe hinauf entgegen.

»Wie ist die Lage, Mike?«

Pitt antwortete: »Bisher gibt es keine Toten. Die Rakete hat das Gelände zwischen zwei Gebäuden getroffen. Es handelt sich lediglich um Streuschäden, aber die Bausubstanz ist alt und konnte der Druckwelle nach dem Einschlag nicht standhalten. Diesen Teil des Model Industries Building beziehen wir besser nicht, bis wir es reparieren können. Ich will nicht, dass jemand durch den brüchigen Boden stürzt.«

Niemand war bei dem Raketenangriff auf Alcatraz ums Leben gekommen. Es gab mehrere Verletzte, wobei es Jimmy mit seinem gebrochenen Arm am schlimmsten erwischt hatte. Nachdem sich der Stabsarzt des U-Boots eingefunden hatte, kümmerte er sich um den Jungen und die anderen Betroffenen. Ein paar Unversehrte halfen nach seinen Anordnungen, im Erdgeschoss des Gebäudes eine Krankenstation für grundlegende Hilfeleistungen einzurichten.

Rick fand Martinez, der Martingale und dessen Gleichgesinnte bewachte. Diese beschwerten sich seit dem Schusswechsel nicht mehr nur, sondern verlangten diesbezüglich auch weitere Informationen. Der Scharfschütze war froh um die Unterbrechung und den Vorwand, sich auf den Flur zurückzuziehen, um das Genörgel nicht mehr ganz so laut ertragen zu müssen.

»Ich darf euch also begleiten, Rick?«

»Etwas anderes wäre für mich nicht infrage gekommen, Kumpel. Ich habe ihnen erklärt, dass das Gelingen dieser Mission im Wesentlichen von dir abhängt und dass ich dir vertraue.«

»Dann hasst du also gelogen? Gleich zweimal?«

Rick lachte. »Ja, was das Vertrauen angeht. Du bist wahrscheinlich besoffen, bevor wir die Insel verlassen, alter Penner.«

»Daddy, keine Kraftausdrücke!«

»Entschuldigung, Schatz, das war Erwachsenensprache. Du hast aber recht, ich muss mich zusammenreißen. Paps, lass mich mal kurz mit Sammy allein, okay?«

»Klar.« Martinez zeigte auf das Mädchen, als wolle er ihm drohen. »Dass du jetzt bloß nicht meinen Freund verhaust!«

»Ach, ich mach mit ihm, was ich will!«, drohte sie und gackerte. Martinez schulterte sein Gewehr und winkte, als er zu der Gruppe ging, die den Schaden an ihrem Zufluchtsort sondierte.

»Sam, ich muss …« Rick geriet ins Stocken, weil er nicht genau wusste, wie er sich ausdrücken sollte, doch die Kleine kam ihm entgegen.

»Ich weiß: Du gehst weg, und ich darf nicht mitkommen. Das gefällt mir nicht.« Sie verschränkte ihre Arme, machte ein sehr ernstes Gesicht und wirkte dabei extrem reif. *Sie sieht wie ihre Mutter aus*, dachte Rick. *Oh Mist …*

»Tut mir leid, aber ich muss deine Mom holen. Sie hat etwas, das helfen könnte, und darum müssen wir dafür sorgen, dass sie sicher ist. Opa, Juanita und Mike bleiben ja hier, und falls es Ärger gibt … Tja, dann wird sich Mike darum kümmern.«

»Warum können die Soldaten sie nicht holen? Wieso musst du es tun?«

»Weil ich mich dort auskenne, wo sie ist. Ich kann sie finden und retten. Zwar könnte ich es auch den Soldaten erklären, aber vielleicht muss schnell reagiert werden, wenn dort Probleme auftauchen. Womöglich sind dort Tausende von …« Er unterbrach sich abrupt und schaute seine Tochter an.

»Verstehe schon, Daddy. Tote Leute. Mag sein, dass viele von denen in Boston sind.«

»Ich wäre nie darauf gekommen, dass jemand mal so etwas sagen würde.«

»Ja, wer hätte das gedacht, hm?« Sie schaute auf ihre Schuhe und fing zu weinen an.

Mit einem Kloß im Hals versuchte Rick, seine Tochter zu trösten. »Liebes, ich muss los. Es geht nicht anders; ich weiß genau, wo deine Mom ist, also in welchem Haus, Stockwerk und Zimmer. Die Soldaten könnten es versuchen und sie trotzdem nicht finden wegen all der … der …«

»Zombies.«

»Ja, richtig, all der Zombies.«

»Aber was wird, wenn du nicht zurückkommst?«

»Ich komme zurück.«

»Aber …«

Er ging auf einem Knie nieder, fasste ihr zärtlich ans Kinn und zwang sie dazu, in seine Augen zu schauen.

»Ich komme zurück.«

Da hörte sie zu weinen auf und lächelte. »Weiß ich doch.«

Auf Alcatraz herrschte reges Treiben, denn alle, sogar die Kinder, halfen beim Aufräumen. Selbst Martingale bot sich an, ein paar Trümmer wegzuräumen, und beschränkte seine Kritik auf ein Minimum. Dallas war zu Rick gestoßen, und dieser hatte ihm versichert, die Kinder seien in Ordnung. Meara, Pitt und McInerney wollten gerade zu den beiden gehen, als Schüsse auf der Ostseite der Insel fielen. Die fünf Männer liefen sofort los, und sowohl Meara als auch der Kommandant riefen in ihre Funkgeräte, um zu erfahren, wer da feuerte.

Als sie und eine stattliche Zahl anderer am Ostdock eintrafen, sahen sie SWAT-Mitglied Wizneski, der mit dem Rücken zum Ufer auf dem Steg saß, während zwei Leichen auf den Planken lagen. Eine war bis zur Unkenntlichkeit verkohlt, weshalb sich ihr Geschlecht nicht mehr bestimmen ließ; Kleider, Haut und Haare waren völlig verschmort. Dem anderen – einem Mann – fehlte der linke Arm vom Ellbogen an abwärts, und auch er hatte sich Verbrennungen zugezogen. Bei beiden sah man je ein Einschussloch in der Stirn – Wizneskis Werk. Rick blieb vor dem Übergang auf den Steg stehen und schaute auf den Rücken des Mannes, den er seit einigen Jahren kannte.

»Wiz! Wiz, was ist passiert? Wo kamen die …« Er schwieg, als er leuchtend rote Blutflecken auf dem Boden sah.

»Sind einfach aus dem Wasser gestiegen«, antwortete Wizneski ruhig. »Ich habe den Krüppel nicht gesehen … « Er zeigte auf den einarmigen Toten. »… bis er bei mir war. Als ich jemanden auf dem Steg hinter mir hörte, habe ich mich umgedreht, doch er hat mich einfach gepackt. Gott, er stinkt wie Fischsuppe. Ich habe kurz mit ihm gerungen und musste meine MP5 fallen lassen, um meine Pistole zu ziehen und auf ihn zu schießen. Der mit dem Sonnenbrand kam auch relativ unerwartet; er hat sich angeschlichen, während ich gegen den Krüppel gekämpft habe.«

»Bist du okay? Verdammt, das muss knapp gewesen sein.«

»Zu knapp.« Wizneski hielt eine Hand hoch; Blut rann aus einer Bisswunde unter dem Daumen. »Weißt du, man glaubt kaum, wie schnell man versucht, sich einzureden, dass man nicht stirbt, obwohl man genau weiß, dass man sterben wird.«

»Wiz …«

»Lass gut sein, es gibt nichts zu sagen. Ich spüre nicht einmal Schmerzen, so eine Scheiße.«

Rick schaute zu Meara hinüber.

Pitt trat mit gezogener Pistole vor, legte aber nicht an.

»Wir müssen dich einsperren, tut mir leid.«

Wizneski nickte. »Ja, ja, schon okay. Waren wahrscheinlich zwei der Wichser von dem Boot, das ihr versenkt habt, oder?«

»Wahrscheinlich. Komm, wir sperren dich zuerst ein, dann reden wir weiter.«

»Sicher, hier.« Er hielt seine Pistole – den Griff – Pitt hin. »Also, ich liebe diese verdammte Glock. Shit. Haben wir Alkohol?«

»Wir besorgen welchen«, versprach Meara und bot Wizneski eine Hand an. »Komm, lass dir aufhelfen.«

Nachdem sich der Verletzte erhoben hatte, schaute er sich unter den Männern um, die am Dock zusammengekommen waren. Mit einem Stoßseufzer und je einem SEAL an seiner Seite machte er sich auf den Weg zur Kantine.

Dabei meinte einer von ihnen zu ihm: »Wir verbinden Sie gleich.«

»Sparen Sie sich den Mull für jemand anderen, der überleben wird.« Die Soldaten wechselten Blicke, während sie Wizneski den Hügel hinauf begleiteten.

»Also gut, verschwinden wir ... alle Mann«, hörte er Pitt zur Gruppe sagen. »Egal wann und wo, niemand darf mehr allein sein. In jedem Bereich, wo ...«

Beim Anstieg klopfte Wizneskis Herz so laut, dass er seinen Kameraden nicht mehr verstand.

Kapitel 38

Cyrus schlug sich schon eine ganze Zeit lang gut dabei, die Untoten zu meiden, als er die Piers östlich des Kerns von San Francisco erreichte. Beim Verlassen einer kleinen Bäckerei mit einem Schinkensandwich und einer Flasche Wasser hörte er ein Brausen, als fliege ein Düsenjäger über seinen Kopf. Er duckte sich automatisch, weil es so laut war, und schlug die Hände über seinem Kopf zusammen (das Sandwich hielt er allerdings sicher fest). Wenige Sekunden später sauste noch ein Flugkörper über ihn hinweg und zog eine rauchige Kondensspur hinter sich her. Die beiden weißen Parallelstreifen waren gleichen Ursprungs, denn sie ließen sich zum Dach der Lagerhalle einer Frachtgesellschaft zurückverfolgen, die unmittelbar hinter der Bäckerei stand. Das Ziel der wie auch immer gearteten Objekte war hinter den größeren Gebäuden, die den Horizont versperrten, allerdings nicht zu sehen.

Auf dem Dach einer maroden Fabrik gegenüber blickte ein Mann durch ein Fernglas hinaus in die Bucht. Cyrus schmunzelte.

Prompt drehte er sich um, überquerte die Straße und betrat den Bau, um sich umzuschauen. Am Boden verstreut lagen eine Menge Leichen, alle blutüberströmt. Ihre Wunden waren zum Teil grässlich anzusehen, wobei sie schwere Kopfverletzungen gemein hatten. »Ware abgefertigt«, murmelte er bei sich. Nachdem er die Tür hinter sich verriegelt hatte, ging er den Stimmen nach. Diese drangen von einer Treppe herauf und gehörten vier Personen.

Da diese geradewegs auf ihn zukamen, wich Cyrus zwischen einen hohen Stapel Paletten und einen Gabelstapler aus.

»Damit haben sie nicht gerechnet, was, Pee Wee?« Die Schritte näherten sich weiter: Stiefel auf Betonboden. Cyrus lächelte wieder, da er den Frager sofort an seinem Tonfall erkannte. »Pee Wee, mein Freund, du redest zu viel.« Zurückhaltendes Gelächter folgte, und er beobachtete, wie ein unauffälliger Mann den Arm eines regelrechten Riesen von Mensch boxte, während sie an seinem Versteck vorbeigingen und kurz in sein Sichtfeld gerieten. »Masta G, ich habe mich gefragt, ob du nicht gern ...«

Cyrus trat hinter ihnen vor. »Malik.«

Alle vier fuhren mit erhobenen Waffen herum, als sie den unverhofften Gast hörten. Er grinste breiter angesichts des geschockten Gesichtsausdrucks der Männer. Dann trat er vorwärts. »Hallo David, hallo Leon. Ich sehe, ihr habt auf euch aufgepasst. Glückwunsch.«

Doc Murda war fassungslos. »Wie ... wie konntest du ... Ich meine, wo ...«

»Komm schon, Junge, spuck's aus, was willst du sagen?«

»Wer ist der Wichser, Doc?«, fragte der vierte Mann.

»Bitte lass das Fluchen, er mag es nicht«, entgegnete der Anführer. »Überhaupt nicht.«

»Wie ist es dir so gegangen, Malik?«

»Ich heiße jetzt Doc Murda.«

»Ach ja? Tja, gewiss berechtigterweise, aber du darfst mir trotzdem antworten.«

»Gut, Sir, und du?« Murda vermittelte einen nervösen Eindruck.

»Ich war eingesperrt, also nicht so toll, obwohl die Erdbeeren mit Sahne im Morningside klasse schmeckten.«

»Wann bist du freigekommen?«

»Gestern. Ein alter Bekannter hat mir geholfen. Hast du sonst noch was zu sagen?«

Der Doc machte ein verlegenes Gesicht. »Ich bin froh, dich zu sehen.«

Cyrus zog eine Augenbraue hoch. »Du bist froh, mich zu sehen?«

»Ja, das bin ich … Dad.«

»Danke Malik, ich bin auch froh, dich zu sehen. Wäre schön, wenn wir zwei Zeit für ein langes Gespräch fänden. Mich interessiert auf jeden Fall, wie du zu solchem …«

Eine Explosion gewaltigen Ausmaßes zwang vier der fünf Männer auf den Fußboden der verwahrlosten Fabrik. Ziegelsteine und Glas stürzten überall im Gebäude herunter. Die Ostmauer gab nach und fiel nach außen auf die Straße. Dort war, wie man sah, das vierte Gebäude in der Reihe verschwunden – nicht einfach zerstört, sondern weg, und zurück blieb neben vereinzelten, kleinen Brandherden nichts als ein qualmender Krater. Pee Wee strich Sand und Steinsplitter von seinen Schultern.

Nach ein paar Sekunden schaute Cyrus hoch und sah eine breite Hand, die ihm zur Hilfe gereicht wurde.

Cyrus nahm das Angebot entgegen, stand auf und klopfte sich ab. »Danke sehr, Leon. Wir sollten gehen; gleich wird das ganze Pack hier sein, und allem Anschein nach fahrt nicht nur ihr schwere Geschütze auf.« Pee Wee wollte Murda hochziehen, doch dessen Vater lenkte ein. »Wenn du erlaubst, Leon; ich habe meinen Sohn ziemlich lange nicht gesehen.« Cyrus streckte seine Hand nach dem Anführer aus und half ihm auf. Murda war benommen und blutete aus einer kleinen Platzwunde über seinem rechten Auge.

»Hmm, das muss eventuell genäht werden. Das erledigen wir, sobald wir an einem Ort mit vier intakten Wänden sind. Hut ab, eure Raketen von einem anderen Dach aus zu starten, war ein Geniestreich.«

»Ich wollte nicht bei einem Konter welcher Form auch immer ums Leben kommen und hatte ein paar Söldner die … verzichtbar waren.«

Nachdem Pee Wee Masta G und den anderen Mann aufgelesen hatte, verließen die fünf das getroffene Gebäude zügig. »Ahh, San Francisco im Sommer«, schwärmte Cyrus, atmete die salzige Luft tief ein und blinzelte gegen die Sonne. »Absolut bezaubernd.«

Kapitel 39

Bei einem kurzen Streifzug durch die Kläranlage fanden sie keine Untoten, und alle Eingänge waren gesichert. Zudem war das kleine Gebäude von einem acht Fuß hohen Drahtzaun umgeben und das Tor ebenfalls abgesperrt. In einem Kompaktkühlschrank standen ein paar Gewürze und ein Glas Einmachgurken. Der Getränkeautomat hingegen war prall gefüllt, wie sie feststellten, nachdem Tony die Blende mit seinem Beil aufgebrochen hatte.

»Wo ist denn nun dieses Boot?«, fragte Abbey Ali.

»Keine Ahnung. Billy weiß, wo es ist, ich nicht. Er wollte mich hinbringen, als wir auf Sie gestoßen sind.«

Abbeys Gesichtsausdruck zeugte von Unbehagen und nicht geringer Furcht. »Sie machen Witze, oder?«

»Nein, aber er sagte schon, es liege unten am Pier in der Nähe der Frachter. Sollte also nicht allzu schwer zu finden sein.«

»Meine Güte, Sie waren wohl noch nie dort. Ich schon; ich habe als Postzustellerin gearbeitet und musste manchmal hin.«

»Ja und?«

»Also, das ist ein riesiger Irrgarten aus klotzigen Schiffscontainern, die so groß sind wie diese transportierbaren Wohneinheiten, die von Sattelschleppern gezogen werden müssen. Außerdem sind *eine Menge* Leute dort unten, und zwar jederzeit. Um Himmels willen, wir könnten genauso gut hierbleiben.« Sie schüttelte hoffnungslos den Kopf.

»Kommt nicht infrage. Wir haben nichts zu essen, und irgendwann kommen die rein. Wir müssen verschwinden.«

»Hören Sie zu, wir finden dieses Boot nie, auch weil wir dabei andauernd ausweichen werden mü...«

»Nein, Sie hören jetzt mal zu! Ich habe es nicht so weit geschafft, um aufzugeben und mich fressen zu lassen. Hier bleibe ich nicht, und Sie werden sterben, falls Sie es tun. Wir können sonst nichts tun, als von hier abzuhauen; dann finden wir eben ein anderes Boot. Billy hat von Leuten auf Alcatraz erzählt, und um uns in Sicherheit zu bringen, müssen wir auf die Insel, fertig.«

»Wow, Sie sind aus hartem Holz geschnitzt, was?«

»Nein, nur ängstlich und genervt. Die toughe Braut lasse ich nur raushängen, wenn ich muss.«

»Meinetwegen«, erwiderte Abbey. »Passen Sie auf, es tut mir echt leid, bloß ...«

»Vergessen Sie's, nichts passiert. Diese Situation ist nur zu typisch: Sie halten mir den Rücken frei, ich Ihnen, und wir brauchen ... Was war das?«

»Was?«

Rums!

»Das! Was zum Geier war das? Vielleicht haben wir die Anlage doch nicht so gründlich abgesucht, wie wir es hätten tun sollen.«

Rums-rums!

»Es kommt von ... Tony! Tony, schnell!«

Tony und Martin eilten hinüber zu den beiden Frauen. »Was ist los?«

Ali zeigte auf eine Falltür am Boden. »Hören Sie!«

Rums!

»Keine Sorge, die kommen da nicht durch; ist verriegelt.«

Ali verdrehte ihre Augen. »Sie kapieren gar nichts!« Sie zog einen Pfeil aus ihrem kleinen Köcher und klopfte mit dessen breiter Spitze auf die Stahlfläche. Nach zwei Sekunden wurde von unten *Tam-tada-da-da* geklopft. Ali strahlte und ergänzte: *Tam-tam.*

»Es ist Billy, machen Sie auf!«

Abbey und Tony schauten einander an. »Woher wissen Sie, dass er es ist?«, fragte Tony.

»Soll das ein Scherz sein? Öffnen Sie die blöde Klappe, ich kann hören, wie er da unten ruft!«

In der Tat war jemand unterhalb der schmalen Falltür laut geworden, wie man vage ausmachen konnte. »Na gut. Abbey, halten Sie Ihre Pistole bereit. Martin, nehmen Sie die hier.« Tony gab ihm seine Brandaxt. »Wenn das, was hochkommt, nicht mehr lebt, wird es getötet.«

»Das klang jetzt albern«, bemerkte Martin mit hochgezogenen Augenbrauen.

Tony strafte ihn mit einem finsteren Blick, hob die T-Stange an der Luke hoch, drehte sie um und zog.

»Wurde auch Zeit, da unten stinkt es«, meinte Billy, während er aus dem Loch zu seinen Freunden aufblickte.

Als Ali ihn umarmen wollte, sah sie, dass er blutverschmiert war. »Freut mich, dass Sie es geschafft haben«, sagte Tony und streckte eine Hand aus, um ihm zu helfen. Während Billy aus dem Loch in den Raum stieg, kniff der Elektriker die Augen zusammen. »Apropos, wie genau ist Ihnen das gelungen?«

»Manchmal stehen die einfach nicht auf mich«, antwortete Billy. »Ich meine, ist ja ohnehin nicht so, dass ich in Grillsoße eingelegt wäre.« Er zwinkerte Ali zu, die lächelte.

»Was heißt das?«, insistierte Martin.

»Das mit der Grillsoße? Also, wenn ich …«

»Nein! Warum wurden Sie nicht in Stücke gerissen?«

»Es heißt, dass Sie ihn hin und wieder nicht angreifen«, erklärte Ali. »Oder mich.«

»Quatsch!«

»Nein, das stimmt, aber wir können es uns nicht erklären, zumal es nicht die Regel ist«, beteuerte Billy. »Ab und an wollten sie uns fressen wie Wile E. Coyote den Road Runner.«

Martin schüttelte den Kopf. »Ich begreife das nicht.«

»Willkommen im Klub, wir haben Mitgliedsausweise und einen abgesprochenen Handschlag. Gibt es hier eine Dusche und vielleicht Klamotten zum Umziehen?« Billy schlug einen anderen Ton an, um jemanden aus dem tiefsten Süden nachzuahmen. »So langsam stinke ich wie Sau.«

»Ja«, nickte Tony. »Die Dusche ist da drüben.« Er zeigte auf eine Tür hinter Billy. »Und Overalls wie meinen dürften Sie dort auch finden.«

»Danke!« Billy ging zur Tür.

Tony drehte sich zu Ali um. »Also was jetzt?«

»Was jetzt was?«

»Warum haben die ihn nicht zerfetzt? Was bitteschön ist da gerade gelaufen?«

»Haben Sie die letzten paar Minuten gepennt? Wir wissen es nicht!«

»Na ja, wir müssen es aber erfahren!« Martin brüllte fast. »Das ist ganz wichtig! Denken Sie nach!«

»Ich … ich habe echt keinen blassen Schimmer«, stammelte sie. »Warum soll das so wichtig sein?«

Das nötigte Martin einen verständnislosen Blick ab.

»Ist die Frage ernst gemeint? Wenn wir kopieren können, was auch immer er an sich haben mag …« Er zeigte abfällig in Billys Richtung. »… sind ihre Sinne auch gegen uns immun! Dann könnten wir einfach an ihnen vorbeilaufen!«

»So funktioniert das nicht! Wenn Sie sie nicht imitieren, ziehen Sie sie trotzdem an, sie hauen allerdings gleich wieder ab! Man darf weder anders sprechen noch aussehen!«

»Ali, das ist mir egal. Wenn sie uns nicht angreifen, sind wir viel, viel sicherer. Jetzt denken Sie schon nach, und zwar gründlich: Jedes Mal, als er in Ruhe gelassen wurde – was hat er da zuvor getan?«

»Ich bin noch nicht oft dabei gewesen und kann es mir nicht vorstellen. Als ich in dem … in einem Krankenhaus war, kam mir zunächst keiner von ihnen näher, und dann auf einmal hielten sie mich für essbar. Mir fällt nicht ein, was ich von jetzt auf gleich anders gemacht haben könnte, tut mir leid!«

»Ali, wir müssen es herausfinden! Was auch immer es ist, wir sollten …«

»Was sollten wir? Mich sezieren? Mich mit einem Haufen von denen in einen Raum sperren, um zu sehen, ob sie mich gerade fressen wollen? Nichts da, Professor, ich bin nicht Ihr beschissenes Versuchskaninchen! Ich habe Ihnen gesagt, dass ich nicht weiß, woran es liegt, genauso wenig wie Billy. Es könnte genauso gut jedermann so gehen! Vielleicht hängt es ja auch gar nicht von uns ab, sondern von denen.« Sie zeigte aus einem Fenster. »Wie wär's, wir setzen Sie draußen aus; mal sehen, ob die Ihnen was abbeißen! Oder Ihnen.« Sie zeigte auf Tony. »Oder einem der Jungs!«

»Ali, niemand hat etwas von Versuchen gesagt. Wir wollen nur …«

»Nein, noch haben Sie das nicht, aber ich war schon einmal in einer solchen Situation und weiß, wie es läuft: Erst staunen alle – ist ja ach so neu –, dann kommen die Tests, und jemand wird eingesperrt, weil er als ›Subjekt‹ zu wichtig ist, als dass man ihn verlieren dürfte.« Ali neigte ihren Kopf nach vorn und zeigte auf Martin. »Sagen Sie irgendjemandem etwas hierüber, und ich bringe Sie um.« Daraufhin wandte sie sich ab und ging zum Duschraum, während Tony und Martin einander verblüfft anschauten.

Kurze Zeit später stießen Billy und Ali zu den Übrigen, die vor einem stillstehenden Pumpsystem zusammengekommen waren. »Hier ist niemand, und die Straßen draußen sehen verlassen aus«, berichtete Tony. »Drinnen haben wir jeden Winkel, jede Nische zweimal abgesucht, und draußen sah Abbey nur einen von denen, der aber schon seit einer kleinen Weile verschwunden ist.«

Ali wollte weder ihn noch Martin ansehen, sondern ging weiter nach oben, um Abbey auf den Laufstegen zu suchen. »Das sind ja glänzende Aussichten!«, tönte Billy vor der Gruppe. »Kann man auch die Docks von hier aus sehen?«

»Nein, aber Abbey sagte uns, es sei nicht mehr weit bis dorthin.«

»Sie haben nicht zufällig eine Pizza oder ein Roastbeef-Sandwich dabei, oder?«

Martin schmunzelte und hielt Billy einen Müsliriegel hin. »Mehr ist leider nicht drin.«

Billy machte dennoch große Augen. »Zagnut! Die mag ich mit am liebsten!« Er nahm den Riegel und ging ebenfalls, um sich zu den beiden Jungen zu gesellen.

»Finden Sie ihn auch ein bisschen abgedreht?«, fragte Tony Martin.

»Ein bisschen, ja. Ich zerbreche mir nach wie vor den Kopf darüber, dass er gegen diese Monster immun ist. Es will mir einfach nicht einleuchten.«

»Sie behaupten, sie würden den Grund dafür nicht kennen«, entgegnete Tony achselzuckend. »Was könnten wir sonst noch tun? Abgesehen davon hat er ein Boot, und wir müssen früher oder später hier weg. Sollte er sich sperren, forcieren wir das.«

»Einverstanden. Im Übrigen ist das jetzt die beste Gelegenheit dazu. Es scheint so, als müssten wir ständig weiterziehen, kaum dass wir irgendwo zur Ruhe gekommen sind, was?«

»Stimmt. Diese Viecher lassen nicht locker.«

»Das dürfen wir auch nicht tun. Lassen Sie uns mit den anderen darüber reden.«

Als Martin die Metalltreppe hinaufging, fand er die beiden Frauen auf einem Laufsteg sitzend vor, wo sie sich mit gedämpften Stimmen austauschten. Er ging mit großen Schritten zu ihnen und handelte sich einen giftigen Blick von Ali ein. »Wir müssen uns wieder auf den Weg machen. Billy wird uns allen sagen, wo sein Boot liegt, und dann versuchen wir, es zügig zu erreichen. Ali, ich ...«

»Behalten Sie's für sich«, unterbrach sie und stand auf. »Sie haben recht, wir sollten wieder in die Gänge kommen.«

Die drei trafen im Hauptsteuerraum auf die anderen, wo man leise besprach, wie als Nächstes vorzugehen sei.

Martin lenkte die Unterhaltung. »Billy, können Sie uns zu Ihrem Boot führen?«

»Sicher, wenn wir zu den Docks gelangen. Ich habe es an einem dicken Poller aus Holz vertäut vor einem der Piers liegen lassen. Sind wir erst mal dort, können wir es eigentlich kaum übersehen.«

»Moment, Sie haben es einfach nur mit einer Leine festgemacht? Wo ist der Zündschlüssel?«

»Zündschlüssel?«

»Ja, der des Boots, wo ist er?«

»Sorry, Mann, wie kommen Sie denn darauf? Es gibt keinen Schlüssel.«

Martin schloss die Augen und begann, sein Nasenbein mit Daumen und Zeigefinger zusammenzudrücken. »Wie groß ist dieses Boot, Billy?«

»Kann ich nicht genau abschätzen; vielleicht fünfzehn Fuß lang?«

»Lassen Sie mich raten: Es hat einen Außenborder mit Seilzugstarter, nicht wahr?«

»Genau! Sind Sie Hellseher oder so was?« Sein Lächeln ging in ein Stirnrunzeln über. »Sie hören sich an, als ob das Boot nicht ganz koscher sei. Wollten Sie hierbleiben, während alle anderen nach Alcatraz fahren?«

»Nein, aber die gesamte Bevölkerung San Franciscos, die noch nicht gestorben ist, war auf den Beinen, um die Stadt zu verlassen. Das verdammte Boot wurde bestimmt gestohlen! Gut möglich, dass Sie uns vergebens hergebracht haben!«

»Ich habe nicht gesagt, dass es ohne Risiko wäre.«

»Gott, Billy! Wir dachten, Sie hätten ein Motorboot.«

»Pah! Außenbord*motor*! *Motor*boot!«

Tony schaute zur Decke der Anlage hinauf, während Martin wieder den Kopf schüttelte. »Oh Mann, wir hätten in meinem Verschlag bleiben sollen.«

Ali trat hinter den Kanaldeckel, durch den sie heraufgekommen waren, und zeigte darauf. »Kriegen Sie sich wieder ein, Chef. Wenn die bei uns anklopfen: Wie lautet der Masterplan? Beste Abnehmmethode aller Zeiten: Ein paar Pfunde verlieren, indem wir hungern oder uns etwas von denen abbeißen lassen. So oder so sind wir im Arsch.«

»Da ist was dran. Haben Sie denn eine Idee?«

»Ich habe schon darüber nachgedacht«, hob Billy an. »Wir könnten von hier aus zum Hafen laufen, an Bord gehen und … na ja … halt zur Insel fahren.« Er schaute erwartungsvoll drein und nickte, um Beifall dafür einzufordern, während er beide Daumen nach oben hielt.

Abbey lächelte. »Guter Plan, so machen wir es.«

Caleb zupfte am Shirt seiner Mutter. »Mama, ich will nicht wieder da raus!« Melanie hielt ihre Söhne entschlossen fest, doch dass sie mit den Gedanken vorübergehend woanders war, erkannte man deutlich. »Mama!«

Billy stellte sich vor die drei und ging in die Hocke, um den beiden Kindern auf Augenhöhe zu begegnen.

»Wir können nicht hierbleiben, Caleb. Bald kommen die bösen Leute rein, und dann kriegen wir Riesenärger. Auf jener Insel warten gute Leute und sogar ein Mädchen namens Sam. Habt keine Angst, ich verspreche euch, dass du mit deiner Mutter und deinem Bruder heil dort hinkommst.«

»Sam ist doch ein Männername.«

»Und die Kurzform von Samantha.«

»Ach so.«

Als Billy Melanies Hände von den Jungen wegzog, schien sie ihrer Umgebung wieder gewahr zu werden. Sie schaute zu ihm auf und blinzelte. »Wir gehen«, stellte er klar. »Kommen Sie.« Da stand sie auf, ohne ein Wort zu sagen, und zog ihre Söhne wieder an sich.

Abbey lief mit Ali die Metalltreppe hinauf, um noch einmal von den Laufstegen aus zu überprüfen, wie es rings um das Klärwerk aussah; sie entdeckten nichts. Nachdem sie hinuntergestiegen waren, gaben sie ebendies an und gingen zum Haupteingang des Gebäudes.

»Bleiben Sie geduckt und vor allem ruhig«, trug Martin der Gruppe auf. »Das kleinste Geräusch, und sie könnten uns binnen Sekunden die Hölle heißmachen.«

»Alles roger, over und Ende«, spöttelte Billy und salutierte. »Ich gehe vor, Captain Kirk, meine Uniform ist nicht rot.«

Martin schaute ihn wieder verwirrt an. »Äh, ja. Jungs, ihr könnt doch laufen, oder soll jemand von uns euch tragen?«

»Ich kann gut laufen«, bekräftigte Caleb, doch Noah verbarg sein Gesicht an der Hüfte seiner Mutter. Sie nickte und nahm ihn auf den Arm.

Nachdem Martin die Tür geöffnet hatte, trat einer nach dem anderen hinaus in die heiße Nachmittagsluft.

Billy kniff die Augen zusammen, weil die Sonne so hell schien. »Es ist still … zu still.«

»Lassen Sie das!«, zischte Martin.

Sie stießen leise bis zum Hafengelände vor, das ebenfalls mit einem Drahtzaun umfriedet war. Das breite Gatter stand weit auf, und in dem winzigen Wachhaus hockte niemand. Als sie vorbeigegangen waren, sahen sie überall bunte Frachtcontainer, teilweise fünf übereinandergestapelt und somit ein effektiver Sichtschutz nach jeder Seite hin. Hinter dem Häuschen ging Billy noch ungefähr vierzig Fuß weiter. Das Stromnetz musste noch funktionieren, da in der Lagerhalle Licht brannte, doch da die Tore geöffnet waren, wimmelte es darin möglicherweise vor menschenfressenden Untoten. Die Überlebenden blieben am nächsten Container stehen, wo Billy auf sie gewartet hatte.

»Hier habe ich fahren gelernt«, wisperte er zur Seite geneigt Martin zu. »War wirklich leicht.« Er zeigte auf einen Haufen blutbesudelter Kleider auf dem Asphalt; darin bewegte sich etwas, allerdings kaum wahrnehmbar, denn viel hatten die Zombies nicht übrig gelassen. »Das war ein Bandenmitglied, kein sehr netter Mensch. Am Ende hat er gesungen.«

»Billy, das Boot!«

»Ach so, dort entlang.«

»Ganz still sein!«, ermahnte Abbey Caleb.

»Genau, wir sind auf Hasenjagd«, fügte Billy hinzu.

Die Gruppe zog weiter. Als sie sich einem besonders hohen Turm aus Containern näherten, deren Wände mit den Großbuchstaben *MAERSK* bedruckt waren, dem Namen der weltgrößten Frachtschiff-Reederei, hörten sie die unverkennbaren Geräusche der Toten: Sie stöhnten und schlurften in der Nähe herum, genauer gesagt unmittelbar hinter dem Stapel. »Bleibt hier!«, flüsterte Billy seinem Tross zu.

Kaum dass er um die Ecke schaute, zog er seinen Kopf wieder ein. »Sie können dort noch nicht langgehen. Ich locke sie weg. Das Boot liegt am Ende dieses Piers, dort geht es an einer wackeligen Holzleiter hinunter auf einen kleineren Steg, aber die Richtung stimmt.« Er zeigte den Weg für die anderen. »Da steht ein blauer, offener Container; wenn Sie den sehen, biegen Sie links ab und erreichen den Rand des großen Docks nach zehn Schritten. Dann müssten Sie die Leiter sehen, und das Boot liegt gleich darunter. Geben Sie mir eine Minute Zeit, bevor Sie losziehen. Ach, und Martin? Hören Sie auf, das Leben so ernst zu nehmen, oder Sie behalten es nicht mehr lange.« Ohne darauf zu warten, ob jemand etwas entgegnete, zückte er seine Eispickel und schlenderte beiläufig pfeifend um den Container herum. Augenblicklich wurde das Ächzen und Schreien um ein Vielfaches lauter.

»Meine Güte, was für *aufregende* Monster!«, zitierte er frei nach Bugs Bunny und stürmte auf sie zu. Sein Gerede wurde leiser, während er das Dock hinunter von seinen Begleitern fortlief.

Kurz darauf lugte Martin um die Ecke. »Gott, halb San Francisco ist hinter ihm her.« Er bedeutete den anderen, ihm zu folgen, und nachdem sie gemeinsam hinter den Container getreten waren, hasteten sie auf die

Stelle zu, wo das Boot liegen sollte. Viel Platz war nicht in der Umgebung, kaum zwei Meter zwischen den Metallwänden, während sie sich durch das Labyrinth aus Schiffscontainern schlugen. Dann durchbrach ein unbändiger Schrei die Stille, wobei sich Martins Nackenhaare aufrichteten. »Was war das denn?«, fragte Tony beklommen. »Die schreien doch gar nicht!«

»Das ist einer von den Läufern!«, erklärte Ali. »Still bleiben, alle!«

»Warten Sie, was? Ein Läufer?«

»Ja, ein Zombie, der schnell laufen kann!«

»Wovon …«

»Psst!«

Sie hörten Stöße gegen die Metallcontainer. Diese klangen aber nicht nach einer Vielzahl von Händen, sondern eher als ob jemand wie vor Raserei gegen die Wände des Irrgartens renne. Als etwas zwei Container weiter vorbeihuschte, erstarrten sie. Ali blickte gespannt drein und hielt einen Pfeil schussbereit. Dann kam ein Mann um die Ecke, hinter der das Wesen gerade verschwunden war, und blieb stehen, er stützte seine Hände auf die Oberschenkel, schaute zu Boden und schnaufte außer Atem. Seine Kleider waren zerfetzt, und an einem seiner Arme klebte Blut.

Bevor Ali Tony zurückhalten konnte, sprach er den Fremden laut flüsternd an. »Hey, sind Sie okay? Kommen …« Der Mann drehte ihnen ruckartig den Kopf zu. Selbst aus der Ferne erkannte Ali, dass seine Augen dunkelrot waren. Dann stieß er einen langgezogenen, kehligen Schrei aus, der die Container vibrieren ließ und denjenigen unter den Überlebenden, die ihn noch nicht vernommen hatten, Furcht bisher unbekannter Art einjagte. Ali kannte ihn zwar schon, bekam aber ebenso schreckliche Angst.

Sie ließ den Pfeil fliegen, verfehlte jedoch. Als sie einen neuen aus dem Köcher pflücken wollte, stürmte die Kreatur auf die Gruppe zu, eine koordinierte Arm- und Beinbewegung im vollen Sprint. Martin wich zurück, und Tony brachte noch »Was zur Hölle?!« über die Lippen, bevor das Ding sie erreichte. Er holte mit seinem Beil aus und stieß damit zu wie mit einer Lanze; so traf er das tollwütige Grauen direkt über dem Magen. Es schlingerte rückwärts, während es sich an die Brust fasste und verdattert dreinschaute, leider aber nur kurz, bevor es noch einmal kurz schrie und wieder vorstieß, wobei es mit den Fingern in der Luft fuchtelte. Ali war bewusst, dass sie nie schnell genug schießen könnte, ehe das Ungeheuer in ihrer Mitte war, doch sie legte trotzdem an.

Bamm! Bamm! Bamm!

Falls es laut aufbrüllte, hörte man dies wegen der donnernden Schüsse aus Abbeys Pistole nicht, zumal sie in den Metallschluchten zwischen den Containern widerhallten. Die Frau hatte die Brust der tobenden Kreatur zweimal, seinen rechten Arm einmal getroffen. Er brach zusammen, blieb auf dem Rücken liegen und streckte sich nach den Lebenden aus, bevor Tony ihm mit einem Schlag auf den Schädel ein Ende bereitete.

Mit einem Piepen in den Ohren schaute Martin Abbey an. »Das war unklug; jetzt wissen die anderen, dass wir hier sind.«

»Pff, als hätte das Geschrei nicht schon alle verrückt gemacht; verziehen wir uns!«

Sie gingen weiter, während Noah leise weinte. »Woher wussten Sie, dass es Schnellere gibt?«, fragte Abbey Ali.

»Ich bin schon einigen begegnet. Ich glaube aber nicht, dass sie in gleicher Weise untot sind wie die Langsameren. Wenn sie niedergeschossen werden, bleiben sie liegen, wie auch wir es tun würden.«

»Meinen Sie, dass die …«

»Sie sind vor uns!«, rief Tony, als eine überschaubare Zahl um die Ecke einer Kreuzung zwischen den Containern bog. Die Zombies sahen die Lebenden und beschleunigten, so gut es ihre verwesenden Beine zuließen. »Umkehren, schnell!«

Die Gruppe drehte sich um und lief in die Richtung zurück, aus der sie gekommen war, nunmehr mit Abbey und Ali an der Spitze. »Dort entlang!«, sagte Letztere und nahm eine Abzweigung rechts. Neben Caleb weinte jetzt auch Melanie, während sie den beiden anderen Frauen folgten und Tony mit Martin die Nachhut bildete. Sie kamen nicht weit, bevor sie eine grauenerregende Szene mit ansehen mussten: Sechs Untote verstümmelten eine Person am Boden, balgten sich um die kostbarsten Stücke. Dass Abbey kurz und ruckartig einatmete, blieb nicht unbemerkt, denn eines der Monster drehte sich um. Sein Blick fiel gleich auf Caleb, der einmal vor Angst aufheulte. Die übrigen fünf Kreaturen reagierten sofort und entschieden wie auch die erste, dass frischeres Fleisch besser sei; sie erhoben sich und kamen näher, was auf so engem Raum sehr schnell geschah.

»Zurück, zurück!«, drängte Ali.

»Hinter uns sind auch welche!«, ließ Martin wissen, der sich verzweifelt umschaute. »Rauf da! Wir müssen nach oben!« Er kletterte an hervorstehenden Teilen der übergroßen Kästen hinauf – neun Fuß bis auf die Oberseite eines einzelnen, der gesondert dastand. Geben Sie mir die Jungs, los!« Melanie hob Noah hoch, woraufhin Martin die Hände des Kleinen packte. Tony und Ali halfen unterdessen Caleb.

»Beeilen Sie sich, Melanie!«, brüllte Tony, da die Toten keine ganze Containerlänge mehr entfernt waren.

Da sich die Frau beim Klettern ungeschickt anstellte, brauchte sie recht lange, um das Dach zu erreichen. Tony und Ali erkannten gleichzeitig, dass es unmöglich alle nach oben schaffen würden, bevor die untote Rotte sie einholte. Abbey kroch über die Kante herauf, während Ali zur anderen Seite des Durchgangs lief und auf den nächsten Container hüpfte. Tony sprang in zwei Schritten fünfzehn Fuß weit und schleuderte sein Beil in eine Sechsergruppe Zombies. Ein Wurf in den Bauch mit einer solchen Waffe hätte einen normalen Menschen ernstlich verletzt, doch der getroffene Mann, dem man den früheren Snob noch ansah, steckte es mit einem kleinen Schritt rückwärts weg, wobei das Wurfgeschoss über den Boden schlitterte, ohne etwas bewirkt zu haben.

Unbewaffnet geriet Tony in Panik. Er sprang gegen den Container neben jenem, auf dem seine Gefährten standen, und fing gleichsam an, ihn zu erklimmen. Bedauerlicherweise stand ein weiterer darauf, weshalb er eine Höhe von beinahe zwanzig Fuß bewältigen musste. Zwischen den beiden gewaltigen Metallkisten fand man nur an wenigen Stellen Halt, um sich den Aufstieg zu erleichtern, und gerade einmal fünf Fuß unter der Oberkante stockte er, weil er nichts mehr in greifbarer Nähe sah. Als die erste verrottende Hand eines seiner Hosenbeine festhielt, schrie er und wurde noch hektischer. Ein Pfeil bohrte sich in den Hals des Geschöpfs, das ihn bedrängte, weshalb es leicht stolperte und Tony losließ. Da machte er einen Satz nach oben und bekam endlich etwas zu fassen. Auch Abbey feuerte in die Menge und fällte einen zweiten Toten, der sich an Tonys schutzlosen Beinen vergreifen wollte.

»Hoch, hoch, hoch!«, schrie Ali, während sie noch einen Pfeil in die Zombiemasse sausen ließ. Tony hing nun auf halber Höhe des oberen Containers und schaute hinab. Die Untoten konnten ihn nicht mehr erreichen, was den See fauliger Gesichter, die ihn sehnsuchtsvoll hungrig anglotzten, allerdings nicht davon abhielt, es zu versuchen. Von jedem freien Zugangspunkt aus näherten sich mehr von ihnen, weshalb der sechs Fuß breite Durchgang zwischen den Behältern langsam vor Leibern überquoll, die nach den Lebenden gierten. Caleb spuckte auf sie. Tony krabbelte aufs Dach des Containers wie eine Spinne und blieb einen langen Moment keuchend sitzen.

Dann reichte er Martin, den Jungen und Melanie, die nun auch an dem zweiten Container hochkletterten, eine helfende Hand, während Ali allein auf der anderen Seite der Lücke ausharrte.

»Ich kann das Wasser sehen!« Abbey zeigte in die entsprechende Richtung. »Ist überhaupt nicht mehr weit!«

»Könnte genauso gut am anderen Ende der Welt sein«, maulte Martin. »Wie sollen wir hinüberkommen?«

Tony trat an den Rand seines Fluchtpunkts und überblickte die Infizierten, die sich nach ihm ausstreckten.

Dann nahm er zwei Schritte Anlauf und sprang hinüber, was die Masse mitverfolgte wie die Zuschauer eines Tennisspiels. Er schaffte es ohne Probleme und kehrte gleich wieder zurück. »So«, antwortete er.

»Aber die Kinder …«

»Ich hab's. Komm her.« Er nahm Noah in die Arme und sprang erneut, überwand die Kluft abermals ohne Mühen. »Jetzt warte hier, bin gleich wieder da. Alles okay?« Der Junge bewegte sein Köpfchen auf und ab. Tony sprang auf die andere Seite und hob Caleb hoch. »Du bist ein kleiner Brummer, was? Halt dich fest.«

»Und wenn wir fallen?«

»Werden wir nicht«, versicherte Tony und übersprang erneut die Köpfe der Kannibalen. Schließlich drehte er sich nach dem Rest seiner Mitstreiter um und rief. »Worauf warten Sie noch, verdammt, wir haben nicht den ganzen Tag Zeit!« Melanie, Martin und Abbey setzten sich nacheinander über den Korridor zwischen den beiden Doppelcontainern von *Maersk* hinweg.

Ali stand indes weiterhin auf einem, der zu weit von den anderen entfernt war, als dass sie in die gleiche Richtung hätte springen können wie die anderen Überlebenden. Tony war klar, dass ihr der Versuch niemals gelingen würde. Sie befand sich zwar lediglich dreißig Fuß weit von ihren Freunden entfernt, doch unter ihr hatten sich unzählige Leichen zusammengeschart, und ein Weg hinüber tat sich nicht auf. »Ich kann nicht zu Ihnen kommen«, sagte er ihr geradeheraus über die Klagelaute der Untoten hinweg.

»Ich weiß. Ich muss in die Richtung zurück, aus der ich gekommen bin, bis ich eine günstige Stelle finde.«

»Nehmen Sie weit genug Anlauf, mindestens zwei Schritte, und springen Sie dann einfach, aber passen Sie auf, dass Sie nicht zu weit fliegen, oder Sie …«

»Danke, ich komm schon klar. Gehen Sie ruhig, wir treffen uns am Boot.«

»Gut, wir werden nicht ohne Sie losfahren.«

»Und ob Sie das werden. Wenn ich nicht innerhalb einer Stunde da bin oder Sie dem Ansturm nicht gewachsen sind, legen Sie ab. Fahren Sie wenigstens so weit hinaus, bis das Wasser so tief ist, dass die Sie nicht kriegen, und warten Sie dann. Sollte ich nicht in absehbarer Zeit da sein, komme ich auch nicht mehr.«

Tony nickte und winkte. Ali erwiderte die Geste und trat an die gegenüberliegende Kante ihres metallischen Refugiums. Beim Blick nach unten musste sie einsehen, dass sie, falls sie stürzte, nicht auf den Boden fallen würde, da dort viel zu viele Zombies standen, die sie dankbar auffangen würden. Seufzend begann sie, von einem Container zum nächsten zu springen – auf dem Weg zurück, den sie gekommen war. Die Leiber folgten ihr.

Auf der anderen Seite der Docks hüpften die vier Erwachsenen mit den beiden Kindern ebenso über die Gänge zwischen den Stahlbehältern. Die Untoten fielen zurück, wo sie die Ecken nicht schnell genug umrundeten, und verliefen sich im Gewirr. Die Lebenden hingegen behielten ihr Tempo bei. Tony vollführte zweiundzwanzig Sprünge mit den Kindern, bevor er unglücklich landete und sich ein Knie verdrehte. Der Schmerz raubte ihm einstweilig die Luft, aber nicht sein Gleichgewicht. Danach wandte er sich an den Obdachlosen: »Sie müssen jetzt mit den Kindern weiterspringen, Martin. Ich bin kaputt.«

»Ich sehe das Boot«, warf Abbey ein. »Es liegt dort unten an dem Dock, das sind keine hundertfünfzig Fuß mehr. Bis zur Leiter stehen uns nur noch sieben im Weg, und ich kann ...« Sie entnahm ihr Magazin und zählte die verbliebenen Patronen. »... bloß viermal schießen.«

Martin stellte sich an die Kante des Containers. »Also gut dann: Ich klettere zuerst mit Noah hinunter. Mel, Sie lassen Caleb zu mir herab und folgen dann. Sie, Abbey, geben uns Feuerschutz, bis ich Ihre Pistole fangen kann, und kommen dann hinterher. Tony, Sie ...«

»Ich behalte meine Waffe, danke.«

»Sie kriegen Sie zurück, Ehrenwort.«

»Ja, ja. Ich möchte eine Kugel aufsparen, mein Freund, und darum sollen Sie nicht grundlos schießen, wenn Sie verstehen, was ich meine.«

»Das tue ich. Dann nehmen Sie eben eine heraus.«

»Abgemacht.« Abbey entfernte das Magazin und nahm eine 9mm-Patrone heraus, die sie in eine Hosentasche steckte.

»Tony, bekommen Sie das hin?«

»Verwetten Sie Ihren Hintern drauf, dass ich das hinbekomme.« Er schaute Caleb an.

»Na, dann los«, sprach Melanie.

Sie alle verhielten sich wie abgesprochen und erreichten den Boden ohne Schwierigkeiten. Martin reichte die Pistole an Abbey zurück, die sofort wieder das Magazin löste und ihre letzte Kugel hineinsteckte. Dann gingen sie schnell, aber leise weiter und blieben unbemerkt bis kurz vor der Leiter: Ein untoter Hafenarbeiter mit einem gelben Sicherheitshelm in einer Hand stöhnte laut. Prompt drehte sich der Rest der Kadaver um und setzte sich schwerfällig in Bewegung, um an neues Fleisch zu gelangen.

Abbey legte mit der Glock auf den Arbeiter an und schoss ein sauberes Loch unter seine Nase. »Jetzt gilt's!«

Martin schnappte sich Caleb, Melanie nahm Noah hoch, und dann kletterten sie hinunter, wobei die morsche Holzleiter unter jedem Tritt knarrte. Der Schuss hatte reihenweise Zombies angelockt; eine kleine Armee von ihnen rückte an, als Tony seinen mühseligen Abstieg begann. Abbey feuerte noch dreimal, bevor der Schlitten der Glock nicht mehr nach vorn rutschte. Sie hatte völlig vergessen, wem die letzte Patrone vorbehalten sein sollte.

»Abbey, schnell!«, rief jemand vom unteren Steg her.

Gleichzeitig hörte sie, wie der Motor des Boots hochgejagt wurde und rumpelnd startete. Sie behielt die Flucht ihrer Gefährten im Auge, bis der erste Untote, ein Mann im blauen Krankenhauskittel, der unverletzt aussah, auf sie zustürzte. Ohne sich zu bemüßigen, nach unten zu schauen, lief sie an den Rand des Stegs, stieß sich ab und sprang über das Boot, wobei sie mit den Armen in der Luft ruderte. Fünfzehn Fuß unterhalb klatschte sie begleitet von einer heftigen Spritzwelle ins Wasser, als Martin das kleine Fahrzeug von der Anlegestelle weglenkte.

Keine zwei Sekunden später erschien der leichenhafte Arzt und kippte über die Kante des höher gelegenen Stegs. Als er auf dem unteren landete, brach sein rechtes Bein, sodass der Oberschenkel seitlich unter seinem Kittel hervorstand. Er streckte eine Hand nach dem Boot aus, während er versuchte, sich mit der anderen aufzurichten.

Abbey tauchte rasch auf und schwamm auf die anderen zu. Martin fuhr ihr entgegen und zog sie gemeinsam mit Tony an Bord, zusammen mit ein paar Gallonen Meerwasser. Wie Lemminge traten auferstandene Tote über den Rand des höheren Stegs und krachten auf den niedrigeren. Einige standen auf, andere stürzten ins Nass, doch alle ächzten und versuchten das Boot festzuhalten, das sich schon über die Wellen schlängelte.

Als Martin dreihundert Fuß weit in die Bucht vorgestoßen war, stellte er den Außenborder ab. »Wir warten eine Weile hier, falls Ali es schafft.«

»Und Billy!«, fügte Caleb entschieden an.

»Und Billy.«

Kapitel 40

Drei Stunden, nachdem er sich die Bisswunde zugezogen hatte, starb Wizneski. Zwei SEALs, Martinez, der Bordarzt der *USS Florida* und Captain Meara waren bei ihm, als es geschah. Der todgeweihte Polizist hatte zugelassen, dass der Doktor die Entwicklung der Symptome aufzeichnete. Somit wurde zum ersten Mal mitvollzogen, wie sich ein Mensch durch seine Verwandlung quälte. Es war fürchterlich.

Der Sterbende bekam über einundvierzig Grad Fieber, und seine Verletzung sah aus, als habe er sie sich eine Woche zuvor im tiefsten, finstersten Dschungel eingehandelt. Die Wunde war zweifellos entzündet, wurde zuerst rot und dann schwarz, bevor sie eine ebenso dunkle Flüssigkeit absonderte, das Sekret der Verdammten. Dr. Arvid, der Arzt des U-Boots, hielt die Symptome schriftlich fest, während er in einen Gefahrenstoffschutzanzug gekleidet mit seinem Patienten in einer Zelle auf der Krankenstation eingesperrt war: schwarz werdende Wundränder und Adern, Schüttelfrost, Erbrechen und Augenblutungen, schlussendlich das Fieber. Als Wizneski zu krampfen begann, befahl Meara dem Arzt, die Zelle zu verlassen, woraufhin sie die Gittertür absperrten.

Nach dem ungefähr einminütigen Anfall blieb der Kranke ruhig auf seiner Metallpritsche liegen. Dann schlug er seine blutunterlaufenen Augen auf und erhob sich. Dabei wälzte er sich von der Matratze wie mit einem Kater und kam zu den Gitterstäben der Zellentür. Alle wichen zurück, als der nun untote Mann einen kläglichen Schrei ausstieß und sich durchs Gitter ausstreckte. Seine ruhige Art war einer Bosheit gewichen, seine dunkelroten Augen blitzten vor verkommenem Verlangen.

Martinez trat vor. »Wiz? Wiz, ich bin es, Paps! Du kennst mich doch, Mann, wir sind beste Freunde.«

Der frühere Cop strengte sich noch mehr an, um seinen früheren Kollegen zu ergreifen, und fuchtelte in der Luft herum.

Meara legte eine Hand auf die Schulter des Scharfschützen. »Er ist tot, Martinez. Etwas anderes hat Besitz von seinem Körper ergriffen, das weißt du.«

»Ja, das tue ich, es ist bloß … Ich wollte es einfach versuchen.«

»Verständlich.« Mike näherte sich noch ein wenig und sprach leiser weiter: »Du solltest es erledigen.«

Martinez nickte und zog seine Dienstwaffe. »Alle zurücktreten.« Indem der lebende Polizist ins Gesicht des verstorbenen zielte, sagte er: »Keine Budweiser-Exzesse mehr freitags, Kumpel« und drückte ab.

Weiter unten auf dem Flur ließ man in andächtiger Stille die Köpfe hängen, als der Schuss fiel. Rick, Dallas, Chris und Anna verließen den Raum nach kurzem Innehalten, um hinauf in die neue Kommandozentrale zu gehen, wozu man den Leuchtturm auserkoren hatte. McInerney warteten oben auf sie, gemeinsam mit Pitt und einem bisher Unbekannten, der eine dunkle Tarnuniform und schwarze Schuhe trug. Ein Matrose vom

U-Boot ging draußen auf dem Balkon herum und blickte dabei alle paar Sekunden durch einen Feldstecher.

»Tut mir leid wegen Ihres Kollegen«, sagte der Kommandant zu Barnes.

»Danke. Wie geht es nun weiter?«

»Lieutenant Commander Pitt?«

»Sir. Sie vier, Martinez und sieben Angehörige von Abteilung Bravo werden Alcatraz mit zwei CRRCs verlassen und hierhin fahren.« Er zeigte auf einen Punkt auf der Karte, die auf einem wackligen Tisch vor ihnen ausgebreitet war; dort lagen auch sechs Schwarz-Weiß-Fotos. »Es handelt sich um ein Fahrzeugreparaturdepot des US-Marinekorps. Luftaufnahmen einer unbemannten Drohne zeigen drei Radschützenpanzer, perfekte Fahrzeuge für Ihre Mission; sie sind amphibisch, kugelsicher und vor allen Limas gefeit, die Sie antreffen werden. Mit einer Dieseltankfüllung beträgt ihre Einsatzreichweite üblicherweise rund sechshundertfünfzig Kilometer, doch diese wurden jüngst gewartet, also holen Sie bestimmt noch ein wenig mehr heraus. Einer der Panzer steht auf einer Rampe, was wohl bedeutet, dass eine Reparatur im Gange war, weshalb er nicht funktionieren könnte. Die anderen beiden parken gleich vor dem Hangar und wurden demzufolge wahrscheinlich vollständig instandgesetzt; das hoffen wir zumindest.«

Anna hob einen Arm. »Was ist ein CRRC?«

Pitt schaute sie irritiert an. »Ein Aufklärungswasserfahrzeug, genauer gesagt ein kleines Schlauchboot mit extrem leisem Motor. Nachdem Sie die Panzer sichergestellt haben, werden Sie das Depot hinter sich lassen und eine andere Position ansteuern, über welche Sie nur bei

Bedarf Informationen erhalten. Wir werden Ihnen die Koordinaten dazu unterwegs mitteilen.«

»Warum setzen Sie uns nicht von vornherein ins Bild, Major?«, fragte Barnes.

»Die Radpanzer verfügen über Standardbewaffnung. Das primäre System dieser speziellen Fahrzeuge ist eine M242 Bushmaster mit Gurtzufuhr, eine nicht von Einzelpersonen bedienbare Kanone vom Kaliber 25. Sekundär kommen entweder zwei Maschinengewehre vom Typ FN MAG – ein auf dem Dach montiertes, das andere koaxial neben der Kanone – oder ein 81mm-Granatwerfer zum Einsatz. Dummerweise wurden diese Modelle von gewöhnlichen Mechanikern gewartet, welche die Bewaffnung entfernten und in einer separaten Einrichtung hinterlegten.« Pitt schaute die vier Zivilisten an, reihum und jeweils eingehend. »Sollten Sie von verbrecherischen Elementen gefangen genommen und gefoltert werden, möchten wir nicht, dass Sie wissen, wo die Geräte und ihre Munition gelagert sind. Tut mir leid; haben Sie noch intelligente Fragen?«

Bei diesen letzten Worten von Pitts Unterweisung trat Martinez ein. »Ja, wann brechen wir auf?«

»Morgen früh«, gab McInerney an. »Um null-vierhundert.«

Dallas suchte seinen Blick. »Kevin, was ist, wenn wir es nicht bis zu den Kanonen schaffen?«

»Das werden wir«, beteuerte der Mann in Schwarz.

»Ach, Entschuldigung«, platzte der Commander daraufhin heraus. »Das ist Lieutenant Boone, ihm unterstehen die SEALs. Ich dachte, Sie sollten Ihn kennenlernen. Mir ist klar, dass Sie das Gros meiner

Leute bereits getroffen haben, aber Boone war in der vergangenen Woche … anderweitig beschäftigt. Er hat die Luftbilder des Marinefahrzeugdepots beschafft und ist … sonstigen Pflichten nachgegangen.«

»Howdy«, grüßte Dallas. Boone nickte zackig. »Kevin, was geschieht, wenn wir unterwegs weitere Überlebende finden?«

»Damit rechne ich fest. Die oberste Priorität Ihrer Mission besteht darin, jene Bostoner Forscher umzusiedeln. Falls Sie allerdings anderen Überlebenden, denen Sie begegnen, in irgendeiner Weise helfen können, sollten Sie dies tun, solange es Ihrem Auftrag nicht zuwiderläuft. Sie dürfen nicht Ihre gesamte Munition und all Ihre Betriebsmittel abgeben, aber lassen Sie keine Familie im Stich, falls Sie sie retten können. Zudem können Sie jedwede Militäreinheiten aufnehmen, die Sie im Verlauf treffen – wiederum vorausgesetzt, dies kompromittiert weder den Ablauf oder die Sicherheit der Operation noch Ihr Primärziel.«

Dallas lächelte. »Verstanden.«

»Falls das alles ist, sollten Sie sich jetzt ausruhen und etwas essen. Der Vormittag morgen wird sich für Sie voraussichtlich hinziehen. Barnes und Boone, wenn Sie bitte noch hierbleiben würden, ich habe …«

Auf ein Klopfen an der Scheibe des Leuchtturms hin drehten sich alle um. Der Matrose mit dem Feldstecher zeigte auf seine Augen und dann hinaus in die Bucht.

»Kümmere mich darum, Sir.« Pitt kehrte auf den Balkon zurück und sprach in sein Walkie-Talkie.

»Nun, das wäre es dann so weit. Wenn Sie die Transportmittel besorgt haben, werden Sie per Funk Kontakt mit uns aufnehmen, dann erhalten Sie in einer codierten Nachricht Standortinformationen zu dem Waffenlager. Viel Glück Ihnen allen.« McInerney schüttelte Dallas, Anna und Chris die Hände. »Mit Mr. Barnes will ich noch ein paar logistische Fragen klären, aber Sie drei dürfen gehen.«

»Danke Kevin, ich werde mich jetzt mal an den Futtertrog stellen.«

»Ja, danke sehr, Sir«, sagte Anna. Die drei Zivilisten verließen den Raum und gingen die Wendeltreppe des Leuchtturms hinunter.

»Lieutenant Boone.« McInerney trat einen Schritt vor und legte seine Hände auf den Rücken.

»Sir? Mr. Barnes, darf ich offen mit Ihnen sprechen?«

»Selbstverständlich.«

»Bei allem gebührenden Respekt, ich halte es für unsinnig, Zivilisten bei dieser Mission zuzulassen, Sie inbegriffen. Nicht ausgebildete Personen verkomplizieren das Vorgehen und verwandeln Einsätze im Allgemeinen in riesige Debakel. Sie könnten uns ohne Weiteres darüber in Kenntnis setzen, wie sich die Forscher aus ihrem Labor schleusen lassen. Unabhängig von meiner Meinung scheint der Commander Sie und Ihresgleichen für die Mission haben zu wollen; ich werde meinen Standpunkt nicht mehr erklären, aber Sie sollten darüber Bescheid wissen.«

»Ich weiß es zu schätzen.«

»Schön und gut, aber hier kommt der Knackpunkt: Egal was der Commander sagt, ich halte jetzt und in Zukunft die Befehlsgewalt bei diesem Einsatz inne.« Boone schaute McInerney an, der mit einem Nicken bestätigte.

»Hierbei handelt es sich um einen Militärauftrag, und darum wird jedes Zivilelement – auch Sie – allen Anweisungen gehorchen, die es erhält, oder inhaftiert. Sollte sich jemand zu einem Problem entwickeln, lassen wir ihn oder sie zurück; sabotiert jemand die Mission oder einen ihrer Parameter willentlich oder versucht es, erschieße ich ihn oder sie eigenhändig. Von nun an ziehe ich Sie persönlich für alle Handlungen Ihrer Leute in Verantwortung. Ich bin kein Charakterschwein, möchte aber keine Situation erleben, in der ein Zivilist mein Team durch seine Blödheit ums Leben bringt. *Das lasse ich nicht zu.*«

»Ich glaube, Sie und ich, wir werden gut miteinander auskommen, Lieutenant«, erwiderte Rick und bot Boone eine Hand an. Dieser schüttelte sie; er packte ordentlich zu.

Commander McInerney ergriff das Wort: »Ich glaube, es gibt da jemanden, den wir begrüßen sollten.«

Kapitel 41

Ali wusste nicht mehr, wohin. Beim Springen über die Korridore zwischen den wuchtigen Schiffscontainern war sie in eine Sackgasse geraten. Sie legte sich aufs heiße Dach eines roten Behälters, verschränkte ihre Hände hinterm Kopf und starrte an den wolkenlosen Himmel. Das Stöhnen und Heulen der Untoten zerrte an ihren Nerven, und sie waren nahe, gerade einmal fünf Fuß weit unterhalb. Sie konnte den Haufen zwar ebenso wenig sehen wie dieser sie, doch beide Seiten wussten, dass die jeweils andere da war, und die Zombies übten sich in Geduld.

Warum sich hier so viele von ihnen aufhielten, wollte Ali allerdings nicht in den Kopf gehen. Dies war die Hafengegend, also hätten vor dem Ausbruch der Epidemie durchaus einige Menschen zugegen sein sollen, etwa örtliche Arbeiter und Schiffspersonal, aber keine solchen Massen. Dies waren Hunderte, falls ihre Zahl nicht sogar in den vierstelligen Bereich ging. Wären die Zwischenräume rings um die Container nicht so schmal gewesen, hätte die schiere Menge der heranströmenden Untoten denjenigen umwerfen können, auf dem sie lag, und sie wäre den Infizierten geradewegs in ihre aufgesperrten Mäuler gefallen.

Ali konnte das Ende des Stegs sehen, das sie erreichen musste, doch dies war unmöglich, und zwar wegen der dreißig Fuß und mehr breiten Lücken auf dem Weg, wo sich dicht an dicht Kannibalen tummelten. Einen Durchbruch zu versuchen wäre angesichts dieser Unzahl von Kreaturen auf Selbstmord hinausgelaufen.

Das Metall unter ihr hatte sich erhitzt, und Ali hielt sich die Ohren zu, um den Bann zu brechen, in den der Lärm der Untoten ihre ohnehin schon beschränkte geistige Gesundheit geschlagen hatte. Sie dachte an Billy, wie er ihr immer wieder als Lebensretter zur Seite gestanden hatte, und wie gefährlich er sein musste, wenn er zu den Schizophrenen von Ebene vier gehörte. Ironie war es, schlicht und ergreifend: Wiederholt von einem Mann beschützt worden zu sein, der komplett den Verstand verloren hatte. Dann dachte sie an ihren Vater, einen Geschäftsmann in San Francisco, der sie während ihrer Gefangenschaft in der Klinik Morningside alle zwei Tage besucht hatte. Er war zweifellos tot, genauso wie ihre Kollegen aus dem Chemielabor, ihrem ehemaligen Arbeitsplatz. Die Gedanken an ihren Vater und die Tatsache, dass sie jetzt ganz allein war, brachte sie zum Schluchzen, bevor sie in Tränen ausbrach.

Sie weinte leise. Mit zugehaltenen Ohren und einzig ihrer eigenen Trauer gewahr konnte sie nicht hören, dass ein Piepsen lauter wurde. Sie riss sich zusammen und schlug die Augen auf, als sie schließlich Vibrationen von Maschinen spürte. Dann schaute sie nach oben und sah, dass ein gigantischer, blauer Kranarm in ihre Richtung geschwenkt wurde. Derjenige am Steuer benötigte mehrere Anläufe, bis seine Haken in der richtigen Position hingen, doch nachdem Ali ein paar Minuten lang verwundert zugesehen hatte, wurden sie gesenkt, bis sie den

Container, auf dem die junge Frau lag, mitten auf der Oberseite berührten.

Ali starrte die Ketten an, durch die ein Kabel verlief, als ob sie ihr gänzlich fremd seien. Sie schaute daran bis zu dem Kranarm und der Steuerkabine hinauf, die sich ganz weit oben befand. Die Scheiben waren getönt, und auch aufgrund der Entfernung konnte Ali nicht erkennen, wer das kolossale Arbeitsgerät bediente. Aus Lautsprechern an einer dicken Metallkugel über den Haken tönte eine blecherne Stimme: »Dass man dieses Ding Abrissbirne nennt, hat einen Grund, weißt du? Pass auf deine Rübe auf.«

Sie lächelte, und nun flossen ihre Tränen aus einem anderen Grund: Billy schritt abermals zu ihrer Rettung.

»Du musst mich in die Ringe auf dem Container einhaken; es sollten vier sein. Wenn du es getan hast, winkst du mit beiden Armen und legst dich in der Mitte hin, dann ziehe ich dich hoch!«

Die Ketten waren äußerst schwer, doch Ali schaffte es, sie dorthin zu ziehen, wo sie festgemacht werden mussten, nämlich an vier dicken Ringen in Birnenform, die an der Oberseite des Containers verschweißt waren. Die Haken verfügten über Federverschlüsse, die sie sicherten, sobald man sie irgendwo eingehängt hatte, woraufhin sie sich nicht mehr lösen konnten. Ali fuchtelte zuletzt ganz kurz hektisch mit ihren Armen herum, bevor sie sich in der Mitte des Dachs niederließ wie schon zuvor. Es war immer noch heiß.

Ganz langsam begannen die Ketten, sich aufwärts zu bewegen, wobei es wieder piepte. Als sie sich straff spannten, knirschten sie, und der Container trotzte der

Schwerkraft. Nach wenigen Sekunden spürte Ali, dass er ein wenig nach links pendelte, und wusste: Sie hing in der Luft. Ihr Aufstieg setzte sich fort, und sie bekam das Gefühl, sehr weit oben zu sein, traute sich aber nicht, einen Blick über die Kante hinweg nach unten zu werfen. »Sauber!«, hörte sie Billy freudig durch den Lautsprecher. »Zwei von denen haben versucht, sich festzuklammern, haben aber gerade losgelassen und sind hinuntergefallen – gleichzeitig geplättet, das zählt! Somit wäre ich bei einhundertelf, hurra!« Dann wurde Billys Roboterstimme durch die Boxen ernster. »Ali, pass auf, ich habe dir etwas über Alcatraz vorenthalten: Dort sind auch ein paar Cops. Jetzt bitte nicht ausrasten! Die werden nicht wissen, dass du aus Morningside kommst, außer du sagst es ihnen selbst. Ich hatte den Plan, dich zum Boot und dann auf die Insel zu bringen, aber Martin und Tony kriegen das genauso gut hin. Ich kann dich nicht begleiten, weil diese Cops mich sonst einbuchten. Bitte sag auch Sam, dass es mir leidtut. Ich habe noch etwas aus der Wohnung des Sportfans mitgenommen und in der Kläranlage in deinen Rucksack gesteckt; gib es Sam, wir sehen uns wieder, Kleine, tschüss!«

Dies war alles, was er sagte, bevor er den ungewöhnlich großen Frachtbehälter mit ungeübter Leichtigkeit über den Uferdamm hinaus schwang. Die Insassen des Boots wussten nicht, was sie von diesem gewaltigen, roten Rechteckkörper über der Bucht halten sollten. Es fuhr gerade los, als Ali an den Rand des Dachs kroch, Halt an einer Kette fand und anfing, nach unten zu schreien. Die anderen Überlebenden warteten, bis Alis Zufluchtsstätte in die bewegte See eintauchte. Sie sprang ab und schwamm zum Boot, während Martin auf sie zusteuerte. Abbey und Tony zogen sie an Bord, woraufhin sie sich im Fußraum liegend ausstreckte und hustete.

»Wie haben Sie das denn hingekriegt?«, wollte der Elektriker wissen.

Nachdem sie Salzwasser ausgespuckt hatte, grinste Ali ihre neugierigen Mitkämpfer an. »Dank Billy! Er hat den Kran gesteuert, um mich dort herauszuheben!«

»Geht es ihm gut?«, fragte Caleb. »Wo ist er?«

»Er kommt nicht mit uns.«

Der Junge fing zu weinen an.

»Dafür hat er mich gebeten, dir und Noah zu sagen, dass ihr einander bald wiedersehen werdet!« Ali zog den Reißverschluss ihres Rucksacks auf und schaute hinein. Gleich darauf hob sie ihren Kopf mit einem traurigen Lächeln.

Martin startete den Motor, während Caleb weiter schniefte. Ohne Worte fuhren sie auf Alcatraz zu, wo sie hoffentlich Obdach fanden.

Je näher sie der Insel kamen, desto genauer sahen sie Personen, die sich am Strand bewegten, und zwar nicht ruckartig oder behäbig, sondern sicheren Schrittes in der Gangart lebendiger Menschen.

Beim Vorfahren an dem kleinen Pier sah Tony, dass sich in dem Bereich, wo sie an Land gehen würden, nach und nach mehr Menschen versammelten. Die meisten trugen Schwarz, und alle hatten bedrohlich aussehende Automatikgewehre. Obwohl keiner in die Richtung zielte, aus der das Boot kam, war Tony unbehaglich zumute, als er einem der Wartenden am Dock eine Leine zuwarf.

Ein anderer erhob das Wort: »Bitte stellen Sie Ihr Gepäck und Ihre Waffen auf den Boden vor sich, bevor Sie von Bord gehen, und was auch immer Sie tun, springen Sie nicht ins Wasser. Hier am Strand sind einige Untote aufgetaucht, und unter Ihnen könnten durchaus weitere lauern. Bitte reichen Sie uns zuerst die Kinder.«

Zwei Männer streckten ihre Hände nach unten aus, um Noah und Caleb zu nehmen. Der Jüngere wollte seine Mutter nicht loslassen und fing zu schreien an. »Schon gut, Schatz, ich bin gleich hinter dir, und sieh mal, Caleb ist schon am Ufer.« Doch Noah ließ sich nicht überzeugen, weshalb Melanie aus dem Boot gehoben werden musste, während er sich fest an ihren Hals klammerte.

Als alle Insassen sicher auf dem Steg standen, trat ein großer Mann vor und bot Martin eine Hand an, die dieser schüttelte. »Ich bin Captain Michael Meara von der Polizei San Francisco. Willkommen auf Alcatraz.«

»Danke, Captain, vielen Dank.«

»Sie alle sind hier willkommen, doch es gibt Ordnungsregeln, die eingehalten werden müssen. Ihre Einweisung wird nicht lange dauern, dann bekommen Sie etwas zu essen von uns.«

»Ordnungsregeln?«, hakte Ali nach.

»Ja, bedaure sehr, aber jeder von Ihnen muss sich von unserem Arzt auf Bisse und Kratzer untersuchen lassen. Ferner ist eine vierundzwanzigstündige Isolation verpflichtend. Sollten Sie infiziert sein und es nicht wissen, verhindert dies weitere Ansteckungen. Sie dürfen Ihre Quarantäne gemeinsam absitzen und gelten definitiv nicht als Gefangene, müssen aber für die anberaumte

Zeit eingesperrt bleiben. Würden Sie mir nun bitte folgen?«

Bevor jemand von seiner Seite Einwände geltend machen konnte, antwortete Martin dem Captain: »Das klingt vernünftig, Sir; danke sehr dafür, dass Sie uns an Land kommen lassen.«

»Hier entlang«, Meara wies den Weg. Die paar Neuankömmlinge wurden von sieben bewaffneten Männern flankiert – alle in MultiCam-Flecktarn –, während sie zu einem der abgewirtschafteten Gebäude auf dem *Rock* gingen.

Ali sprach Meara an: »Verzeihung, Sir, aber lebt ein kleines Mädchen auf der Insel, das Sam heißt?«

Da blieb er stehen, und mit ihm der Rest des ganzen Zugs. Er schaute Ali argwöhnisch an. »Ja, aber woher wissen Sie das?«

»Ein Freund von mir bat mich, der Kleinen etwas zu geben; ich habe es in meinem Rucksack mitgebracht.«

»Was ist es?«

»Ein Stoffhund.«

Meara schaute einen der Soldaten an und nickte knapp. Der Mann lief zum Boot zurück, wo zwei andere die restlichen Habseligkeiten der Neuankömmlinge ausluden, die sie zurückgelassen hatten. Wenige Augenblicke später kehrte er mit einem niedlichen, wenn auch nassen Plüschtier zurück.

»Ihr Freund heißt nicht zufällig Billy, oder?«

»Doch, kennen Sie ihn?«

»Ja, das tun wir.« Mehr bekam sie nicht zur Antwort, bevor sich Mike umdrehte und weiter auf ein großes, weißes Gebäude zuging.

Kapitel 42

Von hoch oben auf dem riesigen Kran aus beobachtete Billy, wie das kleine Aluminiumboot in der Bucht verschwand. Er war froh darum, dass diese guten Menschen heil aus der Stadt gelangten. Billy liebte Kinder, und mit ansehen zu müssen, wie eines von diesen wandelnden Albträumen zerfetzt wurde, hätte womöglich einen gebrochenen Mann aus ihm gemacht. Er hoffte, dass sie es ohne Zwischenfälle nach Alcatraz schafften. Caleb würde Sam kennenlernen, und Noah öffnete sich vielleicht nach außen hin, wenn neben seinem Bruder ein weiteres Kind zugegen war.

Als er aus der Kabine der gewaltigen Maschine stieg, schaute Billy in die vielen untoten Gesichter weit unter sich und seufzte. Von seiner Warte aus erkannte er mehrere Arbeitsboote, die an einem Pier auf der anderen Seite des Areals vertäut lagen. Fand er die Zündschlüssel dazu, konnte er eine Menge Überlebende aus San Francisco fortbringen. Nun realisierte er, dass seine Berufung darin bestehen mochte, Leben zu retten. Das hatte er, was jene kleine Schar betraf, mit der er durch den Abwasserkanal getürmt war, recht gut hinbekommen, nicht zu vergessen, dass die Zahl seiner Abschüsse jetzt über hundert betrug!

Nun machte er sich an den Abstieg, wozu er die Schweißstahlsprossen an der Seite des Krans benutzte.

Das Gerät war gut sechs Stockwerke hoch, und am Boden würde er sich abermals gegen die Zombies behaupten müssen. Das einzige Problem für ihn bestand darin, dass sie ihn ausbremsten; wieder hatte es den Anschein, sie wollten ihn nicht fressen. Etwas im Zusammenhang mit der Klinik war für den Appetit der Kreaturen auf Billys Fleisch verantwortlich, doch er kam diesbezüglich zu keinem Schluss. In Morningside hatte erstmals ein Untoter versucht, ihn zu beißen, obwohl er sich noch fünfzehn Minuten zuvor unter ihnen hatte bewegen können wie ein alter Trinkgenosse.

Als er den Fuß des Krans erreichte, bereitete ihm ein knappes Dutzend von ihnen einen Empfang. Wieder einmal kamen sie eifrig auf ihn zu, blieben wenige Fuß vor ihm stehen und wanderten wieder ab. Was hatte er in der Heilanstalt anders getan als jetzt oder zuvor? Er ging es immer wieder im Kopf durch. Er war von einem Läufer angegriffen worden und hatte ihn zur Strecke gebracht. Dann war das Monster nicht mehr an ihm interessiert gewesen, genauso wie alle anderen. Wieso? Er hatte Ali getroffen und war weiterhin immun gegen die Zombies geblieben, denn diese hatten nach der Frau getrachtet. Ihm fiel ein Wort ein, das seine Mutter für ihn verwendet hatte, als sie dachte, er würde es nicht hören: *ungewollt*. Vielleicht bestand die Lösung darin; er schmeckte einfach nur beschissen, und sie wussten es.

Billy schüttelte den Kopf und lachte leise, was sofort drei Zombies anlockte, die sich bis auf wenige Fuß näherten und dann wieder kehrtmachten. Er lief ihnen nach und hielt einen toten Mechaniker in einem blauen Overall fest. »Woran liegt es, hä? Warum wollt ihr mich nicht?« Das Ding schaute ihn kurz an, bevor es sich fortbewegen wollte, doch Billy hielt es fest. Es versuchte sogar, ihn wegzudrücken, also gab er ihm eine Ohrfeige. Infizierte Körperflüssigkeit, die an seinen Händen kleben blieb, wischte er an der Kleidung des Untoten ab.

Billy hatte beim Weglocken der Zombiemeute von seinen Freunden einen Eispickel verloren, aber immer noch den anderen zur Hand. Damit schlug er dem Mechaniker ins Kreuz, als dieser weiterging. Er fiel durch die Erschütterung vorwärts um, stand aber ohne Verzögerung wieder auf und zuckelte davon.

Erneut seufzend machte sich Billy auf den Weg zu einem Gebäude, das er für ein Verwaltungsbüro hielt. Falls die Schlüssel für die Boote, die er gesehen hatte, vor Ort aufbewahrt wurden, dann dort. Es handelte sich um eine mobile Einheit mit Fenstern, wie er von der Krankabine aus erkannt hatte. Er bewegte sich zügig durch die verwinkelten Gänge zwischen den Frachtgütern. Als er um einen der *Maersk*-Container bog, stieß er mit einem Zombie zusammen, der ihn packte und knurrte, wobei er seine schmutzigen, zersplitterten Zähne bleckte. Dann neigte er seinen Kopf zur Seite und ließ los. Sein rechter Bizeps war mit einem Gummiband umwickelt, und die Nadel einer Spritze steckte noch im Arm. »Sag einfach Nein«, zitierte Billy. »Drogen bringen dich wirklich um, Mann.« Dann blieb er schlagartig stehen. *Drogen!* Erst nachdem er Clozapin genommen hatte, war der Zombie auf ihn losgegangen! Achtzehn Stunden später nun wollten sie ihn nicht mehr beißen, also musste es mit dem Medikament zusammenhängen, aber wieso? Ali hatte kein Clozapin genommen, sondern Risperidon gewollt, vermutlich ein anderes Neuroleptikum, Billy wusste es nicht.

Als er die mobile Gebäudeeinheit erreichte, waren die Türen abgesperrt und die Vorhänge der Fenster zugezogen, sodass er nicht hineinschauen konnte. Er hob einen herumliegenden Geländeverbundstein auf und holte damit aus, um die Türscheibe einzuwerfen, als er jemanden dahinter erschrocken einatmen hörte; Zombies brauchten nicht zu atmen.

Der untote Junkie hatte sich verzogen, und Billy war allein vor dem Gebäude. Er stellte sich dicht vor den Eingang und wisperte: »Hey, lassen Sie mich rein, ich bin nicht infiziert!« Da wurde der Vorhang hinter der hohen Scheibe rechts ein klein wenig geöffnet, und er winkte hinüber. Gleich darauf klickte es leise, bevor die Tür einen Spaltbreit aufging. Nachdem er sachte die restlichen Holzstufen hinaufgegangen war, schaute er sich um, trat ein und machte hinter sich zu.

Wieder einmal schaute er in die Mündung einer Schusswaffe. »Na, wenn mir das nicht bekannt vorkommt«, sprach er und hob seine Hände.

»Psst! Wer sind Sie?«, fragte ein ängstlicher Junge von ungefähr vierzehn Jahren.

»Billy. Du steckst hier fest, was?«

»Ja, mein Dad ist vor einer Weile losgezogen, um eines der Boote startklar zu machen, aber noch nicht zurückgekommen.«

»Kannst du bitte anderswohin zielen als in mein Gesicht?«

»Nein, ich kenne Sie nicht; wir sind schon einigen fiesen Typen begegnet – lebendigen.«

»Na ja, ich suche Zündschlüssel für die Boote, weil ich einige Leute von hier wegbringen will, dann fahren wir nach Alcatraz.«

Daraufhin riss der Junge seine Augen weit auf. »Dorthin wollen wir auch! Haben Sie die Meldung im Radio gehört, die von dem Polizisten?« Der Lauf der Waffe wackelte leicht, und er nahm sie ein wenig herunter.

»Nein, aber ich kenne ihn«, antwortete Billy. »Detective Meara. Du kannst hier nicht länger bleiben, die werden dich entdecken und das Gebäude einrennen, um dich zu kriegen.«

»Ich muss auf meinen Dad warten.«

»Wie lange ist er schon weg?«

»Weiß nicht, vielleicht zwei Stunden?«

»Hör zu, wir müssen verschwinden. Hier draußen sind zwei Stunden eine lange Zeit. Dein Dad würde sich wünschen, dass du in Sicherheit bist. Wenn du mit mir kommst, können wir ...«

Der Junge legte wieder auf ihn an. »Ich sagte, ich warte auf meinen Dad.«

Billy hob erneut seine Hände. »Okay, okay, dann lass mich nur einen Schlüssel nehmen, dann hau ich ab.«

Der Junge trat vor einen Schließschrank aus Holz und öffnete ihn.

»Nehmen Sie sich, was Sie wollen.«

»Danke, das hatte ich vor.« Alle Schlüssel hatten Anhänger mit Nummern darauf. Billy nahm einen mit einer *Acht* und der klein gedruckten Folge *Acht-Null-Acht* darunter. Als er zur Tür zurückkehrte, wandte er sich zu dem Jungen um. »Bist du sicher, dass du nicht mitkommen willst?«

»Ich kann nicht. Mein Dad wird wiederkommen.«

Billy seufzte. »Na gut.« Er legte seine Hand an den Türknauf und schaute dem Knaben ins Gesicht. »Wie heißt du?«

»Dave.«

»Also, Dave, wenn du nicht mitkommst, wirst du vor morgen früh in Fetzen gerissen. Ich verstehe, dass du abwarten willst, aber lass dir gesagt sein: Wenn dein Vater bis jetzt nicht wieder hier ist, wird er auch nicht mehr kommen. Wie viele Patronen hast du noch?«

»Sechs im Magazin und noch eine halb volle Schachtel.«

Billy ließ von der Tür ab. »Lade jetzt nach, füll das Magazin und nimm dann die letzte Patrone wieder heraus; auf diese Weise entsteht keine Ladehemmung. Wann immer du eine Gelegenheit bekommst, noch einmal nachzuladen, nutze sie, bis du keine Munition mehr hast, aber lass immer eine Patrone draußen, ja?«

»Gut, danke.«

»Ich werde jetzt eine Flasche Wasser für dich aus meinem Rucksack nehmen, nicht schießen.«

Er stellte die Tasche auf den Boden und zog einen Reißverschluss auf. Nachdem er das Wasser herausgezogen hatte, stellte er es auf einen Tisch.

»Viel Glück«, sagte er. Einen Augenblick später war er durch die Tür verschwunden. In der unmittelbaren Umgebung trieben sich zwar keine Untoten herum, doch eine kleine Traube taumelte aus einer Entfernung von mehreren hundert Fuß auf ihn zu.

Er ging die Eingangsstufen hinunter und machte sich auf den Weg zu den Booten. Die Zombies hinter ihm änderten ihre Gangart von träge zu gezielt, als sie seine absichtsvollen Schritte bemerkten. Sie stöhnten und streckten ihre Arme nach vorn aus wie immer, aber bevor sie sich an ihm vorbei zu Daves Versteck schleppen konnten, trat Billy in ihre Mitte und begann, mit seinem Pickel Holzhacker zu spielen. Der vorletzte Infizierte drehte sich mit fast flehentlichem Blick zu ihm um, doch er rammte ihm das sechs Zoll lange Blatt aus Titan in den Schädel, wo es sich nicht mehr herausziehen ließ. Wie er sich auch bemühte und daran zerrte: Er konnte es nicht losmachen. Darum erwog Billy auf den Untoten einzutreten, bis der Kopf platzte, wodurch er sich jedoch mit infizierter Flüssigkeit besudelt hätte. Andererseits triefte er dann eben vor Blut, na und? Er schaute an seinen blutbefleckten Kleidern hinunter und lachte, während er einen Fuß anhob. Bevor er aufstampfen konnte, fiel ein Schuss hinter ihm. Als er sich umdrehte, sah er Dave, der zu ihm gerannt kam.

»Moment, warten Sie!«, rief der Junge.

»Na, klasse«, murrte Billy leise und schaute sich um. Natürlich hatten einige der Kreaturen, die etwas weiter weg waren, den Ruf und vor allem den Schuss gehört und sich sofort aufgemacht, um zu ihnen zu kommen.

Nachdem er die fünfzig Yards gelaufen war, keuchte Dave. Billy schaute ihn fragend an.

»Hab es mir anders überlegt; vielleicht braucht mein Dad Hilfe.«

»Wie gut, dass du so unauffällig geblieben bist«, erwiderte Billy und zeigte nach links. Wieder machte der Junge große Augen, als er die kleine Rotte sah, die näherkam. »Nimm die Beine in die Hand!«

Sie eilten an einer schmalen Anlegestelle entlang, auf der die Zahl der Untoten relativ überschaubar war, wobei sie denjenigen auswichen, die nach ihnen schnappten. Es dauerte nicht lange, bis sie fanden, was Billy suchte, eine schlichte *Acht* in Gelb über einem Steg. Um diesen zu erreichen, mussten sie allerdings ein Drahtgittertor überwinden, was sich als heikel erweisen würde, denn natürlich war es verschlossen.

»Rüber wie die Affen, Kleiner.«

Dave drehte sich nach den nahenden Kreaturen um. Nachdem er die Pistole in eine Tasche seiner Jeans gesteckt hatte, kletterte er am Tor hinauf und ließ sich mühelos auf der anderen Seite hinunterfallen. Billy tat es ihm gleich, dann liefen sie gemeinsam auf dem Steg weiter. An unterschiedlichen Stellen zu beiden Seiten lagen sechs Kleinboote sowie ein großes blau-weißes, das längsseitig vertäut war. Sogleich standen die zwei vor Anlegeplatz achthundertacht; dieser war leer.

Billy schaute auf den gelben Anhänger in seiner Hand, auf dem die gleichen Zahlen standen, und dann wieder aufs schwarze Wasser. »Hm.«

»Wo ist das Boot?«, fragte Dave ungeduldig.

»Weiß nicht, Meister. Dabei es doch so gut gelaufen bisher.«

»Was?«

»Vergiss es. Kannst du eine Zündung kurzschließen?«

»Nein!«

»Aber schwimmen, oder?«

»Was? Soll das ein Witz sein?«

»Schauen wir auf den anderen nach, vielleicht steckt ja irgendwo ein Schlüssel.«

Dave drehte sich zu dem Tor am oberen Ende des Stegs um. Dutzende Finger klammerten sich an die Maschen, und die ganze Drahtkonstruktion bebte, während die kleine Menge, die sich versammelt hatte, daran zog und drückte. Die Scharniere rappelten, gaben aber nicht nach.

Dave sprang auf das erste Boot links, Billy bestieg das auf der rechten Seite. Sie hatten kein Glück; so fuhren sie fort, bis sie vorm Steuerbordseitendeck des einen Schiffs am Ende des Stegs standen. Billy beugte sich rechts hinüber und las *RV Plankton Skimmer.* »Wow, blöder Name.« Es war deutlich größer als die Arbeitsboote, die vor Dock acht lagen. Sie stiegen an Bord.

An Deck war ein Gestell mit einer schweren Winde montiert, deren Trosse durch einen dicken, hängenden Block am Rahmen führten. Rund ein Dutzend bunte Kühlschiffe lagen vereinzelt festgemacht vor der Bordwand. Einen Großteil des Deckhauses nahm eine rätselhafte Vorrichtung ein: Graue Zylinder aus PVC, wie es aussah, die rings um ein größeres rundes Stück Metall hingen. Billy versuchte erst gar nicht, den Rest der sonderbaren Gerätschaften zu bestimmen, von denen sie umgeben waren.

»Was ist das, ein Fischkutter?«, fragte er sich laut.

»Nein, ein Forschungsschiff. Das da sind Behälter für Wasserproben, und die Kühlschiffe dienen dazu, sie zu transportieren.«

Billy lächelte. »Okay, Captain Hook, lass uns mal schauen, was es drinnen gibt.« Die Tür des Deckhauses war mit einem kleinen Vorhängeschloss aus Messing gesichert, das er mit einem langen Bootshaken aufbrach, nachdem er diesen in einer Nische hinter der Winde gefunden hatte. Dann öffnete er die Tür und ging vor, dicht gefolgt von seinem neuen Mitstreiter. Das Gebäude war recht klein, mit einer Grundfläche von ungefähr zwölf auf acht Fuß und einer kurzen Treppe, die zu einem abgetrennten Vorderraum führte.

Während Billy die vielen Instrumente ins Auge fasste, wurde ihm klar, dass er keine Ahnung hatte, wozu sie dienten. Ganz hinten auf der Steuerbordseite (er wusste gleichwohl nicht, dass es steuerbord war) neben einem Fenster gab es zwei Hebel, und von dort aus schien man alle Armaturen ablesen zu können. Unter einem Schutzdeckel aus gelbem Plastik befand sich ein verdächtig roter Knopf, abermals abgesichert mit einem kleinen Messingschloss. Billy knackte es ebenfalls, klappte den Deckel auf und drückte. Daraufhin sirrte etwas unter Deck: Die Motoren starteten.

Als er sich umdrehte und aus einem Fenster schaute, sah er schwarzen Qualm aus einem Schlot auf Backbord quellen. Dave, der zwischenzeitlich wieder hinausgegangen war, kehrte auf die Brücke zurück und sagte Billy, er habe die Leinen losgemacht, mit denen das Schiff vertäut war. »Die Spring vorn war ziemlich fest um den Poller gewickelt; musste sie fast durchschneiden.«

»Spring?«

»Ja, die Leine, die …«

»Weißt du, wie man dieses Ding fährt?«

»Also, mein Dad hat ein Sportboot mit zwei solchen Bedienhebeln; einer ist zum Gasgeben, der andere so etwas wie eine Kupplung. Ich durfte aber noch nie selbst fahren, weil er meinte, ich sei noch zu jung.«

»Wenn das so ist«, entgegnete Billy, »bist du gerade zum Kapitän befördert worden. Schwing deinen Hintern her, Captain.«

»Aber mein Dad …«

»Ich werde ihn suchen, du fährst rüber nach Alcatraz; ist ja nicht weit.« Er zeigte hinaus.

»Aber was wird aus Ihnen?«

»Ich wäre sowieso nicht mitgekommen, ich bin ungewollt.«

»Hä?«

»Lass gut sein. Wenn du dort ankommst, grüß alle freundlich von mir.« Daraufhin verließ Billy das Deckhaus eilig und übersprang die schmale Lücke zwischen Deck und Steg. Nachdem er Dave kurz gewunken hatte, machte er sich auf den Weg zum Dock. »Neue Strichliste: eins.«

Kapitel 43

Auf Alcatraz brütete eine Handvoll Personen über einer Karte, die auf einem wurmstichigen Tisch lag.

»Wir können hier landen, südlich von Alameda in der San-Leandro-Bucht.« Boone zeigte auf einen Punkt auf dem Festland, während er sich über die Karte beugte. »Wir werden dem Lauf des Flusses hier entlang folgen und könnten – vorausgesetzt, wir stoßen auf wenige Limas und beeilen uns – das Depot auf diesem Weg schnell erreichen. Es ist aber weit.« Er fuhr mit dem Finger eine in Rot eingezeichnete Linie auf dem Papier nach.

»Barnes, Sie und Ihre Leute werden sich in der Mitte halten, und wenn wir freies Feld überqueren müssen, teilen wir uns in Zweiergruppen auf. Dabei bleiben wir absolut still, außer Sie erkennen eine Gefahr, die sonst niemand bemerkt. Wir werden Kanal sechs verwenden, aber ausnahmslos – Zivilisten inbegriffen – Funkstille wahren und den direkten Austausch untereinander einschränken. Ich kann nicht genug betonen, wie wichtig es ist, dass wir ruhig sind. Diese Geschöpfe scheinen in Fahrt zu geraten, wenn sie irgendetwas hören, und ich will möglichst wenige von ihnen sehen. Leider brauchen wir Fahrzeuge, und die werden Lärm machen.«

Chris Rawding hob eine Hand. Boone wirkte genervt.

»Ja?«

»Commander, ich habe hier gearbeitet.« Er verwies auf eine Stelle auf der Karte, die nicht weit von jener entfernt war, die Boone zuerst gezeigt hatte. »Auf der anderen Straßenseite gibt es einen Laden für Surfer-Bedarf, wo auch Geländemotorräder vermietet werden. Damit wären wir zwar lauter als zu Fuß, aber auch schneller.«

»*Lieutenant* Commander«, berichtigte Boone, »aber das ist tatsächlich kein unkluger Vorschlag, mein Junge. Mit diesen Motorrädern könnten wir alle Stellen, wo der Verkehr zusammengebrochen ist, rasch umfahren oder geschwind vor höheren Lima-Aufkommen fliehen. Gute Idee, dorthin werden wir zuerst gehen. Also gut, gesetzt den Fall, dass wir die Motorräder oder andere Transportmittel sicherstellen und die Straßen nicht völlig verstopft sind, wird es keine ganze Stunde dauern, um von A nach B zu gelangen. Sobald wir das Depot erreichen und uns vergewissert haben, dass die Radpanzer sowohl funktionieren als auch betankt sind, werden wir die Basis kontaktieren und einen Teil der Koordinaten des Munitionslagers erhalten.«

»Einen Teil?«, wunderte sich Dallas.

»Ganz recht. Wir erfahren schrittweise mehr über den Standort, aber auf einem anderen Kanal als sechs, und nur ich bekomme diese Updates. Sollte ich umkommen, erhält der Nächste in der Befehlskette die jeweils aktuellen Koordinaten und Sie fahren von dort aus fort. Gibt es noch weitere Fragen?«

Einer der Navy-SEALs trat vor. »Sir, wann ungefähr werden wir den Funkkontakt zur Basis verlieren?«

»Commander McInerney verspricht, dass die Verbindung per Satellitenfunk stabil bleibt, bis wir diese Berge hier erreichen ...« Er zeigte auf einen anderen Punkt auf der Karte. »... solange unsere Geräte ordnungsgemäß funktionieren. Danach könnte das Gestein die Übertragung oder den Empfang unterbrechen. Außerdem sagte mir der Kapitän, das Lager befinde sich auf dieser Seite des Gebirges, also müssen wir uns keine großen Sorgen darüber machen. Sonst noch etwas? Nein? Wir brechen in drei Stunden auf. Alle Vorbereitungen wurden gestern Abend und heute Morgen beendet, Boote wie Ausrüstung stehen bereit. Die Zivilisten erhalten ihre Waffen, wenn wir fahren.«

Da leuchteten Annas Augen auf. »Waffen?«

»Ja. Sie haben doch nicht etwa geglaubt, ich würde Sie mit nichts außer einer Stricknadel zur Verteidigung einmal quer durch ein ganzes Land voller Untoter ziehen lassen, oder?« Das bewog die SEALs zum Kichern, und auch Anna schmunzelte zumindest. »Aus dem Grund sind Sie gestern mit dem Schießen vertraut gemacht worden.«

Anna nickte wohlwollend, während sie sich daran erinnerte, dass es ihr großen Spaß gemacht hatte, mit der schwarzen Pistole zu feuern, deren Aufsatz den Knall unterdrückte. Laut eines der SEALs lasse sich das nicht gänzlich vermeiden, weshalb man die Teile Schalldämpfer nannte, doch sie blieb trotzdem weiter bei »Unterdrücker«. Bei ihren ersten zehn Versuchen hatte sie rein gar nichts getroffen, war aber nach und nach ziemlich zielsicher geworden.

»Also gut, sollten alle Unklarheiten beseitigt sein, schlage ich vor, dass Sie sich von den anderen verabschieden und mental auf die Mission einstimmen. Wir treffen uns in zweieinhalb Stunden mit unserer Einsatzausrüstung am Dock. Sie …« Boone zeigte auf Chris. »… und

Sie …« Er meinte Anna. »… würde ich gern noch gesondert sprechen.«

Barnes sah besorgt aus, verließ den Raum aber dennoch mit den anderen. Als die drei allein waren, setzte sich Boone auf einen wackligen Stuhl und bedeckte sein Gesicht kurz mit der Hand, bevor er Chris und Anna mit müden Augen anschaute.

»Sind Sie beide völlig verrückt?«

Sie schauten einander begriffsstutzig an. »Warum?«, fragte Chris.

»Genau, warum um alles in der Welt wollen Sie uns begleiten? Das wird verdammt gefährlich. Ich garantiere Ihnen, dass wir, sollten wir Boston überhaupt erreichen, auf jeden Fall Todesopfer beklagen werden. Sie sind doch noch so jung, um Himmels willen.«

Das verbat sich Chris: »Lieutenant, ich bin dreiundzwanzig. Wie viele aus Ihrem SEAL-Team sind älter als ich?«

Boone schüttelte den Kopf. »Sie reden dummes Zeug, mein Freund, die Männer wurden zum Töten ausgebildet und zählen zu den Weltbesten. Sie haben das BUD/s-Training, also den Kampfschwimmer-Lehrgang für die SEALs, absolviert, zudem das SQT, das komplette SEALs-Qualifikationstraining, was ein fortgeschrittenes ›Wie man alle mögliche Scheiße tötet‹-Training ist, und dann noch mehr Training und sich in ihrer Probezeit unter meiner Aufsicht in diesem Verband bewährt. Was sie sich dabei angeeignet haben, wenden sie an, wenn sie dorthin gehen, wo es auf der Welt brennt, und schlagen sich dabei so gut wie niemand sonst. Sie hingegen haben zwei Stunden lang Schießübungen gemacht und eine einstündige Einführung in den Nahkampf bekommen. Die Wahrscheinlichkeit, dass Sie beide sterben werden, ist hoch. Bleiben Sie hier.«

»Ich würde ohne Rick Barnes schon gar nicht mehr leben«, hielt Chris dagegen. »Er ist mein Freund, und ich komme mit.«

»Ich auch!«, stellte Anna klar.

»Na gut. Als Kommandant der Abteilung habe ich das letzte Wort über meine Leute, was jegliche Operation betrifft. Dies ist einer der seltenen Anlässe, die mich berechtigen, einem Admiral die Rote Karte zu zeigen, falls ich glaube, dass ein Einsatz anders laufen sollte.« Er seufzte. »Ich bewundere Ihre Entschlossenheit – das gilt für Sie beide –, aber es wird vermutlich so kommen, wie ich gerade sagte: Sie gehen drauf. Verflucht, das tun wir wohl alle; wollen Sie trotzdem immer noch teilnehmen?«

»Hätte Rick seinen Arsch nicht so oft riskiert, um uns zu retten, wären wir bereits nicht mehr am Leben.«

Boone schüttelte den Kopf, nachgiebig diesmal. »Am Ostdock also in zwei Punkt fünf Stunden.«

»Wir werden da sein.«

Kapitel 44

Ein Junge stand am Ruder des großen, blau-weißen Boots, das kurz vor fünf Uhr am Morgen am Westdock einlief. Er hatte eine Menge zu erzählen, vor allem über einen Kerl namens Billy, der ihn vor dem Schlimmsten bewahrt hatte. Dieser Mann, so schien es, war auch für die Rettung einer Gruppe von Personen verantwortlich, die ein paar Stunden zuvor eingetroffen waren.

McInerney schaute Meara an. »Das ist der Billy, von dem Sie mir erzählten?«

»Es kann nur er sein.«

»Warum geht ein psychopathischer Mörder wiederholt aufs Ganze, um für ihn Fremde zu beschützen?«

»Ich habe nicht die leiseste Ahnung, habe aber definitiv die Absicht, ihn genau das zu fragen.«

Kapitel 45

Am Ufer versammelten sich eine Menge Überlebender aus einer toten Stadt, als sich fünf aus ihrer Gruppe und sieben Soldaten zum Ausfahren bereit machten. Gepäck und Waffen wurden an Bord zweier schwarzer Zodiac-Schlauchboote verstaut, bevor die SEALs einstiegen. Die Zivilisten verabschiedeten sich voneinander: Martinez von Meara, Chris und Anna von Sam, Dallas von allen; er schloss sogar Martingale herzlich in die Arme. Rick nahm seinen Vater und seine Tochter, die weinte, kurz zur Seite.

»Pass auf, Schatz, Debbie und Juanita werden auf dich achtgeben, wenn Grandpa und Mike zu tun haben. Ich wette aber, dass er sich für dich immer Zeit nehmen wird.«

»Ich weiß.«

»Erinnerst du dich an unsere Campingausflüge – du und ich, Opa, Mike und sein Enkel Pete?«

»Ja.«

»Und wer fand dich, wenn du dich verlaufen hattest?«

»Opa und Mike.«

»Richtig. Sie haben dich zurückgeholt, und hier gibt es sogar noch mehr Erwachsene, die dich beschützen. Ganz bestimmt werden …«

»Daddy, ich hab keine Angst meinetwegen, sondern um dich.«

Rick spürte einen Kloß im Hals. Seine Tochter klang so erwachsen. »Verstehe ich, Liebes. Ich muss aber Mom helfen.«

»Versprich mir, dass du zurückkommst. Wenn du das nicht tust, werde ich …«

Rick fasste sich ans Herz. »Ich verspreche es.«

Sam wich ein Stück zurück, um ihren Großvater anzusehen. Paul trat vor und überraschte Rick mit einer väterlichen Umarmung. »Sieh zu, dass du da draußen auf dich aufpasst, Junge.«

»Werde ich, Dad. Kümmere du dich um das Baby.« Paul machte einen Schritt zurück, ohne von den Schultern seines Sohnes abzulassen, und schaute ihm in die Augen. »Geh und hilf deiner Exfrau, ich sorge dafür, dass es dem Knirps gut geht.«

Der Motor des ersten Boots startete, woraufhin Dallas, Anna und vier der SEALs losfuhren.

»Davon bin ich überzeugt. Ich liebe euch beide.«

»Ich bin kein Baby«, beschwerte sich Sam leise mit einem Tränenschleier vor den Augen.

Dann brauste der Motor des zweiten Boots auf, und Rick stieg ein, während er Meara winkte. »Bin in ein paar Monaten wieder da!«, rief er, als das kleine Wasserfahrzeug dem ersten hinterherschoss. Seine Tochter hielt sich an der Hand seines Vaters fest und weinte, während er auf die Bucht von San Francisco zuraste – dem Tod und weit Schlimmerem entgegen.

– E N D E –